趙剛 著

隨著 陳映真 重訪台灣一九六〇年代

橙紅的早星

台社論壇叢書22

人間出版社

感謝世新大學台灣社會研究國際中心贊助部分編輯費用

獻給我的母親杜文芝女士

目錄

篇解

左翼、宗教與性：60 年代的「左翼男性主體」

閹割與失真：60 年代知識分子群像

剪下的樹枝：分斷體制下的外省人

衍義

放在序言位置的書評

呂正惠

在《求索》之後，趙剛即將出版他的第二本論陳映真的專著《橙紅的早星》。將這兩本書合讀，就可以看出趙剛對陳映真研究的巨大貢獻。可以毫不誇張的說，以後任何人想研究陳映真，都必需以這兩本書為基礎，沒有細讀過這兩本書，就不要想進一步探討陳映真。這是肺腑之言，不是為自己的朋友亂喝采。

在為《求索》寫序時，我是以隨感的方式簡略的談談趙剛細讀陳映真所得到的某些「洞見」，以及他閱讀陳映真的極為少見的熱情。現在再加上這本書，我認為就可以談論趙剛陳映真研究的具體貢獻，以及可能存在的不足，以便將來的進一步研究作為參考。

首先要提出的一點是，趙剛對陳映真每一篇小說的細讀工夫遠遠超出以前的任何一個陳映真評論者。我自認為是台灣讀陳映真比較認真的人，前後也寫過三篇專論，但比起趙剛來，我的細讀程度就遠遠不如他。很多細節，經他一指出，並稍作分析，我才恍然大悟。以下舉三個例子。趙剛在

評論〈蘋果樹〉時，特別提到三個穿海軍大衣的人，坦白
説，這篇小説我讀了至少三遍以上，完全沒有留意到這個細
節。接著，他分析了穿海軍大衣的人在當時的階級成分，以
及這三個人在小説中所可能蘊含的作用（見本書 72-75
頁），這是任何評論者都不可能料想得到的。另外，他談到
〈一綠色之候鳥〉裡的趙公，説他中風以後，別人發現他房
間的牆壁上貼了許多裸體畫，中間還混雜著「幾張極好的字
畫」。牆上的裸體畫這個細節我記得極清楚，但我一直看漏
了「幾張極好的字畫」這一句，而這一句對分析趙公的人格
卻是極為關鍵的（見本書 152-153 頁）。

　　第三個例子涉及到陳映真早期極少人注意的一篇小説
〈死者〉。〈死者〉我一直讀不懂，不知道陳映真為什麼要
寫這一篇，而且小説讀起來頗為枯躁。我們看趙剛如何指出
一個非常有意義的細節：小説的主角林鐘雄看到右邊牆壁上
二舅的照片是「穿著日本國防服」，旁邊炭畫所畫的阿公卻
穿著儒服，而且手裡還握著一本《史記》，而左邊的牆壁上
則掛著一幀抗戰期間的委員長的畫像，下面卻是一張笑著的
日本影星若尾文子的日曆（見《求索》280-281 頁）。這個
細節實在太有趣了，它也許未必是解開這篇小説之秘密的鑰
匙，至少可以看到陳映真對光復初期的台灣社會所感覺到的
歷史的荒謬感。

　　以上只提到我印象最深的三個例子，如果要全部羅列，
還可以舉出很多。我覺得，現在如果要進行陳映真研究，最

好能夠先把陳映真的每一篇小說至少細讀兩、三遍，再來看趙剛的解讀，以及他在解讀過程中所提出的、而你卻沒有注意到的細節，這對解讀陳映真、以及理解趙剛的陳映真詮釋，恐怕都是非常重要的基礎工作。

趙剛細讀陳映真的第二項貢獻，是企圖全面的指出陳映真小說中的政治影射。由於 1950 年代恐怖、肅殺的氣氛，政治上早熟的陳映真不能直接說出他真正的看法，只好以極隱晦的方式來隱藏他的真意。譬如，在〈將軍族〉一篇中，他以外省籍老兵和本省籍下層女子的落難、相濡以沫、最後一起自殺來暗示兩邊的被凌辱與被損害的無產者先天上的感情連繫。小說中有這樣一句話「鴿子們停在相對峙的三個屋頂上，恁那個養鴿的怎麼樣搖撼著紅旗，都不起飛了。」這是老兵在多年後與台灣少女重逢，遠遠望著她時，所看到的空中景象。大約在 1970 年代末或 1980 年代初，大陸有個評論家指出了這篇小說的階級色彩，並特別點出「紅旗」這個意象。這篇小說台灣不知道有多少人讀過，但是從未有人注意到文中的「紅旗」。經大陸評論者指出後，遠景版的小說集《將軍族》（1975）就被台灣禁掉了。應該說，沒有人想到陳映真會以這種「夾帶」的方式來滿足他對另一種政治理想的嚮往。而且，在大陸評論者之後，台灣也沒有人按此方式繼續追尋下去。

就我所知，到目前為止，趙剛是唯一系統尋找陳映真小說中的政治暗示的人。他第一次嘗試分析陳映真的小說時就

注意到這一點，因為他在陳映真的第一篇小説〈麵攤〉中就看到了幾次出現的「橙紅的早星」，也就是説，從第一篇小説開始，陳映真就一直想要在他的作品中「塞進」一些政治內涵。趙剛在詮釋〈祖父和傘〉時，説這篇小説的「兩個春天過去了，尤加里樹林開始有砍伐的人。我們，全村的人，都彼此知道自己有些難過」這幾句，是暗示了 1950 年代國民黨對台灣左翼分子的大蕭清（見《求索》78-79 頁），我非常讚嘆，認為是天才的發現，但似乎有人不以為然（賀照田好像就如此），但我覺得不會錯，趙剛的敏感是不會有問題的。

關於〈永恆的大地〉，趙剛認為裡面的父子兩人是影射蔣介石和蔣經國（見《求索》83-97 頁），我完全贊成，因為在趙剛之前我就是這樣閱讀這篇小説的，不過趙剛的詮釋明顯比我想的還要週到而詳盡（我的設想還不及趙剛的一半）。還有，〈一綠色之候鳥〉裡的候鳥，「這種只產於北地冰寒的候鳥，是絕不慣於像此地這樣的氣候的，牠之將萎枯以至於死，是定然罷。」他認為這是影射 1960 年代台灣知識分子所嚮往的美國的自由主義（見本書 156 頁以下），這個我雖然完全沒想過，但經他一指出，也覺得很有道理。我認為，凡是趙剛認為陳映真小説中有政治影射的部分，都不能隨便否定，都值得我們仔細想一想。

以上所提的這兩點，當然都跟趙剛所關懷的大主題密切相關，即陳映真在飽受政治壓抑下的戰後台灣社會經歷了怎

麼樣複雜的思想歷程；這一歷程涉及到日本的殖民，光復後國民黨的接收，國共內戰，國民黨敗退後一大批外省人流亡到台灣，美國勢力強力介入台灣，兩岸隔絕，美國文化主導台灣，越戰及越戰所涉及的第三世界問題，當然接著就是1970年代以後台灣社會的巨變（國民黨威權體制解體、台獨勢力興起、兩岸恢復交流等等）。因為陳映真長期以來都必需隱藏他的思想傾向，在小說中只能以極扭曲的方式來表達，所以趙剛這種極為細緻的、有時甚至有點「想得太多、太深」的閱讀方式完全是必需的。也許有人並不完全同意，但在衡量趙剛的解讀是否有效時，一定要考慮到趙剛所勾勒出來的陳映真思想經歷的那一條大線索，要把這些不同尋常的解讀放在這個大線索下仔細檢視，才能加以判斷，不能只看每一篇小說、或每一個局部，就馬上認為趙剛走得太偏了。

　　當然，整體的看，我們可以對趙剛所勾勒出來的陳映真的思想軌跡加以評論，指出他的貢獻，同時也可以批評他的不足或過度詮釋。但是，首先我們必需承認，趙剛是充分考慮到陳映真思想的多面性的。關於這方面，我覺得至少有必要提出兩點，即陳映真小說中的兩性關係問題，及外省人在台灣的處境問題；趙剛對這兩個問題的重視，遠遠超出以往的陳映真評論，絕對值得肯定。

　　像我們這一代在1960年代後半的大學時代就開始讀陳映真的人，憑直覺都感受到小說中到處瀰漫著青春期的異性

問題，而且陳映真的處理方式似乎特別迷人。但是，大家在公開討論時，不知道什麼原因，總是輕輕略過。其實，不論在陳映真的思想中，還是在他的藝術中，女性，特別是女性的肉體及其誘惑力，都是關鍵，不處理是不行的。趙剛《求索》的第一篇長文的副標題是〈左翼青年陳映真對理想主義與性／兩性問題的反思〉，就鮮明的表達了他對這個問題的重視，並且認為，這是陳映真的「左翼男性主體」的核心部分。我們或許不同意他的解讀，但他把問題提到這個高度上，絕對是正確的。

陳映真對流落在台灣的外省人的重視，以他的台籍身份，在 1960 年代的台灣文壇可謂異數。我以前曾經提過，陳映真是「大陸人在台灣」這一題材的開拓者，並且還懷疑白先勇有沒有可能受到陳映真影響（見《小說與社會》60頁，聯經，1988），但這只是簡單的幾句話。趙剛卻始終把陳映真這種題材的作品置放於核心地位，並且從這個角度來談論陳映真的思想深度。我懷疑，陳映真對外省人問題的深刻理解，是他特別吸引趙剛的一個重要原因，因此反過來，趙剛就能明確的指出陳映真這個面向的重要意義。從這個角度來肯定陳映真的思想，這也是趙剛的重大貢獻。

趙剛對陳映真思想中的另一個比較受到重視的問題，也有他獨特的看法。首先，一般比較注意陳映真為什麼早在1960 年代中期就開始批判台灣文壇流行的現代主義。對於這個問題，趙剛的視野更為廣闊，因為他發現了陳映真在很早

的時候就對美式文明對台灣的影響採取一種反省與批判的態度，本書中論〈一綠色之候鳥〉的最後一節就是討論這個問題。另外，在《求索》一書中的第二篇論〈六月裡的玫瑰花〉又更集中的加以論述。如果我們結合〈唐倩的喜劇〉以及陳映真入獄前所寫的幾篇雜文，就能夠把這個問題看得更清楚。

分析〈六月裡的玫瑰花〉的那一篇文章所以重要，因為它讓我們看到陳映真對美式文明的警惕終於發展為對美國帝國主義的批判，與對第三世界問題的關心。這証明陳映真在入獄以前已因為越戰而清楚的認識了這個問題。因此，陳映真在出獄後接著就寫出了〈賀大可〉及《華盛頓大樓》那一系列小說。趙剛這篇文章清楚的分析了入獄前和出獄後陳映真思想的承續性以及隨後的發展。這篇文章和緊接著的論〈雲〉的那一篇，對了解陳映真的思想發展是非常重要的。

以上我就用三個問題來表明趙剛一方面注意到陳映真思想的多面性，但另一方面又始終掌握住陳映真從台灣出發所發展出來的政治關懷，並隨時把這些多面性和政治關懷的主線密切連繫在一起。看了趙剛這些評論，我們就會覺得以前我們把陳映真看得太簡單了，至少我個人就沒有很留意的把陳映真的各個面向努力結合在一起，而往往只看成是他個人某種個性上的矛盾的產物（我論陳映真往往比較強調他的矛盾及藝術上的不足之處）。

當然，任何研究都不可能十全十美，要不然，在趙剛之

後，似乎就可以不用在陳映真身上花任何工夫，只要好好研讀他的文章就可以了。當然不是這樣，我所以綜合談論趙剛的一些重要看法，實際上是想說一說，在趙剛之後，如何循著趙剛所開拓的路子，把一些問題探討得更徹底。

首先，趙剛的陳映真研究是一篇一篇寫成的，他的原始的出發點是想要逐篇分析陳映真的小說，但在過程中，自然要把許多思想上的問題比較集中的在某幾篇小說的分析中加以論述，這就形成了《求索》那一本書，而似乎比較單純的逐篇分析就構成了目前的這本書。但實際上，很多問題是縱貫兩本書的。讀完了趙剛這兩本書，我們也許會覺得，可以循著陳映真的寫作階段和思想發展階段把一些問題更集中的討論。當然，這就是寫另外一本或幾本專論了，這種工作趙剛應該不會再考慮的，這是後來者的事。

如果要繼續做這個工作，也許可以消除趙剛這兩本書可能存在的一些問題。我覺得其中最重要的就是，如何適切的把陳映真的思想發展加以定位。我個人覺得，趙剛可能把陳映真的思想狀況想像得過於完美了。譬如，在論述〈一綠色之候鳥〉時，他說，綠色候鳥可能影射美國式的自由、民主，這一點我是同意的。接著在談到當時陳映真如何面對中國傳統時，他又說：

> 因為陳映真在「自由派」一心要在他鄉生活，要成為
> 他者的「希望」中，看到了絕望。反而，弔詭地，他

有時反而在有文化本源的人們的身上，看到了任何未
來的希望所不可或缺的基底：對主體歷史構成的自尊
自重，以及一種強野之氣。（本書 173-174 頁）

當時陳映真對中國傳統的態度是否如此，我是有一點懷
疑。我覺得陳映真雖然明顯反對當時知識界的全盤西化，但
對傳統應該如何，他恐怕還沒有認真加以考慮，與其說他已
經考慮到文化本源的問題（當時他已經想得這麼深了嗎？）
不如說他從現實社會上清楚體會到美式文明在台灣的無根
性。當然我的感覺不一定正確，但趙剛在作這些判斷時，
「準頭」是否恰到好處，我覺得是可以討論的。

全書中關於每一個階段陳映真思想狀況的理解，我常常
想跟趙剛好好討論，主要就是很難拿捏那個「準頭」。我也
知道這是很艱難的工作，因為我們所能面對的陳映真的客觀
資料並不很豐富，而我們又沒有跟陳映真同時生活在同一個
圈子，很難體會當時知識界的氣氛。這也不是趙剛獨有的問
題，現在許多論述 1960 年代的書，在我看來，常常是講過
頭了，至少我曾生活在 1960 年代後期的大學知識圈，我的
感覺就常常不是那個樣子。因此，如果我們能把趙剛的工作
做得更完美、更精細，而且有更多的資料可以佐證，那麼，
也許我們就可以為戰後台灣社會的知識分子心態史奠定一個
比較紮實的基礎。

還有，我覺得在涉及陳映真小說中的異性問題時，趙剛

可能把陳映真在小說中的描寫詮釋得過於理想了。這是否能完全稱之為「左翼男性主體」的自我反省呢？這個問題趙剛在《求索》的第一篇中有極詳盡的發揮，但我總是不能十分首肯。如果要說明我們兩人看法的異同，恐怕不得不進行詳盡的分析。我這裡只想指出，在這個地方，趙剛也許有一點說過頭了。

另外一個重大問題是，趙剛重視陳映真思想線索的解讀，透過小說中的很多細節去揣測陳映真當時難以宣之於口的思想秘密，這些我大部分都很驚嘆；但是，作為一個小說家，他作品中的許多獨特的影射和類似寓言的情節架構，就其最後表現出來的形態來講，在藝術上是否成功或失敗，成功到什麼程度、失敗在什麼地方，趙剛是不太加以考慮的。不過陳映真終究是個小說家，完整的陳映真研究是應該包括這一部分的。像〈麵攤〉和〈我的弟弟康雄〉這些小說，不論如可表現出陳映真的思想狀態，我總覺得不是成功的小說，即使趙剛敏銳的指出了〈麵攤〉中的「橙紅的早星」，但仍然不能改變我從藝術上對這篇小說的判斷。

在那個禁忌重重的年代，像陳映真這樣思想上處在絕對不安全的情況下，「如何寫小說」對他來講是非常重大的藝術問題，同時也是生活問題，因為不能在藝術上真誠，生活不可能不出問題。陳映真作為一個小說家的困難處境，其實是戒嚴時代台灣社會的重大問題的極端表現，因為這可以看出，這個充滿敵意的社會如何嚴重的扼殺了藝術的發展：真

誠的藝術家甚至比在夾縫中生存還困難，就像小草掙扎著要
從亂石堆中生長出來一樣。透過這個問題的徹底分析，我們
才能真正清楚的看到戰後台灣社會的嚴重問題。趙剛不太討
論這個問題，因為他有他的工作目標，但我仍然覺得，這個
工作也很重要，應該有人藉著趙剛開拓的基礎好好做下去。

　　我寫過一些書評和序言，總要把好處講多一點，也要把
批評的意見儘量減少，並且儘量委婉。我這篇序不論讚美還
是提意見，都毫無虛詞，我想以此來表達我對趙剛的敬意。

2013/4/8

2013. 1. 24 趙恬

代序：為什麼要讀陳映真？

　　自我 2009 年初，一頭栽進閱讀與寫作陳映真的狀態中，並一發不可收拾以來，已歷三寒暑。2011 年，我出了此一主題的第一本書《求索：陳映真的文學之路》。在書的〈自序〉裡，我交代了幾個相關問題，包括，陳映真與我們這一代人的關係、我重讀陳映真的緣由，以及，以一個文學門外漢如我，在磕磕碰碰的閱讀過程中關於閱讀文學文本的一愚之得……。在那裡，我並沒有好好地針對一個重要問題──「為什麼要讀陳映真？」，作出回應。現在，我將要出我關於陳映真文學的第二本書了，我覺得應該要對這一問題作出回應，於是有了這篇「代序」。至於一般性質的「序言」，也就是介紹這本書的內容以及表達感謝之言，則是表述在「後記」裡。

　　這篇「代序」，一方面是向讀者您交代我何以認為陳映真文學是重要的一個自白，但另一方面，它也是一封向公眾提出的意欲強烈的閱讀邀約信。但在寫作之中，我也常不安地轉而思之，這是否竟是那種常招人厭的「己所欲者施於

人」。惶恐之餘，也只有建議讀者諸君不妨暫時只把現在這篇序言當作我的一個應是誠懇的自問自答，而設若您恰巧也接受了我對陳映真文學的價值的某些評斷，而希望進一步接觸的話，那麼，您也許應該直接閱讀陳映真作品，自行感受、闡釋與批評。之後，如果還有時間而且也還願意，再將這本書作為閱讀參照之一，且願意匡正我的某些讀法的淺陋與不達，則是我最大的盼望。而如果我的這本對陳映真早期的小說的詮釋之作，竟然替代了原始文本的直接閱讀與全面閱讀，則是這篇序言所不能承受的罪過。

直接切入正題。我將從歷史、思想與文學，這三個維度，分別說明為何要讀陳映真。

一、歷史

回顧戰後以來台灣的文學界，陳映真佔據了一個非常重要且獨特的位置。這樣的一個論斷，是因為那無法避免而且也不一定必然負面的「偏好」嗎？答案是否定的。這麼說好了。試問：除了陳映真，還有誰，像他一樣，在這過去半世紀以來，意向明確且執著向前地將文學創作持續不斷地置放於大的歷史脈絡之下，疼痛地碰撞著時代的大問題，不懈地求索文學與歷史之間深刻的內在關係？

也許，有人會嘟嘟囔囔地說，這不是我要的文學；「陳映真」不是我的菜。很好啊！口味是強加不來的。更何況，沒有哪一部文學作品是非讀不可的，畢竟這世界總是這樣或

那樣繼續下去，不曾因這部或那部作品而變呀。但是，如果你給文學一點點機會、一點點重量，把它看做是一種幫助我們得以同情體會各種情境下的人物的境遇心情，從而得以更具體且更豐富地理解歷史中的他者，從而得以給自我理解多開幾扇窗戶，幫助自己評估價值、尋求意義的一種重要手段的話，那麼，或許你應該要注意陳映真的文學，更何況他講的正是和你、和我那麼密切相關的故事；特別是在很多很多個他說過的故事，以及故事裡的人物，已經被我們這個時代所遺忘之時。當歷史正在遺忘，陳映真文學的價值正是在拒絕遺忘。

拒絕遺忘，恰恰是要為當下找出走向未來的出路。因此，拒絕遺忘不是單純地回到過去，緬懷榮耀或是舔舐傷口——那是「遺老」的拒絕遺忘。對陳映真而言，「遺忘」是「歷史終結」這塊銅錢的另一面。拒絕遺忘，正是追問構成我們今日狀況的種種歷史線索。這要求我們打破霸權的記憶工程，讓我們重新理解我們的自我構成，看到自身是如何在歷史中被各種力量所形塑。這樣的自知，不待言，是理論與實踐的一重要前提。理論與實踐不是展開於一個前提自明的普世空白主體之上的。

因此，作為這樣的一個歷史的探索者，陳映真透過了他的文學裡的眾多主人公，向我們展現了很多現當代重要歷史階段或事件，從日本殖民統治、二戰及太平洋戰爭、國共內戰、二二八事件、中華人民共和國的成立、全球冷戰、白色

恐怖、兩岸分斷、反共親美右翼威權政體的鞏固、資本主義
的發展與深化、大眾消費社會的形成、學術與思想的美國
化、政治與文化的「本土化」與去中國化，到如今持續迷亂
整個島嶼的認同撕裂扭曲⋯⋯。請問，在台灣當代的文學
界，乃至思想界與知識界，在這半世紀多以來，持續不斷地
直面追問這些從不曾「過去」的事件或過程的人，除了陳映
真，還有誰？那麼，陳映真的文學難道不應該成為我們理解
自身的一個重要憑藉與參照嗎？

　　上述的那些歷史事件，並非無人就此或就彼進行研究或
表達意見，但少有人有陳映真的器識心志，直面它們的源流
交錯，進而編織成一種歷史關係，對我們的今日提出一種原
則性的看法。放大某一個孤立事件，然後擴而大之，周而廣
之，形成一種單一的歷史解釋，並不為陳映真所取。歷史過
程總是條縷共織、「多元決定」的。這一對待歷史的特點，
我們無論是從陳映真 1960 年的〈鄉村的教師〉或是 2001 年
的〈忠孝公園〉，都可以看得很清楚。陳映真的文學後頭站
著一個思想者陳映真，但這個思想者在歷史面前總是謙遜與
怵惕的，他要從歷史中得到某些教訓，而非挾其理論斧鋸，
以歷史為意識形態之林場。

　　堅定地把書寫持續定位在歷史與文學的介面上，陳映真
讓人印象最為深刻，為之掩卷，為之躑躅再三的，就是他透
過小說為那大多屬於「後街」的小人物所立的傳。在陳映真
目前為止的 36 篇中短篇小說裡，這些小人物，或憂悒、或

決絕、或虛無、或堅信、或樸直、或妄誕……。他們在那些雖是虛構的但卻又無比真實的時空中行走著，時而歷歷在目，時而影影綽綽。此刻飄到我腦際的就有：安那琪少年康雄、吃過人肉的志士吳錦翔、紅腰帶骯髒的左翼猶大、浪漫青年藝術家林武治、「存在主義者」胖子老莫、質樸厚實的女工小文、虛空放縱的學者趙公、做著經理夢入瘋的跨國公司小職員林德旺、在幻滅中求死的老婦蔡千惠、在廢頹中生猶若死的美男趙南棟、本性端方的忠貞黨員李清皓、前台籍日本老兵林標、前滿洲國漢奸馬正濤……。這些，對我而言，都是一篇篇傳世的｜列傳｜，比歷史還真實的歷史。沒有它們，台灣的現當代史所可能具有的歷史記憶將更為粗疏稀薄乾枯，而歷史意識也將注定更同質更空洞，因為我們只能空洞地記著一些大事件的年與一些大人物的名。因此，陳映真文學，其實竟是歷史的救贖，它重新賦予那些被歷史挫敗、傷害並遺忘的「後街」人們以眉目聲音，再現他們的虛矯與真實、脆弱與力量、絕望與希望，讓讀者我們庶幾免於被歷史終結年代的當下感、菁英感與孤獨感所完全綏靖，從而還得以有氣有力面對今日指向未來。

　　陳映真的小說在認識歷史上是有效且有力的。以我的教學經驗為例，我曾以陳映真小說作為我所任教的大學裡「台灣社會變遷」這門課的唯一閱讀材料，取代了長期因循西方（美國）的「社會變遷」材料，結果學生的反應非常好。他們覺得，閱讀陳映真讓他們得以開始從大歷史的變局與微小

個人的運命交關之處，去思索台灣戰後以來的歷史，是一個很啟發的學習經驗——「很有 FU！」。又，以我自己這幾年的切身經驗來說，陳映真的確是一個極重要的媒介，透過它，我找到了一些支點、一些契機，去開始提問當今的各種「現狀」（尤其是知識現狀）為何是如此？為何非得如此？它要去哪裡？……。我自己就是透過閱讀陳映真，從西方理論與方法的唯一世界中一步步走出來，開始追問學術與思想之間更歷史性的內在關連。陳映真文學讓我從一種封閉的、自我再生產的西方理論話語中走出，走向歷史、走向現實、走向第三世界。

二、思想

因此，在文學與歷史介面中的陳映真文學，其實還有一個第三維度，也就是思想維度。陳映真說過很多次，他之所以寫作，是要解決他思想上所苦惱所痛感的問題。沒有思想而寫，於他，是不可能的；他不曾因繆斯之牽引，而恍惚為文，或為文而文。陳映真的忘年之交，文藝理論前輩與劇作家姚一葦先生，就曾指出他所理解的陳映真是「為人生而藝術的」，「只有在他對現實有所感、有所思、有所作為時，才發而為文」。這個「文」，有時是論理文章，有時是小說，但它們其實又只是一體之兩面。姚先生說：「論理是他小說的延伸，小說是他理論的變形。[1]」

姚先生的這段話說得非常好。然而，我們也許要稍加註

明的一點是：陳映真的文學創作從不是站在一種啟蒙高位，去宣揚某些「理論」、「意識形態」或是「立場」。歸根結底，這是因為他不是因「已知」而寫，而是因困思而寫。擺在一個對照的光譜中，陳映真是一個左派、是一個統派，這都無需爭議也不必爭議，但陳映真文學的意義與價值，並不在於它宣揚了左派或統派的觀點與見解，好比我們所熟知的某一種「社會主義現實主義」文學或藝術的營為作用。陳映真文學後頭的陳映真，其實更是一個上下求索的思想家，而非深池高城的理論家。但這並非因為陳映真不擅理論或論理，而是因為他並無意於為理論而理論，猶如他無意於為文學而文學。理論，一如文學，都可以是他思索的手段或方式。

誠然，你可以說，沒有文學家是不思想的——卓然成家，豈能只是花拳繡腿錦心玉口？但「思想」也者，並非「我思故我在」，也非「敢於思」這些大箴言所能適切指涉的，那樣的「思想」，反映的更經常是西方特定上昇時期的「普世」理論與哲學體系的建造欲望。在第三世界，以「思想」為名的活動（相對於建制學術），所要召喚出的更應是一種對於霸權價值、知識與政治的否思、一種在人類大歷史中的主體自覺，以及，一種對民族對區域乃至對人類的未來走向的想像承擔。就此而言，第一世界沒有思想。但這樣說並不意味歧視，反而意味恐懼，因為——它不需要思想。除

1　姚一葦（1987）〈姚序〉。序文頁 12。

了極少數例外，第一世界知識分子意識所及或無意識所在的是：如何保持這個霸權。明乎此，無可抱怨。讓人哭笑不得的反而是，第三世界的知識分子與文藝創作者比第一世界的知識分子似乎更是青筋暴露地鞏固在霸權周圍。

因此，一個第三世界的「現代主義文學家」，也許很「深邃地」、「玄虛地」、「創意地」思考並表達了一種「人類存在處境的荒謬感」。他在漆黑的個體內在與蒼溟的普世人性，這兩極之間姿勢優雅地來回高空馬戲，但他畢竟不曾「思想」過，而這恰恰是因為他不曾駐足於特定的歷史時空之間，從而得以接收到這個時空向他所投擲而來的問題。不此之圖，他反而以漂流於「同質性的空洞時間中」（班雅明語），以習得他人的憂傷，而沾沾自喜，進而、竟而，驕其妻妾。

是在一種特定於第三世界語境下的「思想」意義之下，文學家陳映真是一個不折不扣的思想者，而且幾乎可說是戰後台灣文學界的不作第二人想的思想者。但一經這麼說，不就同時召喚出一個尷尬問題：戰後以來乃至於今，台灣有「思想界」嗎？但我們還是暫時讓答案在風中飄吧。以我之見，陳映真是台灣戰後最重要的文學家，恰恰正因為他是台灣戰後最重要的思想家——雖然他不以「思想」為名、出名。但，除了他，還有誰，以思想之孤軍，強韌且悠長地直面這百年來真實歷史所提出的真實問題，其中包括：如何超克民族的分斷？如何理解一種「近親憎恨」？如何理解與評

估殖民統治的遺留？如何掌握白色恐怖的「歷史意義」？如
何反抗這鋪天蓋地而來使一切意義為之蒸發的消費主義？一
種改革的理想主義如何與一種民眾視野與第三世界視野聯繫
起來？在這個荒涼的繭硬的世界中，如何寬恕、如何惕勵，
如何愛人？

　　這樣的一種思想與文學，固然在系譜上、在現實上、在
對照上、在效果上，讓我們肯定它是屬於「左翼的」。且這
樣的一種「左翼的」聲音與視野，在台灣乃至於在今天的兩
岸三地，是極其珍稀的。它為一個被發展主義、新自由主
義、帝國主義、虛無主義，與美式生活方式，所疫病蔓延的
世界，提供了一個人道的、平等的、正義的、民眾的、解放
的，與第三世界的「左眼」。在這個重大價值之外，這個
「左翼」的另一重要價值，或許是在於它更是傳統左翼的一
種超越。陳映真當然是生活在人間的思想者，他當然內在於
這人間的左右乃至於統獨的鬥爭，但陳映真總是有一種既內
在於但又試圖外在於這個對立的心志與情操。它來自哪裡？
我認為它或許是陳映真批判地承襲基督宗教的某種深刻精神
底蘊的展現。從宗教與傳統中汲取抵抗現代與當代的思想力
量，是「陳映真左翼」或「陳映真思想」的一非常重要但卻
又長期被忽略的特質。這個意義，超越了一般將宗教等同於
個人信仰與解救的那個層次。

　　於是，體現於陳映真文學中的另一特質，是一種深刻的
自指性或反身性。沒錯，他的小說是在說這個世界的故事，

但更也是在說他自己的故事。紀錄、理解、解釋並批判這個世界時，陳映真也在深刻地、痛苦地反省著自己。這個看似矛盾的「向外批判與往內反省」的雙重性，使得陳映真的文學從來就不具一種說教味、訓斥味，一種自以為真理在握的啟蒙姿態。在 21 世紀的今天，在世界大勢的支撐下，「（新）自由主義」知識分子更是極為奪目地顯現出這樣一種真理使徒的姿態樣貌。歷史上，左翼，作為另一個啟蒙之子，當然也有過那樣的一種批判、批判再批判，一心打破舊世界、建立新世界的心志，但陳映真從很早很早，就已經展現了他對這樣的一種「往而不返」的左翼精神狀態的憂慮。於是他在〈加略人猶大的故事〉（1961）一篇中，塑造出「猶大左翼」這樣的一種原型，指出他在「理想」與「自省」、「恨」與「愛」之間的失衡。我們當然也要讀出，那是陳映真對自身狀態的反省，更也是他透過反省自身作為一個謙遜的邀約，請大家一起來反省「改革大業」裡的「改革主體」問題；改革主體也要自我改革。陳映真思想總是糾纏在一種深刻的、矛盾的二重性之中。

如果用「溫度」來比喻陳映真思想的二重性的話，那麼他的思想的特色是冰火同源。我曾在前一本書《求索》的序言裡，如此描述陳映真文學，說它「總是蘊藏著一把奇異的熱火與一根獨特的冰針」。火，是陳映真滾燙的對世信念，而冰則是他冷悒的自我懷疑。這裡，陳映真說：「因為我們相信，我們希望，我們愛⋯⋯」[2]。那兒，陳映真又說：「革

命者和頹廢者，天神和魔障，聖徒與敗德者，原是這麼相互酷似的孿生兒啊」。對著他的亡友吳耀忠，陳映真幾乎可說是哭泣地說：「但願你把一切愛你的朋友們心中的黑暗與頹廢，全都攬了去 ……」[3]。陳映真的思想因此不只是思辨性的，更也是情感性的、道德性的，乃至「宗教性」的。我們體會陳映真的思想狀態，不應以一種對思想家的習見冷冰理智的設想去體會。或許，我們甚至也不應該將陳映真的思想抽象地、形上地結論式地標定在一種「二元性」上。那樣也可能會誤導。「陳映真思想」不是一種純粹的狀態，也不是一種結果，而是一種過程——一個人如何和自己的虛無、犬儒，與絕望鬥爭的過程。陳映真的文學所展現的正是這樣的一個思想過程。

我們閱讀陳映真，當然是想要向他學習，好讓我們自己成長。在學習中，這樣的一種「過程性的陳映真」的體會尤其重要。尤其當我們知道，在中國的知識傳統中，知識分子的學習不是以經典、著作，甚或言教，為單一對象，而更是向一個作為整體的人與身的學習。緣是之故，陳映真文學的另一個深刻意義恰恰在於提示了一個重要的知識的與倫理的問題：「如今，我們如何向一個人學習？」昔日，我的讀書習慣是把人和作品切割，把人和時代切割，把作品和時代切

2　陳映真（1985）〈因為我們相信，我們希望，我們愛……〉。頁35。

3　陳映真（1987）〈鳶山——哭至友吳耀忠〉。頁42。

割，抽象地理解「思想」或「理論」，習得其中的抽象思辨
方法與概念，今日，我知道那是錯的。閱讀陳映真，也讓我
理解了如何回答上面那個問題。我們要從一個人（當然，一
個值得我們學習的豐富的人）的整體去理解他，他的方向與
迷失、他的力量與脆弱、他的信念與虛無，他如何在這個矛
盾中惕勵、學習，克服脆弱與虛無……。

　　因此，陳映真文學的另一個重要特質就是「誠」（auth-
enticity）。他用他的誠克服那處處瀰漫的犬儒、虛無與絕
望。他的文學袒露了他的真實，他從不虛張聲勢掩飾脆弱與
懷疑。文學，於是只是一個與你與我一般的尋常人真誠面對
自己的寫作，而寫作其實又只是自救與求索的足跡。陶淵明
在他的〈閑情賦〉裡所說的「坦萬慮以存誠」，似乎正好為
陳映真文學中的一個重要思想特質做了一個簡潔的勾勒。

三、文學

　　寫作至此，我這個陳映真文學的「推薦者」，依稀面臨
了一個弔詭情境：就在我一直強調陳映真文學的寶貴價值是
在於它所承載的歷史與思想的時候，我發現這些價值不可以
也不可能作為「文學」的外在來談。因此，如果我前頭的書
寫造成了一個可能誤導的印象，讓讀者您以為陳映真文學的
價值僅僅是以其歷史與思想而成立，那此後就是一個必要的
澄清。說實話，這個澄清不是我的能力所能做得好的，但我
努力嘗試。

　　「文學是什麼？」──這是一個大問題。文學作為結果，是一本本的詩、小說或散文，但作為過程，文學是一個具有敏銳心靈的人，努力理解他的世界、他的民族、他的時代、他的社會，與他自己，的一種努力，並透過適度講求的文字與適當的形式，感動自己進而感動別人。己達達人，讓自己讓他人能夠對我們所存在的環境有一個較深入較透徹的理解，從而促使我們能朝更合理更尊嚴的人生前進。這樣的一種理解，我相信，是從閱讀陳映真得來的。如若比較箴銘式地說「文學起始於苦惱，終底於智慧」，我想應不為過罷。

　　在如此的關於文學的想像中，文字與形式是重要的。有聽過流水帳的小說或是陳腔濫調的詩或是套話充斥的散文嗎？那還能叫小說、能叫詩、能叫散文嗎？還會有人樂讀嗎？但是，反過來說，如果文學之為物，只剩下了優美絢爛乃至於古怪奇情的文字與形式，那還叫文學嗎？對這一點，我不想在此開展爭議，因為本文的主旨在推薦陳映真，而非反推薦他人。

　　對陳映真而言，文學的價值絕不在「文字煉金術」。陳映真不是沒有這個本事。就術論術，陳映真當然是一個大煉金師。但關鍵在於，文字與形式的講求並非陳映真文學的目的。不自寶其珍寶，陳映真不止一次說過，文字與形式是文學這一行當的基本功，沒啥好多說的。初讀他的小說，如果又聽到陳映真這麼說，我們也許會疑心他矯情：當真如此嗎？以我們看來，你對文字是講求的，你的文風是獨特的呢

……。這都沒錯，但我們要注意一點，文字與形式的專注，是陳映真思想與信念專注的外在表現；沒有言，無以展意，沒有筌，無以得魚。但當他專心一意往思想與實踐的目標奔去時，這些言或筌，都會被忘掉的。這有些像早期的清教徒企業家一樣，根據韋伯，他們在一心奔向信念的目的地時，他們日常所追求的那些財貨，都像是一件件輕輕的斗蓬般，全都是隨手可拋的身外之物。但對資本主義的第二代及其之後的企業家，這些如斗蓬般輕飄的身外之物，都變成了無所逃於天地之間的「鐵籠」（iron cage）。想想看，在台灣，有多少文學家在他們自己所經營的「世紀末的華麗」鐵籠中困囚終生。

陳映真甚至如此說：其實不一定非要寫。我們可以做很多很多的事，不一定非要寫作。寫作本身不必然是一個「志業」。我們必須先要有困擾、感動、憤怒、憐憫、痛感、喜悅、荒謬……各種真實的感情，我們才開始去寫。發於中形於外，這才是文學的正路；也正是「為賦新詞強說愁」的對反。長久以來，我們看到很多「強說愁」的變形，包括那些以文學作為西方摩登文化理論的註腳或操場的書寫。

真誠，是長期以來陳映真文學之所以能感動那麼多人的最重要緣故。這個真誠既展現在歷史與傳記的再現，也展現在思想的顛躓摸索，也展現在文學的一通內外。這其中，必須要特別感謝文學，若不是文學這一輛神奇的車，陳映真也無法如此讓人深受感動地進入到他的歷史與思想世界。「但

為君故，沉吟至今」——我想到了好多好多陳映真的朋友，
乃至敵人。陳映真不喜空車文學，也不會達到目的地之後還
戀車，但沒有這車，也就沒有我們所知道的陳映真了，而這
世界大概只有那行動者陳永善以及議論者許南村了。某種程
度上分享了前輩姚一葦先生對陳映真文學的感情，我想在此
重錄他為《陳映真作品集 1-15》（人間出版社）所寫的著名
〈姚序〉的最後一段：

> ……他是一位真正的藝術家。因為上天賦與他一顆心
> 靈，使他善感，能體會別人難以體會的；上天又賦與
> 他一雙眼睛，能透視事物的內在，見人之所未見；上
> 天復賦予他一隻筆，揮灑自如，化腐朽為神奇。因此
> 我敢於預言，當時代變遷，他的其他文字有可能漸漸
> 為人遺忘，但是他的小說將會永遠留存在這個世界！
> 這就是藝術奇妙的地方。4

「藝術奇妙的地方」，的確。其他文字也許會為人遺
忘，也許。但是，我們也都別忘了，陳映真的文學將永遠留
存在這個世界，恰恰也是因為它是一列滿載的火車。

火車來了。

4　同註 1。

解 篇

左翼、宗教與性

60年代的「左翼男性主體」

「……星星。」他說。盯著星星的眼睛，
似乎要比天上的星星還要晶亮，還要尖銳。

麵攤
——理想的心，慾望的眼

　　這篇小說是 22 歲大學生陳映真的頭一篇小說創作，發表於 1959 年的《筆匯》，是作者的一門英文課程的習作改寫而成的。以我這個非文學批評專業者的極有限的所知，50 多年來，對這篇小說的解讀似乎還只是停留在人道主義或是文字魅力的層次，不曾進入到它更深刻的歷史與精神內裡，從而沒有達到深入的理解與批評。之所以如此，可能有多種原因，包括，這篇小說的青澀身世、它的表面非政治性與無思想性——特別是當我們對照於幾乎同時寫就的〈我的弟弟康雄〉、它類似催眠曲般軟綿虛幻的文風，以及作者自己對它的相對冷淡[1]。著名的〈姚序〉，倒是對這篇小說情有獨鍾，但它的評論也是主流的，它說作者

---

[1]　例如，陳映真 1975 年出獄後所出版的集結了作者早期創作的《將軍族》（台北：遠景）就沒有收錄〈麵攤〉。2007 年陳映真的《陳映真自選集》（北京：三聯）也沒有收錄此篇。兩本集子都以〈我的弟弟康雄〉為卷首。

在他所描寫的困境中，不是粗魯的、浮面的感情，而
是在那痛苦的裡面，有一股溫馨的、深沉的人間愛。
而尤其吸引我的是他的文字；我不是說他的文字有何
巧妙，如何靈活，而是有一種難以言傳的魅力。[2]

姚先生的閱讀感覺，我相信是能得到大家的同意的。但
大概也因為這樣的感覺的單一突出，使得這篇小說就像一顆
青澀的小果子般，孤伶伶地掛在由〈我的弟弟康雄〉所開啟
的早期小說系列之前。而很多陳映真的愛好者或是評論者，
應該大都是倉促翻過〈麵攤〉那幾頁，就直奔到他們心中的
那位孤獨、虛無、憂悒，終而自戕的「現代主義角色」康雄
小子了。

而的確，這篇小說的開始和結束都是在描述麵攤這一家
的孩子和孩子的媽媽的「母子親情」，而當我們知道這個孩
子還是一個會吐血的肺結核患者時，這篇小說更是讓讀者不
自覺地拿起「世間有愛」或是「人道主義」來框架它。小說
的結尾是這樣子的：

孩子在媽媽軟軟的胸懷和冰涼的肌膚裡睡著了。至於
他是否夢見那顆橙紅橙紅的早星，是無從知悉了。但
是你可以傾聽那攤車似乎又拐了一個彎，而且漸漸遠

2　　姚一葦（1987）〈姚序〉。序文頁 5。

去了。

格登格登格登……（1：12）³

做為讀者的我們，在這樣的連陳映真之後的寫作也的確
少見的催眠曲風的文字中，似乎也容易在「格登格登」聲
中，滑到一種「達達的馬蹄」的浪漫況味，竟而以一種稍帶
惆悵與疑惑（特別是針對小說中朦朧不明的關於性誘惑的描
寫），但大體溫馨的感覺，離開了這篇小說，睡著了。這個
感覺，不能說是誤讀，但的確是淺讀的徵候。

一、深讀

本文嘗試以另一種方式來理解這篇小說，將作品和作者
的主體狀態以及時代背景密切勾連起來，也就是，要知人並
論世地讀小說。在這個具有時空深度層次的理解下，〈麵
攤〉不是習作，不是老掉牙的人道主義故事，也不是一顆孤
伶伶的青果子，而是左翼青年陳映真早期小說的定調之作；
早期作品的衆多思想甚或形式要素在此已有充分展現。因此，
重讀〈麵攤〉之前，有必要掌握陳映真早期小說的特徵。

我曾為陳映真小說作了一個分期。我把他從第一篇小說

3　本書所使用的版本是《陳映真小說集 1-6》（台北：洪範，
　　2001）。為避免註釋過量，在本書，凡引用陳映真小說時，都將
　　直接標記於引文之後；（1：12）表示第一冊第 12 頁。

〈麵攤〉（1959）到目前為止的最後一篇小說〈忠孝公園〉
（2001），之間長達 35 年的實際創作生涯分為三個階段[4]。
這三個階段分別是寓言—懺悔錄時期、社會批判時期，以及
歷史救贖時期。寓言—懺悔錄時期涵蓋了從〈麵攤〉到〈獵
人之死〉（1965）的寫作；社會批判時期是從〈兀自照耀著
的太陽〉（1966）到〈萬商帝君〉（1982）；歷史救贖時期
則是從〈鈴鐺花〉（1983）到〈忠孝公園〉。當然，這是一
個粗糙的分類，好比陳映真早期書寫不同階層的外省人流離
經驗的多篇小說（例如，〈將軍族〉、〈文書〉、〈纍
纍〉、〈第一件差事〉、〈一綠色之候鳥〉），或本省左翼
份子在白色恐怖下的命運（例如，〈鄉村的教師〉、〈故
鄉〉）就可視為更接近歷史時期的母題。又好比，1967 年的
〈六月裡的玫瑰花〉，在母題和語言上似乎更和十年後的華
盛頓大樓系列接近。又好比，1978 年的〈賀大哥〉雖然和華
盛頓大樓系列的第一篇〈夜行貨車〉同時發表，但前者在一
種自省的精神氣質上似又與社會批判階段不相侔，而直接回
到寓言—懺悔錄階段的寫作，雖然它同時在關於美國帝國主
義的批判上又直接開啟了「華盛頓大樓系列」的母題。像
〈賀大哥〉這類跨在兩期之間的小說還有〈兀自照耀著的太
陽〉與〈趙南棟〉（1986），前者兼容了第一與第二階段的

4　35 年這個年數沒算錯，因為我扣掉了因國家暴力而終止了 7 年的
　　創作；陳映真於 1968 年 5 月被警總逮捕，並被判刑 10 年，於
　　1975 年 7 月因蔣介石去世特赦出獄。

特色，後者則並收了第二和第三階段的旨趣。

　　做這個分期，並非為了分類學的興趣，而是想要大致掌握陳映真小說寫作中思想主題的變化。第一階段的寫作，也就是所謂的寓言—懺悔錄時期，大約是作者 22 歲到 28 歲之間的青年時期寫作，展現的議題非常寬廣，有貧窮、家庭、資本主義消費社會的萌芽、對戰爭的反思、理想的沉淪、苦難者的道德狀態、性、兩性、禁欲主義、死亡、左翼男性、（耶穌的）愛、內戰、冷戰、白色恐怖、流離、精神病、省籍、階級、烏托邦想像、人道主義、中產階級的非人化……。但要之，這些議題都是展現在一個更大的問題意識脈絡之下：「在民族分斷、冷戰、白色恐怖，以及所有進步理想面臨窒息與麻木的危機的資本主義社會中，人如何才是活著？」。於今看來，不只是在荒蕪的 50、60 年代，就算直到今日，這個問題也還是只有陳映真一個人在不悔地提著、肩著。人說陳映真的小說，特別是早期的小說，「嗜死」、「頹廢」、「虛無」，但凡是這些，其實不過是陳映真的那個根本問題意識的一個側面而已。現代主義傾向的評論者比較容易只看到性、死、絕望與憂悒，過早地將陳映真定位於他們的「現代」，從而無法給這個問題意識的本原與正面一個更充分的討論。

　　在陳映真早期的小說裡，主人公常常展現了一種火與冰的徬徨矛盾，一方面有熾熱的左翼理想與願望，但另一方面又因為這些理想的禁忌性質，根本無法想像有任何實踐的可

能，何止，就連和旁人說個清楚都是不可能的。但是，小說主人公的這些狀態不就是青年陳映真的真實狀態嗎？陳映真並不是在類似現代主義者（左手或右手的）繆思才情下，「自由地」馳騁想像，生造人物虛構情節，而是在一種頡頏的、矛盾的、自我壓抑的、冰炭相激相盪的真實主體狀態之中生活、思考，與寫作。寫作，於陳映真，是矛盾艱難苦恨但也同時是自救的，因為他不得不說他一定不能真地那麼說的話。於某些現代主義者，寫作或許是如泉之自流那般地適己悅人。於陳映真，寫作則好似以壓抑著內部火山全面爆發般的力量，讓一些火焰與氣體節制地宣洩；而在這個不得不的宣洩中，又必須佯裝那兒並沒有火山。

由於這個思考與寫作的密教性質，使它必須以一種寓言的形式展現出來。所謂寓言，也就是話不能直說、人物不能白描、背景不能直鋪，而必須得寄寓在另一個形式中。而這使得閱讀經常要在一種「言在乎此」之中，體會到那「意在乎彼」。於是陳映真這一時期的寫作不得不大量使用象徵，語言也必須晦澀，時空背景也必須高度抽象以致曖昧不明，而人物的書寫也必須降低其歷史與社會具體性──以犧牲生活的肌理為代價……。但也唯有如此，那不能說但卻非要說的話，才能找到一個複雜怪異的瓶子裝進去，等待識者拾起，有時一等就是幾十年。

與寓言同體的另一面是懺悔錄。由於作者的思想在其當代的密教性質，這個思想一定是在一種孤獨的狀態下，在沒

有實踐可能的前提下，在胸臆中澎湃翻攪，而這必然讓思想時刻指向自身、回彈自身。在寓言書寫的另一面，這個孤獨的、內指的思考，也必然使書寫深深地浸染著某種自白或懺悔錄的特質。作者的巨大不安，使他常常無法僅僅是把自己「忘情地」投入一個情節架構中，去寫一個動人的故事之類的。他的書寫總是不安地回到了自己，而自己也經常不安地跳進了書寫；讓自己變幻為他自己小說中的人物，時而幻形為冰、時而幻形為火，看到作者的身影在這個角色身上，又倏然看到他在那個角色身上。認真讀青年陳映真寓言時期的小說，是不可能無感於作者的自我在小說中幻進幻出的，例如，〈我的弟弟康雄〉裡，不難看到康雄有作者的一面身影，但稍微努力一點，也不難在康雄姊姊身上看到作者的可能的另一面。又好比〈故鄉〉裡的「我」以及「我」的哥哥，也都是。例子是太多的，還有〈祖父和傘〉、〈蘋果樹〉、〈淒慘無言的嘴〉、〈一綠色之候鳥〉、〈獵人之死〉、〈兀自照耀著的太陽〉、〈哦！蘇珊娜〉，以及本文要討論的〈麵攤〉，都可看到作者幻進幻出的身影。又豈止幻進幻出，他竟時而躁鬱地不顧小說章法，跳出來說三道四呢！例如在〈死者〉裡，當作者找不到適當的角色來說他要說的關於如何理解貧苦人的「私通敗德」時，他乾脆違背敘事體例，跳出來進行一串旁白評論。小說裡，這段評論沒頭沒腦地不知誰說的（但當然是作者自己了）：

而且一直十分懷疑這種關係會出自純粹淫邪的需要；
許是一種陳年不可思議的風俗罷；或許是由於經濟條
件的結果罷；或許由於封建婚姻所帶來的反抗罷。但
無論如何，也看不出他們是一羣好淫的族類。因為他
們也勞苦，也苦楚，也是赤貧如他們的先祖。（1：
75）

　　類似的例子不少，包括待會兒就要談論的〈麵攤〉以及
另外一篇重要的小説〈蘋果樹〉。但此處我們也不妨留意一
個事實：這樣的一種作者幻入或實入的書寫，在陳映真寓
言—懺悔錄時期之後的寫作就少得很多了。這個單純的事
實，也間接支持了我對陳映真小説的三個分期，以及早期創
作相對於中後期的高度自指特質。當然，我們是得避免庸俗
的對號入座式的小説閱讀；説康雄就是陳映真，就跟説賈寶
玉就是曹雪芹一樣地殊無意義。但是，我們也要避免走入另
一個極端，完全將作者與作品割裂。這種作法或許在閱讀某
些「純文學」的創作時還説得過去，但對閱讀陳映真這樣的
直面歷史、直面自身的作家而言，這將會是缺乏理解效果的
閱讀。
　　小説，對陳映真而言，首先是面對他自己的痛灼意識。
古之學者為己，陳映真寫小説首先也是為己。不是不可以這
麼説，從 1959 到 1965 這個寓言—懺悔錄時期的寫作，是具
有某種強烈「哈姆雷特感」的。這個「哈姆雷特感」想必給

陳映真帶來了不虞之譽,因為它想必使兩三代的評論者,跳過了作者的特殊主體狀態、略過了作者的社會歷史背景,徑直將「哈姆雷特感」抽象化、永恆化、「人性化」,以便輕鬆連接上了他們根深蒂固的英美「現代感」,且沾沾自喜,以為不如此便不足以為文學。緣此,青年陳映真寓言時期的寫作便被以現代主義的尺度衡量,據之以讚嘆、持之以批評。這一時期的〈我的弟弟康雄〉,就因為錯誤的恭維,浮出而為人們對陳映真此一時期書寫的最鮮明、最代表的作品,僅僅因為它只被體會為現代主義各種內容或形式要素的強烈表現:封閉的個體性、孤獨、失去意義、性、頹廢、虛無與死亡——就內容而言;象徵的運用、「意識流」的片段、以及敘事的去歷史與去社會脈絡化——就形式而言。在這樣的一種被現代主義「時代的幻覺」所操持的「體會」裡,〈我的弟弟康雄〉以及同期的很多其他作品,都無法以它們真正應該受到表揚的價值被表揚。而〈麵攤〉則因為相同的理由,更悲哀地連這一點謬讚也得不到呢 5。

本文即是將〈麵攤〉定位為陳映真寓言—懺悔錄時期小說的開山定調之作,來重新考察它的意義。

5　這一節的討論大部取材自拙著《求索:陳映真的文學之路》。頁
　　37-42。

二、寓言

　　〈麵攤〉或許是戰後探討台灣社會在資本主義發展下，階級與城鄉不平等及其衍生的罪惡的第一篇小說。它的時間背景是 1950 年代末，經歷了以土地改革與「進口替代」為發展策略的「十年生聚」，國府統治下的台灣，資本主義的動能已經在緩緩轉動了，人們也開始漸漸有消費能力了。陳映真的另一篇同時期的小說〈死者〉（1960），一開始就藉由奔喪者林鐘雄（一個年輕的二輪電影巡迴放映者）的角度，描述了彼時已稍見端倪的消費主義社會雛形：「鄉下人實在漸漸地闊起來啦[……]他們闊起來，至少比往常更敢於花錢」（1：59）。但那說的還是鄉下小鎮，若論起首善之都的鬧區，那資本主義都會的聲色犬馬似乎早就迫不及待地沸沸然了。〈麵攤〉裡是這樣描寫小攤車每天在華燈初上之時，都要格登格登而至的西門町：

> 也不知道在什麼時候，沿著通衢的街燈，早已亮著長長的兩排興奮的燈光。首善之區的西門町，換上了另一個裝束，在神秘的夜空下，逐漸的蠕動起來。（1：3）

　　這入夜的西門町已經是一個滿脹著性的蠱惑的都市了。沒有面目的消費者從這裡流向那裡，流來，又流去。坐在麵

攤的一角望出去，這些顧客「從人潮的行列裡歇了下來，寫寫意意地享受了一番，又匆匆地投入那不知從哪裡來也不知往哪裡去的人羣裡。」（1：3）被警察驅趕的慌亂急行攤車，如恐慌逃難的群鴨一般，雖然對人潮起了點騷動，但「人潮也就真像切不斷的流水一般，瞬即又恢復了他們潺潺的規律」（1：4-5）。陳映真之後從未中斷過的對消費大眾的茫然、慣性與麻木的批判意識，在他的這頭一篇小說中就已展現。2000 年，在陳映真的〈夜霧〉裡，故事主人公前調查員的「我」在百貨公司門口讓昔日的迫害對象給認了出來，慌忙逃脫。對方情急之下，在人群中絕望地嘶喊｜攔住他，他是國民黨特務！」。「我」恐懼慌亂到極點，但

> 我注意到滿場鼎沸的人群中皆都若無其事，拎著滿載的購物袋，笑容滿面。沒有一個人在意張明的悽厲的叫罵，有人看著張明竊竊私語，有人對他咧著嘴笑。[……]我彷彿覺得張明在聲嘶力竭地向整個城市叫喊。而整個城市卻報之以深淵似的沉默、冰冷的漠然、難堪的竊笑，報之以如常的嫁娶宴樂，報之以嗜慾和麻木……（6：117-118）

陳映真對富裕消費社會的批判可說是數十年如一日，但在數十年前的早期寫作裡，他對貧窮的認識與批判則似乎是更為緊要，而這既來自作者的身世，也來自一個左翼青年對

下階層民眾的真誠關切。〈麵攤〉與很多其他早期小說一般，其強烈關切之一就是貧窮，以及貧窮對人們的肆虐及扭曲。

貧窮是罪惡嗎？一這樣問，可能就有機智的君子馬上反問：顏回是罪人麼？在資源稀少、生活簡單、自給自足的農業社會裡，均寡或許不會帶來那麼多的不安與挫折，因此傳統儒家所説的「貧而守約」，也未必是個道德高調。但在資本主義的不均衡發展之下，農業與農村受工業與城市擠壓，使很大的一部分農村人口被迫流向了繁華、疏離、敵意的都市，那貧困就經常拖著一道長長的罪惡黑影在那兒等候著他們了。資本主義社會必然會產生的結構性貧窮，使廣大的民眾困居於都市邊緣的貧民區（大陸謂之「城鄉交接部」）中，處於物質與文化的貧窮邊緣線上。但也唯有如此，方能擠壓出更多的廉價勞動力，作為資本主義社會的存在前提，有黑闇後街才有那金光通衢。「後街」是陳映真的心與情的最終安頓，哪怕他所寫的是偉岸風華的「華盛頓大樓」。經由〈麵攤〉，陳映真讓我們看到貧窮帶給麵攤一家的「罪惡」：讓病兒活在肺結核的絕症陰影下，讓老實寡言的男人一見到警察就得堆出卑微憨蠢的笑臉，讓年輕美麗的女人在貧困勞苦、不快樂的婚姻，與絕症病兒的多重重擔下，時時還得抗拒那讓她心跳與臉紅的不可言説的也是良心所指責的遐想。

在浪漫甚至惑誘的表面文字之下，我們無法不看到這麼一個事實：麵攤的這樣一個「核心家庭」（或生產單

位？），以及由它所代表的資本主義發展過程中眾多類似的貧賤之家，終將崩壞離析；勞苦的人無法卸下重擔，貧困的生活也找不到希望，從而，生活難免染上絕望、沾上罪惡。這是一個在格登格登聲中隱藏著階級車軸的書寫，特別是當我們將麵攤一家對照於那在慾望街車與興奮街燈下流轉的紅男綠女時。

1959年，陳映真二十二歲，那時他已因秉賦、命運、機緣，與危險的自修，成為了一個嚮往著中國社會主義革命的青年。這是何等天打雷劈的秘密！他關切弱勢小民，但他從他們身上看不到希望，反而只有頹敗。他寄望革命，但革命近在海峽一旁，卻又似遠在天邊的星星，可望而不可及。那麼，這些真灼的感情、希望、信念與等待，要如何表達呢？不能直說，那就只能用象徵了，而陳映真用的就是「橙紅橙紅的早星」。這個意象，在短短的小說裡竟出現過三次——這難道只是為了舞台背景嗎？只是為了增加些許神秘空靈嗎？應該不是的。我認為，這顆按照基本天文知識必定掛在西邊的「橙紅橙紅的早星」，我們現在幾乎可以確定所指的是象徵社會主義中國的那顆紅星——這是作者不敢說、沒法說，但又非得說，且又不得明說的秘密。指向中國的社會主義革命，是陳映真早期小說的特徵之一，〈麵攤〉不但無異於早期的其他小說，而且是首篇。

「橙紅橙紅的早星」第一次出現在小說剛開始。在行走中的母親的懷裡的病童往外看著，他的視線從高高的牆攀爬

而上，越過那有著「黑暗的骨架」的鴿子籠，「意外地發現了鴿籠上面的天空，鑲著一顆橙紅橙紅的早星。」

> 「……星星。」他說。盯著星星的眼睛，似乎要比天
> 上的星星還要晶亮，還要尖銳。（1：2）

黑暗的鴿籠與橙紅的早星，是黑暗與光明、禁閉與自由、死亡與希望的對照。這個對照非常壓抑，也非常深刻：即使是那因貧困而瀰漫著黑暗、禁閉與死亡的人間一角，也還是有希望的，而希望就展現在得絕症的孩子眼睛中的那比星星還明亮的兩盞燈火。

紅星第二次出現是在第二節末尾；完全是一段天外飛來的話，作者知其突兀，特以括弧區隔：

> （唉！如果孩子不是太小了些，他應該記得故鄉初夏
> 的傍晚，也有一顆橙紅橙紅的早星的。）（1：4）

這應該是作者按捺不住自己，跳出來的旁白吧！陳映真或許知道在孩子很小的時候，甚至出生之前，在這個島嶼上，特別是孩子他們一家所來自的故鄉苗栗，曾有過紅星的吉光片羽，但終究殞落。誠然，這是個大膽的解讀，二十二歲的大學生陳映真對左翼歷史與白色恐怖到底知道多少？這個問題也許永遠沒有一個確定的回答[6]。但如果我們對照同

時期的其他寫作，例如〈鄉村的教師〉、〈故鄉〉與〈祖父
和傘〉，其實都牽涉到白色恐怖的背景，特別是前兩篇更是
以白色恐怖對志士的摧毀性打擊為主題，就也許會對這個
「大膽解讀」比較有信心。而〈麵攤〉三十五年之後，陳映
真又寫了一篇以苗栗為背景的〈當紅星在七古林山區沉落〉
的報導文學[7]。那個故鄉的紅星雖然沉落了，但「石在，火
種是不會絕的」──魯迅曾這麼說過[8]。陳映真也是唯有把
希望寄託於未來，也就是下一代。因此，他盯著比星星「還
要晶亮，還要尖銳」的幼童之眼。

　　但這個幼童卻又是被絕症所詛咒著的；他的前路可能是
非常艱難的。他的比「橙紅橙紅的早星」還要晶亮還要尖銳
的眸子，或也將隨著生命的夜的下落而消失罷。青年陳映真
是焦慮的、困惑的，那個他所堅持的「彼岸」的理想似乎在
眼見的未來是沒有出路沒有希望的了。這樣的一種不甘絕望
但還總有所期待的心情，最後還又展現在故事的結尾，也就
是本文一開始所引述的那段小說文字。在那裡，理想的、希
望的星星是不是還會被「他」（病童）夢到，是「無從知
悉」了，而同時，「你」（你、我、一般讀者，兄弟姊妹

6　或許由於過去人們對陳映真早期小說的閱讀缺乏這一個「左翼」
　　視角，因此在眾多對作者的訪談中並不曾觸及這一問題。

7　陳映真（1994）〈當紅星在七古林山區沉落〉。

8　魯迅（1936）〈「題未定」草之六〉《且介亭雜文二集》。頁
　　435。

們）將註定只有在希望與絕望之間等待與傾聽，「格登格登格登……」。

三、懺悔錄

這篇小說誠然是以一個第三人稱的全知觀點進行敘述。但這個隱身的「全知」最後卻出櫃了，以一個站出來訴「他」說「你」的「我」的姿態出現。誰是「我」呢？這個「我」當然無法不是作者，但這樣說等於沒說，必須進一步指出，這個「我」是左翼男性青年的作者的一種主體狀態。「我」是都市裡的一個暗夜游魂，既勇敢地反抗這個都市的暗夜但又同時可恥地為它所吸引，蒼白地孤獨地攜著一縷隨時會逝去的、一如黃昏早星般的希望，既窺見了這 50 年代末漂浮著性蠱惑的首善城市的夜裡因貧困而生的種種罪惡，也反窺了自己的罪惡與孱弱。

這個暗夜遊魂是一個既身處卑鄙卻又企望光明，耽溺於慾望卻又深深恥於己身慾望的這麼一個極複雜且極矛盾的「存在」。他於是經常陷在一種「疲憊的」、「疲倦的」、「困倦的」狀態中，而透過這雙困倦的眼睛所看到的四周，也經常是泛著一層薄薄的疲倦霧靄。但恰恰由於這個疲憊是根底於一種精神與肉體的鬥爭，因此疲憊者竟還不免時而竟為這個疲憊而有些傲然，尤其是當他看到那些完全被昂然的肉體所征服的歡快人們時。「疲倦」這個關鍵詞，在陳映真寓言時期的小說中多次被使用，以象徵那理想與慾望之間無

休止爭戰的後果與狀態。那個為理想與現實、精神與肉慾所扯裂的「細瘦而蒼白的少年」康雄，就是那麼「疲倦地笑著」（1：13）。而現在這篇小說裡的警官，也老是疲倦地笑著。

黃昏時刻，市燈初上，茫茫人潮中，這個暗夜遊魂又出來了，此時的首善之區的西門町已經把白日還在力撐著的一點假正經給褪脫下來，「在神秘的夜空下，逐漸的蠕動起來」。他帶著難以言明的慾望與恥感，刻意避開那召喚著他的紅綠喧囂，但他畢竟又離不開繁華，他要在這個繁華中詛咒這個繁華，一如康雄姊姊聊以自安的詭計。他要在這個繁華的大街上看到「後街」，於是他有點像一個左派田野研究者一樣，有點不得不地或理所當然地跟隨著麵攤一家，他要看看「貧困」是否是一種節操與道德——特別是在與那些令他嫌鄙的紅男綠女消費動物的對照之下。

但對貧困民眾的合於義的關切竟然不由自主地暗渡為對女性的注目。他的慾望的眼離不開一個年輕的婦人——也就是這個麵攤的老闆娘以及病童的媽媽，她有著優美的長長的頸項，胸口的鈕釦常常不自覺地解開，而後半意識地扣上，而「沉思的臉在洩露暗淡的街燈下顯得甚是優美」（1：11）。

這個麵攤除了賣牛肉湯還賣麵餅（以我對台灣夜市的有限經驗，這的確是很奇特的「麵攤」）。「麵餅」，讓我驚怵地想起那經典通姦案例的受害者——賣炊餅的武大。但更

讓我驚怵的是，這「年輕的婦人」竟然名叫「金蓮」。而如果我們又知道陳映真由於孿生子的經驗，對於名字和實人之間總感到微妙的關係，從而在「為故事中的人物取名時，總是感到盎然的興味」時[9]，我們對這個名更加地感到驚怵。暗夜遊魂一直在盯著金蓮的胸口，害她不得不低頭扣起良家的領扣。金蓮並沒有要迷惑任何人，但是她的青春、她的重壓、她的不快樂、不匹配的婚姻（小說裡，夫妻完全沒有對話，也無情感交流），以及她的勇於表現自我——在警察局裡，當武大囁囁嚅嚅地不敢回答問題時，是金蓮以其女性的勇敢回答那傲慢粗暴的胖警察的……在在皆使人為之自迷。她有她的被壓抑的夢想，儘管她不見得敢真正想，而這既是因為現實上沒有出路，也是因為她對孩子有愛。在她心旌搖盪時，她反而更是條件反射般地意識到自己對需要她的孩子的愛與責任。在警局、在麵攤，當那位「有著男人所少有的一對大大的眼睛，困倦而深情」的警官注視著她時，她「低下頭，一邊扣上胸口的鈕釦，把孩子抱得很緊」（1：7）。這是一位令人尊敬令人心疼的女子啊。

暗夜遊魂並不像世上的猙獰男子，他並沒有看不起她地慾想著她，非但沒有，反而是漲滿了一種說不清道不明的情感，雜揉著青春期的性慾，以及對母親的愛戀。金蓮是美的、是善的，她的惡是這個世界的惡，而非她自己的惡。看

9　陳映真（1976）〈鞭子與提燈〉。頁 6。

那「優美的長長的頸項」啊！暗夜遊魂如是驚呼。於是暗夜遊魂想像自己幻形為母親懷抱中得了重症的幼兒，依偎在母親的「軟軟的胸懷和冰涼的肩項」——母親是我的。但暗夜遊魂也想像自己幻形為一個，一個什麼樣的人，能，能怎麼說呢？「一親芳澤」嗎？啊，這太可恥了，怎能有這種念頭呢！前一刻，我還在追尋著那「橙紅橙紅的早星」呢！我是該離開呢，還是……？但終究，軟弱的暗夜遊魂疲憊地屈服於他自己的慾望，幻形為一個警官。這個警官有著疲憊的笑容、有一對「大大的眼睛，困倦而深情的」，而且還是一個對弱勢者懷著於他的身分職業而言必須壓抑的同情的警官。但連孩子都觀察到了：「這個警察，不抓人呢」（1：7）。長期對心中所嚮往的正義無法言說，以及長期必須沐猴而冠，穿戴起體制的衣冠，掛上「正常的」面貌，是多麼的疲憊啊！「大眼睛警官」在這篇小說裡，是另一個暗喻，指的是身與心、現實與理想的水火矛盾；是暗夜遊魂對自身狀態的最刻薄的想像。

　　至於那個母親與警察消失於人群中的那短暫片刻，究竟發生了什麼事？恐怕是連暗夜遊魂自己都不敢想像的。「天哪！」

　　陳映真的早期小說不乏這般從自縛的繩子裡逃開，而結局或是發瘋，或是自殺的角色。而女性／性在陳映真的小說創作中始終是一個最複雜、最難解、最矛盾的一個神秘核心，尤其是早期小說。難以說出來的要承受殺戮的理想，難

以面對遑論解決的性這道難題，是陳映真早期小說的一個核心母題。這使得陳映真疲倦於要說但又不能說的往返掙扎與試煉，而終於說了，卻說得那麼的神秘、那麼的美學，那麼的幽乎。「現代主義」文風於是成為了他寄生的殼，在那裡說著只有他自己或少數一二性命結交的兄弟才懂得的「非故事」。因此，陳映真從來不是一個現代主義者，因為他要說的永遠是一個特定時代下的人與歷史，而其中有著被鎮壓與被壓抑的理想與信念，也有著難以啟齒的慾望和罪感。以這樣的理解，我重讀〈麵攤〉，我相信它是陳映真關於戰後資本主義發展下城鄉不平等及其衍生的罪惡，關於對社會主義「彼岸」的夢想追尋，以及，對追尋者自身困境的真誠反思的第一篇小說。細緻地、緩慢地閱讀陳映真寓言時期高度自指性的小說，將會使一些粗糙的籠統論斷，好比什麼中國文學創作者向來不敢真誠面對自己的性，以及中國文學傳統缺少懺悔錄這一傳統，得到重新衡量的契機。包括台灣在內的中國文學史，或包括中國在內的台灣文學史，都應該要認知到這一點。

當夜鶯和金絲雀唱起來的時候，
唉唉，人的幸福就完全了。

蘋果樹
——書寫是為了克服絕望

　　若說〈麵攤〉是陳映真大學生階段的第一篇創作，那這一篇則是此階段的關門之作。故事說的是一個深具頹廢與幻想氣質的大學生林武治，在應是 1961 年春天的某一個月夜裡，在應是台北的一條他所賃居的後街裡，在應是一棵青綠的半大茄冬樹下，抱著他的吉他琴，面對著一群只能顧及「活著」的社會底層男女吟唱，以及之後在他身上所發生的幸福與慘澹的故事……。那夜，他帶著一種連他自己也莫名其妙的神經質，甚至可說是瘋魔吧，莫知所以然地對環繞四周的窮苦之人訴說他青澀的愛情與耳食的幸福。豐足、正義、快樂、健康、仁慈、愛情、希望……凡此，以那在飄渺之國裡結實纍纍的「蘋果樹」象徵之。

　　彈唱者林武治雖然短暫地為後街眾生「燃起了許多荒謬的，曲扭了的希望」（1：148），但人們終歸只能復歸他們的生活舊慣，繼續卑微地但也現實地活下去。幸或不幸，唯一能調對頻率接收到林武治「福音」的，竟是一個瘋子——那個後來和林武治發生「畸戀」的瘋女人「伊」——林武治

的房東太太。惟伊在樂園福音如電光火石般瞬明之後旋即死去，只留下讓那死而不僵的後街看客在翌日為之短暫興奮的醜聞。林武治被警察帶走了，而根據一位見證者：「他的表情是近乎雕刻般的死板而且漠然」。

似乎，林武治所曾攪動過的一池春水，最終還是以絕望與死亡終局；一切回到了其真實且不堪的原點：月光下的烏托邦蘋果樹卻還只是白日嘈雜貧民窟裡的一棵青青小茄冬罷了。於是，一篇左翼小說竟然有了點《聊齋》的意思了，月夜下的迷離仙境，竟然是翌日朝陽下的一堆荒塚。

在陳映真的早期創作裡，這篇小說荒誕跳宕，屬於超級難解一族。但我以為，它的意思畢竟還是清楚的，只要我們能將文本結合到作者以及作者的時代。在前一篇文章裡，我曾指出陳映真的多篇早期小說具有強烈的「寓言—懺悔錄」性質。如果以這個特質來衡量，那麼〈蘋果樹〉不得不是這一時期這類小說中的一個「範例」。陳映真透過一個言在乎「此」的荒詭奇誕的虛構，訴說了一個言在乎「彼」的真誠切身的痛感。而且，在這樣的一種「寓言」中，作者同時反省了他自己的思想與人格狀態。那麼，要理解這樣的一篇「寓言—懺悔錄」，我們就不得不好好理解作者以及他的存在狀態，也就是讓 1960 年代初的陳映真與這篇小說互文。而一旦如此做，那我們就必需看到一個事實：早慧的、孤獨的、懷著禁思的陳映真在大學生時期幾乎是無人可交心共語，而唯一的例外就是他的摯友吳耀忠。

　　2009 年夏，台中的國美館安排了已故畫家吳耀忠的家屬
捐贈展。這個展覽在國美館的網站裡還排不上當時主要展覽
的訊息中；那個夏日的熱門是席德進——那位當年被台北美
新處力捧的畫家，至今仍是島嶼人們的熱愛對象。八月五
日，我和家人在颱風來臨之前的驕陽暴日中，進入到幽雅冷
冽的國美館，不見有關吳耀忠的展覽訊息。詢問館員，才知
道是在美術館的邊陲一角；館員說，「直直走到最後，要過
了竹林喔！」。在吳耀忠的小小的、但仍顯空蕩的展室中，
只有展示照片的隔間角落的長凳子上，擁著一對於環境頗敏
感的老情人在私語著，男的且不時張望我，似對找的停佇過
久頗有不解與悻然——這似乎見證了這個展覽的冷僻。其
中，我特別注意到的是吳耀忠家屬收藏了二十多年的紙頭已
泛黃、筆跡已淡去的陳映真輓聯的草稿。那紙上潦潦草草邊
寫邊改的是：

　　耀忠阿兄千古

少時訂交　共讀新書　慷慨同繫兩千日天獄

笑談猶惜同鄉學友心。

老來死別　獨吟故牘　悲涼孤對一萬里祖國

吞聲仍想兄弟同志情。

　　　　　　　　　　　　　　陳映真泣輓

　　這幾年重讀〈蘋果樹〉時，我總是不由自主地把「林武
治君」理解為作者採擷他自己以及吳耀忠的形象而創造出來

的人物，時而，他在他狹小的閣樓裡憂悒地畫著，時而，他拿起吉他在廊上或樹下兀自唱著，時而，他銳利善感興奮激動，時而，他荅然若失頹唐自棄。1950 年代末與 1960 年代初，也就是陳映真的大學生時期，能和陳映真一起閉戶讀左派禁書的，就是彼時就讀師大美術系的吳耀忠。在白色恐怖年代裡，這兩個小青年因緣際會地讀到了社會主義禁書，並被其中的紅色理想（即，「蘋果的消息」）所吸引，也應曾夢想把這個「福音」傳出去，傳到那最需要這些福音的底層人民吧。但他倆讀的越多想的越多，就越發感受到那無法把所知與所信傳達出去，並產生某種「有效感」的痛苦，從而，在壓抑、恐懼、無能，與盼望的交相作用之下，產生了某種「神經質」。但在神經質的顛倒夢想之中，他們也是有反省的：如果自己連「蘋果」是什麼樣子也不知道，更別說吃過，你又怎麼能傳蘋果的福音呢？那麼，「一般人」把它當作消遣，姑妄聽之，打個哈欠回到窩居才是正常的吧，反倒是只有「不正常」的瘋人才可能短路跳接天雷地火，「聞道而死」。因此，這篇小說所描寫的是一種在 1960 年代初島嶼台灣上的一種絕無僅有的身心狀態，是一種在絕望中猶抱存希望的驚疑、無奈與扭曲，是對陳映真與吳耀忠他倆的青澀、徬徨、反抗、迷亂、自省、慾望，與絕望的自殘描述與反思。這是思想早熟，自知絕不容於環境的青年陳映真，對他與他的密友（親密與祕密之友）的思想的長期無處訴說、不孕無果，乃至終將虛無一場，感到無邊沮喪之下，所

作的一篇寓言——那夢幻憧憬所寄寓的纍纍蘋果樹，其實不過是一棵註定無果的茄冬樹罷了。然而，或許就像失戀的年輕人要聽更悲哀的戀歌才能感到安慰一般，彼時的陳映真也許非得寫出鬱結沉黑如此的故事，才能稍稍安慰他們自己於萬一罷。這麼說來，主人公「林武治君」，不得不是以作家本人以及作家至友這兩人為模特的「夫子自道」。雖然以我們現在對吳耀忠的稀薄的理解，把「吳耀忠」加進「林武治君」與否，對這篇小說的整體理解似乎並沒有重要影響[1]，但我們必需先留下這個詮釋空位，為的是尊重歷史，也就是作者陳映真那時的真實歷程與真實心情——畢竟，在那個禁忌思想世界裡就只有他們倆。

如果說，這篇小說的主鋒之所在是剖開了那樣一種可謂之「左翼青年」在歷史與社會的背景之下的身心與思想狀態的話，那麼，這個狀態更因那些較為私人的諸因素（例如父親、家庭，與基督教信仰）的介入而更形複雜深刻。我們或許可以這麼推想，大學生階段的陳映真由於暗接上了社會主義，那麼具有典範衝擊力的唯物論世界觀，應會使他一定程度上疏離於他原先的基督教世界與基督教家庭，並在一定程

1　在長期的忽視下，近來對畫家吳耀忠有了第一波的探索，而且成績斐然，對吳耀忠的創作與人生的重新認識與詮釋工作提出了一定的成果。但關於吳耀忠的藝術與政治思想，尤其是他在 1960 年代的思想狀況，目前還是處於基本資料匱乏的狀態。見，林麗雲（2012）《尋畫：吳耀忠的畫作、朋友與左翼精神》。

度上反叛了，或至少精神疏遠了，他的基督徒父親。陳映真與他的原生以及繼養家庭之間的關係，特別是與他的父親之間的關係若何，我認為，是一個理解陳映真創作，特別是早期創作，的關鍵之一。大家現在傾向於接受陳映真的自傳體的散文〈父親〉[2] 裡所定型的父子關係，以及其中的偉岸父親形象，但是如果我們參照起陳映真早期小說創作時，我們又不免納悶於、驚訝於「父親」角色在那裡的持續缺席，乃至於經常以負面形象出之，例如，〈我的弟弟康雄〉、〈家〉、〈鄉村的教師〉、〈故鄉〉、〈死者〉、〈祖父和傘〉……還可以舉更多的例子。小說作者陳映真在小說中所展現的長者認同似乎經常跳過父親，上連到一種精神性的祖父，例如〈祖父和傘〉與〈某一個日午〉。此處不是深入探討這個問題的適宜所在，而我所想要做的不外乎是要問題化陳映真與他的父親、家、以及基督教信仰之間的複雜且矛盾的深刻關係。而我相信這樣的一種問題性事實上強烈地展現在〈蘋果樹〉這篇小說裡。以基督教信仰為例吧，透過這篇小說，我們可以體會到一個人幼年時期的薰陶教養，不是一件可以隨意穿脫的夾克。陳映真少年以來所蒙受的信仰經驗，不得不成為他理解世界與評判自身的一種依據。在基督教與社會主義之間的掙扎遊走，是陳映真創作的另一常見特質，且經常不顧他自己在理性或理論層次上的自我定位。

2　　陳映真（2000）〈父親〉。頁 133-151。

　　下面，我們來一起仔細閱讀這篇感情、思想和寓意多端纏繞甚至自相矛盾的創作。這故事有幾個「要角」：後街眾生、文藝青年林武治、不知其姓氏名字的房東老婆瘋女人「伊」，以及一個神隱在幕後類似傳統「說書人」的全知報導者。以下分述之。

一、後街

　　在一個春寒料峭的午後，大學生林武治坐著三輪車進到了「保安宮後面這一條長長的貧民街」（1：135），並在窮巷所特有的注目禮之下，搬進了他所賃居的一間逼仄小閣樓。如果我們以「白色恐怖下的寓言」來理解這篇小說，那麼「保安宮後面這一條長長的貧民街」的一層可能寓意，或許竟是 1960 年代初，在整個黨政軍警特的統治體制下的廣大底層台灣民眾。在白色恐怖下，陳映真小說寫得非常之慎重，其中當然包括命名；他對「名」的象徵意義的興趣，有時幾乎到了一種耽於密語的快感中，例如，「胡心保」（見〈第一件差事〉）與「房恭行」（見〈某一個日午〉）。就以這篇小說的那個背景小廟來說，它的名字——「保安」——應該也都不是隨興胡謅的。七年後，陳映真恰恰就是被「警總保安總處」逮捕。而在 50 年代白色恐怖時期，大肆搜捕、監禁、拷訊，與槍決左翼分子的執行單位，則是另一個「保安宮」——「台灣省保安司令部」。

　　林武治的房東是一個做木屐的窮漢廖生財，他有個輕度

精神病的老婆。小説家對這一家，以及這整條後街以及蝸居其中的窮苦之人的描述，雖無惡意，但似乎也無同情，當然更談不上什麼浪漫化。三輪車進來時，這條後街的「人文」景象是這般的：

> 在屋簷底下曝日的嶙峋的大老頭，伸著瘦瘦的頸子望著它；髒兮兮的小子們停下遊耍，把凍得紅通通的手掩在身後盯著它；讓嬰兒吮著枯乾的奶的病黃黃的小母親，張著一個幽洞似的虛空的嘴瞧著它；正在修理著一隻攤車的黑小伙兒也停下搥釘，用一對隱藏著許多危險的眼睛瞅著它。這個冬日裡的破爛巷子，在它的寂靜中，本有它的熙攘的，但都在這個片刻裡全部安靜下來了。（1：136）

明白了這個新來的小伙子不過是另一個窮小子，他全身上下就也只有那件海軍大衣還算是個行頭，但就算它也是破舊得可以了，於是，這後街的看客們又像失落繃勁兒的橡皮筋般萎回他們的日常狀態——「一切又回歸到熙攘的寂靜中去，回歸到執著的、無可如何的生之寂靜中去」（1：137）。有趣的是，雖然林武治是個大學生，但他的長相裝扮似乎還頗能嵌進這樣的一條後街。眾人對他的長相的感覺大約是「一個大而且粗笨的傢伙，老天，很長的頭髮，鑲著一張極無氣味的苦命的長臉」（1：136）。

　　對這樣的一種活著但其實又何嘗真正活著的後街眾生，
作者的眼光是冷酷而不動情的，好像那是因為他早就掙脫了
感情糾葛，進而對何以致之有過深思明辨似的。迥異於〈將
軍族〉那篇小說對底層民眾的「光輝」描寫，這篇小說裡的
這種毫不帶浪漫（哪怕是左翼浪漫主義）氣息的冷描寫，似
乎同時旁白著一種熟悉的左翼硬道理：貧窮沒啥好歌頌的，
它是毒樹，上頭長著醜、愚、病、惡等毒果。這是陳映真早
期小說裡常常出現的主題，展現在〈麵攤〉、〈我的弟弟康
雄〉、〈鄉村的教師〉、〈死者〉、〈兀自照耀著的太陽〉
……等多篇小說之中。看看下面這一段作者以一種全知報導
者的身份所發出的議論吧：

　　但是這也並不是說我們這裡的居民是過著如何非人的
　　生活，至少他們自身並不以為是「非人」的。因為他
　　們實在沒有功夫去講究「人的」與「非人」的分別。
　　他們只是說不清是幸還是不幸地生而為人，而且又死
　　不了，就只好一天捱過一天地活著。因此之故，生活
　　對他們既無所謂失意，也就更無所謂寫意什麼的了。
　　這就彷彿我們常見的貓狗之屬，因為牠們是活著的緣
　　故，就得跑遍大街小巷找尋些可以吞喫的東西以苟活
　　一般。[……]哀樂等等，對牠們是不成意義的。（1：
　　139）

　　的確，「麻木」是後街眾生的一面。但魯迅早就告訴過我們，麻木的另一面是「看客」，以及看客的起鬨與嗜血。在後街眾人終於知道新來乍到的這小子不過是「另外一個窮人加進他們的生活裡，如此而已」的時候，他們馬上感到悵然，因為「今天又似乎沒有什麼特別了」：

　　在這樣侷促、看不見生機的地區裡，每個人彷彿都在企望著能在每一個片刻裡發生一些特別的事，發生一些奇蹟罷——或者說：一場鬥架也好；一場用最污穢的言語綴成的對罵罷；那家死個把人罷；不然那家添個娃娃也一樣。只要是一些能叫他們忘記自己活著或者記起自己畢竟是活著的事，都是他們所待望的。

　　（1：137）

　　就在作者描述這樣的一個有著蟲豸般的無奈無聊與偶而的興奮，卻見不到人的意義與歷史的後街的當兒，他似乎突然有些生氣。他似乎覺得，這種狀況又哪裡只是這條「貧民街」、這個「破爛巷子」所獨有的呢！這不正是整個台灣的大多數民眾的真實狀態嗎？於是他經意或不經意地使用了「地區」這個詞——台灣地區！？

　　然而，人民群眾也不是鐵板一塊，就算是這個小小的破爛巷子也一樣是有「階級」區分的，至少能分成兩種人：穿得上海軍大衣這個行頭的，以及那些連這個都還穿不上的。

至於方才我們所指出的那些看客，就是連海軍大衣都還穿不上的真正窮光蛋。小說指出了三個有這套行頭的住民：「一個擺書攤的，一個患著氣喘的車伕，另一個就是那個估衣商，而另外兩個都是從估衣商那裡買了來的」。關於這一貌似唐突的「階級結構」的意義，我們留待之後討論。

二、林武治與他帶來的「社會主義福音」

大學生林武治體現了不止一種的矛盾或不協調。首先，他真正想搞的是藝術，但他所讀（或「掛著學籍」）的，卻是和藝術無關的「一個十分野雞的大學」裡的法律系。於是，理想和現實之間有一難以填平之鴻溝。其次，雖然他看來很酷、很有個性、很有叛逆味，但他畢竟又是一個依賴老家的、沒有肩膀擔負、不需直面生活的年輕人——「務農的家裡一個月給他寄個三百元」。這使得林武治在這條後街的存在變得很特殊、甚至突兀，因為那兒沒有一個人「有林武治君的悠悠哉的寫意勁」；他是「唯一能從那無氣味的生之重壓支取一些他自己的自由人——如果我們不算廖生財的妻在內的話」（1：142）。於是，叛逆與寄生之間有一尷尬的並存。

然而，一個如此矛盾、不協調的大學生林武治，卻竟然給這樣的一個蟲豸般的、生何異於死的後街，帶來了些許從來沒有過的朦朧觸動與莫名嚮往。在一個「暮春的傍晚」，像個吟遊詩人般，林武治君邊彈邊唱，把一種對生命、對社

會、對未來有所盼望的「福音」，傳給了這個後街。但是，能這樣做的林君，並非有任何大德特操，反而只是一個「趣味不高」、未經人事、不知情為何物、囚困於朦朧且執著的性苦悶，且還日日依賴老家維生的青青學子而已。他唯一的與眾不同之處，歸根結底，或許只是他那近似於藝術家的幻想氣質罷。殘酷點說，或許那一切的「理想」都只是他性壓抑下的慾望或想像的變形罷了。林武治君片刻感動後街諸人的福音和「蘋果園」有關，而據說那是一條東洋流行歌。

> 濃霧罩著松林，
> 寒霜結在蘋果樹園。
> 守園姑娘，依稀，依稀……
> 果樹青青，
> > 我的鄉愁輕輕，
> > ………（1：144-145）

　　林君唱著唱著，竟在自己對自己的感動中把現實給揉進幻想裡頭，把他吟唱時所據的那棵半大茄冬樹當成了蘋果樹，且竟然十分入戲地嗔怪起來，質問：「我說這蘋果樹怎的不結果子哩？」。而後，續之以祈禱：「該結果了，該結得纍纍地。綠的，粉紅的，黃金的……」（1：145-146）。這個纍纍果園之盼望，一下子把圍觀的餓小子們給牢牢抓住了。蘋果，他們不但沒吃過甚至沒見過，於是欲求詳情於林

君，但問題是傳蘋果福音的林君自己也不識蘋果為何物。他有的只是微薄乾燥的知識與推論。於是，他只能推想蘋果之形與色——「必定是比檸檬大比香瓜小的，比柿子較淡而且有更高尚的紅色的一種果子」（1：146）。形狀易比附，口味則難與言。在一種不得不面對自己其實是一個不知味者的受挫黯然中，林君忽而毅然地說：「告訴你們蘋果是什麼。蘋果就是……幸福罷。」（1：146）。

在林君想像幸福的呢喃聲中，當然，也是在銀色的月光中，「人家都迷失在一種蒼白的、扎心的歡愉裡去」（1：147）。已達達人，林君首先許諾他自己的幸福——「一雙能看見萬物的靈魂的眼睛[……]然後我能將這些入畫」。然後，他幾乎如基督分魚一般，莊嚴地許諾了旁觀者的幸福：窮小子的幸福「該是一碗香噴噴的白飯，澆著肉湯」；「寶寶們都有甜甜的奶」；「老頭兒們都有安樂椅」；「拾荒的老李的眼病會好好的」……。而且，

　　「那個時候，再沒有哭泣，沒有呻吟，沒有詛
　咒，唉，沒有死亡。」
　　「那時候，夜鶯和金絲雀們都回來了。牠們為了
　尋找失去的歌聲離開我們太久太久。當夜鶯和金絲雀
　唱起來的時候，唉唉，人的幸福就完全了」。（1：
　147）

　　在一種「入魅」的狀態下，林武治悲欣交集淚流滿面。而此時林武治的面貌也不再是兩個月前他剛從三輪車下來時的那張臉了（我們還記得是：「大而且粗笨的傢伙，老天，很長的頭髮，鑲著一張極無氣味的苦命的長臉」），而是，（在月光照耀下的他）有著「一頭濃密的黑髮」、「削瘦的青白的臉」、「溫柔的，夢一般的眼睛」、「乾枯而極薄的魔術一般的唇」（1：148）。當然，我們也要有心理準備，在之後不久的某一日近午時分，被警車帶走的林武治的終局表情——「近乎雕刻般的死板且漠然」（1：154）。這是林武治君的表情三部曲，與劇情發展同步變臉。

　　如果只是除脈絡地從林武治君「本身」入手來理解這篇小說的話，「蘋果」到底意味著什麼的問題，就無法給人一個信服的說明，從而使得這篇小說就只能是一個無厘頭悲劇或青春期鬧劇。人們會輕巧地理解為：一個童男因著對愛與性的朦朧想像，在某個暮春的銀色月光下，自我催眠且催眠眾人，以其青春的無畏與狂想，把一條日本流行歌，無限昇華為一個無何有之鄉的福音，並在當夜的亢奮迷失中犯了房東太太，最後以敗德之醜聞告終。而「蘋果」者，也不過就是性壓抑、性昇華，以及吃禁果，這些要素的綜合象徵罷了。

　　但是，如果我們把這篇小說和它的創作者互文的話，也許就可以對「蘋果」的所指有更為合理、深刻的掌握。我們知道，陳映真原名陳永善，他的父親在他十三四歲時，皈依了基督教，在信仰中撫平了數年前的喪子之痛，而死者則是

陳永善的孿生哥哥陳映真。陳映真這個筆名也就是為了紀念
亡兄而起的。父親的虔誠基督信仰深刻地影響了少年陳映
真。但同時，成長中的陳映真也因各種原因，幸或不幸地、
早熟地吃了那時是絕對禁果的中國社會主義革命歷史與文學
知識。可以說，「耶穌」與「馬克思」，對於陳映真從青年
開始的思想與創作歷程而言，一直是他追求正義、平等與解
放的兩個理想源頭，這兩者有時並行不悖，有時相互質疑，
構成了一個異常豐富且矛盾的思想圖譜。

　　如果說，陳映真的文學與思想，深受社會主義與基督信
仰影響，及其相互輾礫，是無可爭議的，那麼，我們是否可
以如此提問：在這篇小說中，那象徵了物質與精神兩不匱乏
的「蘋果樹」，到底是哪一個品種的？是社會主義的，還是
基督宗教的？可以辨析嗎？還是無從辨析？

　　小說裡，「蘋果樹」所代表的幸福，直觀而言，的確很
接近基督教的「應許之地」，特別是其中那句「那個時候，
再沒有哭泣，沒有呻吟，沒有詛咒，唉，沒有死亡」（1：
147）。它與《聖經‧啟示錄》第21章第4節「神要擦去他
們一切的眼淚；不再有死亡，也不再有悲哀、哭號、疼痛，
因為以前的事都過去了」非常接近。但是，這並不能讓我們
進一步擴張解釋，說「蘋果樹」排他地象徵了基督教上帝之
城。因為果如此，那麼小說裡因禁忌與壓抑而來的未來幻
想，就會失去那個禁忌與壓抑了。在台灣，基督教並不居被
禁者列，傳基督的彼岸天國福音也並無任何禁忌與壓力。因

此，「蘋果樹」所象徵的必然是某種多於基督福音，無法為
基督福音所窮盡的「福音」，或「解放的消息」了。那麼，
「蘋果」或「蘋果樹」，所象徵的就更可能是和基督教烏托
邦理想頗有交集的社會主義理想了。但這還是我們的猜想推
論而已，得在文本裡找到更可靠的證據才行。

陳映真很技巧地、欲彰彌蓋地，讓「蘋果」更是象徵著
社會主義。好比，林武治君喃喃自語地說蘋果該結果了，
「該結得纍纍地。綠的，粉紅的，黃金的……」（1：
146）。幾個顏色都提到了，但偏偏就是不說「紅的」。這
不是奇了！就好像是說蓮霧該結了，「綠的，粉紅的，黃金
的……」，但就不說「紅的」，是一樣的奇。這是否有可能
是透過刻意不說而說呢？更有趣的是，稍後，林武治在「推
想」蘋果之為物時，卻又認定蘋果是「比柿子較淡而且有更
高尚的紅色的一種果子」（1：146）。紅得「更高尚」！陳
映真真是煞費苦心地和「紅色」玩躲迷藏。

陳映真筆下的「林武治君」因此是一個腦袋瓜裡祕密發
著一種社會主義熱的文藝青年，欲言又止，止而且又欲言，
坑坑窪窪、結結巴巴。但這個林武治君的可愛復可憫之處，
其實更是在於他的淺薄與矛盾——他其實並不知道他夢寐求
之的社會主義理想到底是什麼碗糕！因此，陳映真說他「趣
味不高」，其實正是因為他是一個不知幸福為何物的傳福音
者。「幸福」是什麼？他小子只有抽象的、概念的、翻譯的
理解，例如，他只有從後印象派兼前立體派的保羅·塞尚的

靜物畫那兒看過蘋果。而這和青年陳映真與吳耀忠只有從艾思奇或是日本社會主義者的譯著那兒「知道」或「推測」馬克思主義或社會主義理想（蘋果）的形狀，大約是類似的罷。就此而言，林武治君（或青年陳映真與吳耀忠）的困局，不也是大多數不能免於口耳之學的當代左翼（如你如我）的困局嗎？想傳「福音」給他人，但總是馬耳東風，於是免不得抱怨「民眾」的「反動」與「必有可恨之處」。但在怨怒之前，人們難道不該反省：如果推銷「蘋果」的人自己也沒吃過「蘋果」，從而也不曾有因真正吃過「蘋果」而生的真實信念與力量，那麼，「民眾」不能接受你以及你的福音，不也是極其自然的嗎？「民眾」上過的當還不夠嗎？這是為什麼這篇小說出現了一個一般被認為是「不可理喻」的瘋女人，只有她最後接受了林武治的「福音」，但她的結局也只能是「夕聞道而朝死」。不然呢？當然，林武治君之所以能夠把福音傳出去的另一面原因，竟是因為他吃了「禁果」，有了反省的智慧，不再是一個慘綠左翼青年了。在這裡，陳映真又把社會主義「蘋果」帶回了伊甸園，而形成了這篇小說的深刻思想張力。這我們稍後會討論。

回到五月的那個暮春之夜吧。因著銀白的月色而浸染出來的福音氛圍，也的確一時之間讓人們「彷彿看見了拯救一般仰面無極的高空」（1：148）。但此劇之最高點也就是這樣了。還能怎樣呢？夜畢竟也深了，人們打著哈欠，回去睡了。民眾以其生活之現實，以及這個現實所磨練出的「智

慧」，也只能若有若無地憮想著一些「希望」，而明日太陽
升起之時還是得照舊勞苦——這是對底層的貧苦民眾而言。
但對這條後街的「小資產者」（也就是有海軍大衣的那三
位）而言，則「都異口同聲的主張蘋果是極毒之物，蟲蛇鳥
獸所不近的毒果」（1：148）。陳映真這篇小說除了「蘋
果」外，最玄虛的大概就是「海軍大衣」這個暗喻了。到底
何所指？我們可以好好琢磨琢磨。「海軍大衣」首先當然是
區分階級的一種象徵了；穿得上的相對於穿不上的。在這條
後街裡，只有四個人穿得上「海軍大衣」，三個小資產者
（都是自雇者或是小雇主）以及一個「小資產階級知識分
子」大學生林武治。當這位大學生企圖背叛他自己的階級出
身，想要向底層勞苦者傳遞社會主義「福音」時，他們仨，
也就是「保安宮」在這個小社區裡的安全細胞，馬上政治神
經為之緊繃，如眼鏡蛇之倏然昂首。這三個「海軍大衣」怪
客，以其特定之階級位置，立即警覺到一種「毒素」之現
形，然後幾乎是以「上帝」的口吻作出毒果之警告。

在這篇小說裡，「海軍大衣」除了是一種階級及其意識
形態的象徵，還可能另有一層意義。陳映真似乎是用這個暗
喻來指涉在那個冷戰反共親美秩序後頭的「美國因素」。我
問過曾是海軍職業軍人的父親，60 年代是否曾配備過一種黑
色毛呢軍大衣。父親很肯定地說沒有，「沒有這種裝備」。
果如此，那麼這個「海軍大衣」就很有可能是那種在萬華等
估衣市場裡可以找到的美軍裝備。大概一直到 1970 年代底，

想要騷包一點的人（尤其是青年人），很多都喜歡穿從估衣市場裡搞來的美軍夾克，穿起來洋裡洋氣，頗「拉風」——這也是我的親身經驗。因此，美軍的毛呢大衣應該也是類似的商品。而的確，小說裡就交代了，在林武治還沒來之前，這條窮巷裡的兩個穿海軍大衣的，就是從那個估衣商那兒買來的（1：136）。因此，通過「海軍大衣」就是「美國海軍大衣」，我們是否可以設想青年陳映真想要傳遞出來的一個訊息：這個島嶼上的極右反共政權的背後是「美國」——特別是巡弋在台灣海峽上，支撐冷戰與分斷架構的美國海軍第七艦隊？至於陳映真為何不直接說是「美國海軍大衣」呢？我的回答是，由於某種政治謹慎，他的早期小說直到 1964年的〈淒慘的無言的嘴〉才第一次出現「美國」這個字眼。以「美國在台灣」的深廣度而言，陳映真始創作五年以來竟然能「其留如詛盟」地絕不談及「美國」這二字，則必然是刻意的。1964 年之後，「美國」如決堤之魚，傾流而出，而這又和陳映真在那時期快速升高了的現實介入感有密切關係。關於這一點，我將另文討論。

　　這個「海軍大衣」的解釋有過度的嫌疑嗎？是有可能。但是，如果把關於「那三個有海軍大衣的人」的那一段文字往下看下去的話，這個嫌疑就又將減輕不少。陳映真在交代完這三位反對「蘋果的消息」的人之後，接上了一段似乎既突兀又多餘的文字作為這一節的終了。這一段話是這樣的：

> 另外有一個人，就是拾荒老李的老子，那個十分之嶙
> 峋的大老頭兒，實在是我們當中真正嘗過蘋果的唯一
> 的人。他年壯的時候是個紈袴，在日人時代自其父承
> 受了一個洋行，從日本購辦一箱箱的蘋果。不過他佬
> 現在是個很重的聾子，蘋果的消息他是聽不見的，因
> 此我們也休去管他。（1：148-149）

這是什麼意思呢？這個「大老頭兒」既然年輕的時候是
一紈袴，那麼他就不可能是年輕時曾接受過或傳送過「蘋果
的消息」的人。這也就是說，我們可不要誤會這個「大老頭
兒」會是一個「吳錦翔」（〈鄉村的教師〉裡的反日左翼志
士）的老年時代。正好相反，「大老頭兒」所象徵的是那些
曾經受到日本殖民政權好處，以及受到殖民政權反共法西斯
意識形態所深刻烙印的老一代（曾經）有產者。如果他們還
是得勢，他們也是會加入那三個美國海軍大衣怪客反對「蘋
果的福音」的陣營的。但無奈落花流水朝改代換了，他們的
「日本時代」已經過去啦、失勢啦——他們聾啦。所以呢，
就算想反對，也無從反對起。因此，作者說：「我們也休去
管他」。當時才 23、4 歲的陳映真，就以其領先時代數十年
的見識，展現了他對冷戰、分斷，以及白色恐怖的理解。他
或許也曾這麼想過：對於台灣的反動結構的理解，我們除了
要掌握準法西斯的國民黨政權（「保安宮」），以及大美利
堅帝國秩序（「海軍大衣」）這兩個要素外，還要反思檢討

日本殖民統治的遺留。

回到「海軍大衣」。那個象徵後頭的最深刻寓意，或許還不在對那三個擁有海軍大衣的陋巷反動小資產者的描述，我們可別忘了，林武治君也是身穿「海軍大衣」的一員。如果說那三位反動小資產者的海軍大衣是一個「客觀敘述」的話，那麼林武治君的海軍大衣就是一個「自我批判」了，指向了作者自己和吳耀忠，坦白他（無論是林武治君、陳映真，或是吳耀忠）自己也是深受美國風所影響的一代。又豈止，他也是深受東洋風所影響的一代。別忘記，陳映真一再強調，林武治的「趣味不高」，「來自南部鄉下，唱的固然是東洋日本流行歌，彈奏也是東洋風的」（1：143）。又豈止，支撐他的反叛、的虛無、的理想的「背後的背後」力量，竟然是國民黨！而這是因為林武治君之所以能逃避生之重壓的「自由」，竟是建立在他的地主父親和國民黨地政人員勾結詐騙佃戶所得來的「不義的銅錢」之上（1：152）。〈蘋果樹〉寫的正是這樣一個悲劇：一個文藝青年千絲萬縷地糾結於這個他所身處的惡德的社會，卻又痴心妄想把自己給舉起來。

三、與基督教的對話：「反樂園」與「反亞當」

陳映真透過了「蘋果的消息」的出現，酸鹼試紙般地展現了反動力量的社會與歷史構成，包括了「反共政權」、「既得利益」、「美國霸權」，與「殖民遺留」。「蘋果的

消息」的所指，其核心是社會主義而非基督教，因為已如前
述，反動力量是不會無聊到對基督教福音昂首吐信的。那麼，
〈蘋果樹〉這篇小說在思想系譜上的唯一參照就是社會主義
理想嗎？並非如此。就思想而言，這篇小說的最吸引人之處
恰恰是在於它反映了作者在基督教與社會主義之間的張力思
考。我們無法簡單地說「蘋果」指涉的只是社會主義的紅色
理想，而與基督教僅僅是在「奶與蜜」那兒重疊。透過「蘋
果」這個暗喻，陳映真也在和影響他至深的基督教義對話。

　　既然「蘋果」象徵了「幸福」──生活基本需求的滿
足、社會的和樂，與個人身心的安頓──那麼，要如何才能
達到這樣的幸福呢？這個手段問題一旦提出了，也就立即揭
開了「蘋果」的第二重象徵──「智慧」。要獲得幸福，必
需首先得有能夠追求幸福的主體；而這首先要求追尋者要有
一種能分辨是非、善惡、美醜的智慧。這裡，我們感受到陳
映真的一種深具異端況味的基督教思想。之前，我們看到了
林武治對於一種沒有哭泣、沒有呻吟、沒有詛咒，甚至沒有
死亡的應許之地的憧憬──這應也可以是嚮往上帝的樂園
罷。但同時，我們也有點狐疑地看到林武治所想像的幸福竟
包括了開眼明辨一切隱藏的祕密的智慧。月光下，他流著淚
說他所要的幸福「該是一雙能看見萬物的靈魂的眼睛」
（1：147）。咦，這不就是「智慧」嗎？這是你該知道的
嗎？這不就是魔鬼的引誘嗎？在上帝與魔鬼的鬥爭中，陳映
真竟然不安地同情起了「魔鬼」。

　　這個讓人反省到自己的處境，對其不滿，進而思以改之的智慧之果，根據基督教義，是一種讓人類先祖因為吃了它而被逐出樂園的「毒果」。《舊約‧創世紀》裡，耶和華創造了亞當和夏娃，並讓他們倆在名為「伊甸」的樂園中鎮日嬉戲遊玩，不虞吃食、沒有煩惱、沒有自我意識，從而智慧乃是多餘。耶和華對他們倆僅有的告誡是：「這園子裡所有的果子你都可以摘食，唯有那能分辨善惡的知識之樹的果子，你不要吃，因為你一旦吃了，就將死。」而之後的故事是我們都知道的：由於毒蛇的慫恿，夏娃吃了那禁果，並分給了亞當。耶和華震怒，將這兩人逐出樂園，要他們得勞苦終日才能換得一飽，終身役役之後一死復歸塵土。這個「毒果」，《聖經》裡雖未指明是蘋果，但在人云亦云之間，蘋果早已取得了優勢再現權。

　　對寫〈蘋果樹〉的陳映真這個「異端」而言，全世界廣大的勞苦的、擔重擔的「後街之民」，不只需要一種關於幸福的熾熱信念與希望，也需要「智慧」。得要有那智慧的「蘋果」，人們才有可能從他們的「如死之生」的「反樂園」（dystopia）中自我拯救出來。林武治君，這位既沒有吃過甚至見過作為幸福象徵的「蘋果」，也不具備能達到幸福之地所需的智慧象徵的「蘋果」的可憐人兒，當然是無法向人群傳遞出任何超過臾幻想的福音信息。而在最後，那聽聞了「蘋果的福音」而得道般掛著微笑以死的「伊」，死前在月之銀盤中看見了一個幻象：

> 一片蘋果樹林的樂土，夜鷹歌唱，金絲雀唱和。幸福
> 在四處漂流著。而在林間悠然地漫步著一對裸著的情
> 侶，男的武治，那女的可不就是伊自己嗎？（1：153）

可是，林武治君何以能讓「伊」收到那個福音短波呢？這並非由於「伊」因其特殊之心智而或可能有的特異領悟力之故，而是因為傳福音的男子已然經歷了一場主體蛻變了；他如今對幸福有了真實感受了，他從不知味到知味，從懵懂無知到清醒自覺了，他能夠「開始用新的熱心述說著一個蘋果園」（1：153）。然則，這個蛻變又是從何而來呢？

竟是因為林武治君那天晚上吃了「禁果」——「犯了伊」，從而「知道了女性」了。這個具有顛覆既存自我意識的巨大認識地震，使得他從童男一夕成為「一個成長的男子。一個全新的感覺的世界為他敞開來，好像仙境」（1：151）。從「男孩」一夕跳躍到「男子」，使得他曾建立在一種確定的、當然的、無問題性的人生（包括，家庭、故鄉、「不義的用度」）之上，並閃著青澀的處男的月亮、處男的愛情、處男的吉他……這些魅影的可以名之為「少年感傷主義」的整座大樓，及其地基，一道崩塌了——所謂「過去之失落」。從此，林武治君無法再與過去和稀泥了，他必需寂寞地、孤獨地重新認識自己，這讓他開啟了自我與他人、自我與社會之間的關連意識的智慧之門，了解了自己之所以為自己的社會條件。在這樣的一種自我重新整理之下，

「蘋果樹」不再是「少年感傷主義」之下的幻想了，而成為了一種堅實的信仰了——「曾幾何時他已經超出了幻想而深深地信仰著那幸福的蘋果了」（1：153）。

相對於少年康雄因吃了禁果失去童貞，從而為他的世界帶來了摧毀性的後果，這裡的林武治君則因吃了一個似乎更不倫的禁果，反而獲得了重新整理自我、了解自我的智慧與勇氣，對幸福之為物或「社會主義福音」，也有了從撲朔迷離夢幻泡影，到具有身體實感的信仰的認識轉變，從而使追求幸福的意志變得更堅定。而這個自我大修整，不是透過上接宇宙人類眾生，甚至也不是透過革命階級民族，這些人視角，而是透過重新認識他與他自己的家之間的關係而達成。也就是說，林武治君因破除了對自己與「家」的關係的自我欺矇，而達成了自我的重新認識。透過「家」作為一個核心中介，這個反思上達於整個歷史與社會，下連於自我與身體。就是在那一個月圓的夜裡，那若有所思猶且若無所思的「伊」，使林武治君霎時轉為成人，且成為霎時轉為成人的林武治君的彷彿的告解對象。在月色入戶的神秘光暈中，林武治君不再是強說愁似地幻想著蘋果樂園，而是如托爾斯泰《復活》裡的主人公那般地剝解自己：

「……我的父親和地政人員勾結著，用種種的欺罔詐騙我們家那些不識字的佃戶，然後又使人調解息訟。我明明知道這些，但我只好像父親所期待的那樣

裝著不知……」

　　「我什麼也做不了。但是我終於走出來。也許在
逃避著自己家的惡德罷。然而，若我們沒有了那些土
地，我們更只好等著淪為乞丐了。我的父親什麼也不
能做，一個哥哥因肺病養著，另一個哥哥自小便是個
賭徒。」

　　「但是我出來了又有什麼用呢？每天每天我的用
度仍舊是那些不義的銅錢。」（1：152）

　　於是，這篇小說或許可以這麼讀：這是一個「信者」
（至少不是褻瀆者），對耶和華的抗命與對基督教的挑戰，
是伊甸園寓言的「反寓言」；林武治是「反亞當」。林武治
要帶領後街（失樂園）的人復得樂園，但這個樂園不在天國
不在彼岸，而「應該」在現世在此岸。沒錯，這個樂園的追
尋是要仰仗信仰與希望，但只有信仰與希望是不夠的（雖然
沒有它們絕對不成），而也需要智慧。而智慧與信仰與希望
並不是分離的，真的信仰與希望必然是基於對自我的深刻理
解，而這個理解之所以深刻，則是因為它將自我聯繫於家
庭、社會與歷史的糾結之中了。人間的「夏娃」把禁果給
「反亞當」吃了，讓後者一夕間「成人」，有了真正的孤獨
感、自省、與智慧。「仙境」在人間；「彼岸」在此岸。

　　因此，這篇小說所展現的是一個由社會主義、對社會主
義的質疑，基督教、對基督教的質疑，所交織而成的具有深

刻悖論意義的複雜寓言。而其中,對基督教的質疑則是這篇小說最掙扎與最深刻之所在:信望愛固然不能從改造人世的大業中抹除,但設若這一切沒有「革命的」智慧與實踐,那又有何用呢?而革命的智慧設若不是從對主體自身的歷史與物質條件的反思肇端的話,又從哪裡開始呢?

在我們之後會探討的〈加略人猶大的故事〉那篇小說裡,陳映真批判了一種社會主義,指出它的缺乏希望與愛,徒有「智慧」。在〈蘋果樹〉裡,他把這個批判顛倒了過來,描繪了一個徒有希望與愛,但卻沒有理解自己與世界的智慧的「文藝青年」林武治。猶人那樣的「左翼青年」在罪與死之前,還得到了來自耶穌的救贖,他理解了耶穌的愛與美。但林武治這個「文藝青年」卻連這個救贖都沒有,失魂、落魄、槁木、死灰以終,儘管之前他曾有過那般的「蛻變」呢。這樣的終局,反映的是 1960 年代初在台灣島嶼上有這樣的一種思想與人格狀態的青年的必然宿命?陳映真為什麼要寫這樣一篇毫無出路的絕望小說?真的是一團墨黑的絕望嗎?或,在絕望中仍有希望?在下面的最後一節我們將專門探討這一問題。

四、未完:絕望書寫裡的救贖可能

〈蘋果樹〉這篇小說有兩個特點讓我們不得不聯想起〈麵攤〉。首先,兩篇小說都是以城市後街底層人民的貧病苦難生活為背景。其次,貫穿兩篇小說之中都有一個欲語還

休、躲躲閃閃、鬼魅魍魎般的旁白者或說書人，以及，從而流淌出來的一種迷離詭異的敘事氛圍──到底是誰在那兒說話？這個奇異「說書人」的存在，微妙地破壞了這篇小說原本的第三人稱全知觀點的敘事結構。為什麼作者非要在這個就算無此說書人也已經圓融貫通的敘事結構裡，把另一種聲音給加進來，說些類似古典章回小說裡那種「諸位看官啊，你有所不知……」的奇怪話語？很顯然，當作者有強烈發言衝動時，他不甘於屈服於文學敘事的規範，他不願意隱身幕後，他霍地跳將出來，越過他的人物與情節，直接和讀者溝通。陳映真選擇用這樣的方式來表達的小說並不多，只有三篇，而且都是他最早期的小說，分別是〈麵攤〉、〈死者〉，與〈蘋果樹〉。其中〈死者〉那篇，還比較即興，只有在一段「當作者找不到適當的角色來說他要說的關於如何理解貧苦人的「私通敗德」時，他乾脆違背敘事體例，跳出來進行一串旁白評論」[3]。把這種幽靈說書人的效果發揮得淋漓盡致的則是〈麵攤〉與〈蘋果樹〉。

我們先回顧一下〈麵攤〉裡那幽靈說書人的出現狀況。在〈麵攤〉裡，我們看到在第二節的結尾，出現了一句打了括號的文字：「（唉！如果孩子不是太小了些，他應該記得故鄉初夏的傍晚，也有一顆橙紅橙紅的早星的）（1：4）」。這句話，擺在小說的客觀敘事結構裡，完全不知所

3　　參考拙著，《求索：陳映真的文學之路》。頁 41。

從出，因此也只能是說書者言。然後，又出現在小說的最後一段文字：「孩子在媽媽軟軟的胸懷和冰涼的肌膚裡睡著了。至於他是否夢見那顆橙紅橙紅的早星，是無從知悉了。但是你可以傾聽那攤車似乎又拐了一個彎，而且漸去漸遠了。格登格登格登……」（1：12）。這難道不是說書人站出來面對觀衆你朗讀終場詩嗎？終始〈麵攤〉，都有著一個神秘說書人在那兒記掛著、目睹著一顆掛在西天的「橙紅橙紅的早星」。這個說書人對絕望文本所建立起的外在性或疏離性，不就是作者在遍地絕望中所留給自己（以及讀者）的一盞希望之燈嗎？我們可以說，陳映真在他自己所建立起的絕望大地之間感受絕望但又觀看絕望，與絕望者同情共感，但卻又拒絕全然入戲。那裡，有一個未完。

寫的都是貧病交加沒有希望的後街人物，但〈蘋果樹〉比〈麵攤〉要更沉重。相較於終始還有一顆「橙紅橙紅的早星」閃爍其中的〈麵攤〉，〈蘋果樹〉則幾乎是以黑暗破敗無謂始，以死亡失心荒謬終，而這使得夾在終始之間的風燭般的搖曳亮光，更顯得極其虛幻、可悲，好似主人公曾在某一時刻所帶來的希望煙火，僅僅是為了襯托那瀰漫八方的不可征服的絕望黑暗。在〈麵攤〉裡，那個代表未來的小娃雖正咳著絕命的血，然而是否一定絕望，則畢竟仍屬未知，但在〈蘋果樹〉裡，那曾經閃過瞬間希望光采的竟是一個瘋女人的雙眸，而伊畢竟聞道閉眼而死了，留下槁木死灰的林武治君，以及一棵純屬誤會的「蘋果樹」。

　　1961 年，大四學生「左翼青年」陳映真，他的思想與行動的毫無出路，已經疊加累進地重重壓著他了。〈蘋果樹〉寫的就是所有的希望與反省都勢必成空，然而作者卻又不甘心於絕望的一種狀態。於是，這是一篇不甘於絕望的絕望書寫，而且作者了然於他所要進行的就是這樣的一個幾乎不可能的表達，於是他再度徵用了那既內在於敘事卻又同時外在於敘事的神秘說書人。而且，相對於〈麵攤〉與〈死者〉裡說書人出現的相對任意性，在〈蘋果樹〉裡，說書人幾乎就是主人公之一。透過他，陳映真要傳達的是：當一切歸於死寂時，還有一個目睹這一切的說書人未死；那裡還有一個火種，那裡還有一個未完。下面，我們整理一下說書人的「在場」。

　　首先，陳映真在通篇小說中都用一種怪異的敬稱「林武治君」來敘事。我認為，這就是在強烈暗示一個與林武治有著「真正的」關係的說書人的存在；是他在講著一個「私故事」，裡頭的人兒，他熟悉得不能再熟悉，親密得不能再親密，與他自己千絲萬縷多重纏繞，切己到幾乎為己，如影之於形。這個人兒，如我們先前所指出，是陳映真與他的鐵哥兒們吳耀忠的混成體。

　　其次，陳映真多次使用「我們」，但這個詞的意思又多於一種。有時候，「我們」指的是說書人與林武治與這條後街的一體感，例如，「在我們這條街道上，自然也住著好幾戶車伕的」（1：135）。但是，有時候，這個「我們」又是

排除了後街底層民衆「他們」的狹義「我們」，例如，那天晚上在林武治君昊天罔極的烏托邦熱情氾流之後，人們卻如電影散場的觀衆一樣，相繼「回到他們的窩居去了」。這裡用「他們」，表示說書人又不和他們 夥了。果然，之後緊接著的話是「關於那蘋果的消息，的確叫我們燃起了許多荒謬的，曲扭了的希望」（1：148）。而這裡的「我們」，就又頗值得琢磨了，它顯然指的不是一個跨社區的共同體感，而是說書者與林武治的一體感，因此才會有緊接著的對那三個海軍大衣怪客的描述……。此外，這個說書人有時也會以「我」的姿態直接出來說話，例如，當說書人在評論林武治的「自由」時（1：142），以及當他在描述廖生財妻的狀態時。他說：

> 伊的世界有月圓有月缺、有繁星、有寒霜、有貓的腳
> 步聲、有遠歸的雁的啼叫。然則除此以外，就是我也
> 無由探索伊的。但伊的世界，伊的生之迥然於吾人，
> 大家料必都得同意的罷（1：142）。

這一段話讓說書人的姿態展露無疑。然而，說書人不只是客觀的報導林武治的狀態，也同時揪心地捲入對林武治的道德的、倫理的責備，例如當林武治在那個月夜裡「犯了伊」時，說書人幾乎是以自責的口吻說：「這是畢竟不該的，也是不好的」（1：150），以及「我很難過。我不知道

怎麼說他們才好」（1：151）。

　　小說最後一節幾乎就是說書者站在舞台中央向大家報告「翌日」了：報紙報導醜聞、「表情是近乎雕刻般的死板而且漠然」的林武治被送上警車、「我們這兒的人從老到少都談論著這事」、後街之一切回復原狀、蘋果樹不過是一株「不高的青青的茄冬罷了」，以及「⋯⋯⋯⋯⋯」（1：154-155）。

　　這是多麼絕望啊！但是容許我讀出另一層意思吧。這篇小說的絕望感是極其濃厚，但希望也並未因此窒息。青年陳映真寫了這篇小說之後，說不定反而還讓他更寶愛他的信望愛慧，與他的朋友吳耀忠繼續孤獨向前呢。為何我會有這個解讀？其實只是依賴一些「技術的細節」，也就是方才所整理的貫穿整篇小說的說書者「我」的存在。

　　這個不盡合情合理、近乎漂泊遊魂、穿梭浮游於後街的「我」，究竟有什麼意義呢？我認為這個「我」表示了作者，在小說架構的限制下，強烈地熱望於把自己擺進來；他不想隱身於一個客觀全知的虛假立場中，也不想隱身於一個同樣虛假的主觀敘事者立場中，作者想要在他以極真實、極強烈的困惑、希望與挫折為線、為索，所編織出來的「真實世界」中，融入地看、融入地聽、融入地說，以一種既在其外，卻又在其中的立場報導。這個「後街遊魂」說書人的眼睛常常像是一台冷漠無情的遠鏡頭攝影機在貼近特寫；無聲地——他看到所有人，所有人看不到他。但敏感的讀者，在

你閱讀這樣的一種幾乎是隔著一層單向透明氣密玻璃的近乎「行為主義」的冷酷速寫時，也必然聽到那報導者因情感劇烈起伏而來的心跳、喘息與嘆息。「我」要一邊負責地冷酷地報導著，並一邊詛咒著、同情著、驚訝著、讚嘆著、遺憾著、懼怕著、厭恨著、興奮著、無奈著。「我」要以無比的同情共感，以時空同在的緊密，報導著那和「我」有那麼多地方共義、知心、同情，像是學生、像是摯友，更像是死盟同志的「林武治君」。

因此，這篇小說的難以想像的最高尚情操，竟是作者創造出這個使「林武治君與伊」的理想火種還能留在人間的「我」。因為，沒有這個「我」，武治君和伊就將成為最不幸的人了——故事將永遠地封結於他二人的死亡與絕望。而「我」的出現，使得「我」承擔了這個罪惡之眼：我縱然目睹了絕望，目睹了這個殘敗後街的一切如舊，但這並不表示林武治君和伊的那短促的火光是假的、是不曾發生的。那些希望、愛、反省與智慧，是真正曾經發生的。「我」是見證者。不僅如此，作為說書人的「我」，更是設定了另一個在小說、故事甚或真實歷史之外的時間維度。因此，小說有兩層時間：那個故事的時間，以及「我」在說這個故事的時間。這一個不被吸納到前一個時間的時間，也同時推論了一個不被反烏托邦所征服的空間以及主體的存在。這個幾乎只是物理性的事實，也同時悲愴地意味著希望的可能。的確，在小說裡，「我」目睹了林武治君犯了伊的那夜，「我很難

過」,「我不知道怎麼說他們才好」。但在這些看似頗融入現場情景的話語之後,那似乎一直在現場的「我」卻說了一句「他日之話」:「那夜的月光太迷人了,青得像一片深泉,青得叫人心碎的深泉,一定是的,一定是由於那至今從未見過第二度的那種月色之故。」(1:151)在故事時間終了之後,還有一個「至今」、還有一個在某地的「我」,仍然記得那「叫人心碎」的一泓月色。

以魯迅為重要啟蒙與價值參照的青年陳映真,應該是在抗拒著絕望的時候,也曾想起了那也曾經走在絕望與希望之間的細細鋼索的魯迅吧。魯迅說過:「石在,火種是不會絕的。」同樣的,「我」在,這個關於蘋果的福音也是不會絕的。在 1961 年的某天,青年陳映真手執硬筆,在〈蘋果樹〉這篇小說的結尾處連點了 15 點──「⋯⋯⋯⋯⋯」。相對於常規的 6 點,這 15 點,下得是多麼有意思,敗而不潰、氣息深長、「我」將再起。「未完!」──或許陳映真在點完這些點的同時,他曾如此抬頭獨語。

……但一個宣傳著愛的教訓的人，
卻使他的邈遠的心志動蕩起來。

加略人猶大的故事
——超克「猶大左翼」

　　左翼也要處理他與神的關係。左翼的自我認同支柱之一，如我們所熟知，即是世俗主義的、激進的無神論。當初，馬克思主義就是藉由對宗教、神學，以及「宗教哲學」的批判，確立了一個堅實的立足點並闊步前進的。在馬克思和恩格斯的想法裡，宗教必然會隨著封建生產方式的傾圮而沒落，因此宗教的式微和對於現代性的消極定義，幾乎可說是等同的。但豈只是社會主義左翼，其實整個現代性的立場就是對宗教力量的限定、質疑，乃至否定。這個姿態當然也蔓衍到當代流行文化，好比搖滾樂。很久以前，少年的我聽到約翰‧藍儂的歌 Imagine，總是朦朧地感動，特別是它開頭的一段很是大膽頗是大器（尤其是在那謹小並慎微的歲月裡）的歌詞：「想像沒有天堂，很簡單，只要你這麼想。我們腳底下並沒有地獄，當頭的也只有長空。想像所有人都為今日而活。想像沒有國家，這並不難，不用為任何理由殺人或被殺，也沒有宗教⋯⋯」。

　　這些年來，幸與不幸，我知道了人間的有些事理往往要

比這段歌詞來得複雜的多。這個「知道」，是進步還是退化，我猶然困惑，但不管怎說，對宗教的態度、對國家的態度，的確無法像以前那般鐵口直斷了；有了些曖昧，有了些兩難。一方面，我仍然看到大宗教經常與國家機器與統治階級的意識形態表裡其間，也看到它狀似無辜地支撐著霸權集團的一種種族主義或文明主義的敵我想像，例如西方長久以來不自省的基督教中心主義，特別展現在「911」後的美國政權上。但另一方面，宗教不也是很多重要的人道價值（愛敬包容懺悔憐憫寬恕，乃至——有所畏懼……）的載體嗎？——雖然我們的確也見到體制化宗教與這些價值之間的高度問題性關係，它們經常對這些價值提出保守的、反動的詮釋，甚至為帝國主義提供暴力與文化殖民的正當性。但是，儘管如此，這些合理的顧慮似乎也無法就讓我們便宜取消一個重要問題：在左翼面臨潰敗的今日，是否需要重新檢討主體的精神、感覺與道德狀況，並思考是否以及如何將各個世界宗教的重要的價值與理想重新納入我們的思想活動，使它們在改造世界，以及同等重要的改造自我的路途中，成為一種重要資源。

委實難以理解、難以想像，半世紀前（1961 年），二十出頭大學尚未畢業的陳映真，在熾熱地密戀、稚戀彼岸的社會主義革命的同時，竟寫下了〈加略人猶大的故事〉。這篇小說以一種極其稀有的戀人清醒，以及一種更極其稀有的少年老靈魂，幾乎先知般地預見了現世社會主義革命中的人道

主義精神耗損，而這個耗損將使革命為達目的不顧手段，而懸置，而終至於遺忘本初。又，青年陳映真關於民粹主義與它的左翼反對者的關係的思考，更似乎是預見了四、五十年後所謂台灣進步社會運動中的某種精神與道德狀態。這尤其令人駭然。

小伙子陳映真何人也？是什麼樣的養成背景與特殊經歷，竟能讓他那隻手在白色恐怖的童騃荒蕪歲月，孤單地寫出這個當世無人能解的寓言。不但在當時的島嶼台灣不可能有知音，就算是當時對岸的中國大陸，這個寓言也一樣是知音難覓；彼時新中國成立未久，以及在全球冷戰的強烈敵意環境下，整個知識界仍昂揚著一種「青春萬歲」的道德激情之中，就算是「三年自然災害」，也不曾真正讓革命的行進狀態，得到一個切實的回顧的冷靜時刻。而且，在那個冷戰的隔絕年代，陳映真的寫作也不可能是對中國大陸自 1957年以來的一波波政治運動所作出的反應。多年後重讀此篇，讓我們不得不驚訝於，是何等敏感的心腸與高大的器識，讓青年陳映真寫出這種唯有革命老靈魂才能總結出來的教訓！陳映真的文學常常超前他的時代——雖然發表於當時，但其實更是寄向未來的瓶中信。五十年後，我嘗試努力打開這個瓶子，閱讀這封信。我應該有些讀懂，因為我有些感動——這麼說自然有些近於自戀的可笑。但這個「有些讀懂」，或許是由於 1980 年代末以來，對台灣的「社會運動」與「左翼圈子」多少有些參與和體會所致吧！換句話說，我更是從

我比較有感覺的「台灣經驗」來理解陳映真的這篇小說。

「有些讀懂」指的特別是這個感觸：如果，改造人間的計畫與行動，只能以「否定的」、「批判的」、「懷疑的」、「理論的」……等形容詞，來定性它的核心精神狀態，那麼這個改造行動，無論其初衷曾是多麼磊落超拔，也必將沉淪。這是這篇小說在思想層面上的主要所指——至少我是這麼認為的。

社會主義革命運動，或更泛而言之「左派」，作為理性的、懷疑的、否定的現代精神的一種展現，其實也無可奈何地在這個病理之中。陳映真應是以自己也正發著這種病的感覺，寫了這篇寓言小說罷，其中，「猶大」是某種左派人格與精神狀態的象徵，而「耶穌」則是那種狀態的一種超越。陳映真懷著同情共感的理解愛憎猶大，同時面對著那來自耶穌的強烈而朦朧的召喚。「猶大」與「耶穌」都可以是象徵，用來討論一個思想問題：人道主義的社會主義如何可能？這樣的一個問題意識，坦白說，在馬克思主義的理論傳統裡，一直是非主流的、甚至是被視為異端的；提出這個問題就得面臨「小布爾喬亞人道主義」的汙名。對一個在很多方面接受馬克思主義價值信念與分析方式的陳映真而言，這是一個非常難以處理，但恰恰也是他一直臨深履薄的問題。

一、猶大是某一種左派

對我而言，〈加略人猶大的故事〉不是一個古老聖經故

事的新編，而是一個關於現代左翼分子的故事。說破了，猶
大就是個左派。陳映真使用浮雕的手法描寫猶大這個左派，
讓他的形象很突出、很鮮明，但主要卻是因為背景凹陷的緣
故，也就是說在猶大與他的「對立面」（也就是右派）的對
照下，我們掌握了猶大的「左」；「左」從而是「右」的對
偶或孿生，而非對「右」的超越與克服。在這篇小說裡，站
在政治光譜右端的是「奮銳黨」，一個以驅逐羅馬人而後獨
立建國為目標的一個民族主義基本教義派政黨。

　　我們且看那繫著一條「紅艷的腰帶」的猶人，是如何以
左翼的雄辯批判奮銳黨的老祭司亞居拉。當亞居拉以上帝選
民的代言人姿態，以急促的威脅語調對猶大說：「我們信萬
軍之耶和華的杖，我們的重擔必將離開，我們的軛必被折
斷」，猶大則以權力政治局中人的尖銳回應：

　　　　「羅馬人的擔子，羅馬人的軛一旦去除又如何
　　呢？因你們將代替他們成為全以色列的擔子和軛。」
　　　　「你們一心想除去那逼迫你們的，為的是想奪回
　　權柄好去逼迫自己的百姓嗎？」（1：110）

　　當亞居拉以低姿態訴說奮銳黨並無或忘民族之苦難，不
然「冒險的圖謀又是為了什麼呢？」時，猶大毫不猶豫地站
在苦難大眾的階級立場回以：

「你們既然冒著萬險自羅馬人手中圖謀他們的權柄，
那麼將來分享這權柄的，除了你們還有誰呢？你們將
為以色列人立一個王，設立祭司、法利賽人和文士來
統治。然而這一切對於大部分流落困頓的以色列民又
有什麼改變呢？」（1：111）

當亞居拉以社會福利與社會救助來回應階級問題，說
「我們的律法中自有多方的體恤」時，猶大更是辛辣質疑
「憐恤」所預設的階級不平等，及其偽善：

「憐恤？千萬不是的！」[⋯⋯]「你們配去憐恤他們
嗎？那供應著你們從容為以色列首領的，不正是日日
辛勤卻不得溫飽的他們嗎？主人倒受憐恤，這當是律
法的正義嗎？[⋯⋯]」（1：111）

猶大進而以一種馬克思主義者常用的內在批判，間接攻
擊猶太教的偏狹選民思想：

「[⋯⋯]一切的權柄源自耶和華，那麼羅馬人的權柄
──她的權柄如今遍佈世界──又源於誰呢？」（1：
111-112）

猶大進而以「聯合全世界的無產階級」的世界主義姿態

挑戰亞居拉，從而終至於碰觸到奮鋭黨的種族主義底線，使
亞居拉為之歇斯底里，不讓猶大講下去，並咒罵他為「不分
潔淨的與污穢的」異端。而這只緣猶大說：

> 「這些軛，這些重擔不止加在以色列人的身上，這些
> 軛和重擔同樣加在那些在該撒權下的一切外邦人的身
> 上，也在那些無數的為奴的羅馬人身上。」[……]
> 「反對羅馬人應不只是以色列人的事，也是……」
> （1：112）

　　如果說之前的對話場面雖火爆但仍得以繼續，那麼是在
國際主義對上了民族主義這一點上，猶大與亞居拉來到了攤
牌時刻，再也講不下去了……。但是，換個角度看，猶大和
亞居拉在明顯的對立之外，也還是頗有一致之處：兩者的
用心與熱情都是藉著一種自居弱小與正義的姿態，「反對」
或「反抗」那強大且邪惡的他者，因此都共享了一種妒恨政
治的平台。在這種妒恨政治的格局的制約之下，主體其實是
處在一種看似實在而卻是空洞的狀態之中，因為主體大致是
依賴敵對性而建立的。若敵對一旦蒸發，主體安在？讀青年
陳映真的小說，感覺他已經深刻地進入到這個思域了。沒問
題，他應是很支持猶大對右派的批評，顯露在他賦予猶大那
如火焰般的雄辯，但是，他同時也很微妙地、有所保留地描
述猶大的立場為「他那某一種型式的世界主義」（1：

110）。顯然，這是因為陳映真對這樣的一種左翼精神狀態感覺不安。

　　陳映真是透過對左翼運動者猶大這個角色的複雜且矛盾的刻畫，來鋪陳他所感受到的當代社會主義革命問題。猶大是個什麼樣的人呢？首先，猶大是個為了革命可以放棄女性／性的「英雄」，至少，他能過美人關。他和亞居拉的女兒，美麗的希羅底——「伊的眼睛像純淨的鴿子的眼，伊的身子像牡鹿一般的俊俏」（1：115），私奔到濱地中海的城鎮迦薩，在往來商旅的駝鈴聲中、在醉人的地中海暖風中，他倆廝磨繾綣凡五年。但是，和一個美麗的女郎纏綿於愛與性的五年光陰，卻使外表「壯碩且煥發」的猶大深陷到一種類似憂鬱症的境地裡。這從何說起呢？必須從「初度的激情」開始說起。因為經驗了女性，青年猶大從這個成人禮般的關卡進到成人，而那原先「由少年的正義和倫理築成的都城」瞬間傾覆，而他當初據以抗辯大人的「正義的無有之鄉」也飄逝無踪了。於是，他過著深層不快樂的日子。

　　早期的陳映真小說經常將初性看作一塊界碑，區分了青少年與成人這兩個人生階段。而少年的由血性、直覺所構成的一種正義世界，總是要坍塌一回。有人永遠地坍塌了，在廢墟之旁安分地做一個正常世界中的正常成人，而其他有些人，則不甘於這個坍塌，欲想重建，而重建失敗則與之共亡（如〈我的弟弟康雄〉裡的康雄）或短暫成功迅即崩潰（如〈蘋果樹〉裡的林武治），但有人似乎是重建「成功」，猶

大則是一例。這一切要從他遇著了耶穌開始說起。他遇見了「那個人」，於是那昏睡於他體內多年的理想與悸動復甦了，他的眼睛開始發光發熱了，他要離開安樂窩去追求理想了。連希羅底都感受到愛人的巨大變化；她跟著興奮著但也獨自憂愁著……。但我們將看到，在猶大身上所展現的這個「成功」，也是片面的、有問題的，最後甚至是毀滅性的。

猶大有著所有革命者為奔赴革命而有的那種烈焰般的實踐興奮。這種「幸福」，不是那「沒有劍、沒有弓、沒有矢的」阿都尼斯（見〈獵人之死〉），或是那被自己的安那琪的坍塌所壓死的康雄，所能比擬於萬一的罷。阿都尼斯和康雄總是孤獨著、疲倦著、自瀆著，猶大卻是昂揚於行動且自適於兩性的。不但如此，猶大還能為了理想告別他所愛戀的美麗女人，以及那令他不快樂的、偷安的生活。但猶大畢竟不是阿都尼斯與康雄的超越，因為他也有阿都尼斯所曾指出的問題：「無能於愛罷」。

令人驚訝罷！左翼武士猶大的正義城堡隱著一種結構性缺憾，那即是，在愛人類、愛受苦者與受辱者的語言之後，卻有一種真正愛人的無能，而所能「愛」者恆己。這個缺憾是否常見之於現代左翼男性的人格構造之中，其實很難一般而論，必須具體地分論，但把它當作一種可能性來反省，應該是不妨的。

二、「冷峻的犬儒的智慧」：左翼猶大的主體狀態

有著「冷峻的犬儒的智慧」的左派猶大，總是那麼的清醒、那麼的理智、那麼的懷疑、那麼的謀略，在政治情勢中總是能「不由自主地計劃著細節和估計著後果」。有著這樣的精神與人格境界的他，在被耶穌的精神所感召的同時，只能理解耶穌為「一個聰明的人、極聰明的人」，只能一再以己度人地推想耶穌是一個權謀者，「極端聰明而巧妙地將他政治的、社會的目的，掩護在以色列人迷信著由上帝遣來救贖主的傳統寓言的心理，扮演著古先知的神采」（1：123）。

就算是有著熱情時也必須「強忍著」，以使自己表現出一副「智慧和倨傲」模樣的猶大，其實話說回來他的「熱情」本身就有問題，因為他即使是在最熱烈的時候（好比，與希羅底的「極其熱情的片刻中」），他也「感到自己卻不能完完全全地沉溺在歡悅裡，甚至一直在猙獰的清醒著」（1：114）。這個「清醒」是個兩刃劍，一方面使他不會「沉溺在歡悅裡」並隔絕於理想的召喚，但另一方面又使他無法真正投入地愛人，使他總是如失眠般地猙獰的清醒，使他總是有一隻邪惡的眼注視著自己，讓他覺得自己總是宿命地在情境之外、「去到那繁星的空際去」（1：114）。猶大的「心是寂寞的」，是的，他是一個自戀者。唯有在猶大被耶穌所感召的初期，在他的復甦的人生悸動中，頭一次感覺

到自己跨越了自戀的鴻溝，能「用完全的自己去愛希羅底」，「頭一次他感覺到愛人的幸福」（1：116）。

然而，猶大能夠完全愛人的經驗必定是短暫的，要不然他之後的算計與背棄將不可解。猶大被耶穌感召的顫慄點不在於耶穌的愛與耶穌的美——這些容或也一定程度地吸引著他吧，但真正吸引他的是：耶穌恰好體現為「他的思想的偶像」（1：121）。猶大決心歸從耶穌是因為

> 他對待罪人、貧賤者和受侮辱者的誠摯的愛情。他對這些為上層猶太人所唾棄的以色列人，充滿著親切仁愛和溫慈。但當他指責法賽利人和文士的時候，他的語言嚴重而且震怒。（1：121）

耶穌是一個他所嚮往的「社會的彌賽亞」，而非只是奮銳黨人所企盼的那種狹隘的「政治彌賽亞」。這使猶大興奮，因為他找到了他的「領袖」了。換言之，耶穌是猶大所發現的能夠實現他自己的理想的手段——這幾乎有點類似一個投資者找到了一個能幹的 CEO 的心情了。而耶穌或許因為深刻理解他這第十二門徒的這樣一種投資者的才具，賦予了他管理錢財的重任。而猶大也在一種自戀的心情中有了和其他門徒競爭的心理，「感到自己的重要性幾乎僅僅次於耶穌」（1：121），而且在一種耶穌與他有祕密政治默契的想像中暗自歡快。

　　但是，以猶大的質才格局所理解的耶穌是一個誤解，差之毫釐失之千里。固然，猶大看到了耶穌「對待罪人、貧賤者和受侮辱者的誠摯的愛情」，也看到耶穌「指責法賽利人和文士的時候，他的語言嚴重而且震怒」，但這並不意味耶穌對苦難人群的「愛」是以對社會支配群體的「恨」為根底的，也不意味愛必然是與恨對偶相生的。耶穌的憤怒不是恨，耶穌的「愛」不是政治，他不是也不會操作一種愛恨政治。然而，猶大卻始終是在這樣的一種根底器識所限定的格局中追尋耶穌。由於他對耶穌的愛是一個錯愛，那麼這個錯愛也只能為他帶來一連串的失望，乃至愛恨交加。

　　在一種「美感體會」上，陳映真對猶大的刻畫猶有更深入之處。相對於陳映真在很多小說中常常讓人驚艷的對美人（尤其是美男子）的幾筆傳神白描，猶大的形像至少是爭議的，是一種非常讓人不安的「美」，假如還不能說是一種具有魅力的「醜」的話。來看看陳映真筆下的猶大吧！

　　　曙光照著他的茶銅顏色的臉，雖然比離家前瘦了些，
　　　但是旅行和日曝使他臉上的每一寸肌肉都發著結實的
　　　光彩了。他的髭和鬚更加濃密起來，以一種懷疑的森
　　　黑的顏色，鬅鬅地爬滿了削瘦的頰、頜而至於喉梗。
　　　他的鼻子高而且瘦，有一種決然的，崢嶸的感覺。連
　　　著浩瀚似的額，伊覺得猶大在一種智慧和倨傲的氛圍
　　　中，像高居雲叢中的猶太人列祖或先知一般不可企及

了。（1：105-106）

猶大正繫著一條紅顏色的腰帶，動作有些粗魯而且草
率。他抬起頭來，照樣是那麼冷漠的表情。但他的熱
情卻不可掩飾地從他的眼和密閉的嘴唇中流洩出來。
（1：107）

他是個高而瘦的青年，不知道為什麼給人一種骯髒的
感覺。也因此使他那紅艷的腰帶顯得極不相稱了。
[……]他看來老而且疲憊，但一切青春的火焰彷彿都
匯集在他的嘲笑的、狡慧的、不馴的眼睛裡，因此使
他的臉有一種微妙的狂野和倨傲。（1：110）

　　猶大所顯現出來的特徵，不就是間接地表明了猶大的無
能於愛與憐憫，他的傲慢、算計與爭勝嗎？而這又是因為他
對世上的榮耀和權柄抱有不自知的野心。他那麼犀利地批判
亞居拉披著宗教外衣的「彼可取而代之」的謀略，竟是因為
亞居拉是他的競爭者，而「社會的彌賽亞」也不過是「政治
的彌賽亞」的黃雀在後。如果說，亞居拉等奮銳黨人是表裡
不一的虛無者，猶大並沒兩樣。在猶大身上，誰何曾看過愛
與信仰？而就像失去信念的基督徒的十字架的徒然，猶大的
那條紅腰帶（象徵了社會主義信念？）似乎也是一個徒然。
猶大由於內在的「不善」，發之而外，使得他的外在必然也

「不美」——「不知道為什麼給人一種骯髒的感覺」。這個「骯髒」指的應該不只是外在的形體服飾，而是某種從那個懷疑的、森黑的、虛無的內心所透露出的一種來自地獄的訊息吧！猶大彰顯了一種美善兩虧，卻自許為真理使徒的主體樣態。

青年陳映真也許是感受到了內在於自身的「猶大」，而書寫了這篇同時具有懺悔錄性質的寓言，從而，這篇小說應該是對其作者有一種自我釐清、自我治療的意義罷。但半世紀後，這封瓶中信對今天讀者的意義，應該更是讓我們思索青年陳映真的這個命題：社會主義革命的理想與實踐，如果於其深處空乏了某種人道的信念與情操，那是否將墮落到一不善不美之境，只剩下權力與雄辯，從而，連真理也將不存。

三、耶穌 vs. 猶大

奮銳黨（或以此而言，任何族群民族主義或種族主義政黨）的「政治彌賽亞」，和耶穌的人道主義與普世主義的差異，固然如涇之與渭，但相對而言，猶大（或以此而言，「現實存在的社會主義政黨」）的「論述」和人道主義與普世主義卻常有著不辨牛馬的表面趨同。這大概就是當猶大聽到他的前奮銳黨朋友西門向他介紹耶穌這個人時，會感受到「與己同」的欣然自喜的原因了。西門雖然「神韻卑俗」，但卻有一種「完全平民的聰慧」，這個聰慧使得他能對耶穌和猶大之間的關係，既難免有一種誤解，但又有一種平民

的、直觀的正解。他是這樣感受與理解耶穌的：

「他的教訓有無比的權威和愛。這些又使我想起你和
亞居拉的話了。有一天耶穌在加利利的海邊直接呼召
了我，說也奇怪，我便立刻捨了打魚，做他的門
徒。」（1：118-119）

「我細心地跟從他，[……]知道他果然便是以色列人
的領袖。他和城中的罪人、窮人、病人、娼妓、稅吏
和做賊的為伍，卻有自在的聖潔，便又叫我想起你的
話了。來日他的國度定必是我們真正的以色列人的
國；他的權柄必使每個以色列的民得福」。（1：
119）

除了一個關鍵字之外，西門的這些話，猶大都懂，讓他
自以為他和耶穌印了心。這個字就是「愛」。猶大他

沉吟了起來。一個有權威的教訓是什麼，他是不難料
想的，就比如古希利尼人的辯士罷。但一個宣傳著愛
的教訓的人，卻使他的邈遠的心志動蕩起來。（1：
119）

但猶大的心志會「動蕩起來」，並非因為他瞬間通上了

「愛」，而是因為他狡慧地、犬儒地、自以為是地，認為他將遇見的是「一個聰明的人，極聰明的人」而已，而非一個真正能愛人的人。那個人以「愛」為權力論述，以之爭取民心，以之奪取政權——真絕啊！真是聰明啊！猶大會這麼想，是因為他活在一個「不真實」的精神狀況中，以己度，認為耶穌也是一個「不真實的」謀略者，有所扮演、有所隱藏，清楚知道自己所扮演的角色只是為了達到某一「崇高」目的的一個手段。

就此而言，我們也都是猶大。不只是因為我們無能愛人，更也是因為我們只能理解這樣一種「現實的」、「合理的」、「權力的」存在。「愛人的人」就算在我們眼前，也將會被我們「理解」為權謀者、傻瓜、夢想者、瘋子或是白癡，就如同猶大在不同時期對同一個耶穌的「理解」。但話說回來，這似乎不僅是左翼猶大的狀況，也似乎不只是右翼奮銳黨的狀況，而是現代狀況。

在對耶穌絕望之餘，猶大孵出了一個為了未來光明而不得不現在黑暗的點子：犧牲耶穌以換得猶太全民的覺悟與抗暴行動。這是左翼猶大的「以目的正當化手段」思維的極端展現（當然，再一次，不只是左翼，而是從馬基維利開始的現代性思維）。然後，猶大目睹了他的計畫落空，在絕望的暈眩與背叛的齒冷之後，猶大結束了自己，也同時終結了他那一款絕緣於人道的社會主義。猶大的社會主義與那象徵真誠的熱與愛的紅色並不相稱；猶大對紅色是一種褻瀆。

猶大確是吊死了的，好像一面破爛的旗幟，懸在一棵
古老的無花果樹上。當黎明降臨的時候，我們才在曙
光中看到那繩索正是他那不稱的紅艷的腰帶，只是顯
得十分骯髒了。（1：133）

但是陳映真讓猶大死得很幸福，因為在釘上十字架的耶
穌被豎起來時，猶大有了頓悟，他終於真正理解耶穌了。因
此，猶大的自殺既背負了背德與羞恥，但也複雜地揉進了一
種「既聞道死而無憾」的滿足。

這個頓悟既非來自理智推論，也非來自道德感情，而是
來自一個深刻內在聯繫於道德與真理的「美的經驗」。不妨
長段引述陳映真對這個頓悟的描寫：

掛在十字架上的耶穌在噪雜殘酷的嘲弄聲中被豎
了起來。猶大凝神地望著它，他的眼睛忽然因著驚嘆
微微地亮了起來。他初次看到耶穌有著一對十分優美
的兩臂。這曾以木匠而勞動過多的雙手多肉、結實而
且十分的筆直。

「多麼優美的一雙手臂呀！」猶大對自己囁嚅著。

但是他在這一頃刻之際，猶大完全了解了一切耶
穌關於天上樂土的教訓和他上連於天的權柄。他知道
耶穌已給這樣贏得了他實現於人類歷史終期的王國，
這王國包容著普世之民，它的來臨和宇宙的永世比起

　　就幾乎可以說已經來到人間了。他忽然明白：沒有那
　　愛的王國，任何人所企劃的正義，都會迅速腐敗。他
　　了解到他自己的正義的無何有之國在這更廣大更和樂
　　的王國之前是何等的愚蠢而渺小，他的眼淚彷彿夏天
　　的驟雨一般流滿了他蒼白無血的臉。（1：131）

　　看耶穌這個人！在以愛與寬恕展現了永恆的王國的那一
剎那，連猶大也寬恕了、也赦免了、也救贖了。如此至善同
時也是至美的展現，又哪裡是「猶大們」的政治、權謀、或
「聰明」所能比擬於萬一的呢？「猶大」因此所指的不是猶
大這個人，而是這整個現代性情境，後者因為對宗教的批判
而連帶著完全否棄了世界宗教所意在乎彼的某種更高的人間
理想。現代性最大的暴力因此不在科技理性、不在大屠殺、
不在市場經濟、不在民族國家、不在帝國主義，也不在殖民
暴力，而在於它禁止了人們想像一種高於、超越於「政治彌
賽亞」（民族國家）甚至「社會彌賽亞」（分配正義）的更
高理想。歷史據說已經終結了，不是嗎？而在這個終站裡的
「左翼」社會與文化理論，只能口沫橫飛地剝解與批判自戀
文化或商品拜物教，或以各種巧奇的方式將「愛」解構，將
愛等同於「愛的政治」，完全無能於直面「愛」。在被這個
無能所填塞的心智空間中，右翼民粹主義得以一種奮銳黨的
方式，使「（恨裡的）愛」成為了一個極強力的動員論述
——好比，「愛台灣」。

四、耶穌、猶大、希羅底,與陳映真

那麼,如何理解希羅底在這篇小說裡的位置呢?這個問題也重要,儘管希羅底在這篇故事中似乎只是猶大的陪襯;一個讓落魄英雄有所返回,讓遠行英雄有所別離的美人而已。在五年的迦薩時光中,希羅底是那內心寂寞、思緒不時飄向「那繁星的空際」的猶大的慰藉:

> 所幸的是希羅底的幸福的、無識的、滿足的臉往往在
> 這種悲愁的片刻裡帶給他一線安慰。他感覺到一種彷
> 彿一個父兄在注視著一張甜蜜地沉睡著的子弟的玫瑰
> 般的臉孔的時候的溫暖和安慰了。這溫暖流過他的全
> 身,想到羈旅異地,不由得全心愛戀起來。(1:
> 114)

在猶大見得耶穌之後,他重新找到生活的目標,使「沉睡了五年的生命甦醒了」,於是短暫回到迦薩整理行裝,並「在這匆促的三日之間為伊帶來從沒有過的完全的愛情」。破曉時分,猶大整裝待發,以「甦醒了的生命力」、「伊所不能了解的新的希望」以及「完完全全的情熱」,輕柔地擁抱著伊。並說:「婦人,我就走了」。於是

> 希羅底注視著猶大的身影,在這一片乳白色的石砌的

城市中，漸漸的遠去了。他始終沒有迴轉過來，伊想
著他那強忍著熱情的冷漠習慣，止不住一個人倚在門
邊愛戀地微笑起來。（1：107-108）

這樣的敘述如何過得了女性主義政治正確的稽查呢？幾
乎每一個關於希羅底的描述都是犯忌諱惹疑竇的。但這樣的
制式反應是有問題的，因為它只能讓人滿足於一種政治正確
的姿態，而無法讓人更進一步探討小說家在這裡所經營出的
更深刻更複雜的思想情境。

首先，必須確立一點，這是一個關於猶大而非希羅底的
故事。「希羅底」是作家陳映真──無疑作為一個男性──
所要嘗試理解的一個或可暫謂之「女性」的一種存在困惑的
觀念的具體代表。「希羅底」和「耶穌」都可以是兩個觀
念，陳映真將它們視為兩個重要的關係參照，用來理解那個
問題重重的左翼的、男性的革命者猶大。

猶大有什麼問題呢？根據之前的討論，猶大的問題在於
妒恨、虛無、權謀、自戀，而總結於無能愛人；總是在具體
的、真實的人的關係中──哪怕是在最親密的戀人關係中，
有同情共感的障礙，只能以一個「正義的無何有之國」作為
自我維持與修補之技術──思緒頻頻飄向「那繁星的空
際」。他甚至並不愛那些他所聲嘶力竭為之請命、為之鬥爭
的被侮辱與損害者，因為他真正在意、妒且恨的是既存的有
權者，不管是亞居拉或是羅馬總督。「你們瞎了眼，竟不把

我當回事」可能是猶大的最強烈的內心呼喊。

在這樣的一種以妒恨為底的左翼精神狀態裡，所謂猶大受到耶穌的感召，也不過是以他的格局所能理解的耶穌，來感召他原本的自己而已。猶大透過他所詮釋的耶穌，喚醒了猶大他地底原來蟄伏的生命力。這以妒恨為火所燃燒出的「愛」的能量，一度使他，也一度使希羅底，感到一個完全脫胎換骨的猶大。但其實猶大並沒變，因為，以希羅底的敏感，猶大在三日結束後離開她時，還是帶著那「強忍著熱情的冷漠習慣」，頭也不回地離開這個讓他頭一次感覺到「愛人的幸福」的希羅底。為了目標，猶大仍是克制自己，壓抑自己的高手。猶大並沒有真正改變自己，而真正的改變，我們知道，是他看到耶穌釘在十字架上被豎起的那一刻。

的確，猶大是面臨著一個選擇，遠行去搞革命，還是留在高老莊的迦薩。在某些歷史時刻，具體的人非得作出具體的決定，離開，或留下。我那個年代的中學生都讀過革命先烈林覺民的〈與妻訣別書〉，對那樣的一種為「大我」犧牲「小我」的人與事，我們還能對之指手劃腳嗎？那不太沒心肝了嗎？難道我們要頌揚那些遁地而為蟲豸，買田購屋娶妻生子的「自了漢」嗎……？但是，革命的歷程後來不正恰恰向我們展現了一個無比真實且可悲的問題嗎？以真實的大地與真實的日常生活的棄絕為前提，去上西天或是搞革命，而這樣的一種虛無的、亢奮的「飛天」，不正是「遁地而為蟲豸」的一種極端性對反嗎？猶大的問題，也是眾多左翼男性

革命者的問題，不就是在於一意高蹈飛天、一心到達「彼岸」嗎？

因此，「理想的追尋」與「蟲豸的人生」的對立，是一個不幸的、經常沒有必要的、修辭化的、極端化的對立。我們對於「理想」與「人生」需要有新的理解，而這必將是一個將二者結合起來的理解。馬克思著名的十一條〈費爾巴哈論綱〉中的第六條不就已經說了嗎：「什麼是革命的實踐？不只是向外的革命，也是向內的；是在改變外部環境時同時改變革命者自身的行動」。這個「自我改變」當然牽涉到一個左翼男性如何和女性、和生活、和人民和解並學習。一種對於生活、生命、他人的熱愛，應該是革命實踐的前提與同時存在物。而理智的、冷漠的、衛枚的革命者，往往走向了與目的地相反的道路。

是在這個意義上，我們似乎可以從陳映真關於耶穌受難的描寫得到一種神秘的啟示。耶穌是一個超越了愛與恨、超越了天地雌雄、超越了繁星理想與現實人生，超越了頭腦與身體對立的一種形象，而這個形象的最具體、最形而下的代表則是為罪人猶大所驚詫目睹的那曾是木匠耶穌的一雙手臂，「多麼優美的一雙手臂啊！」（1：131）──那是一雙為生活而勞動的手臂、為扶持跌倒的人、為擁抱痲瘋病人而伸出的手臂。

看一個人先看他的手吧！猶大從那「多肉、結實，而且十分的筆直」的雙手所得到的頓悟是巨大的。一向以來，他

以為耶穌只是一個「聰明的人，極聰明的人」，而這雙手讓他理解到耶穌是個愛人的人，極愛人的人。

如果這樣理解耶穌、希羅底與猶大的話，那麼或許我們可以這樣想像：希羅底較之猶大似乎還更為接近耶穌。作為陳映真小說的思想的一個詮釋者，我當然相信這也是陳映真的思考；雖然比較秘密，雖然只曾以小說的形式展現過。但他的很多重要的思考不經常是透過小說而非政治與社會評論而展現嗎？

最後再說兩句。我認為這篇小說要與〈麵攤〉、〈我的弟弟康雄〉、〈故鄉〉、〈祖父和傘〉、〈蘋果樹〉、〈淒慘的無言的嘴〉、〈哦！蘇珊娜〉與〈獵人之死〉，等篇小說一起掌握——它們都是青年陳映真對他的政治、價值與慾望的困惑而認真的思索與告白。雖然它們也都必然折射了屬於青年陳映真那個時代的某些聲音顏色線條，但小說家所言者大、所慮者恆，不但五十年後聲如撞鐘，恐怕永遠都會是屬於全人類的重要思想與文學資產。我抱著感激的心如此寫著。

他已然沒有了對於新耶路撒冷的盼望了。
我的耶路撒冷又在哪裡呢？

淒慘的無言的嘴

——六○年代初台灣島嶼上的精神史一頁

　　1964年，陳映真在《現代文學》這個刊物上發表了〈淒慘的無言的嘴〉。小說描寫60年代初一個大學生精神病患，在結束長達　年半的住院治療之前，踩在一條介於「正常」與「不正常」、「真實」與「不真實」之間的細於髮絲的邊際線上的所見所聞，或，顛倒夢想。小說像是一組冰涼的大立鏡，安靜地折映出夢魘、理性與謀殺的片斷，以及主人公的孤獨、敏感、與妄想。讀這篇小說讓我無端想起作者另一篇稍早的作品〈祖父和傘〉（1960）。揣摩緣由，大概是因為它們都在神經質地咀嚼一種存於大荒涼之中的孤獨況味。讀這篇小說也讓我無法不聯想到作者緊接著於同年發表的〈一綠色之候鳥〉（1964），而原因大概是它們都屬於那種在希望與絕望的無盡代續的煉獄中的寫作。這三篇都有一種荒誕感，一種不真實感，以及一種揮之不去的鬼氣。在陳映真的小說家族中，它們應算是比較接近一種愛倫‧坡式的「現代」感的。

　　陳映真1961年夏天大學畢業，1962年入伍服役，1963

年退伍，是年秋，赴台北一所私中任英語教師，前後達兩年半。這篇小說就是在擦黑板改簿子刻鋼板之餘寫成的。與這篇同屬「現代文學時期」的作品共有六篇。撇開托古寓言小說〈獵人之死〉不論，其他四篇之中有兩篇可以瞥見此時教師生涯的一抹殘跡掠影，分別是〈一綠色之候鳥〉與〈兀自照耀著的太陽〉，而〈淒慘的無言的嘴〉則沒有。另外兩篇，〈文書〉與〈將軍族〉，則和作者教書之前的服役經驗有關。乍讀之下，它們之於本篇，似乎更是風馬之於牛。

陳映真似乎很少談論他的服役經驗。就算談到那段時日，似乎也只是要指出期間他接觸到了底層外省官士兵，而他們的半生顛沛，讓陳映真「深入體會了內戰和民族分裂的歷史對於大陸農民出身的老士官們殘酷的撥弄」[1]。至於他自己，陳映真則是沒有描述興趣。這個不欲凝視一己苦樂得失並以之作為創作資用的態度，並非偶然，因為同樣的，陳映真對他的獄中經驗（1968-1975）也甚乏談興，經常是飄飄幾筆「遠行歸來」就算是風波遠颺。而在那些遠行年月中，真正能化作他的墨水的，是讓他為之五內震動的紅色政治犯的血與淚。他把寫出那被世人所遺忘的時代風雷與人道坎坷當作他的使命。

人們常有一個正確的體會：陳映真寫小說都是從他在一個特定時代中的真實感受與經驗出發。但我們又同時看到他

---

1   陳映真（1993）〈後街：陳映真的創作歷程〉。頁 57-58。

毫無慾望書寫他的服役或是坐牢的經驗。這裡有矛盾嗎？並沒有。因為陳映真從己出發（任何人寫作都必然如此），但並不停留在一己，他要一通天下之氣，把自己和一個更大的人間世推聯起來。因此，所謂從他的真實感受與經驗出發，就有了一個更明確的意義：他不是從他的一朝之患而是從他的終身之憂，去定錨他所要書寫的感受與經驗。陳映真之所以不同於「現代主義」，就在這個「道德層面」上。這個小差別有大意義。我們不能只看到陳映真寫作中的現代主義文字與意象，就遽爾說陳映真有一「現代主義時期」，那就將是「以辭害意」了。因此，文章一開始所說的陳映真與愛倫・坡之間的相近，不妨就停在那兒好了。

　　把話牽回來。我這裡要說的是：我認為這一篇小說反而是和作者的服役經驗比較有關。另外兩篇（〈文書〉與〈將軍族〉）說的是從部隊裡出來的外省官士兵的故事，這一篇則是間接關於部隊這個「體制」。我這麼「比附」，並不僅僅是因為作者剛退伍不到一年，也不僅僅是因為同時還有兩篇小說來自部隊經驗，也不僅僅是因為這個將要出院的「我」算了算，「來到這個精神病院已有一年半了」（1：204）——這個「算」是所有算日子等退伍的人都能會心的，而更是因為精神病院與部隊這兩種貌似無關的機構，其中竟有某種內在結構上的同形共振。根據美國社會學者高夫曼（Goffman, E.），現代性有一常被忽略的重要特徵是所謂「完全機構」（total institution）的大量出現，它指的是一種

統攝人生所有面向的社會機構——供應你一切、控制你一切，如監獄、精神病院、集中營、部隊……[2]。陳映真未必讀過高夫曼，讀了，他也未必會喜歡，但高夫曼的這一個把眾多外貌迥異的社會機構「視其同然」的觀點，其實是馬克思主義者並不會陌生的社會總體的認識論，只不過後者會為那樣的觀點加上一口批判的牙：諸多貌似分立，風馬牛不相及的社會領域，其實是一個病態的社會整體的構成部分，楚越者，肝膽也。因此，左翼現實主義書寫者如陳映真，不稀奇地也有著一種因社會總體觀而來的跨越性理解能力，把從某一個社會或文化領域中得來的經驗感受，作為創作的感受基底，並將之平行滑動到另外一個比較沒有親臨的經驗感受領域，而效果上反而更能讓作者揮灑其想像。在台灣，當過兵的男性都能體會到「部隊」，其實在很多地方酷肖「精神病院」，都是一個森嚴的權威體系，而參與者皆裝模作樣煞有介事地共構荒謬與錯亂，光怪陸離，乃至見怪不怪。從兵營到杜鵑窩，是寫作者透過他所浸潤其中的社會認識論，而形成的寫作上的借力使力。

　　這也許可以部分回應我的朋友陳光興頗好奇的一點：陳映真有什麼樣的際遇，讓他對精神病患的狀態與世界有那麼入木三分的理解？陳光興猜測陳映真「該有親朋好友深受精

2　　Erving Goffman(1961). *Asylums: Essays on the Social Situation of Mental Patients and Other Inmates*. New York: Anchor Books.

神病痛之苦」。此外，他也指出，陳映真的精神病書寫是延續魯迅所開啟的長達五十年的中國文學史的關於精神病的書寫[3]。這兩點我都能同意。但這裡我想補充以另一個解釋路徑：透過對於某些「沒有病的」、「正常的」主流社會機構的觀察，其實竟也可以回過頭來幫助理解那「病」與「不正常」的世界。陳映真自己就曾指出過這個「正常」與「不正常」之間的弔詭關係。他說：「我想世界上有個通例，寫瘋子呢，往往是瘋子比正常的人更正常」[4]。那麼，一般所謂的正常的世界，可能要比瘋了的世界還要瘋狂，也就不像乍聽之下那麼悖理了。因此，我有一個小小的論點：這篇小說的精神病院的場景源自部隊經驗。

但畢竟，部隊只是陳映真「能近取譬」用來描寫精神病院的資用之一而已──而且還是個小號的。陳映真理解、描述這個精神病院的更重要的取資，其實是他所存在的那個社會，即，1960 年代初的台灣。陳映真以社會一份子的經驗感受理解精神病院，更且反過來，以精神病院理解社會。這麼說，無異於驚悚地指出，從部隊到精神病院到整體社會這三者之間竟然存在著一種認識上的代換關係；三者都是「完全機構」，只是強度與表現方式並不完全一樣。當然，如果覺得「完全機構」這個概念硬梆梆、不生動，那麼換成魯迅的

3　陳光興（2010）〈陳映真的第三世界〉。頁 228-229，註 13。
4　陳映真（2004a）〈我的文學創作與思想〉。頁 51。

「鐵屋」，或陳映真在這篇小說所指出的「黑房」，也都是
一樣的，因為三者都指出了同一駭人現象：沒有出路。

　　這篇小說藉由一個即將出院的青年精神病人「我」的經
歷，書寫了 60 年代初台灣的精神史，或不妨說是精神病史
的一頁，紀錄了在全球冷戰、兩岸分斷體制、與國民黨統治
之下，島嶼上青年知識分子的無根、苦悶、虛無，乃至荒
蕪；作者也同時批判了已蔚為時風的「留學熱」。陳映真讓
我們看到那可憐的雛妓為了尋找生活出路而逃跑而死於非
命，肉體上佈滿傷口。但陳映真更要讓我們看到，那些認真
於尋找精神出路的人（好比，「我」這個左翼青年）的下場
可能是進入精神病院，精神上佈滿傷口。女體的「淒慘的無
言的嘴」，展現了壓迫體制以及底層人民自身，對底層人民
所施加的雙重暴力——有冤更與何人說！而壓迫體制對理想
尚存、良心尚存的知識分子，所造成的傷害則是想說話但說
不出來，或說出來也被視為「瘋話」——這不更是一張張
「淒慘的無言的嘴」！無論是凱撒身上的刀傷、雛妓屍身上
的傷口，或是因失路而抑鬱而瘋狂的人的嘴巴，皆是古今
「淒慘的無言的嘴」，無言地控訴著一個失道悖德殘仁賊義
的時代。

　　這篇小說雖然所言者小，說的是一個病人的短短數日中
的經歷及其意識流變，但卻指意深遠。小說與〈我的弟弟康
雄〉都在面對青年左翼知識分子的希望與絕望這一母題，但
相較於康雄的悲壯浪漫的殉教式自戕，這篇小說的「我」則

是近乎以手術刀剝解並嘲弄自己的青澀、軟弱,與矛盾。因此,往前,這篇小說承繼了〈我的弟弟康雄〉、〈鄉村的教師〉、〈故鄉〉,與〈蘋果樹〉等篇的主題,往後,這篇小說又開啟了〈一綠色之候鳥〉、〈兀自照耀著的太陽〉、〈最後的夏日〉,以及〈唐倩的喜劇〉等篇對布爾喬亞知識分子群落的諷刺性批判。

一、孤獨左翼青年欲出污泥而不染的代價是發病

可能有讀者會說,為何要費勁瞭解作者的當時狀態以及這篇小說在前後創作中的相關位置?單純地把這篇小說以「一個青年精神病人的一日」來閱讀不就得了。這樣我們也一樣可以欣賞玩味作者是如何以高妙的藝術手法,展現一個青年精神病人時而好似低氣壓的沉悶、無聊、呆滯與回憶,以及時而好似瞬間強風的嫉妒、虛榮、恐懼與悲憫。如果這篇小說真是這麼「現代主義」,是讓讀者一窺某一個青年精神病患的內心世界與意識流轉,那麼把這篇小說的主人公單純地理解為一個多愁善感、有某種潔癖的「文藝青年」的確也就夠了。

這樣的一個可以只是「文藝青年」的「我」,在思想、品德,與品味上,皆自視不凡。我不但是菁英的大學生,而且「我」還愛好文藝——「我曾經差一點兒就是個美術學生」(1:215)[5]。品味之外,「我」的道德意識也與眾不同,我常有一種出污泥而不染的道德潔淨意識,因此我常常

敏感於他人外物的不潔（不論是外在的還是內裡的）。小說一開頭就是「我」換好了「一套乾淨的睡衣」躺在床上蕪雜尋思。之後，潔淨的「我」想到精神科醫生「從有一點髒了的白外套摸出一根菸」（1：203）。更之後，當「我」蹭到那個神學院學生郭君住的地方，我也無法不注意到開門的他「僅僅穿著不甚乾淨的內衣褲」（1：208）。但實際上，「我」也很矛盾，我所看不起的一般人的慾望與虛榮我也都不免。這個以當世為「不潔」，力圖潔己自好，但又憎悔自身的軟弱矛盾妥協虛假的我，大約在大四的時候就發了精神上的病，進了這間精神病院……。

以上的關於「我」的描述都成立，但它們少了一根脊椎把散落一地的它們支撐起來。而這根「脊椎」就是：「我」是一個左翼青年。不掌握這一點，也就無法理解這篇小說。

由於某些我們並不清楚的原因，「我」有了一種左翼的、禁忌的世界觀、價值觀與思考方式，因為禁忌，「我」對我的精神與思想狀態必須「其留如詛盟」。「我」活在一個不論是道德、真理或是美感上我都無法認同的世界，當然世界也必將不認同我——如果我表現為我。曾有一位君平，彼既棄世，世亦棄彼。但「我」無法如君平那般混跡河海，

5　這個關於「我」的訊息，回指了作者本身。根據陳映真，他曾經在讀外文系的時候，陪至友吳耀忠考「師大藝術先修班」。吳耀忠考上了榜首，陪考者敬陪榜末。見，陳映真（1987）〈鳶山——哭至友吳耀忠〉。頁 41。

因為「我」常會發一種會令我自己為之心驚的大頭病，好比
紅旗版的「登車攬轡，慨然有澄清天下之志」，但這個志願
或是理想本身又是完全無路可行、無人可說，真要偶而說溜
了嘴，那就要被「棄市」了。在「我」的輕時傲世的形骸
下，其實是魏晉風骨的內底。日暮，「我」有途窮之哭。
「我」要到哪裡？「我」要如何離開？離開，又到哪裡？這
令「我」發瘋。

　　所以，這篇小說在一個最根本的意義上，不是「虛
構」。流行的「虛構」與「非虛構」的文學分類，在此碰壁
了，因為作者並不是以一個承平世界專業「小說家」的身
份、餘裕，以及無關利害的美學想像，「創作」了這篇「小
說」，描寫現代文學裡的一個氾濫的母題：精神失所的現代
人。這篇文字，確切說來，只是以「小說」這個虛構的從而
較安全的形式，來自我治療並抒憤、抗議、存心。在那個白
色恐怖年代，由於不難理解的原因，自傳與日記似乎更難於
作為一個極其稀有的左翼青年如陳映真的真實的書寫自我的
方式，「小說」反而成為了最真實的自傳與日記了。虛構的
小說反而是最記實的。

　　那麼，「我」是一個左翼青年，或至少，一個具有左翼
人格與精神狀態的青年的證據在哪兒呢？小說對這個身份特
質的交代雖說是間接而零散，但若合而觀之也是清楚明白
的。下面是我的考證工作。

　　首先，這個青年有一個敏感於平等與正義的心靈，而且

能夠看到有權者的表裡不一，以及恃權而驕、而偽的「髒」。
當醫生當著他面前「從有一點髒的白外套摸出一根菸，叼在
嘴角上」時，「我」

> 便覺得有些不高興起來。一進了醫院，便叫他們禁了
> 菸。我忽然地以為：在被禁了菸的病人面前抽菸的醫
> 生，簡直是個不道德的人[⋯⋯]（1：203- 204）

　　這難道不是對統治者、管理者的縱恣虛偽，以及對法律
與道德的階級性的批判嗎？豈止醫生「不道德」，護士也是
一樣。護士高小姐白日見到我，擺出一副專業管理者的做
派，會皺著眉冷冷地對我打官腔，但「我」分明知道她是一
個表裡不一公私不分的人，有一回她趁我發病，以為我意識
不清，狠狠地吃我豆腐，以「綿綿的手，在我的臉頰輕輕地
摩挲著」（1：206）。她曾在黑天暗地裡那樣摸過我，卻又
在朗朗白日若無其事，這不是「一種可恥的虛偽」嗎？難道
這就是那世故的、充滿欲情通姦的成人世界的必然嗎？難道
這叫做「正常人」嗎？到底白天算數，還是黑夜算數？都算
數，或都不算數？到底哪一個才是「高小姐」，都是，或都
不是？「我」，為此深感困擾。
　　其次，這個青年對人的問題或苦難（例如，精神病）的
理解，不是從個人的罪愆、遺傳、修養，或人格等去理解，
而是從社會整體的環境脈絡去耙梳掌握；對「我」來說，瘋

狂是社會的產物，兼是對時代的無言抗議。「我」和神學院
學生郭君，於是有了立場上的左右對立。郭君在表述他對這
個問題的立場時，順道指出了「我」的立場：

　　就像你說的，大半的精神病者是人為的社會矛盾的犧
　　牲者。然而基督教還不能不在這矛盾中看到人的罪。
　　（1：210-211）

　　第三，「我」有主流審美所沒有的或所排斥的美感經驗
與判斷。一般的新派知識分子與文化人喜歡的是「美新處」
所推廣的那套現代主義藝術或美國民謠（重點在「美國」而
不在民謠），但「我」獨喜那有社會意識、有現實感、能表
現人民大眾勞動與生活的美感對象。「我」在結束了與郭君
的散漫對話後，本要沿著糖廠小火車軌道到倉庫那邊去看一
些工人，但因道聽他處有命案才折返。在倉庫那邊，讓「我」
常常駐足觀看的，是這麼一幅可以作為「極好的浮雕素材」
的勞動者群像：

　　他們總共才只十來個人，腳上都穿著由輪胎橡皮做成
　　的彷彿草鞋那樣的東西。我最愛的便是這個。它們配
　　著一雙雙因勞力而很均勻地長了肌肉的腿，最使我想
　　起羅馬人的兵丁。我曾經差一點兒就是個美術學生。
　　因此對於他們那種很富於造型之美的腿，和為汗水所

拓出來的身體，嚮往得很。當陽光燦爛，十來個人用
肩膀抵著滿載的貨車箱，慢慢地向前進行的時候，簡
直令人感動。（1：214-215）

　　這幅合作勞動中的勞動者群像，也許是這個島嶼所剩下
的少數人文美景了罷，但可惜的是，就算是「我」的好朋
友，例如即將要去美國留學的朋友俞紀忠，對這個我為之異
常感動的美的標的，「總是冷漠得很」（1：215）。還需要
指出的是，「我」對勞動者的情感應該還不止於純粹美感層
次，而是貫穿及於道德與政治空間。白日駐足於此處的所感
所思，到了夜裡就變成了「所夢」——他夢到了一個如羅馬
人勇士般的解放者，「一劍劃破了黑暗」……（1：220）。

　　以上述三角點為基準，就可以把「我」定位在「左翼青
年」位置了，因為無論是在價值觀人格底氣（道德）、認識
並解釋世界的方式（知識），以及美感經驗與判斷（品
味），任何一點上，「我」都稱得上是在左這一翼，至少相
對於那個統治者醫生、那個失去一切信念卻依然死守「原罪
論」的神學生郭君，以及那嚮往美利堅新大陸的俞紀忠同
學。但是，話說回來，仔細審視這個「左翼狀態」似乎又是
缺乏根底源流，常常只是展現為一種虛浮躁鬱的「氣」，或
是一股僅僅是拒絕被同化吸納的「勁兒」。似乎，拉出個距
離、現出個差異，本身就是目的了，就是個值得暗喜的成就
了。要不然呢？要不然你這個匹夫「究竟意欲何為」呢？

——我想起康雄姊姊的自憐之遁詞:「而我這個簡單的女孩子,究竟意欲何為呢?」(1:15)。

再往深處琢磨,這個「恃氣較勁」之所以出現,不正是因為主流(或是「右翼」)的道德、知識與品味,不言不語地竊據了大半壁的我嗎?因此,這個「我」,一方面看不起眾知識分子同儕的無根——特別表現在對強勢外語的著迷,但同時他自己不也是難掩驕傲地自覺又懂日語也會德語嗎(1:214)?這個「我」,一方面願意行有餘力,隔著一個安全觀看距離,「親近」勞動民眾,品味並感動於其美學,並頗以他人之無感為不然,但就正是這個「我」,同時又以難掩虛榮之興奮,把調門飆高到以德語發音的「Johann Wolfgang Goethe」之大名而行的陽春白雪(1:220)。這個「我」,對時男喜歡炫耀自己對異性的吸引力頗不以為然,並批之為「男性主義」(1:213),但這個「我」,同時卻又對這一碼子事無比焦慮,以至於還應郭君之挑釁當場扯謊,說一個女的「臨死還說恨著我咧」(1:212)。在與女性的關係上,「我」顯露了深刻的矛盾。他有道德潔癖,要求別人白玉無瑕,要求別人表裡一致,但他自己呢?不錯,他是個幻想的、苦悶的處男,他有著青春期男性的通病,這委實難以苛責,但這樣一個青澀稚嫩的狀態又如何能讓他孤獨地擔負起那麼沉重的世界觀與歷史觀呢?不是反而更加使他意識到他的矛盾、脆弱與無助嗎?早慧是他的幸運,但也是詛咒。難怪他發病。他就是無法像外省同學俞紀忠那般童

駛地像隻大白鵝，屁巔屁巔地搖到美國橋。

在這篇小說，這個「我」難以說沒有作者的影子，但卻又刻意地「省籍」不明。「我」可能是外省人，因為他聽不懂那些糖廠工人的話（1：215）。但「我」也不無可能是福佬人，聽不懂一群客家工人的話。作家不凸顯「省籍」，恰恰是要凸顯這個 1960 年代初的精神虛無與創傷，跨越省籍地顯現於布爾喬亞小知識分子群落。

二、「我」病了，抑或這個時代病了？

「我」往外張望，所看到的是：這個 1960 年代台灣島嶼上的知識分子是在一種沒有目標也沒有根著的漂浮狀態中，像著了吹笛手的魔一般，列隊朝向美國而奔。

陳映真是一個思想早熟的作家，他應該很早就開始思考「美國」的問題。但有趣的是，直到〈淒慘的無言的嘴〉，也就是在他寫了十多篇小說之後，他才把繃緊的弓弦稍微鬆開些，首度跳出「美國」這兩個字。早該出而未出，反襯了「美國」這個議題的高度緊張。之前，關於「美國」，只有含糊其詞或暗喻出之，好比〈故鄉〉（1960）裡那個沒出息的弟弟，最後要流浪，要「駛出這麼狹小、這麼悶人的小島[……]向一望無際的銀色的世界，向滿是星星的夜空，像聖誕老人的雪橇，沒有目的地奔馳著……」（1：56-57）——這，能不是「新大陸」嗎？又好比，〈蘋果樹〉（1961）裡的「海軍大衣」到底象徵何物，雖然人言人殊，但其中不是

也包含著一個「美國」嗎？

　　「美國」於〈淒慘的無言的嘴〉正式開了閘之後，一直到「華盛頓大樓系列」各篇，幾乎無篇無之。「美國」之所以重要，並不是陳映真讓它重要，而是因為它是籠罩在台灣文化與思想之上的天。那時，以至於今，全世界數一數二親美的應該就是台灣；幾乎可以說，「自天子以至於庶人一是皆以愛美為本」——尤其是知識分子。因此，要書寫台灣的真實的精神與文化狀況，美國是一堵無法繞過的牆，它體現為一種全面進步的、文明的、現代化的生活方式、知識思想、政經制度，以及審美品味。在那個以美國為真善美之北斗的年代，陳映真文學的擔當之一即是全面並深入考察這個美國因素的在地開展——陳映真 1970 年代末 1980 年代初的「華盛頓大樓系列」，對這個問題的多層次的複雜討論迄今並未被超越。在政治氣氛高度緊縮的 1960 年代，陳映真已從按捺不言，步步為營地開展到一種見縫插針式的討論，乃至升高到「反帝反美」的當時最高可能，也就是小說〈六月裡的玫瑰花〉所展現的對越戰與帝國的質疑，雖然這個質疑是透過越戰對美國人民（一個黑人士兵）自身的傷害而迂迴為之的。對「美國」議題的高度謹慎乃至含糊其詞，現身說法地展現了「美國」是一個只能歌頌讚揚而不能真正批評的對象，而根本的原因就是：「美國」等於「反共」。反對或是批評美國，得冒著巨大風險被推論為「反反共」，乃至更慘。

　　台灣 1960 年代的大學生，整體而言，可說是尖銳地體現了上述沒有目標、沒有根著，並全面親媚美國的精神與人格狀態。「來來來，來台大，去去去，去美國」，來去之間飄然如風浮然若萍。至於為何要去美國，其實也沒人說得清，但大約是「離開總是好的」。小說提到的那個對勞動者形象沒有絲毫審美興趣的俞紀忠同學，就是這樣的一位時下青年。「我」回憶起曾和『滿腦子都是「美國的生活方式」』的俞紀忠有過這樣一段對話。他說：

　　　　「離開總是好的，新天新地，什麼都會不同。」

　　　　我不置可否。但記得曾這樣隨便問過：

　　　　「那是漂泊呀！或者簡直是放逐呀！」

　　　　他忽然那樣筆直地注視著我。我看見他的很美麗的眉宇之間，有一種毅然的去意。他說：

　　　　「你不也在漂泊著嗎？」他笑了：「我們都是沒有根的人。」（1：213-214）

　　聽到余同學的這個讓人愣不防的反擊斷語，「我的心情是很痛苦的」，但「我」並不曾想要申辯，也不曾落入自憐自艾，反而，是從這個痛苦中冷冷地反求自己的真實狀態：「我的痛苦不就說明了它的正確性嗎？」（1：214）。俞紀忠同學以美國為出路，「我」雖不服不屑，但「我」也分明感受到那個出路正對著我興奮招手。因此，「我」的痛苦不

止是因為一種離群孤詣的道德、知識與審美狀態，「我」的
更深的痛苦竟在於，我其實感受得到：「美國」或「日本」
或「德國」，簡而言之「西方」，這個衆人仰望之北斗，竟
然也在磁吸著我的羅盤方向。「我」的抵抗、「我」的痛
苦，「不就證明了它的正確性嗎？」。但「我」真正的問題
是那來自外部的引誘，還是說，「我」真正的問題是沒有航
向：離開這兒去哪裡？因此「我」只得無奈地招認「俞紀忠
的話從來沒有全錯過」（1：214）。「我」之所以得病，不
就恰恰因為，是非、對錯、甚至左右的緊張，在「我」的胸
臆之間從來沒有被擺平過，而一直是相激相蕩著。「我」沒
有擺平它們，它們讓我進了精神病院。

　　按這個外省姓與黨國名，俞紀忠同學應是外省人。那
麼，我們可以說陳映真在暗示「無根」是外省人的特質嗎？
但我想作者應該是沒有這個意思的。外省人和本省人在崇洋
這碼子事上，應該是無分軒輊的；畢竟，誰又能在「來台大
去美國」這上頭區分出一個「省籍模式」呢？「我」顯然也
認為如此，因為他觀察到本省人高級知識分子（例如醫生與
神學院學生），也是在精神與心智上依傍著列強之國以及列
強之語。「我」浮想起精神科醫生和神學院學生以日語為襯
抬身份的高牆密語，來談論「我」的病情。他們必也皆是無
根之人，因為「他們那樣愛好外國的語言」，但「我」旋即
想到，「我對於他們的愛好外國語也不能有一種由衷的憤
怒，足見我確乎是沒有根的人」（1：214）。其實不只是沒

有憤怒而已，這些外國語言文化，在小布爾喬亞知識分子之間，更是眾自我之間的相互撓癢或棘刺，為相互羨慕、嫉妒與瞧不起的複雜心理化學變化的介質之一種。小說結尾，在向醫生訴說夢境時，「我」以「歌德」之名，向「自以為是的」醫生將了一軍：

> 「你知道歌德嗎？」
>
> 「什麼？」
>
> 我伸了手，他便另外給我一張紙。我用桌子上的沾水筆寫下歌德的全名。
>
> 他用德文讀著：Johann Wolfgang Goethe
>
> 「就是他臨死的時候說的：『打開窗子，讓陽光進來罷！』」
>
> 「哦，哦！」醫生說。（1：220）

醫生還好能唸出德文，不算毫無招架，要不然那就得在兩個自我之間的微型戰爭中一敗塗地。看來，無論本省人醫生或是外省人俞紀忠都是一般隨俗流轉之人，不必深論。那麼，那位郭君呢？他可是神學院學生呢！但從「我」所看到的居家的郭君，其形象又哪裡能和一個追求靈性與信仰的神學者兜得起來呢？難道真信者也有公私獨眾之分嗎？郭君打開門，「我」看到他穿著「不甚乾淨的內衣褲」（內裡不潔？），而且看上去「多毛髮」（嗜欲深重？）。居家的郭

君正聽著一張「美國民謠的合唱曲」（1：208-209）。
「我」能辨別出「美國民謠」，可見「我」也是內行，但可
惜郭先生不知道，就如同那醫生「從來不知道我懂日語」一
樣可惜。「我」於是萌生了一種偏偏不欲和他在這個品味中
共存的小而尖的自覺，於是「我」以一則八卦（院裡又來了
一個新病人）誘導他把唱機關了，好專心對「我」索問。然
後，倆人從精神病患談到精神病起因，談到神學，談到社會
矛盾，談到大毀滅。但郭君顯然也缺少真誠（或至少缺少熱
情）和「我」把這個他理應念茲在茲的問題談下去。他因意
識到自己作為一個神學生但並不真誠，而感到窘然無趣，於
是在他不得不表態捍衛他的神學立場之前，他竟然「小心地
把唱機開了」──雖然「音量放得很細」（1：210）。後
來，郭君又把唱機給關了，因為他真正的興趣如飄風驟雨般
地來了：他要專心聽「我」的「戀愛故事」（1：212）。唱
機開關之間，陳映真洩露了神學生的虛無。可以這麼猜測，
神學院學生郭君心志所繫的出路，應和世俗之人並無二致，
就是出去，到美國、日本、德國或其他西方世界攻讀神學，
但重點當然是動詞「出去」。這麼猜，是因為年輕的郭君已
經是一個沒有信仰沒有希望沒有愛的神學院學生了。

　　「我」雖然和多數左翼青年一樣，有一個壞毛病，也喜
好以啟蒙的高姿態揶揄那教徒們在現代世界中最多也只能防
衛的古老城堡，但比較不同的是，「我」看到了虔誠的基督
徒和有信念的社會主義者，在一個關鍵點上曾經是、可以是

兄弟，因為兩者都應有一種對此世的否定信念，以及救贖世
人的肯定信念。「我」和郭君因這一隱形的交集，而有一種
潛在的相惜。而且，我們都有一種因為自覺到信念，尤其是
肯定性信念，在現代化世界中的可怕蒸發而有的愴然之感。
在郭君說到他作為一個教徒還不能不在社會矛盾中看到人的
原罪之時，「我」

> 看見他的誠實的眼睛低垂著。他確乎努力地護衛
> 著他所藉以言動的信仰原則，但他已然沒有了對於新
> 耶路撒冷的盼望了。我的耶路撒冷又在那裡呢？那麼
> 剩下的便似乎只有那宿命的大毀滅。
>
> 於是我們都有些憂愁起來。雖說這憂悒的起點各
> 有不同，但性質卻是一樣的。（1：211）

　　如果說，神學生郭君只據守著基督徒的原罪意識，但卻
失去了上帝之城的信念，那麼左翼青年的「我」，不也是只
據守著馬克思主義的以階級矛盾為核心的社會理論，以及對
社會不義之指認，但卻失去了對人的全面解放的未來信念
嗎？不論是基督徒或是社會主義者的問題，都在於失落了對
未來的希望；沒有出路，只有等待著「大毀滅」。因此，不
只是「我」，有精神問題，郭君又何嘗沒有！但郭君不及於
「病」，又是否是因為他有物化的基督教體制作為身家靠
山，又是否因為，他能把他的「基督教信仰」妥貼地安置在

一個分隔而獨立的領域中，把「信仰」和其他的自我片斷，安置在一個百寶盒般的隔間中，各安爾位？而「我」呢，不但無所依托，更且犯了一個大忌：想要在自我的矛盾碎片之間找出一個天理周遍、理路圓通。

因此，不要只看到郭君「誠實的眼睛低垂下來」，在靈魂深處，他也是一個虛無者，也在演一齣高雅的戲，因為，他連對他最應投入的問題都缺乏那形於中發於外的自然熾熱。他是一條布爾喬亞冷魚，名叫宗教而已。這位沒有根本、沒有方向的人，和我、和「我」、和俞紀忠又有什麼差別呢！俞紀忠同學祭起「美國」這定海珠，照出了「我」的部分原形，原來，連這個憂悒的左翼青年「我」也有對「美國」的竊慕之情呢！俞紀忠以其世故老練，不留情面地指出他和「我」都一樣啦。郭君也是一樣，想要掀開掩藏在「我」的理論或道德語言之下的皮肉慾望；他們都認定了「我」的不一致。

豈止對「美國」，「我」充滿了矛盾困惑，噯，對於「性」，我不也是暗地裡滿佈焦躁、不安、恥感與虛榮嗎？「我」不喜歡不誠實的人，「我」喜歡表裡一致，但一旦關涉到女性／性上頭，「我」就控制不了自己，愛虛榮、說謊、假正經。這不是很讓「我」在自覺能及之處，感到一種莫名的難堪嗎？「我」不是有一種凡左翼青年所必配備的不苟流俗、睥睨成法、心志另有所繫的傲然嗎？那「我」為何還在郭君的凝視下，「裝出很愁困的臉」，編造出一段不曾

發生過的苦戀呢（1：212）？

　　因此，藉由一個行將出院的左翼青年精神病患的陰陽眼，在他的覺夢之間，我們看到 1960 年代台灣的布爾喬亞精神史的一頁，一個沒有虛無病識的虛無時代。矛盾、虛偽與矯情的絲網，滿佈在知識分子的人格與精神狀態中，生命則變成了由各不相搭的碎片組合而成的馬賽克拼貼。而若要尋求一個比較一致的意義，反倒變成了一個令人驚詫的烏托邦追求，而代價則經常是瘋狂，僅僅因為你太認真了，太要一致了。對絕大多數知識分子而言，「理性」告訴他，如果這個生活或環境出了問題，解決的方式是當另一種人，換一個環境。因此，「去新天新地」就取得了「一種」存在主義意義，它是一種「to be or not to be」的廉價的、甚至贗品的解決，而且還沒有「山寨版」的強野呢！把俞紀忠同學的個人放逐反轉方向，未嘗不就是把「新天新地」給搬來台灣，讓台灣徹底西化，在全盤西化或「現代化」中取得人生的某種一致。因此，落後國的現代化意識形態其實是有某種「弱勢法西斯」意味，要取消一切礙眼之物（「把線裝書丟到茅廁」堪為一例），向外、向他人尋找一個純淨的、一貫的自我。因此，無論是「去美國」或是「美國你來」，對陳映真而言，都是虛假出口，是災難性的引誘。在這篇小說之後，陳映真繼續藉著〈一綠色之候鳥〉、〈最後的夏日〉以及〈唐倩的喜劇〉等小說，深入處理這個「美國在台灣」問題。

　　在這篇小說裡，青年陳映真意識到這個虛無的「美國

夢」的意識形態基石，是一種文化或社會的「多元主義」
（pluralism）。「我」於是想起醫生說過的一句頗有哲理的
話：

> 正常的或不正常的人，都有兩面或者甚而至於多面的
> 生活。有時或者應該說：能夠很平衡地生活在不甚衝
> 突的多面生活的人，才叫正常的人罷。（1：207）

　　如果「我」接受這個關於「正常人」的「多元主義」道
理的話，那麼不但高小姐對我的態度是「正常的」──曷足
為怪！「我」也可以丟掉左翼青年在面對思想信念與實際人
生之間的矛盾的焦慮了──曷足為憂？這豈不甚佳！但是如
此一來，「左翼」也就只是現代人的眾多「分工」或「角
色」或「領域」之一罷了；是人生之某一角落罷了。如果一
個人可以有很多表很多裡，甚至根本沒有表裡一致的問題，
那倒是解決了這令人揪心的道德問題。但如此一來，我又憑
什麼要求真誠，憑什麼要求表裡一致？我憑什麼對不讓我抽
煙但又當著我的面抽煙的醫生感到嫌惡？我還能對事情感到
無奈，乃至於感到憤怒嗎？

　　因此，這篇小說的核心思想就在於對（藉由精神科醫生
表述出來的）現代性所自我標榜的文化或社會多元主義，及
其微觀基礎「多重自我」（multiple self），提出尖銳的質
疑。在現代社會理論中，對這樣的一種現代的多重自我形成

的最著名的理論家之一，應該是齊穆爾（Simmel, G.）了。
對齊穆爾而言，在現代社會，不同的生活或制度領域之中的
斷裂，以及個人生活與經驗的異質化與斷片化，使現代人的
生活成為了多種不同角色在不同時空中的演出，而在這其中
不必也不應求取一種一貫性，因此，言行不一是正常的、在
不同時空中扮演價值相互抵牾的角色也是正常的。於是，所
謂「主體」，最重要的擔當就是淡化、化解，或壓制這些不
一致、不真實與自相矛盾的感覺。而凡是能達到這個自我
「平衡」目標的個體，這個社會統稱之為「正常人」。而如
果有人真正不安於這些深刻的矛盾，無法釋然，且還企圖克
服這些矛盾，尋得一種表裡一致的人生，那這種人不是強到
成為一時之革命者，要不就將成為精神分裂者；精神分裂是
一種「過度」誠實於自我意義的人的病徵。因此，一貫誠
實、表裡如一，對這個社會而言，是不正常的、是有病的，
反而在多層次的自我中上下跳躍翻滾衝浪如履平地的人才是
「正常」的，才是更有力量的 6。左翼青年陳映真顯然從這
樣的一種「現代社會學」世界觀裡頭感受到了一種深深的頹
廢與墮落感。

6　Georg Simmel(1995). *Conflict and the Web of Group-Affiliation*s. New York: the Free Press. esp. pp. 140-143.

三、從黑房到陽光：出路何在？

小說最後，「我」對醫生描述了昨夜「噩夢」：

「夢見我在一個黑房裡，沒有一絲陽光。每樣東西都長了長長的霉。」

[……]

「有一個女人躺在我的前面，伊的身上有許多的嘴……」

[……]

「那些嘴說了話，說什麼呢？說：『打開窗子，讓陽光進來罷！』」

[……]

「你知道歌德嗎？」

[……]

「就是他臨死的時候說的：『打開窗子，讓陽光進來罷！』」

[……]

「後來有一個羅馬人的勇士，一劍劃破了黑暗，陽光像一股金黃的箭射進來。所有的霉菌都枯死了；蛤蟆、水蛭、蝙蝠枯死了，我也枯死了。」（1：219-220）

　　1960 年代的台灣，從青年陳映真的眼睛望過去，正是一間發霉、絕望、沒有出路的黑房。或許因為他有某種志向，因此一般年輕人為出走而出走的愚鄙之狀——如小說〈故鄉〉裡那發嗲扯皮喊著「我不要回家，我沒有家呀！」的小子，就不是青年陳映真的「出路」，雖然心志不免偶而也被那個遙遠的歌聲所搖蕩。但問題是，有志向又如何？問你，你的志向之所憑依、同志之所聚合，與夫行動之所施及為何？答案盡皆飄旋於風中吧。不是嗎？說刻薄點，你只不過是你的傲慢讓你無法降下來漂泊一如眾人而已，但客觀上你又何辨於眾漂泊者？明乎此，那就無怪俞紀忠可以對你撂下那麼傷人而真實的話：「你不也在漂泊嗎？」。你曾因緣際會密受了一種禁忌的啟蒙，並披藏了一種被詛咒的理想，但之後卻就一直孤單地被撂在時間的一個角落，沒有人給你帶個話捎個信來，沒有任何出路，只能等待。你是另一個康雄，後者曾在日記裡這麼寫：「……而我只能等待一如先知者。一個虛無的先知者是很有趣的」（1：16）。康雄沒法等下去，自殺了。你，没法等下去，瘋了。

　　再回到小說。當「我」從命案現場踅回醫院時，在門口看到新進病人的家屬還在那兒和醫生談話的同時，「我」瞥見了那已經玩乏而倒在計程車上睡著的男童，「這使我一下子難過起來了」（1：217）。為什麼難過起來？這讓我們不得不聯想起魯迅的「鐵屋」寓言。如果一個沒有出路的鐵屋裡滿是沉睡的人，而這個鐵屋竟然起了火，那這時與其把這

些沉睡者叫醒，讓他們發現他們只有更絕望地等死別無他
法，那麼這般的「啟蒙」或「警醒」，倒還不如讓他們繼續
睡下去罷。因此，不只是人之昏睡讓「我」難過，「我」的
無謂的獨醒，更是讓「我」難過。

回到本文開始，我曾猜測這篇小說和作者的服役經驗有
關。但小說不止從軍營聯想到精神病院，還進一步從精神病
院聯想到台灣社會，更進而聯到美利堅新大陸，甚至進而聯
到資本主義現代性——它們其實都是鐵屋、黑房，或「完全
機構」。但即便如此絕望，陳映真還是留下了纏成一線的兩
股希望，雖說表達得很是飄忽迤邐。第一股希望幽微地展現
於當「我」說完了那個夢以後的醫生反應：

> 我笑著，醫生卻沒有笑。他研究了一會，便把它小心
> 地和卡片收集在一處。他抬頭看了看我，他的眼睛藏
> 有一絲憐憫的光采。（1：220）

醫生為何憐憫？因為，醫生發現眼前這個他以為幾乎康
復的病人，其實並沒有真正「康復」，因為後者還做著一種
不符合現代時宜、努力和自己過不去的「夢」（或「理
想」）。什麼時代了！竟還想要廓清宇內黑暗、謊言、不一
致，與矛盾，想要伸張大義，想要朝聞夕死。但這恰恰是陳
映真隱藏在那個「噩夢」之後的樂觀，因為作為現代性核心
支柱之一的精神醫療體制，並沒有遂其所願地達到「醫治」

或「矯正」或「規訓」的目的;「我」的意志與信念並沒有
被閹割掉。這或許是陳映真對自己的戒慎希望。

第二股希望是對「人民」的希望;凡有壓迫的地方就將
有反抗。雛妓沒有白死,她的死身象徵著對這個殘暴不仁的
世界的無聲控訴與對「陽光」的冀求。而最終,這個世界將
會被那受侮辱與損害者所推翻——吾人對此希望當寶愛之。
夜夢裡的「羅馬人的勇士」不必遠赴古羅馬尋找,其實近在
眼前,也就是白日「我」所經常流連的倉庫那邊的工人,他
們——不妨再引一次:

> 他們總共才只十來個人,腳上都穿著由輪胎橡皮做成
> 的彷彿草鞋那樣的東西。我最愛的便是這個。它們配
> 著一雙雙因勞力而很均勻地長了肌肉的腿,最使我想
> 起羅馬人的兵丁。(1:214-215)

「我也枯死了」,因此可能隱藏著一個極其稀薄的樂觀
的、反省的訊息:知識分子在以人民為主體的未來變革中,
要有一種否棄自我的小布爾喬亞虛無與徬徨的思想準備,死
而後生。但是,這樣的一種與 1960 年代(乃至今日)台灣
之現實完全無接的心念,現實上又何異於痴人說夢?因此,
這到底是夜夢,還是晝思,連「我」這個痴人也分不清楚
了。小說因此以「我一直記不清我確乎曾否做了那一場噩
夢」這一無可無不可之詞告終(1:221)。這恐怕是繼微小

的希望之後而起的另一絕望罷。

四、結語

　　寫在白色恐怖的 1960 年代的這篇小說，把那個時代的孤獨的左翼理想者所經驗到的無言的痛苦，與那如果不說出來就要決胸的控訴與理想，以及那輾轉反側的自疑與自責，都藉由這篇小說給節制地但汩汩地淌流出來了。人們是可以批評這個流泄太詰屈晦澀，難以讓時人真正掌握住作者的訊息意念。這個批評很容易成立，但是想想，「時人」如果能立馬解讀，那環伺的情治文特就不能嗎？這是為何「我」必須穿上精神病服，裝瘋賣傻地唱著類似楚狂的小調卻曲前行──「迷陽迷陽，無傷吾行。吾行卻曲，無傷吾足」，因為唯有如此，才能通過白色恐怖文化檢查哨的夜梟之眼。從他們百精一蠢的眼睛中，還以為讀到的是一篇「石室之死亡」之族的現代詩文呢！那麼，只要無害於政權，就讓這些小布爾喬亞自瀆於瘋狂、死亡與夢魘吧！這是青年陳映真時期凡「政治性」小說必須採取寓言形式的最重要原因；言在乎此，意在乎彼。多年後，讀者我們要看到的不應是精神病患或精神病院這個能指，而是要看到那個「所指之月」，即，1960 年代初（從一個左翼青年的眼睛所看到的）島嶼上的精神與道德危機，以及更進一層，進入「所指之月之月」，以一種「這個故事說的就是現在的你！」的態度與敏感，回頭直面當代這個「正常的、太正常的」人生與世界。竊以為，

唯有以這種態度閱讀青年陳映真，方能無亂碼地打開他將近半世紀前所寄出的瓶中信。

那麼，「讀陳映真的小說（其實也就是歷史），是要面對當下、思索未來」，不就是一句多餘的話了嗎？

閹割與失真

60 年代知識分子群像

據說那是一種最近一個世紀來
在寒冷的北國繁殖起來了的新禽……

一綠色之候鳥
——人不好絕望，但也不可亂希望

　　年輕的陳姓講師在某大學教英國散文。在一個你我都知道的那種台北雨季的午後，他在眷屬區的家門口拾起了一隻鳥，一隻「綠色的鳥，張著很長的羽翼。人拳大小的身體在急速地喘息著」（2：3）。這隻迷航了的候鳥——常簡稱為「迷鳥」，吹皺了一池死水，打破了綿綿愁雨下人們相對無言的沉悶，成為了好幾個老師與他們家裡的熱力話題，一時之間，活化了人際交往。雖說每個人被這位不期而至的嬌客所撥動的心弦並不同，好比，陳老師以鳥喜，趙公以己悲，但大約都是因這隻神秘綠鳥的離散、失群、失路的命運，而若有所感。趙公是陳老師的同事，一位年近六十的英國文學史老教授。而趙公的至交，動物學教授季公，因為他的病妻喜聞樂見這隻綠鳥，於是他也以超乎專業本應就有的興趣，高度關切起這隻鳥來。他查出了這隻鳥的來歷：「那是一種最近一個世紀來在寒冷的北國繁殖起來了的新禽，每年都要做幾百萬哩的旅渡」，但是，「這種只產於北地冰寒的候鳥，是絕不慣於像此地這樣的氣候的，牠之將萎枯以至於

死，是定然罷」（2：17）。

因為病榻上的季妻對這隻鳥所表露的闖問熱情，陳老師在他那寡情於鳥的夫人的一石二鳥「建議」下，把已經安置在一個「北歐風」籠子的鳥，當人情，送給了季公夫婦，但授受兩方反倒也因此萌發出一種友情。通篇小說所描述的正是在綠鳥到來與神秘消失的這段期間，降臨在這幾個人家的希望、友情、康復、瘋狂、死亡，以及絕望。應該是還不到三十的陳老師，就是這件離奇事件的敘述者。短短兩三個月之間，他經歷了季妻的死、趙公的死、他自己妻子的死，以及他復發的「哀莫大於心死」。

這隻鳥，對不同的人有不同的意義；趙公筆直看到了隧道盡頭的絕望，陳老師則先喜後悲，心為物役。因此，「綠鳥」所象徵的，其實常是每個人自身狀況的投射。小說裡，唯有季公並沒以己悲或以物喜，自我投射絕望或希望。季公反倒是毋意毋必毋固毋我的體現者，於他，這就是一隻非時非地從而終將非命的迷鳥而已。季公憐這隻鳥，在別人哀啊喜啊的時候，是他，在盡己地照顧著這隻鳥，但他對這隻鳥並不曾充填比這個愛物之情更高的「象徵主義」期望——儘管季公的命途不比其他人更順遂。季公面對絕望與希望，或簡言之，對「未來」的態度，和其他二位是大不同的。趙公絕望，陳公浪漫，季公清醒。

〈一綠色之候鳥〉發表於 1964 年 10 月的《現代文學》，在陳映真小說群中也算是高度難解的一篇。它和四個

月前在同一刊物上發表的〈淒慘的無言的嘴〉，在閱讀感覺上，算是最接近的，都喜歡用典，且讀來都有一種荒誕、陰慘、離奇，與恍惚的感覺，而且猶有過之[1]。但有趣的是，我曾聽好幾個朋友說他們蠻喜歡這篇小說。人們喜歡某篇小說，原因非常多而異，為何人們喜歡這一篇，我也不能妄斷其因，但我願意肯定的一點是：陳映真這篇小說，在當時能真正讀懂的應屬少之又少。一個作家的作品讀者看不懂但還很喜歡，這要怪讀者還是怪作者，或都不怪？我想，這一定不能怪讀者，因為陳映真把他所想要說的思想內容，像一個不放心的藏寶者一樣，一層又一層，一遍又一遍地，塗裝「現代主義」表層，以致於內容只在深處發著極淡極遠的奧秘幽光。這個幽光和它的層層「保護色」共同彤成了陳映真文學近似古典油畫的一大塊麗特色，但這個特色不是作者「為了美的緣故」刻意經營出來的，而是一個特定歷史下的展現──如此的一個有著禁忌思想的作者，非得如此奧秘地展現它不可。因此，這一定也不能怪作者。而我的解讀與評論將試著展現作者在特定時代背景中，針對特定問題想要表達但又不能直接表達的思想內容。這是一個不得不奧秘的寓言寫作，而關於何以如此的分析則是在本文最後一節。如果

1　我之前在書寫〈淒慘的無言的嘴〉的評論時，已指出該小說有一種愛倫‧坡況味，而這篇似乎更是。我猜測此時的陳映真可能有一段嗜讀坡的經驗；而事實上坡在這篇小說中也真被提到了（2：12）。

本篇評論因而有了某種「索隱」風景，那也恰恰是因為陳映真這篇小說所要求於評論者的正是求索文本在特殊語境下的隱晦所指，並舒展其意涵，使其在與作者與歷史的三維關係之間，達到一種「通」的效果。因此，我雖不敢宣稱我對這篇小說的解讀是唯一正解，但我相信依賴古老的「知人論世」讀法，是比較能讀通這篇小說的。

反過來說，最不可取的讀法或許就是一種「現代主義」讀法，以現代派所設定的感觸理解這篇小說，將文本剝離於作者並與歷史斷脈，從而只能強調其文學表現形式的「象徵主義」，以及小說所表面鋪陳的虛無、死亡、慾望、希望、絕望……等「普遍人性要素」。這應是這篇小說問世以來最常遭遇到的一種主流理解方式。如果我們不甘於這樣的「理解」，那首先得掌握這篇小說在作者早期創作歷程中的位置性。我們都知道，陳映真在 1966-67 之間，陡然升高了他的現實主義的向外批判能量，推出了旗鼓粲然的〈最後的夏日〉以及〈唐倩的喜劇〉等小說，從而與 1960 年代初的憂悒的、內省的，有高度寓言與懺悔錄性質的寫作之間，展現了明顯的變異。於是，把 1964 年的〈一綠色之候鳥〉置放在這個脈絡下，就不難看到它是一篇中間性質作品，而「中間」的特定意義在於它把「向外批判」包裹在一個隱晦的寓言形式之中。

本文即是企圖剖析這個寓言的政治與思想的批判性。我在前三節所要進行的分析是把文本置放於台灣 1960 年代的

一般脈絡中，討論小說的三個主要人物，趙公、陳老師（他
三十不到，我們還是別稱他為公了），以及季公，以他們作
為 1960 年代台灣知識分子的三種可能的主體狀態，特別是
關於他們面對「未來」的方式，而我將把討論盡量限制在小
說文本所能支持的範圍內。這樣的解讀方式，我認為要比現
代派的去歷史解讀要有效得多，而且也是小說文本所充分支
持的。這個解讀，我稱之為「一般性的」政治解讀。但在閱
讀與書寫的過程中，我始終又有一種並未真正讀通的感覺。
雖然文本並沒有提供充分的線索讓我得以據之深入，但我總
是覺得「一綠色之候鳥」，不只是泛泛的「希望」，而必定
有一個更歷史性的所指。在最後一節，我將以極其稀薄的文
本證據，進行一個「特定性的」政治解讀，將「綠鳥」解讀
為「美式自由主義」……。但不管是哪一種解讀，我們都將
看到，相對於小說的表面主人公陳老師，低調的季公其實是
這篇小說裡最複雜難解，也最饒富討論意義的核心角色，因
為他承載了作者關於可能的「出路」的探索。掌握住「季
公」的意義，對兩種解讀（一般性的與特定性的），都是核
心的。

一、死亡與絕望的呼喚：趙公

　　年輕的陳老師說他自己是「漂泊了半生的人」（2：6），
這或許有一點資淺講師故作老成的誇張，但趙公則的的確確
是個漂泊了大半生的人——名如其命「如舟」。單身老教授

趙如舟,「十多年來,他都講著朗格的老英文史。此外他差
不多和一切文化人一樣,搓搓牌;一本一本地讀著單薄的武
俠小說。另外還傳說他是個好漁色的人[……]」(2:8)。
但怎想到,這麼個混一天是一天的老教授,在他的青年時
期,竟然還是個「熱情家」哩,「翻譯過普希金、蕭伯納和
高斯華綏的作品」(2:8),而且像五四前後眾多留學日本
的熱血青年一樣,在祖國遭到危難時,毅然歸國,「回到上
海搞普希金的人道主義,搞蕭伯納的費邊社」(2:22)。

陳映真的小說人物誠然都是虛構的,但他們從來沒有跳
出過歷史,不但沒有,還都是緣歷史而行。因此,這篇小說
寫於 1964 年,而小說裡的趙公又「將近六十」,那麼我們
是可以推測趙公生於 1905 年左右。而趙公「回上海搞普希
金的人道主義,搞蕭伯納的費邊社」之時,應該是在 1931、
32 年間,當是時,由於日寇相繼發動九一八與一二八事變,
很多留學日本的學子棄學歸國,造成了所謂中國第一批留學
生回國熱潮。這時的趙公二十六七,滿懷淑世熱情(雖然私
德不稱,遺棄了一個叫做節子的女人於日本),投入知識分
子的改革運動。我們從「人道主義」與「費邊社」來推測,
年輕的趙公應該是一個也關心社會改革與社會正義的「自由
主義者」,用我們今天的標準來看,還比較是一個中間偏左
的知識分子;彼時的中國自由主義者似乎也少有只關心政治
自由或是政治人權的那種自由主義。這樣一個相對開明、進
步的知識分子,1949 年左右來到台灣,在極右的、威權的、

「道統的」國民黨統治下，顯然失去了任何言動的空間，從而只有過著虛無頹唐混吃等死的日子，拿著發黃的授課講義誤他人子弟，捧著單薄的武俠小說殺自家時間……。我們幾乎可以確信，趙公的墮落的、虛無的人生的後頭隱藏著對國民黨的厭憎。小說後頭，這個趙公得了老人痴呆，進了精神病院，死了，同仁清理他的宿舍時，「才發現他的臥室貼滿了各色各樣的裸體照片，大約都是西方的胴體，間或也有日本的。幾張極好的字畫便掛在這些散佈的裸畫之間，形成某種趣味」（2：24）。

小說關於趙公的這幾筆勾勒，隱藏著作者對 1960 年代國民黨統治的批判，以及對它之下的知識分子精神與人格狀態的悲歎。1960 年代，國民黨政權在美蘇的冷戰對抗大體制下，以及美國支持的兩岸分斷體制下，所進行的威權統治，以及對思想文化的控制，使得本來還懷抱著某種理想的知識分子（或「文化人」）為之頹唐隳墮；「知識分子」不能有思想，「文化人」不能有異見，所餘者，麻將、武俠、字畫，與東西洋裸體畫也。趙公不但遺失了對未來的希望與對知識的熱情，也一併丟卻了主體所以立的文化根本，包括道德與審美。他將「幾張極好的字畫」混雜在裸畫之間，不就是魚目混珠泥沙俱下的表徵嗎？

比起年輕的、應是本省籍的陳老師，趙公的悲哀還多了一個因兩岸分斷而來的與故土親人的永離之痛。綠鳥讓趙公落寞地想起了「多異山奇峰」的故鄉，想起禽類「成群比翼

地飛過一片野墓的情景」（2：8）。當年輕的陳老師在長者跟前故作深沉，以「很遙遠的、又很熟悉的聲音」來描述綠鳥的啼囀時，趙公卻陷入了無邊愁思，聯想到泰尼遜詩句裡的「call」，並體會為「死亡和絕望的呼喚」（2：10）。苦楚的趙公，抽著板煙，『「叭、叭」地把口水吐在地板上』，好似竭力「吐著他的苦楚」。他說：

> 十幾二十年來，我才真切的知道這個call[⋯⋯]那硬是
> 一種招喚哩！像在逐漸乾涸的池塘的魚們，雖還熱烈
> 地鼓著鰓，翕著口，卻是一刻刻靠近死滅和腐朽！
> （2；10）

心腸久已枯槁乾瘠的他，在目睹了季公喪妻的嚎慟時，反窺到自己的失情失德，而由衷地發出崇敬之言：「能那樣的號泣，真是了不起⋯⋯真了不起」（2：22）。當著年輕的陳老師，趙公的罪感與恥感竟然潰堤，傾洩而出他壓抑平生的陰損往事：

> 「我有過兩個妻子，卻全被我糟蹋了。一個是家
> 裡為我娶的，我從沒理過伊，叫伊死死地守了一輩子
> 活寡。一個是在日本讀書的時候遺棄了的，一個叫做
> 節子的女人。」
> 我俯首不能語。

「我當時還滿腦子新思想，」他冷笑了起來：
「回上海搞普希金的人道主義，搞蕭伯納的費邊社。
無恥！」

「趙公！」我說。

他霍然而起，說：

「無恥啊！」

便走了。（2：22-23）

趙公是一心殘志廢的絕望之人，只看到罪與死，那麼，他從綠鳥的啼囀聲中，當然也只能聽到「死亡和絕望的呼喚」。

二、既以物喜也以己悲：陳老師

年輕的陳老師在遇到綠鳥之前，是一個什麼樣的人呢？是一個除了因新婚之故還對性事稍存情熱之外，對其他一切均了無意趣之人。他結婚，是因為「對出國絕了望，便索性結了婚」。他教英散文，但「對英文是從來沒有過什麼真實的興味的」（2：1）。然而，這個對英文從來就是索然的自白，也不能頂當真，因為這可能是把英文拿來當作去美國的敲門磚失效之後的事了——他申請移民美國被拒絕了。門開不了，敲門磚才成了雞肋，婚姻於是成為絕望之後的無可如何之事。無論如何，陳老師，年紀輕輕，但對他的各種社會角色（包括為人師、為人夫），都只是勉強配合演出罷了。

這是個不真實，或無法真實，的人生。就此而言，這個年輕的陳老師其實是為數甚夥的無法出國不得不窩在大學當助教或講師的青年知識分子的一個代表。由於出國的希望已經在現實的牆上撞死，很多經驗，包括性，都已不過爾爾地嘗試過，這個大學裡的小講師泛著世故的、乏味的「後青春期」苦悶，好比籠中之老鳥。「未來」，則像是台北的雨季，濛濛、黏稠、無邊。幸或不幸，在這個雨季中，陳老師遇見了讓他投射出廉價的物喜己悲之情的綠鳥。

這個陳老師看起來是有一點點作者的身影——但我懷疑這是陳映真對讀者開的一個玩笑，他要故佈疑陣，請粗心的「索隱」讀者入甕，以為這個陳老師的「我」是作者的自況，但其實卻正是作者所要批判的外部對象。這種「假的把自己包括進來」的作法，在陳映真的小說中應是不曾出現過的，例如，翌年發表的〈兀自照耀著的太陽〉裡的主人公陳哲就不是「故佈疑陣」，而是真的有濃稠的作者自指成分。陳映真何以如此做？我認為，是因為陳映真在這篇小說裡所討論的問題與所批判的對象是高度敏感的，而他感到有必要做更多的掩護偽裝。至於為何是「高度敏感」，那就和本文最後一節所作的「特殊性的」政治解讀有密切關係了。

回到那時的陳映真，他那年二十六、七歲，在台北的某中學教英文，因為工作和志向無關，他肯定也曾在台北的無邊雨季中愁黯著……。天地之大，愁雨為籠，陳映真在此前四年的一篇小說〈祖父和傘〉裡，也描寫了一個不甘於無所

作為但卻近於心力皆乏的青年。在這種身心狀態中，雨成為了讓人動彈不得的重重黏絲。那篇小說最後，主人公雖力圖振作，但仍以「唉唉，雨落著，雨落著呀⋯⋯」終曲。相較於〈祖父和傘〉裡的主人公是一左翼青年，多少有作者的靈魂自傳的況味，〈一綠色之候鳥〉的「我」（即陳老師）則和作者當時的心志狀態頗相逕庭。我難以想像青年陳映真的人生目標是去美國，但陳老師的人生目標就是去美國，去不成，他就順勢一癱，「索性結了婚」，乏味地「活著」，但心裡仍漫漫地浮想著「出去」。於是，小說一開頭就描述了正在準備教案的陳老師，對他正在準備的一篇 Stevenson 有關遠足的文章「不耐得很」，乃至後來竟「憎厭得很」（2：1-2）。現在上網容易，我 2009 年陳映真課的同學很快就把這篇名為 Walking Tours 的文章給抓下來了，不但有英文原文還有譯筆頗佳的無名翻譯（如附件一）。

之前，我們已經知道陳老師因為對出國絕了望，才使得原先有滋、有味、有黃金屋、有顏如玉的英文，如今成了一塊啃之再三的雞肋。但唯有讀了這篇散文，我們才更瞭解何以陳老師會特別對這篇文章從「不耐」升級到「厭憎」，因為它是個十足惹人厭的「挑釁者」，在囚犯面前大侃滄海之闊輪舟之奇。這篇〈遠足〉絮絮叨叨的就是「出遊」，而且是「獨自出遊」。遠足「必須單獨前往，其精髓在於能夠逍遙自在，隨興之所至，時停時走，或西或東，無所拘束」。而且不但「身旁切忌有喋喋之音」，而且也切忌「陷入思維

之中」，因為這將使遠足得不到它的最高價值：「難以言詮的安祥寧靜」。

因此，陳老師厭憎這篇英散文，並非因為內容讓他反感，反而是因為讓他垂涎。子曰：「根也欲，焉得剛？」；從人之所欲我們可以約略反窺其人。透過史蒂文生這篇文章，我們知道陳老師的慾望與人格狀態：離開此地、無拘無束的自由、個體最大、他者是地獄，古今之人誰也別來煩我……。這裡展現了一種在 1960 年代高壓體制下的一種非社會性的、去政治化的個人追求：生活在他鄉。但這個追求對很多人而言，畢竟是個不可能的夢想，從而現實就變成了附身的夢魘。由於嗜欲深重，凡所見所思所夢，皆是挑釁引誘。

因此，夢想到他鄉的反面，就是凡屬身邊皆可憎。這當然不免也包括陳老師的「親密關係」。於活在不真實的陳老師的眼中，他太太就活生生的是個假人，偽裝、做作、計謀。陳老師經常對他太太有尖銳的陌生感，覺得枕邊人竟彷彿是一張白油油的面具之後的不知為誰。陳妻似乎也真是工於心計的女子，以學英文為幌子把先生搞到手，婚前假惺惺地疼小孩子愛小動物，但婚後卻換了一副面具……。於陳老師，這樣的一種婚姻、這樣的一個家，也是一只鳥籠。「家」對陳老師而言，不就是和一個戴著面具、演著表情、工於詭計的女人，進行著謂之夫妻的綁縛關係嗎？妻是畫皮，家是牢籠。

自覺好比籠中鳥的陳老師，買了一只「北歐風」（台灣

所能想像的最文明最浪漫最夢境的他鄉？）的鳥籠給綠鳥，
但綠鳥不食不鳴。某夜，在妻的好似建議的命令下，陳老師
把籠門打開，任其自由，而此時，陳老師想到「漂泊了半
生」的自己，竟然「為之淒然起來了」。當夜，以己悲的陳
老師輾轉難眠，「不住地想著一隻空了的鳥籠；想著野貓的
侵害；想著妻的面具般的臉」（2：7）。

　　翌日清早，綠鳥竟然安然縒在敞著門的籠子裡。這竟然
使陳老師「感到一種隱密的大喜悅」（2：7）。且陳妻也附
和著他的喜悅。咋夜才「以己悲」的陳老師，頓然「以物
喜」。他當下應是這麼感受的．綠鳥要是狠心飛走了，留他
一個人在籠中，那就真得讓人更「為之淒然」呢，而這本來
注定要漂泊的綠鳥，竟然不走了，它認家了，它不再漂泊
了。這不就是大自然（或神秘界）對我這個一直想要離去、
想要遠足、想要自由、厭嫌此「家」的可憐人兒的大安慰
嗎？陳老師對遠足之文的厭憎，和對綠色之鳥的喜悅，應是
出於同一原因。

　　因此，「一綠色之候鳥」對趙公、對陳老師都無法只是
「一綠色之候鳥」，而是肩負了於鳥而言過於沉重的情感意
義——不論是絕望或是希望，悲哀或是喜悅。趙公的悲哀猶
可說是時也命也，民族分斷，故鄉難歸，理想蕩然，終將老
死他鄉。但年輕的陳老師卻不把故鄉當故鄉，不曾片刻想要
安身立命於此時此地，一心只想生活在遠方來日。缺少了建
立在具體的、歷史的時空之上的「主體性」，那麼，就也只

能寄希望於他人外物或神秘啟示，而既然不敬其在己，徒然慕其在鳥，那當然鮮有不再度絕望者。陳老師的心死，以及季妻與陳妻的相繼身死，皆可說是因那盲目的希望陡然幻滅之故。曾經，出現過那麼一個瑞物，或發生過那麼一件好事，給瀕臨絕望的男男女女帶來了一線光明、一絲希望，帶來了暫時的春暖花開鳥鳴，讓瀕死之人坐起來，使近死之心復陽，但旋即肅煞死寂之風起，將人摔回絕望之境，以終。

三、絕望與希望均屬荒謬：季公

死，眾人皆謂青年陳映真的小說於之獨多。這是不錯的，這篇小說就是死而不後已，乃至死死死連三死；季妻在綠鳥的相伴下，初而病情好轉，稍後，死了，沒多久，趙公瘋了，稍後，死了，接著——「一個月後妻也忽然死了」（2：24）。趙公死得突然，陳妻的死則讓讀者更是如中埋伏。但陳映真故作驚人之筆，除了美學原因之外，有何意義嗎？有，首先，我認為意義在於作者表達了他在 60 年代中期的一種異常的憤懣與絕望；這個島嶼的一切都令他覺得無望，那麼不如「一切都該自此死滅罷！」（1：15）[2]。其次，「死滅」還包括了對下一代的絕望。在這個島嶼上，趙公本就無後，如今陳妻死了，讓陳老師夫妻的「後」（「未

2　語出〈我的弟弟康雄〉，這應是康雄姊的獨白，但也可能是作者自己硬行置入的一句憤懣之語。

來」？）也絕了。別忘了，陳老師自己是無望了，但他一直
還有一個朦朧但強烈的想頭，那就是，將「希望」寄託於自
己的血胤——他當初決定結婚其實也是被未婚妻表現出好像
喜歡小孩的樣子給唬弄住了（2：4）。世人絕望時，總還有
一個透過子孫來「存亡繼絕」的「超越性」慾望，而陳映真
把這條路也給封死了。

第三個原因，也是最重要的原因，是綠鳥所帶來的希望
破功了！陳妻本來是個自戀的畫皮人，後來因為綠鳥的來
臨，以其為觸媒，陳妻的自我有了重大改變，她「像小孩子
一般」，對季妻日益的康健，「歡喜著．祝福著」。她說：
「季太太好了，我們一定是好朋友。這樣我在眷屬區便不寂
寞了」（2：19）。陳妻雖然改變了，但這個改變卻是建立
於一種外在奇蹟、神奇象徵（即綠鳥）之上，其基礎也未免
太單薄虛空了。因此，綠鳥一旦消失，這個環繞著它而成立
的綠鳥俱樂部也就為之煙散了。這就是為何小說的結尾要來
上那麼一段季老與陳老師的關於「八日」的玄虛對話，季妻
八天前死的，而那天正好也是綠鳥失踪之日。

比這一串死亡還悲哀的是陳老師的「心死」，而「人謂
之不死，奚益」（莊生語）！令人尤其悚然的是：人界的死
亡凋蔽竟也有來自大自然界的「感應」。季妻絕命之刻，季
家院子裡的竹子開花了，「開得太茂盛了：褐褐的一大片
……」（2：26）。竹子開花不尋常，一開就要成片的死，
再也冒不出雨後春筍了。竹，別生筍了，人，也甭寄望下一

代了。這是一個被詛咒的一方天地。而不知與竹子開花、季妻之死有無關係，綠鳥竟也突然間芳踪杳渺了。綠鳥無端攪動一池死水讓鮒魚們生機乍現，但又無情地留下成片的死亡。難道它是瑤池的死亡特使？李商隱有詩句：「蓬山此去無多路，青鳥殷勤為探看」。但這當然是無稽之言。

在一片死亡寂滅之中，唯有季公和他的孩子得救。為何？這是小說的關鍵。

並不是所有從大陸流亡過來的「文化人」，都廢在趙公那樣的一種絕望的生命狀態中，至少季公就不是。陳老師所看到的季公，是個真誠、體貼、溫文、莊重、羞怯，甚至動輒臉紅的「穿著藍長衫的瘦小的長者」（2：11-12）。季妻年紀小季公很多，是「下女收起來的」，不但他的兒子對此不能接受，且也不被這以道德倫理自矜的麻將武俠知識界所容，千夫所指下，被迫離開原教職，漂泊到而今這所大學。但季公因愛而勇，悠悠八卦之下，敬己愛人樂天。而他的夫人在生了一個男孩之後，就「奇異地病倒了」，孩子交給南部的娘家養[3]，讓小孩能在一個沒有歧視的環境下快樂長大。季公對花草植物、動物，與人，有由衷的感情，尤其對長年臥病的夫人更是如此，多年來無怨無悔地伺候下不了床的病妻，把家務打理得井井有條，還能種得滿園花木扶疏翠竹離離。

3　小說作「婆家」，按應為「娘家」之誤。

　　小說裡，季夫人，還有她小兒子，都不曾開口說過話[4]，凡是上場說過話的人之中，唯一活得真實的是季公。一個自然科學家，一般說來，應該是比較沒有教英國文學的趙公那般的「人文素養」，也應該不像趙公，有什麼人道主義、費邊主義或是其他比較明晰的政治意識形態。這些雖然未必，但作者指季公為一「動物學教授」，其實就是要告訴我們，季公之所以為季公，與時下知識分子的「人文素養」毫無關連，季公的質，來自一種野的純真，所謂禮失而求諸野的野，所以他才能那樣近乎原始的痛號哀哭。他有趙公所沒有的超越省籍、階級的愛人的能力——這是陳映真書寫季公與季妻關係的用心所在，但更重要的是，他有一種誠懇、自敬、自重的人格與文化本源，他能自愛，而後愛人。但這個本源來自哪裡呢？小說沒有明示；他不是基督徒（如〈萬商帝君〉（1982）裡的 Rita），或就此而言，任何意義的宗教徒，他當然也不是一個有信念的社會主義者……。

　　那麼，如何理解季公之所以為季公呢？我認為這是關鍵所在，而我除了在「中國傳統文化」這個大範疇之外，別無蛛絲馬跡可尋。是傳統中國文化的某些因子對季公提出支

4　小說裡，季妻一句話也沒說過。這很不合常情。作者給的交待是：「季公說他的妻因病不便開口說話」。這個交待更不合常情。但這個不合常情，就小說效果而言反倒是好的，添加了因綠鳥的來臨而烘托出的一種神秘感（陳老師就曾將季公夫妻和「愛倫・坡」（2：12）聯想起來），也讓小說更集中地在三個主要人物上頭前進。至於小說裡小朋友沒說過話，那倒是還算自然的。

援，使他在荒蕪的、殘忍的、無助的、歧視的境遇中，仍能自重愛人，窮，不及於濫。季公為自己在此時此地保養了一方救贖的心園——他不酸腐、嫉恨、犬儒、絕望，從而對人保持溫潤如玉的光澤善意。那麼，這個「蛛絲馬跡」表現在哪裡呢？我的「證據」很單薄，因此我也不期望實證論者的同意。我甚至沒有證據，只有提問：陳映真為何非得要這位自然科學的教授「穿著藍長衫」（2：11）呢？更清楚地問：陳映真為什麼要讓這篇小說的唯一正面人物，在上場之前穿上這個象徵傳統的藍長衫呢？我只能說，我不認為陳映真是瞎謅亂寫的，也不認為他用這個服飾象徵作為諷刺。的確在當時，「愛傳統」的蔣介石也穿藍長衫，「惡傳統」的李敖也在「反串」藍長衫，但這都不是陳映真的所指。陳映真是正面陳述季公的內心與外衣。

對季公，陳映真描述得很細，而這些描述又都是以建立一個自愛愛人的形象為依歸。好比，季公的「溫文而又體貼」的「京片子」，「使這個健康顯然不佳的老教授頓時顯得莊重起來」（2：11）5。又好比季公的家居，「客廳擺設很簡單，卻一點兒也不粗俗[⋯⋯]井井有條，窗明几淨的」，有一種讓人安靜的「說不清楚的氛圍」，還有一幅草

5　青年陳映真太堅持於他小說裡的代名詞統一性了，好比，女性第三人稱一定是「伊」。但這個堅持，在這篇小說就有點過頭了，連滿口「京片子」的季公，在指謂他妻子時，也一直是「伊」如何如何的。

書……（2：14）。這個對居家的描述，難道不和墮落的、絕望的趙公的褻亂臥室，形成強烈對比嗎？難道我們還需要作者畫蛇添足地強調季公不打麻將、不看武俠嗎？

回頭看趙公，他的最大的不幸，因此不在於兩岸分斷，甚至也不在國民黨對思想的打壓，而在他對自己的絕望，以及和這個絕望共構同棲的對自我、對生活的完全放縱。他荒廢了他的半畝心園，以至於自甘於一個完全沒有真實感的人生，因此，他得不到自愛愛人的救贖。趙公是很明白他自己的無救的，他知道自己的問題，但他毫無能為。因此，他特別能理解當季妻入殮時，季公的「單音階的、絕望至極地的哀嚎」的意義。這個號泣，以及這個號泣後頭的一種赤子仍存的人生狀態，讓趙公崇敬乃至羞愧。

因此，季公是這篇表面近乎絕望的小說中，所密藏的救贖可能的唯一體現。季公並非沒有苦痛，他被詛咒的婚姻、他愛妻的病篤、他小孩的被歧視、他和前妻生的兒子與他的陌路……季公也有與人同悲共喜的人情之常，因此，他也歡欣於綠鳥的來臨，以及它為病妻帶來的快樂——凡此，都是季公和他人近似之處。但差別是，他從來不曾盲目地希望、盲目地寄託，一如陳老師所展現的狀態。別忘記，是季老首先不以物喜，不亂投射希望地指出：「這種只產於北地冰寒的候鳥，是絕不慣於像此地這樣的氣候的，牠之將萎枯以至於死，是定然罷」（2：17）。也要看到，是季老不以己悲地向陳老師說明，他並不期望下一代要肖己。當一切都已絕

望，只依稀尚存「有後」之念的陳老師，看著院子裡玩耍的
季氏小童，安慰或客套地對季公說他小孩像他，也像他母
親，季公則斬然地說：

> 「不要像我，也不要像他母親罷。一切的詛咒都由我
> 們來受。加倍的詛咒，加倍的死都無不可。然而他卻
> 要不同。他要有新新的，活躍的生命！」（2：26）

陳老師在他的空虛的人生中，陳妻在她的面具下，季妻
在她的受詛咒的婚姻之下，都是發著這個時代的病，受著這
個時代的苦的人，他（她）們都因這隻綠鳥的神秘出現，感
受到一種希望與悸動，因為他們都有一種莫名的追求與嚮
往。希望是虛幻的。只有季公知道希望是瞬乎的，綠鳥是終
將枯萎的。這些曾對綠鳥抱之以希望的，都將身死或是心
死。唯獨季老以其清醒的愛與敬，面對綠鳥福音的不可恃。
季公要下一代不要走先人的老路，誰也不要像，要走出自己
的路。絕望也是虛幻的。

但季老這樣子清醒地面對未來時，也還是縠觫於那象徵
死亡與寂靜的竹花正在怒開著。酷似〈祖父和傘〉的「唉
唉，雨落著，雨落著呀！……」（1：83）結局，這篇〈一
綠色之候鳥〉也以「——季家的竹花，也真開得太茂盛了：
褐褐的一大片……」（2：26）收場。

四、一個扣住歷史與作者的大膽解讀

如果〈祖父和傘〉是一個政治寓言,而「雨」暗喻了白色恐怖的天地濛濛[6],那麼,〈一綠色之候鳥〉的竹花呢?僅抽象地象徵死亡和寂滅嗎?似乎不止。但我們的解釋如果往前跨一步,如同〈祖父和傘〉,指出「竹花」暗喻了島嶼上的反動高壓政治,那麼困難就出現了。在〈祖父和傘〉裡,霏霏淫雨對應的是一個意欲有所伸、有所為的左翼男性青年,這個對應關係說得通。那麼,在〈一綠色之候鳥〉裡,這個對應是什麼呢?肅煞的鎮壓在這裡似乎少了一個主體上的對應,難道只是對應一個想出國「遠足」的陳老師?

我努力看看這樣說是否比較通。綠鳥,之於陳老師,不再只是關於他自己的被「國」與「家」所限制的想遠足的「自由」的一個安慰訊息,而是某種超乎身家的社會集體性的「希望」現身於這個島嶼了。比利時作家梅特林克的著名劇作《青鳥》,將一隻傳說中的青鳥比喻成一種救贖的「希望」。陳映真或許也想到過這個典故。小說裡,趙公有一回就直接指謂這隻「綠色的候鳥」為「blue bird」(2:11)。那麼,我們不妨把這隻 blue bird 所代表的希望予以政治化,從而以一政治寓言的感覺閱讀這篇小說。

---

6 參考拙著,〈頡頏於星空與大地之間:左翼青年陳映真對理想主義與性/兩性問題的反思〉。見《求索:陳映真的文學之路》。

在特定的政治寓言閱讀中，「一綠色之候鳥」代表了
1960 年代某些知識分子反傳統、追求現代自由民主的外顯希
望，以及打倒國民黨的秘密欲望。因此，「陳老師」就不只
是一個老想去美國、嚮往個人自由的年輕知識分子，也不那
麼只是一個西方意義下的「自由主義者」，而是在第三世界
裡，將「現代」對立於「傳統」，以後者為必須全盤取消之
物的「第三世界自由主義者」。「陳老師」是一個共名，其
先導可溯至五四新文化運動中激烈否定傳統的現代啟蒙者。
而趙公以其五四末流、前費邊自由主義者的敏感，當然不難
體會年輕的陳老師的政治感覺，他在陳老師身上依稀看到自
己的當年，從而不免惺惺相惜，在教師休息室裡也就只有他
還會降下身段招呼陳講師。但趙公的心志曠廢已久，也只把
60 年代初的自由主義的言論運動看成一個聊供旁觀的騷動而
已，他自己早已都無所謂了，只能兀自耗費於麻將武俠。

　　民初五四運動的啟蒙大師是左右翼都有，但 1949 年後
隨國府撤退來台的五四、五四晚期或後五四人物，則因為明
顯原因，都是右翼，例如胡適與殷海光，用心所在是文化的
現代化，而由於他們對歐美憲政的傾心，現代化的核心又落
在政治的現代化。在他們的政治現代化改革議程中，「現
代」和「傳統」被概念化為對立兩極，前者是光明之未來，
而後者則積澱了專制政治與思想的千年糟粕、黑暗，與無
知。它們像是各種陳痾痼疾，盤繞扭結於民族有機體的文化
基因中，一代代地傳遞下來。若要打破這個骯髒一如梅毒的

遺傳，必須要有一種對過去的決絕態度。這應是挪威劇作家易卜生的《娜拉》，那麼地為五四知識分子所推崇的原因，而關鍵或許並非在女性主義上頭。而《群鬼》更是易卜生將批判矛頭直接鎖定於「傳統」、「惡病」與「遺傳」的一個作品，而恰恰《群鬼》就是陳老師在聽説趙公的瘋狂「與淋病有關」時[7]，所飄然入其腦際的意象。陳老師還跟著易卜生問：趙公在臨死之前是否也會喊著「太陽！太陽！」呢？這些蛛絲馬跡或許可能夠支持我的判斷：「陳老師」所代表的是 60 年代反傳統的自由主義群體。當然，這個判斷有其前提：陳映真是一個思想型的作者，他用一個典，引一句詩，都是某種深思的結果，而非為了吊書袋。

但我把「綠鳥」視為自由主義福音，把「陳老師」視為60年代初台灣的西化自由主義者的共名，還有更為切近當時時代背景的原因。1960 年，由流亡到台灣的自由主義者所籌辦，而為島內唯一自由主義言論陣地的《自由中國》雜誌，因為踩到政治紅線（即，組黨與反對蔣介石連任）而被停刊。其後，這個陣地移轉到《文星》雜誌。1961 年，《文星》在李敖的主導下成為了自由主義現代化的火砲陣，而攻擊的檯面目標雖是中國傳統文化，特別是（新）儒家，但國民黨應是沛公。翌年在《文星》展開的關於「中西文化」的

7　按，陳映真這裡的「淋病」稍欠審確；淋病不會入侵到神經系統，梅毒才會。

論戰，當然也不是一場純粹思想層次上的論爭；在李敖這邊，很清楚的是以自由主義現代化姿態批判反動國民黨政權的道統與老人政治；李敖於 1963 年出版了一時紙貴的《傳統下的獨白》。稍早，在國民黨的授意下，孔孟學會成立，《孔孟學刊》也創刊了。1962 年之後，一直到 1965 年被迫停刊，四十多期的《文星》，在殷海光等人的支持下，一時成為自由主義支持者（公開的或隱藏的），所熱切注目的焦點與一時之希望，其關於人權、民主、法治、教育……諸多問題的針砭討論，也對國民黨的一言堂發生了一定的挑戰作用，而帶來了些許新鮮空氣與生命氣息；在 50 年代的茫茫白色恐怖後，終於看到了一點綠意（綠竹、綠鳥）在人間了。

　　這個時代背景卻不得不讓我們提出一個問題：1960 年代上半葉，僅僅比李敖小兩歲，但思想卻又無比早熟的左翼青年陳映真，要如何理解《文星》現象，如何清理出他自己和李敖、殷海光等自由主義者的差異？對青年陳映真而言，這肯定很困難。在那個年代，殷李等人站出來反對國民黨，因此，陳映真無法不把他們當成反國民黨這條路上的「同行者」。但，陳映真卻總又孤獨地發現他和他們之間卻又是很不同，可以在某一段道路上暫時同行，但絕非同志。如果說，陳映真的小說創作總是有的放矢，總是針對特定的時代背景與時代問題，以及總是這個有針對性的焦慮與求索的反映與結果，那麼陳映真是否曾對 60 年代初的這個自由主義現代派風雲有所思考有所回應呢？有，我認為就是這篇《一

綠色之候鳥》。以下是我的進一步說明。

「據說那是一種最近一個世紀來在寒冷的北國繁殖起來的新禽，每年都要做幾百萬哩的旅渡」（2：17）——這是季老對綠鳥的判斷陳述。但這個陳述很是怪異，一種像候鳥這般的高等物種，如何可以說是在「最近一個世紀來」「繁殖起來的」？而且還「每年都要做幾百萬哩的旅渡」？這更讓人費解，什麼鳥這麼厲害，每天都不停地飛的話，一天也要飛上個上萬哩，才能達到這個數（就當是三百六十五萬哩好了）。陳映真的寫作一般來說都頗精審，為何會透過一張專業、誠懇的季公之嘴，說出如此匪夷所思的「事實」呢？這讓我不禁懷疑，陳映真這是把「反事實」明擺出來，讓所謂「一綠色之候鳥」無法不成為一個象徵，而且所象徵的是上世紀（十九世紀）才出現的，來自北半球歐美的自由主義。美國全年無休地在全世界傳播其「自由」（相對「共產」或「奴役」）福音，這才是「每年都要做個幾百萬哩的旅渡」嘛！

陳映真和他在某些時候不得不同路的自由派之間的差異在哪兒？左右之分自是清楚易察。對於左翼青年陳映真，他的左翼理想是一個沒有剝削、沒有壓迫，公義平等的、社會解放的、個性解放的世界，而階級、反帝與人民，則是思想與運動所關注的核心。「文學來自社會反映社會」[8]，特就

8　語出陳映真（1977a）的同名文章〈文學來自社會反映社會〉。頁 100-111。

文學藝術而言，他反對現代主義文學、反對抽象表現主義，企圖將文學與人間深刻聯繫起來，雖說這個反映不是機械的……。對這樣的一個思想者，自由主義的眼界與關心，用最善意的話語說（也就是還不用揣度他們的階級立場與利害意識），委實太侷限了，胸懷中沒有解放的目標，方法上沒有整體的與歷史的視野，只把目光近視地侷限在島嶼上的「自由」、「人權」等範疇[9]。

因此，青年陳映真和他當代的「自由派」朋友們的差異，除了有左右之分，還有大小之異。自由派的朋友們在 60 年代初，就已經把「中國」切割於他們的視野之外了。而這並不是因為政治打壓，而是因為對他們而言，共產中國本就是一個更專制更極權，其實更傳統的古老亞細亞。對這些大多是外省人的自由派而言，某愛故鄉，某有中夜難寐之懷思，但吾更愛真理，而真理者新興美利堅也。反倒是對本省人、左翼青年陳映真而言，在島嶼上思考，必然意味在全中國思考，而「在中國思考」並不只有一個地理意義而已，而

9　或許我過度解讀，但閱讀永遠不妨稍微大膽，小說剛開始，陳老師在雨中打開門，看到地上那隻綠鳥「人拳大的身體在急速地喘息著」（2：3）。我懷疑，這裡的「人拳」或許就是「人權」，不然，何不用肯定更順口的「拳頭」？如果綠鳥象徵了《自由中國》停刊後，再度歸來的自由主義希望，那麼這個希望也只有「人權」那麼大小而已。雖然讓人拳大小般的候鳥受傷喘息也是不忍的，但顯然陳映真所愛所思者，有所大於「人權」。他對自由主義者有物傷其類的同情，但並不曾因而背書「他們的」希望。

意味著要找出一條自尊自重，改革自己，但也不意味要變成他人的前途路徑——而這應該是沒有成法的。換句話說，不論是西方的現成自由主義，甚或是現成社會主義，都不是我們的現成的希望。我們不該把我們自己的複製得來的價值或期望，再複製到下一代，因為——「他要有新新的，活躍的生命！」。中國要走出他自己的路。

但當陳映真的思維一旦進入到這個層次——而我堅信如此，他將面臨一個關卡問題：如何理解、面對中國傳統？這是一個於自由主義者所不必處理的問題，因為問題已經被他們便宜取消了。因此，陳映真與他們的區別除了「左右之分」、「大小之異」之外，還在「今古之辨」這個問題上。當然，陳映真如果是只自安於一種教條的左翼傳統中，似乎也將不免和自由主義採同一面對傳統的姿態，但我們卻看到左翼思考者陳映真的徬徨，以及他在徬徨中所難免顯現的躊躇失語或困惑難言。而如今看來，恰是這個徬徨態度，反而是陳映真和當代自由主義者之間的最核心差異，或可稱之為「對傳統的曖昧難決」。就像宗教作為傳統的載體之一，於陳映真，不是一句「宗教是人民的鴉片」就可取消的，陳映真對「中國傳統」其實也是一樣曖昧難決的。他不是一個傳統主義者，他不孔曰孟曰，但這不代表他對中國歷史以及中國人民大眾的傳統的自醜，也不代表他在「傳統派」與「自由派」的戰鬥中，因為馬克思主義的現代主義緣故，一定是站在後者的，因為陳映真在「自由派」一心要在他鄉生活，

要成為他者的「希望」中，看到了絕望。反而，弔詭地，他有時反而在有文化本源的人們的身上，看到了任何未來的希望所不可或缺的基底：對主體的歷史構成的自尊自重，以及一種強野之氣。我想起了魯迅的名言：「偽士當去，迷信可存」。而我也相信，陳映真對「傳統」的態度，應當可以「火中取栗」來形容。而一襲藍長衫的動物學教授「季老」，結合了清醒的現代理性與敦厚的傳統文化的複雜形象，應讓我們看到陳映真企圖超越中西文化論戰兩造的嘗試。

這個時為台北強恕中學的 27 歲英文老師的陳映真「陳老師」，在寫作這篇小說時，當然有心批判那個沒有任何理想與希望，只知道壓迫異己，以傳統為遮羞布，讓大地生機為之蕭瑟死寂的虛無主義國民黨政權，但也許更有意於指出兩個更深刻的道理：一、一種思想或是政治運動，如果失去了愛人的能力，那終將歸於虛無，不管是人道主義、費邊主義、自由主義，甚或社會主義，而愛人能不首先知道如何愛己嗎？二、一個魯迅早就指出的道理，「絕望之為虛妄，正與希望相同」[10]。人必須要寶愛著敬己愛人的能力，頭腦清醒地，不盲目依傍地，走出自己的路。在這個意義下，季公打破同一性邏輯，把「一綠色之候鳥」就視為「一綠色之候鳥」，不多，也不少，是一個解放的態度。因此，這篇小說有了一個複雜的纏繞：出入於象徵主義。小說裡凡是將「綠

10　魯迅（1927）〈希望〉《野草》。頁 178。

鳥」視為希望或福音「象徵」的都將死滅。而季公給我們的
教訓則是：第三世界改革者必須先學會敬己愛人，而後才能
超越那對遠處的、外來的希望，或對「果陀」的無窮翻新之
等待，在希望與絕望之間的煉獄翻騰。

　　這個敬己愛人的能力，究竟源自何方，如何培養？對於
這個大問題，這篇小說雖然沒有討論，但也依稀指出了一個
基督教之外的方向，即是傳統中國的文化資源。一個人如果
不以過去為恥，那麼過去中國文化裡能讓人敬己、愛人、樂
天的資源是不缺乏的，就算是一個自然科學家如季公，也能
在這樣的一種文化土壤中得到豐沛的力量。這個議題，以後
很少出現於陳映真的小說（除了〈雲〉以及〈歸鄉〉等少數
重要例外）[11]，但似乎更不曾出現於他的其他文類。陳映真
對於深入討論這個他已經意識到的問題似乎有一種深刻的困
難與複雜的自制。對這一個思想現象，要如何解釋，也許需
要對陳映真進行更深刻的歷史理解，本文就此打住。

11　參考拙著〈從仰望聖城到復歸民眾：陳映真小說「雲」裡的知識
　　分子學習之路〉。見《求索：陳映真的文學之路》。

附件一

作者：羅伯特‧路易斯‧史蒂文森（Robert Louis Stevenson）

譯者：不詳

〈徒步旅行〉（Walking Tours）[12]

　　欲享徒步旅行之樂，唯有獨自出遊。倘若呼朋引伴，即便僅雙人同行，徒步旅行也會名存實亡，成為另類活動，反倒更像郊遊野餐。徒步旅行必須單獨前往，其精髓在於能夠逍遙自在，隨興之所至，時停時走，或西或東，無所拘束。務必保持自我節奏，切忌與競步高手並肩疾走，也勿因與女子同行而故作蓮步。此外，要開放胸懷，恣意感受，讓眼目所極豐富思維；要如同風笛，隨清風吹奏。黑滋利特曾說：「邊走邊談實在不智。每回身處鄉間，我都希望自己如同鄉村一般悠閒沉靜。」此話可謂一語重的，切中要旨。身旁切忌有喋喋之因，以免擾亂清晨冥想的幽靜。人若陷入思維之中，便難以享受伴隨戶外劇烈活動而來的微燻之感，初而目眩神迷，腦筋遲鈍，最終歸於難以言詮的安祥寧靜。

12　網路來源：http://english.ecominfozone.net/archives/997（上網日期 2010/7/27）。

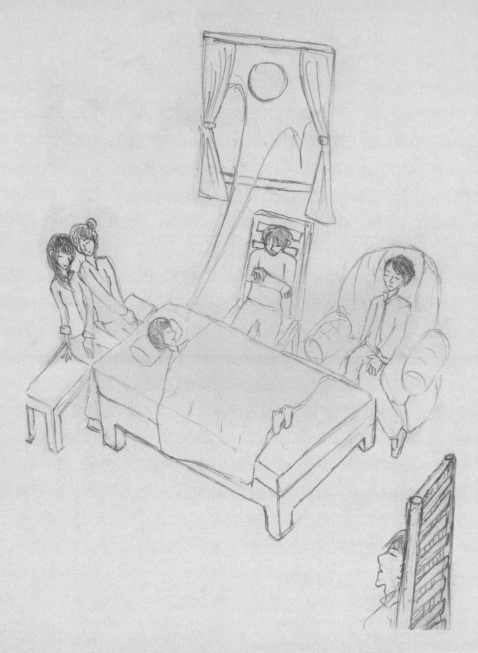

小淳安安靜靜地在五人沉睡的勻息
以及在初升的旭暉中斷了氣。

兀自照耀著的太陽
──階級與人性狀態

發表於 1965 年七月《現代文學》上的〈兀自照耀著的太陽〉，在陳映真的小說創作歷程中，有一個河海交界處的奇特位置；處於懺悔自憐的〈獵人之死〉（1965 年二月《現代文學》），和揶揄批判的〈最後的夏日〉（1966 年十月《文學季刊》），這兩篇風格迥異的小說之間。這個獨特位置，很有可能造成對此篇小說的殊途理解，因為往前看，此處已是海，而面向所從來，此處仍是河。由於種種原因，讀者容易以一種順流而下的慣性閱讀這一篇小說，從而認定它尚未「下海」；這些原因包括了表面文字風格的延續以及小說所發表的刊物的屬性[1]，以及作者本人對創作歷程的分期說法。

在陳映真以透明筆名許南村發表的一篇比較著名的自我

1　本篇小說是作者發表於《現代文學》一系列小說的最後一篇，而〈最後的夏日〉則是作者之後發表於《文學季刊》的一系列小說的頭一篇。這樣一種由於刊物屬性而來的對閱讀以及分期的影響應是存在的。謝謝呂正惠教授閱讀初稿對我指出的這一點。

批評文字〈試論陳映真〉中，1966 年被認定為一重要分期點：

> 一九六六年以後，契訶夫的憂悒消失了。嘲諷和現實
> 主義取代過去長時期以來的感傷和力竭、自憐的情
> 緒。理智的凝視代替了感情的反撥；冷靜的、現實主
> 義的分析取代了煽情的、浪漫主義的發抒。當陳映真
> 開始嘲弄，開始用理智去凝視的時候，他停止了滿懷
> 悲憤、挫辱和感傷去和他所處的世界對決。他學會了
> 站立在更高的次元，更冷靜、更客觀、從而更加深入
> 地解析他周遭的事物。這時期他的作品，也就較少有
> 早期那種陰柔纖細的風貌。他的問題意識也顯得更為
> 鮮明，而他的容量也顯得更加遼闊了。[2]

「一九六六」橫刀一斷，那麼〈兀自照耀著的太陽〉也
就只能是屬於「契訶夫的憂悒」的舊時期了。反此，本文企
圖論證：〈兀自照耀著的太陽〉應視為陳映真結束其憂悒自
省時期，並開啟其批判現實主義時期的首篇，而非前期的末
篇；是「海」的開始，而非「河」的結束[3]。但這個論點的

2　許南村（陳映真）（1975）〈試論陳映真〉。頁 26。
3　這個分期論點也和我對陳映真小說創作歷程所作的三個分期有
　　關，見本書第一章。我理解到那是一個僅僅作為啟發手段而非定
　　論的分期。對很多篇小說而言，這樣的分期分類（或任何的分期

意義又非僅關於分期，而更是攸關對這篇小說的理解。我將企圖說明的是，不把這篇小說和之後的〈最後的夏日〉或〈唐倩的喜劇〉……等諷刺批判小說，進行親屬鑑定劃歸同一家族，就可能無法讀通這篇小說，因為它並非是在說一群布爾喬亞的蒼白的、憂悒的、懺悔的故事，而是在諷刺、揶揄，並批判這一群人因其階級位置而陷入的無力自拔之境。因此，講究這個「分期」，並不僅僅只有一種形式上的意義，而是可以實質幫助我們讀通這篇「反言若正」的小說。不然，我們的解讀將會落入多重的困惑與不通中：為何主人公陳哲是如此地耽溺於情慾回憶？為何帶領「懺悔」的是魏醫生？為何那地殼翻動般的強烈懺悔所帶給他們的竟是不由自主的昏睡？

其實，我相信陳映真也認為這篇小說是他現實主義創作時期的開端，因此，他才會把〈兀自照耀著的太陽〉置於之後所寫的〈最後的夏日〉等四篇小說之首，並集結成 1975

分類）並不熨貼。我甚至在另一篇長文中指出陳映真在 1960 年所發表的六篇小說已經涵括了他創作整體的三個重要階段及其母題，請見〈「老六篇」論：在歷史、思想與文學交會處書寫的陳映真〉，收於《求索：陳映真的文學之路》，頁 217-298。有朋友指出我不宜強調這篇被討論的小說是「批判的現實主義的首篇」，因為好比〈故鄉〉或是〈淒慘的無言的嘴〉等小說，也有其明顯的批判意識與現實層面……。這點我無法不同意，但我此處想要指出的是，這篇小說在一個比較大的分期下，安置在第二期的首篇，比置於第一期的末篇，要來得更為恰當。

年出獄後所出版的小說集《第一件差事》。當然,看似矛盾的證據也有,例如陳映真在一篇著名的創作自述中,就曾這樣把〈兀自照耀著的太陽〉和之前的〈獵人之死〉歸在一塊兒。他說,在 1964-65 之際,他開始了對自己的實踐的嚴厲要求,也有了一些在白色恐怖之下的難得的「實踐」,例如組讀書會之類的,然而

> 在實踐上的寸進,並沒有在文學上使他表現出樂觀和勝利的展望。被牢不可破地困處在一個白色、荒蕪、反動,絲毫沒有變革力量和展望的生活中的絕望與悲戚的色彩,濃郁地表現在六五年的〈兀自照耀著的太陽〉、〈獵人之死〉,和一九六六年的〈最後的夏日〉。[4]

這不但把〈兀自照耀著的太陽〉歸入之前的〈獵人之死〉色調譜系裡,甚至把之後的〈最後的夏日〉也都一併歸進來了。這個歸類,於陳映真,有其創作者的個人傳記性的理由,自有其意義,但同時也是片面的。我們必須要在這個「類」之旁權衡以「不類」。而這個差異對我而言,是更重要的。〈獵人之死〉所描述的是台灣 60 年代上半懷有禁忌的理想的左翼青年的孤獨的、軟弱的、蒼白的,且糾結著性

---

4   陳映真(1993)〈後街——陳映真的創作歷程〉。頁 59。

的苦悶的精神狀態的寓言與懺悔錄[5]。這部分，在〈兀自照耀著的太陽〉裡，的確也還眉目依稀，但更重要的是兩者之間的差別：首先，〈獵人之死〉以及大多數之前牽涉到男性知識分子主體狀態的小說，都是在一個曖昧不明或高度抽象化的社會結構下進行的，而〈兀自照耀著的太陽〉則設定了一個相對清晰完整的階級社會結構；没有它，這個故事就無法說。其次，在前者，我們看到一個知識青年在他的精神困局中顛躓前進踽踽於途，而在後者，我們看到在現實階級關係中的小布爾喬亞知識分了的依附、扭曲、虛無、耽溺與不可自拔。換句話說，前者是作者在處理自身的困惑、懺悔，並企圖維繫自己的理想於不墜的狀態下的一種主觀性很強的寫作，而後者則開始走出自己的主觀困境，躍躍欲試地對客觀的階級社會提出尖銳的諷刺與批判——雖然仍是以一種把自己包括進來的方式。更簡單地說，以前是向內審視自己的理想主義困局，現在則開始往外張看，對既存社會進行理解、質問與控訴。

因此，在〈兀自照耀著的太陽〉裡，雖然之前的那個孤獨、憂悒、軟弱、虛無的「青年陳映真」身影的確還在這兒那兒飄忽，但同時，我們更是聽到了那種凡是決心有所作為之前的不安的、窸窣的聲音，隱匿但卻強大，好似大震之前

5　參考拙著〈青年陳映真：對性、宗教與左翼的反思〉。見《求索：陳映真的文學之路》。

來自地殼之下的悶悶怒吼。於是,不久之後,我們就看到了一個同樣孤獨的身影,但卻以唐吉訶德的姿態衝決而出,英勇、睥睨、批判地向外出擊——如我們所讀到的他在 1966-67 年所作的一系列批判的現實主義小說。大凡對那個壓抑的年代還有些許理會的讀者,讀了這些作品,大概也會黯淡地理解到作者在 1968 年五月的入獄(這是台灣版的「May 1968」),是他之前的作品所能把他帶領到的「現實巔峰」。這些作品,以現實主義的方式,討論了台灣社會的諸多高度敏感的問題,例如知識分子的精神狀態、知識界的知識格局與狀況、外省人在台灣的流離,以及帝國主義戰爭與第三世界。在 1960 年代中期的台灣,檢討這些問題就是捅馬蜂窩。而小子陳映真既然這麼悍然地面對現實,那麼「現實」也當然會在某個路口等著他。但這些都是後話。

河海交會處的這篇,雖然表面上混交河海二色,但我們更要掌握的是其流向,而方向的確是要走出來面對世界——儘管小說結局還是沒走出來。借用小說裡的語言來說,大概就是要從一種「帷幕深重的小天地」(2:70-71),走向那被太陽所照耀著的「一切芸芸的苦難的人類」(2:73)罷。約莫始自 1964 年,陳映真就開始了一種關於「思想渴求實踐」的上下求索,他希望能找到一種實踐的可能,庶幾打破「市鎮小知識分子」被時代所規定的宿命[6]。對陳映真

---

6   同註 4。

而言，要找到這種實踐的突破口，首先要清醒地檢視那夾在統治階級和勞動民眾之間的知識分子的階級認同困境。

因此，〈兀自照耀著的太陽〉這篇小說裡的主人公——那位曾是鄉村教師的市鎮小知識分子陳哲——身上還留著作者的殘影就並非偶然，畢竟陳映真一向以來對自己的社會定位就是「市鎮小知識分子」。「陳哲」這個姓名，不就是指有一個姓陳的即將要步入中年的男性，只有一些莫名其妙的思想（「哲」），而毫無實踐能力，且對自己的階級認同混沌不清的「知識分子」嗎？陳映真虛構了這麼一個陳哲，也許是企圖以一種包括自身的方式，直面當代青年知識分子的無力自拔的脆弱與虛矯，對統治階級的生活方式及品味的豔羨身從。因此，這篇小說也還延續了早期小說的「懺悔錄」特質，而逼問於自身的則是：你認同的到底是那個「只求保有」（2：70）的「資產者」世界（以魏醫生為代表）呢？還是對「生產者」以及對一個新世界的希望與理想的認同（以小淳為象徵）呢？或許陳映真真正想望的是一個衝決「市鎮小知識分子」樊籠的一個新時代的、有實踐力的知識分子形象的出現，但客觀的現實沒有如此想像的條件，因而只有憤恨地在結局染上大片的「絕望與悲戚的色彩」[7]。這個「將自己也包括進來」的作法，也是「陳映真的現實主義」的一重要特色，在好比〈賀大哥〉和〈雲〉這些小說

7　同註4。

中，我們也看到了類似的展現。

如果說 1980 年的〈雲〉是陳映真現實主義創作的頂峰，那麼〈兀自照耀著的太陽〉就標誌著現實主義時期的一個起點。這個理應不難辨明的事實，卻因為「現代主義」的文風而被長期掩蓋住。回顧陳映真的創作，他的第一篇小說〈麵攤〉就確已展現了某種對階級不平等的敏感，但「階級」這麼吃重地成為小說思想鋪衍的主要脈絡，並企圖在小說中經營出一個社會整體的圖像，在陳映真的小說中則是頭一回──儘管「階級」並沒有堂皇出場，而是罩之以「族」或「一種人」這類的面紗或雅稱（euphemism）。這種文字避諱，我們今天讀來感覺多餘，有時甚至感到某種欲蓋彌彰的滑稽，但對創作者當年的生存情境而言，不卵擊當局的語言禁忌是絕對必要的。要知道，直到十多年後的所謂鄉土文學論戰時，陳映真等人被論敵扣上紅帽子，而主要罪狀就是他們搞階級文學或工農兵文學。某位黨國文評者在《聯合報》上徑直以「人性」對立於「階級」為文，批評陳映真等人只強調階級不談人性。言下之意，是指陳映真等人的文學是在宣揚階級鬥爭之恨，從不存普世「人性」之愛。但文評者所不能或不欲理解的是，陳映真所關念者恰恰是「愛」。唯因如此，他才關心：愛是被什麼力量給強賊了？愛的社會條件是什麼？因為看重愛，所以他看重階級──作為人的一種重要的社會性存在。

小說的背景是某煤礦區小鎮的一個日據時期就有的老字

號外科醫院，樓下執業，樓上住家。這個醫生家的一個才邁入青春期的小女生小淳，三個月前目睹了「三十多個壓得扁扁的坑夫排滿了樓下的院子」（2：61），這使她深受巨大撞擊。撞擊之大，竟然讓初綻的蓓蕾為之萎絕。枯萎中，她要求將病榻移至客廳，打開窗子，「為了能看見黎明的陽光」（2：71）。在那個彌留的晚上直到翌日清晨，也就是這個小說的時間背景，有五個人圍繞在小淳的病榻：魏醫生、魏醫生的日本太太京子，以及中年生意人許炘及其夫人菊子，還有當過小淳家庭教師的單身男子陳哲，這三位家庭友人。這樣一個對他人苦難有著一顆善良易感的心的女孩兒的行將死亡，讓病榻旁的五人在這個深深的夜裡，產生了一種奇特的負罪感。在魏醫生的帶領下，他們對他們過去的人生有了一種類似戒酒者聯誼會的自責的交談。黎明前，挨不過睡意的他們，橫七豎八地全睡著了，而小淳就在「五人沉睡的勻息以及初升的旭暉中斷了氣。然而太陽卻兀自照耀著[……]」（2：73）。

一、不仁的布爾喬亞的小小「愛的世界」

作者透過這篇小說，以一種把他自己也包括進來的方式，對布爾喬亞的（特別是男性的）成人世界的虛空、虛假、虛榮、自是、自瀆、自欺，以及對他人的麻木不仁，進行了嚴格的逼視。作者也看到了在這個階級中的女性的不大一樣的道德狀態；女性在布爾喬亞的虛無中仍然能夠神秘地保有

某種真實感，讓生命有些重量[8]。以下我們分別進行討論。

首先是陳哲。陳哲這個「市鎮小知識分子」（其實就是「小布爾喬亞知識分子」），在布爾喬亞階級群落中有一個尷尬的邊緣位置：他又不是像魏醫師這樣自己開醫院的高等專業者的小規模資產者，又不是許炘這樣的含著銀湯匙，三十多歲就繼承父業的小老闆，而是一個曾當過老師的知識分子。對於陳哲，我們只知道他當過小淳的家教，知道他從城裡趕來，知道他單身，至於他的其他，特別是他的社會意識，我們就幾乎一無所知了。但不管他的社會意識若何，他的生活方式與感情狀態則是早已融入了布爾喬亞「生活美學」當中了：耽於自我的慾望探索、經常陷入感官性的回憶中，以及連帶著的一種與他人的疏離感與非現場感。

他是來探視將亡者的，但是來的一路上，他的心卻「死得很沉沉的」，直到見到開門的老傭人哭哭啼啼的，他的心才「一下子蕪亂起來」。小說一開頭就做了這個描述，其實正是破題地指出，相對於小淳的因仁而死，陳哲的不仁才是真正的悲哀——哀莫大於心死。陳哲對將亡者的哀悽感並非由衷的，是大夥兒共同經營出來的一種氣氛，而他在那裡拘

8　這在陳映真小說整體中並非孤例，類似的例子還有，好比，〈第一件差事〉中自殺者胡心保的妻子許香，〈上班族的一日〉（1978）裡對黃靜雄突然辭職也能愉悅以對並表達支持的妻子美娟，以及〈萬商帝君〉（1982）裡唯一對林德旺有同情之心的跨國公司職員 Rita。

謹地、合度地演出自己的角色罷了。他的行為是這樣，但他
的內心卻是那樣。哪樣呢？他暗地的心思與偷竊的眼神一直
飄落到在場的兩個成年女性身上，哪止，甚至對病榻上昏睡
的小淳，他也從「專心」探病到「逐漸」看到少女病人的
「裏在被單的伊的胸」或「起伏著的稚氣的乳房」（2：
52；53）。首先是對女主人京子夫人：

陳哲看見伊的仍然很美好的頸和一頭濃郁的髮。（2：
54）

京子夫人在一瞬間直視著他，卻又在一瞬間閉瞥開了。
伊愁困地笑了起來。雖然是許多日子以前的事了，陳
哲仍然不能不有一種心膈為之緊縮的感覺。他因著一
種絕望而微微地懊念起來了。（2：56）

陳哲捧著精緻的咖啡杯子，突然想起在這個家裡當著
小淳的家庭教師的情景。[……]他第一次看見這個女
主人，就是那麼不可自抑地戀愛著了。在他看來，那
是一種深刻的絕望和嫻靜的感傷所合成的美貌。那樣
的美貌對於比現在還年輕的陳哲，曾是怎樣的一種感
動啊。（2：62-63）

或許，這正是因為「市鎮小知識分子」本身就是在一種

「絕望」和「感傷」中，才能如此感動罷。陳哲還想到很多，想到他以前就在這個客廳的帷幕深深下的午後舞會，想到「自己以全部的聰明掩藏著他對京子夫人的如熾的戀情」，以及當他看到

> 醫生和京子又跳起舞的時候，陳哲一任那種被友愛、激情和適度的嫉妒加上酒的火熱，焚燒得使他耽溺在一種心的陣疼裡。（2：65）

不一會兒，許炘和菊子夫婦也來了。

菊子依然——不，或者更漂亮了，陳哲想。他忽然想起許炘生了第三個孩子的時候，曾經對他說：
「男的呢！」他笑著：「好像我說什麼就生什麼。」
陳哲自然向他道賀了。許說：
「然後，不生了。把這第三個帶到能走了，叫菊子好好保養身段……。」（2：57）

陳哲看著綻開的花一般的菊子，想著在都市裡也不容易看見這麼野俗卻強烈的美姿罷。（2：60）

陳哲是一個「小布爾喬亞知識分子」，不安地、稍帶抗

拒地依附於資產階級，艷羨那種舊的資產階級的文化與頹
廢，私慕暗戀資產者的一切，包括老婆。陳哲如此，許炘何
如？許炘是個戰後的新興企業主，一種從父親白手起家算來
的第二代新富，缺少文化教養，在探問病人的情境中，還大
剌剌地談買田置產生子的事。他稍事寒暄之後的第一句話，
就是趁魏醫生夫婦在為小淳做檢查時，和陳哲「細聲說」：
「蓋了一棟房子，最近」。然後，

> 許炘看著故意轉過頭去看著魏醫生夫婦的菊子，
> 點上一根紙菸。
> 　「許炘！」菊子蹙著眉宇說：「病房裡，怎麼好
> ——」（2：58）

> 　「結婚了五年，第一次獨立起來住的。」
> 許炘很認真地微笑起來。
> 　「哦哦。」陳哲說。
> 菊子把這些話都聽進去了。伊想：竟對一個獨身
> 的男人說著這些啊。（2：58-59）

　　因此，不管是陳哲的往日情懷，或是許炘的躊躇滿志，
都在那個當下失落了更應有的關心與悲憫；他們都「無能於
愛」了罷。這令人想起托爾斯泰《伊凡伊里奇之死》那部小
說的開始，眾人在等著伊凡的臨終，但所思所念所感者，無

一與伊凡本人有關。這也讓人想起陳映真〈一綠色之候鳥〉裡,那深深體會虛無三味的趙公,才會那麼由衷地敬慕季公悼妻時的嚎啕痛泣──「能那樣的號泣,真是了不起……真了不起」(2:22)。

儘管如此,作者還是有一些春秋筆法在裡頭的。照說都是活在優雅、細緻、慾望但空虛的布爾喬亞小小世界中,但女性就比男性來得真實些,因為她們對他人還比較同情共感,例如,菊子就不是僅僅活在良好的自我感覺裡,而能夠維持情境中的起碼同理心,不像男性就那麼地猙獰無狀。

陳哲和許炘二位的「猙獰」,不管是壓抑的或是外露的,是簡單易察的。但那位有資產、有專業、有教養、有文化(例如,這群人裡只有他懂「室內音樂」),戰前就是「資產者」的魏醫生,又如何「猙獰」了呢──尤其是在女兒將亡之際?

作為病人的父親,魏醫生肯定是煎熬在大憂大慌之中,不可能如陳許二位那般地「事不關己」。這是「人性」。不是嗎?但我們仔細讀小說將會發現,在對女兒將亡的真實憂懼中,那個「戰前中產者」的魏醫生,由於文化上長期處於宰制位置,反而表現出一種更複雜、更細緻的不仁與不誠,以及作為必然結果的虛無。

對著訪客如陳哲,魏醫生在女兒的病榻前,所念者竟是他自己,而且還出之以一種表演的姿態:

「我一生也不知道看過多少死亡的了。」他看著病床
上的女孩：「但從來不曾這樣地在生命的熄滅前把自
己打倒了。」（2：55）

對孩子母親的難以克制的泫泣與真誠的祈禱，醫生則還
是只能念及他那有產者、專業者王國的體面：「喂。……在
客人面前……好了罷。」（2：55）

二、午夜法會

魏醫生是貧困多難的礦區的頂尖菁英。如何看待這樣的
一種菁英？犬儒地看，魏醫師可說是那種一將功成萬骨枯的
「菁英」。與人為善地看，這種地方是特別需要醫生的，而
醫生願意留在這種地方，也可以是可敬的。因此，如何看待
他們這種「資產者」，或許單單只從他們的職業、地位，甚
或資產來看，都是不夠的，而必須進一步地探究他們和那些
庶民，那些「一代代死在坑裡的，儘管漫不經心地生育著的
人們」（2：67）在現實社會生活中的真實關係。經這樣一
問，我們就不幸地發現，魏醫生他們一向以來，也就是從日
據時期以來，就是生活在一種階級的「飛地」（enclave）
中，地方的貧困與災難正是他們的頹廢、奢華且倨傲的生活
的衣食父母──當然他們不曾一瞬間閃過此念。醫生上午看
診，下午就把門拉下來，找來他們自己的這「一種人」，在
他們帷幕深深的二樓客廳裡啜飲著西洋美酒、聆聽著上流音

樂、婆娑地跳起舞來,任曖昧的情慾在其中規矩地收放。

　　在這樣規律的生活中,災難也是規律的或「正常的」。「哪裡不死人?」——我想起某將軍的話。同樣,醫生也說:「在這個礦區的鎮上,[……]死亡早已不是死亡了」。許炘也說:「我從小在這兒長大。這樣的死,就是我父親時候都有了的」(2:61)。三個月前的那場死了三十多個礦工的災難,也完全可能將不過只是「另一個」事件罷了——對醫生、醫生娘、許炘、陳哲,乃至菊子皆然。帷幕深深的世界是防陽光、防現實的。

　　是小淳這個剛剛步入青春期的小女生,使他們的固定的世界開始搖晃起來,殘忍的是,這得要以無價的生命之重投下去才管用。之前,當她就著窗子俯瞰那些為親屬所呼天搶地的草席裹屍的罹難者時,她就已經是以她的執著的淚水無聲地悲喊著,期望她父母親能從對他人生命的麻木中甦醒過來。但魏醫生是無動於衷的,「我怎麼想呢?我想:那只不過是因為伊是個女娃兒,何況又在伊的那種感傷的年紀[……]那時我甚至沒有安慰伊的」(2:62)。魏醫生認為小淳這麼哭,是小淳自己的問題。

　　那麼,魏醫生是何時才把小淳的反應和他們自己的麻木不仁的生活聯繫在一塊的呢?不幸的是,也唯有在他自己的女兒小淳將亡之時,他才知覺到這個聯繫。於是,這達到了小說的關鍵所在:魏醫生將如何面對與反省這個聯繫呢?這是否是他得以徹底反省自己的虛無麻木的人生的關鍵契機

呢？答案是令人喪氣的。

在一種專業者所獨有的鎮靜中，魏醫生進行了一場和小淳的生命有關的反思。「有關」有兩層意思，其一是小淳的純潔的生命以及敏感的良心對他們的生命的啟示；其二是這個反省或許會讓小淳起死回生。最後，是第二層意義的勝出。

以專業者自居的魏醫生，在面對了女兒客觀上近乎「死諫」的當兒，最根底的反應其實也是近乎一種巫術或是民俗信仰中許願還願的那種「文化儀式」。當然，這個以現代科學的專門教養自豪的魏醫生的儀式是安靜的、壓抑的，主要是由幽微的對話，曖昧的暗示，以及流動的意識所構成的。從第六十一頁開始的部分是小說的高潮所在，同時也是這篇小說最難掌握的部分。我認為這篇小說的這部分對話，在陳映真小說創作整體中，是很有特色的，與之類似的或許還有〈淒慘的無言的嘴〉以及〈獵人之死〉，但這一篇的迷離隱晦猶有過之。以下應是一種合理的解讀。

當京子以母親的誠摯說：「請好起來吧，小淳。你活著，媽咪一定也要陪著你真正的活著」時，魏醫生則耐人尋味地說：

　　「我是個醫生，」醫生說：「所以怎麼也不能像媽媽一樣自由地許願。」他無力地微笑起來，說：

　　「但是現在的心情確是很想為淳兒的生命跟誰商量，或者交換什麼條件也好。不曾有一個生命的熄滅

如此地使我不安，使我徬徨的。」（2：66）

　　魏醫生在這個關頭所說的話，仍然是那麼的虛偽自戀，遠遠不及京子來得直接、來得有勇氣。他要小淳好起來，但當他頹然地發現他的醫學專業的無助時，他就想到了「跟誰商量」、「交換條件」。這種面對問題處理問題的反應方式並不令人驚訝，因為這恰恰是魏醫生的階級經驗的結晶。但是，和誰呢？一向以來自認是服膺理性、專業與科學的魏醫師，並以此作為量尺和那些村野鄙夫遙遙保持距離的魏醫生，竟然是懵懵懂懂地和某種超現實的存在「商量」、「交換」。

　　將近十一點的時候，魏醫生說，小淳的病「倘若到一點鐘還沒變化，就會有些希望也說不定」。這之前，客廳的氣氛已經僑俗到不行了，來客已經忘了是來分憂同悲的了；許炘夫婦談著他們剛能走路的孩子，陳哲則在看著「綻開的花一般的菊子」（2：60）。就在此時，魏醫生突然強烈地企圖帶領大家一起「跟誰商量，或者交換什麼條件」；他自覺或不自覺地希望藉由集體悔罪的祝禱來免除他女兒的死。於是他決定誘導眾人，讓眾人在他的領導之下，一起悔罪。魏祭司（或魏巫師）「用手趕著一隻盤桓在白被單上的朱紅色的小甲蟲」，「忽而說」：「我方才一直在想著一些事」（2：61）。

　　魏祭司於是述說了三個月前的礦災，「三十多個壓得扁扁的坑夫排滿了樓下的院子」。他以「敷滿了」某種「深摯

的遐思」（2：61）的面容，回憶著在二樓流淚凝視人間慘劇的小淳。祭司開始像一個罪人般地「閉上眼睛」自責：「那時我甚至沒有安慰伊的」（2：62）。但眾人並沒有跟上祭司的步伐，大家反而相繼安慰地說：「小淳是個好孩子」。而陳哲這「市鎮小知識分子」甚至又無可救藥地耽溺於對女主人的「一種深刻的絕望和嫻靜的感傷所合成的美貌」遐思與悸動中。

　　但祭司還是不撓地繼續往下帶領。他先有意地點醒陳哲也是和他們這些資產者「同族」，然後他反省了這一族人自以為優越，對他人痛苦完全麻木，拉下帷幕，在暗暗的小天地中醉生夢死。

　　　　「但是淳兒竟那樣地流著眼淚。」醫生說。

　　　　[……]

　　　　「但我從來不知道要為別人，或者不同族的人流
　　　淚的事，」魏醫生說：「淳兒這個孩子啊……。」
　　　（2：65）

　　但是，眾人還是沒有跟上祭司的導引。頑冥的他們只會適時地表現出一種這個階級所特有的虛偽客套。聽了祭司的這番話，

　　　　菊子放下杯子，把傷心起來的京子擁抱著。菊子

做得那麼富於戲劇性。陳哲說：

「你的心情我或者知道吧。……你們連日來也太累了。」

「真的，真的」菊子說。

「兩位，或者哪一位先休息一下吧。」許炘說。

（2：65）

就在這個法會一直無法入港時，魏祭司陡然把語言拉高到「為淳兒的生命跟誰商量，或者交換什麼條件也好」，這樣一種「犧牲獻祭」的層次。他的夫人京子馬上跟上：

「比方說，用我們的死來交換小淳，真的啊……」京子夫人說。

「是的。我和媽媽忽然感覺到從來便沒有活過。」醫生說。（2：66）

儘管調門如此陡升，麻木到只能自憐的陳哲，還是沒有進入狀況。他反而有些卑鄙地利用了這個悲戚情境得到了「第一次他感到能自由地直視京子的臉」的機會，而他又在那張臉上讀出了「那麼樣的蒼白而且單薄啊」，然後不由自主地、拼命以己悲地喟然自道：

「明白了。我們都不曾活著。——誰該活著呢？」

　　「我們的小淳。」京子夫人說。

　　[……]

　　醫生說：

　　「我們所鄙夷過的人們，他們才是活著的。」

　　「那些像肉餅般被埋葬的人們。」許炘衰竭地

說。

　　「那些儘管一代一代死在坑裡的，儘管漫不經心

地生育著的人們。」（2：66-67）

　　說也神奇，在這連珠砲般的悔罪話語放出來之後，女孩竟然醒過來了，她的「像一泓清澈的秋天的潭水」般的眼睛張開了。女孩醒來似是專門為了要安慰人家似地，然後旋即睡了過去，只是這回她仰睡著。睡過去之前，她說：「許阿姨；媽咪；許叔叔……天一亮，我就好了。你們要陪伴我到天明……」（2：68）此時已午夜二時許了。而或許因為「奇蹟」的出現，鼓舞了眾人的接力反省。

　　「……就不知道要怎樣過完往後的日子。」[菊子

說]

　　「那些過去的日子啊——」陳哲說。

　　「那些絕望的、欺罔的、疲倦的日子。」醫生

說。

　　「成天的躲在帷幔深垂幽暗的房子裡。那些酒，

那些探歌舞曲！」京子說。

[……]

「呃。那些死滅的日子啊！」京子說。（2：69；71）

但這些反省，似乎總是透著一種「許願」的味道。與其說他們是決心要改變自己，不如說他們是在祭司（也就是他們的階級家長）的帶領之下，力圖「保有」他們所擁有的、所珍貴的、所最怕失去的——以此刻而言，即是「小淳」。

京子望著小淳喃喃地說：

「我們可要真實的活著呢，小淳——只要你同我們活著。」

「雖說那不會沒有困難，對吧，醫生？」

「對的。」醫生說：「但是拋棄過往的那種生活，恐怕無論如何都是一個最基本的條件吧。」

「拋棄那些腐敗的、無希望的、有罪的生活……只要小淳同我們留下來。」

「真的，真的。」菊子說。（2：72）

但這看似懺悔至深點頭如搗蒜的五個人，不等見到黎明就都「深深睡熟了」。在太陽升起的時候，小淳「安安靜靜地在五人沉睡的勻息以及在初升的旭輝中斷了氣」。同時，

「太陽卻兀自照耀著：照耀著小淳樸素的臉；照耀著醫生的陽台；照耀著這整個早起的小鎮；照耀著一切芸芸的苦難的人類」（2：73）。

這個結局豈不怪哉！這五個人，在大地震般地把他們的習以為常的人生給劇烈撼動之後，在祭司把那壓在碣石之下沉睡多年的罪感與恥感揭封之後，反卻是結伴夢周公去了！照理說，不是應該如獲新生地，守護著希望、守候著黎明嗎？但他們卻被「一股不可抗拒的睡意」所打倒，這不是特怪嗎？我認為，要排除這個不合理，幾乎唯一的可能是：從祭司到徒眾，之所以發願應許在將來改變，只是權且為了現在的「保有」。而在這個注定無法真誠的反省儀式中，大夥兒是在作戲，而作戲作得瘋魔並不意味這就不是戲了。這個集體懺悔其實是類似「團體動力」下的過度表態，但更像神漢巫婆們的忘情起乩，而表演之後所達到的不是新生的勇氣，而是困乏癱敝。他們是見不到黎明的五個人，他們五個人是同族的布爾喬亞。

那麼，「兀自照耀著的太陽」又是什麼意思呢？我想，有兩層意思同時存在。對這五人而言，他們翌日醒來，這個太陽，對他們而言，不多也不少，是個「海明威太陽」（「The sun also rises」）──太陽照舊，太陽永遠照著舊，一切照舊。但同樣正是這個太陽，對於那誠實地勞動著的人們、抱有希望有所追尋的人們而言，將永不背離。小淳有沒有親眼見到旭日並不重要，重要的是旭日並沒有辜負她；太

陽「照耀著小淳樸素的臉；照耀著醫生的陽台；照耀著這整個早起的小鎮；照耀著一切芸芸的苦難的人類。」

布爾喬亞階級只企圖保有自己的身家妻孥資產與權威的階級意識，以及只企圖保有他們的小小的私領域的「愛的世界」的不仁狀態，注定了他們無法掀開那將他們自己長年隔絕於他們所鄙視的他人的帷幕。就算他們要強行掀開，陽光也將讓這些早已習慣於在黑暗與封閉的世界中生活與活動的人們「枯死」。就像陳映真前此一年的小說〈淒慘的無言的嘴〉中，那個有左翼傾向的知識青年精神病患對醫生所自白的夢境：

> 「後來有一個羅馬人的勇士，一劍劃破了黑暗，陽光
> 像一股金黃的箭射進來。所有的霉菌都枯死了；蛤
> 蟆、水蛭、蝙蝠枯死了，我也枯死了。」（1：220）

三、階級關係中的知識分子

之前，我們曾指出這篇小說是陳映真的一直到華盛頓大樓系列的社會現實主義時期的先驅及「原型」。這一節將繼續討論這個「原型」的意義。在一種比較浮面的閱讀印象中，這篇小說所展現的晦澀的語言、跳躍的對話、空大的推衍過程、細末的意識流動，以及高度壓縮的時空背景……等要素，的確讓我們覺得它很不「現實主義」。但是，如果我們不為陳映真的表面語言風格所綁架，將這篇小說照個X

光，我們會發現這篇小說的骨是現實主義的，因為它有一個
以社會階級為主構的社會結構觀（不論是多麼的粗疏）。這
個社會結構是一個關係性的整體，不同階級位置上的人們因
不同的關係位置而有不同的意識與行動的模式。就這一點而
言，它和前一篇的〈獵人之死〉展現了範式性的不同。

但有趣的是，這篇小說的精神卻又是企圖超越（儘管是
無力的）那種把人的意識、決定與行動僅僅看做被一種整體
性的社會存在所制約的庸俗化了的「現實主義」。它背後有
一個強烈的信念：人是可以而且應當超越這個現實所加諸於
他的限制的。是在這個信念下，作者創造出「小淳」這個角
色，讓她對她的與民眾隔絕的、對他人苦難無感的，從而也
是與「真正的活著」隔絕的命運進行反抗。這個對資產階級
或是中產市民的物質的、壓抑的、無意義感的生活的反抗，
對小說家而言，也只能有這樣的一種「小淳」式的結局：在
一種似乎看到旭日的喜悅中死亡。這樣一種在絕望中留下一
條樂觀小尾巴的手法，連陳映真也感到「突兀可笑」：

和他所描寫的風雨冷冽的長夜比較起來，陳映真所看
見的「陽光」又顯得多麼無力、多麼突兀可笑，彷彿
一個驚於自己設色之慘苦的畫家，勉強地加上幾筆比
較明快的顏色一樣。9

9   同註2，頁24。

　　但話說回來，這似乎並不是小說家自己的問題。小說家在那個 60 年代台灣的「現實」限制中，已經盡其在我地做了最大的超越努力了。小說家，不論多麼地先知先覺，但總還是在既定的歷史與社會的限制中寫作，他不可能憑空而作。換句話說，「小淳」假如是活在 1960 年代世界性的青年狂飆運動的任何一地，她的作者不會這樣描寫她的青春反叛的。但在台灣，在 60 年代，在前保釣時期，像小淳這樣的青年的反叛是找不到任何語言的，於是只有流淚、只有生病、只有孤獨地等待與盼望，只有死亡。她只有一種可悲嘆的「行為藝術」。

　　不言不語的小淳，卻是這篇小說的現實主義結構中最重要的角色，因為所有人物的關係與對話都是環繞著她這個「無」而進行。小淳的「無用之用」則是具體地展現在陳哲和魏醫生這兩個荒誕徒勞的「有」上頭；三個角色陰差陽錯、有無相生地共構這篇小說的核心關係圖譜。

　　首先，得把輻輳固定住。無疑義地，讓自己的肉體一吋吋地枯萎下去的「小淳」，既象徵了不為汙泥所染的處子生命在為她父母的虛無腐敗的生命贖罪，但也同時象徵了一種消極的精神上的弒父。她對她的生活的基礎有了大質疑，她不要繼續在在她父親所設定的「帷幕深重」的生活中過活了，她要打開窗子，她要見到「陽光」。不但如此，她還要她的死有一種不同於一個人就這麼病死的意義，而希望她的死對眾人有啟示，為他人帶來新的生命。因此，小小年紀的

她決定把病榻（或死榻）移到具有相對「公共」意義的客廳。小淳是在進行一種「死諫」。

但小淳真正在意的救贖對象是誰呢？是她的父母親嗎？不太是。是許炘夫婦嗎？更不是。而是陳哲──幾年前當過她的家教，在還沒有進城前應是個鄉村教師的那個陳哲。在陳映真的小說中，「鄉村教師」是具有某種理想性格的「市鎮小知識分子」的原型。在陳映真的小說中，這樣的人物曾經出現在〈鄉村的教師〉、〈鈴璫花〉、〈雲〉，以及也許〈一綠色之候鳥〉等小說裡，他們都不同程度反映了一種良心不死理想仍存的存在狀態。因此，我們理解了為何小淳在彌留之際，三番兩次地非要他父母親把陳哲從「城裡」叫回來──「今天一早就說一定要見你」，醫生這樣告訴正在私密地悸動於先生娘之美的陳哲（2：54）。

但最後證明小淳對陳哲的「期望」是落空了，因為陳哲，這個小布爾喬亞知識分子，並沒有被點醒，仍舊耽溺於對領導階級的認同。或者說，她父親收編小知識分子的能耐遠遠超過她的理解。陳哲誠然是複雜的，但卻是一種無力的複雜，體現了小知識分子對資產者的微微妒恨少許衿持下的全面認同。對新舊市鎮資產者而言，陳哲是這布爾喬亞五人組裡的邊緣者，他沒有資產、沒有家世，這都使他對這個布爾喬亞世界又認同又疏離，既受接納又自覺落寞，他只剩下一種「知識分子」的驕傲，但這種驕傲又不是那種底氣沛然的「見大人則藐之」的驕傲，而毋寧說是一種因階級的自卑

而產生的自我保護性的驕傲。這種小把戲對魏醫生這種老資格資產者而言則是太清楚了，他太清楚小知識分子的生存是依附於他這個階級的——「家庭教師」這個名份還不夠說明一切嗎？於是，魏祭司在執行懺悔儀式時，還不忘了提起這麼一段往事。說得雖然飄渺，但是一句一刀，毫不含渾：

　　「我還想了些什麼呢？」他對注視著他的陳哲
　說：「你起初很不同意我，後來也竟然接受了。我這
　巴該耶路！」
　　魏醫生輕輕地拍著後腦勺。他無助地笑著說：
　　「對罷？……我曾自以為是另一種人。我的資
　產，我的教養，我的專業者訓練，……是罷？」
　　「……」
　　「你們與我並不盡相同。這我是知道的，當然知
　道。但我把你們當做表親似的，終於也是『同族』的
　罷。是罷？」（2：63-64）

　　「表親」下得多神！一表三千里，可近可遠。這是資產階級對小布爾喬亞知識分子的最傳神的相互關係定位。在這段「對話」（其實稱不上對話，因為陳哲沒有話語權只有「……」的份）中，我們還可以幽微地掌握住一個事實，那就是，陳哲的確曾經還有過一段有理想性並拒絕被收編的「鄉村教師」時期，因為他的確（以不明的原因）認為自己

外在於、疏離於這個領導階級，甚至有可能對其有某種批判態度——而這應該是為什麼小淳會對這個年輕的家庭教師，還有依稀的期望的原因罷。

　　既然新舊資產者與小布爾喬亞的生命是虛無的、虛偽的、虫豸的，是「我們都不曾活著」的……那麼「誰該活著呢？」。陳哲在醫生與醫生娘最後提出了以自己的生命來交換小淳的「交換條件」後，提出了這個問題。他——這位資產階級的表親——「喟然地」提出這個問題，一點也不像是成竹在胸，而是一種深自困擾之下的囈語。但如果我們把這個午夜對話當做是一種懺悔／許願儀式的一部份的話，那麼陳哲不過是提出記者似的問題，好讓祭司回答，拉出懺悔的高潮。於是祭司說：「我們所鄙夷過的人們，他們才是活著的」（2：67）。這個答案的確很符合這個布爾喬亞懺悔儀式所需的政治與道德正確。相對而言，「我們的小淳」——京子夫人在她先生回應之前的搶答——雖然有些鬧場，但卻是露骨的誠實。

　　在這篇小說中，勞動階級始終並未出場，只是被布爾喬亞人們當作一種帷幔之外的遙遠的布景。而如果指涉到他們，也只能以「我們所鄙夷過的人們」、「別人」、「不同族的人」、「三十個壓得扁扁的坑夫」、「像肉餅般被埋葬的人們」，或「儘管一代一代死在坑裡的，儘管漫不經心地生育著的人們」……這些話語為之。而這種對他人的麻木，並非由於空間的隔離，畢竟醫院是開在礦區的小鎮上，而是

透過階級與階級之間的藩籬，或是社會生活中的區塊壁壘（social closure），布爾喬亞階級的人們不需要反問自己如此這般生活的物質與社會基礎為何，也不需要面對那會刺痛他們良心的不義與災難，因為他們「君子遠庖廚」了。而就算是當死屍橫陳到他們樓下的空地時，他們還是能夠「理性地」以「專業的訓練」看待一切，然後爬上二樓，拉下帷幕，繼續飲宴。但這個已經迫到家門的「牆上之書寫」，對於那個還未被他們給世俗化、社會化與布爾喬亞化，或簡言之，對他人苦難還有敏銳感覺的小女孩，則是個難以承受的悲愴與驚愕。然而很明白地，以她的年齡，她是無法有任何其它的行動作為的，她只有死亡這一個「行動」。

陳映真因為自始至終是一個「市鎮小知識分子」，因此他最深入理解的還是他本階級之人。對這個階級他有犀利入骨的批判，但他卻無可救藥地身在其中，從而在批判聲中竟常可聽聞批判者之呻吟。同理，對這個階級之外的下層民眾，他有豐厚的同情，但他卻無可救藥地身在其外，從而缺少真正的內在的理解。而這個理解的不足，卻也只能帶來一個邏輯的後果，即是，小說家就算是要朝向反叛的布爾喬亞（不管是假如活過來的「小淳」或是假如覺醒了的「陳哲」）與「民眾」的結合的「陽光大道」去書寫，他也無法寫，因為他一定想像不來那會是一個什麼樣的光景。

這當然不足以成為對小說的批評或「改寫建議」。因為正如之前所說，陳映真也是在歷史與社會中寫作，他的小說

反映了特定歷史與社會的既定條件，因此，無論是小淳的死或是陳哲的不醒，其實都是「現實主義」的。不只小說本身如此，小說的寫作也是如此的。陳映真又何嘗聖賢般地自拔於他的時代他的階級他的品味他的教養與他的慾望呢？陳映真在有意識地諷刺布爾喬亞的同時，不也同時無意識地浸淫於布爾喬亞美感當中嗎？——因此，我們讀者也作難地、狐疑地、有點不該如何是好地看著陳哲無力自拔地、完全入戲地演著他所被給定的負面角色。但，陳映真不一樣之處，或許在於他真誠意識到自己的脆弱虛無與虛矯，從而努力地去改變自己，艱困地、躓蹎地超越他的既定狀態罷。多年後，他寫了〈雲〉，他創辦了《人間》雜誌。而我們也不妨放開想像，大膽地把〈雲〉裡的主人公張維傑和民眾的重新和解與學習 [10]，理解為「陳哲」的覺醒，以及，把《人間》雜誌對「一切芸芸的苦難的人類」的照耀與關愛，視為「小淳」的復活。

10　陳映真 1980 年的小說〈雲〉，深刻地探討了關於知識分子如何反省自身的認同侷限，並和真實歷史與社會生活中的「民眾」學習這一問題。關於這篇小說的解讀，請參考拙作〈從仰望聖城到復歸民眾：陳映真小說「雲」裡的知識分子學習之路〉，見《求索：陳映真的文學之路》。

喬，你向他們解釋罷！

唐倩的喜劇
——黨國、知識分子與性

　　自古以來有官場，也有學場，這篇小說大概也可算是1960年代台灣的一篇「學場現形記」罷。它露骨地、尖銳地展現出在全球冷戰、白色恐怖、戒嚴統治，以及舉國上下一致親美反共的時代脈絡下，知識分子的精神與知識狀況。在這篇小說裡，對這個學場，陳映真謂之「讀書界」。這三個字怎麼看都有些彆扭。在中文裡，有知識界、有思想界，也有讀書會，但幾乎不曾聽過什麼「讀書界」。雖然「讀書界」有可能是日語用法，而且並不含貶義[1]，但我認為，陳映真在 1966-7 年用這個詞，是熟稔日語的他，在切除了日語脈絡之後，轉用到此間的春秋筆法。用這個詞，其實是要透過語言的突兀感，反諷地點明這些一般而言被稱作「知識分子」的，其實是一小撮沒有思想、沒有信念、甚至連定氣凝神追求「客觀知識」的能力也沒有的人。用魯迅的話，他

1　出版於 2006 年夏的《人間思想與創作叢刊》，其專題名稱即是「日讀書界看藍博洲」。

們只是「咀嚼著身邊的小小悲歡，而且就看這小悲歡為世界」[2]。就客觀行為而論，他們於別人之不同處只在於「讀書」。至於為何讀書、讀什麼書、書讀來幹嘛，則在非所論。雖然思想可以是武器、知識可以是力量，但對小說的主人公莫夫子、羅先生而言，他們的知識與思想並沒有一個外在的目標，而是自我消費性質的，拿來和小小的讀書界的其他成員，在小小的咖啡杯的煙霧上閃戰騰挪。這個小小的「讀書界」，事實上只是在既存的全球權力及意識形態架構下，載浮載沉於一波波歐風美雨中的浮蝣，在裝模作樣的知性的、苦悶的外表之後，殊無主體談何自主。

在這以她之名成篇的小說裡，唐倩這個驚世女子的角色是重要且讓人印象深刻，完全能讓讀者隨其命途時而嘆息時而驚愕，但另一方面，她又何嘗不和〈最後的夏日〉裡的李玉英一般，也是一張酸鹼試紙、一付顯影藥、一道催化劑，或（也許有點過當）一面照妖鏡。她們的出現，使嚴肅深刻、論古道今、學貫中西、悲天憫人、搖頭晃腦煞有介事的男性知識分子群落，馬上雞飛狗跳、原形畢露。而相對於這些男性知識分子，唐倩，以及李玉英，其實還算是比較真實自在比較表裡如一。因此，篇名定為「唐倩的喜劇」的真正意思，是藉由唐倩這個女子，讓我們看到環舞於其周遭的眾男性知識分子的荒誕可笑。而之所以是「喜劇」，也還不單

2　魯迅語，轉引自錢理群，《我的回顧與反思》。頁 162。

在人物情節的荒誕可笑，而更在於讓讀者我們讀來哭笑不得，窘迫地看到我們自身的不更不可笑。至於唐倩本人的生命歷程，其實是沒有什麼「喜劇」的意思的，反而更像是一齣宿命的、徒勞的悲劇。細讀文本，我們瞭解她之所以一個接一個地周旋於眾男性之間，而且「以各種方式去把男人趨向困境為樂」（2：127），其實也是不得已的，——她有一個極不快樂的童年，她的父親遺棄了她母親和她，她母親從而變成了一個「終年悲傷而古板的老婦人」（2：123）。因此，長大以後的唐倩或許因此無法較平順從容地面對兩性關係，對父親的好奇與憎恨，矛盾地纏繞在她的胸臆中，無意識地將男人看做「只不過是一個對象罷了」（2：127），吸引對方然後遺棄對方……。直至終篇，唐倩並沒有突破命運所給予她的枷鎖，只不過是舞台移到了新大陸而已。

小說描寫的是娟好聰慧且「有些肉感」的唐倩小姐與她的三個主要男人的故事。這三個男人分別是「存在主義者」胖子老莫、「邏輯實證論者」羅大頭，以及留美青年工程師「喬志H.D.周」，後者不像前述二者那麼的是一個一般印象中的「知識分子」，但他卻正是「現代化意識形態」的體現。在下面的討論，我將分別介紹這幾位透過唐倩這面鏡子所映照出來的男性知識分子形象，特別是在「知識」與他們的人生的關係介面上。因此，在進到個別人物討論之前，我想要先提醒的是，儘管陳映真對存在主義或是邏輯實證論這些特定學術思潮，應無興趣遑論認同，但在這篇小說裡，陳

映真的用意不在，好比從一個民族主義的立場，攻擊這些西方學術派別本身，而是在展露第一世界學術思潮和第三世界知識分子之間的真實歷史關係的性質。對陳映真而言，即使是存在主義的沙特，或是邏輯實證論的羅素吧，也都有不為莫羅二公所能或願理解的某些「進步」面。此外，陳映真也不是一個民粹主義者，他並沒有一種反知識或反知識分子的態度。我覺得，使用「讀書界」這個怪異名辭，於陳映真還另有一個原因，那就是用來限縮他的批評範圍，並保留對一種可能的、將來的、真正的思想界或知識界的尊重與期望。

一、老莫的書本與人生

首先，老莫不是一個存在主義者——儘管他嫻熟於以這個思潮的語言詞彙編織一些台詞，並在他的小小舞台上奮力演出。但恰恰是這樣一種入戲的虛假與一種高調的愚昧，使得這些演出不得不悖反地流淌出喜劇效果。

老莫老是表現出一種深刻的苦惱。根據老莫，「存在主義者最大的本質，是痛苦和不安」（2：129），而他也的確是表演痛苦和不安的高手，因為小說一開始就告訴我們，唐倩第一次遇到老莫，就被「老莫的那種知性的苦惱的表情給迷惑住了」（2：121）。老莫的確有他的，一下子就把唐倩感動到哭，因為他能「憂傷地輕搖著頭」說：「我們被委棄到這個世界上來[⋯⋯]注定了要老死在這個不快樂的地上」（2：123）。這樣的一種哀傷自憐的存在主義調調，馬上被

唐倩小姐去除學術脈絡，以自己童年之不幸進行切己之詮釋。
她於是立即懂得了她自己的「存在主義」，感動之餘，覺得
她現任男友，寫詩的于舟，「簡直太沒味道了」（1：122）。

在 60 年代台灣，這種萎靡的「存在主義」調調，如果
被改頭換面為庶民庸俗版的話，肯定被禁，因為在（至少
是，裝著）昂揚惕勵的反攻大陸口號聲中，哪能「猶奏後庭
花」？我猶記得小學時，也就是 60 年代中，一位青春歌星
才剛唱紅了一條名叫〈苦酒滿杯〉的流行歌，旋即被禁，原
因即是「靡靡之音」。有司動不動拿「俗人」的「靡靡之
音」開刀，但並不見得就會以同樣的原因禁「雅人」的「存
在主義」。畢竟，在思想檢查的高壓體制之下，總得留下一
些特許的知識遊戲區，讓文人士子吟哦一通，滿足他們對智
力遊戲的需求。魯迅就曾經說過，思想運動「如果與社會無
關，作為空談，那是不要緊的，這也是專制時代所以能容知
識階級存在的原故。因為痛哭流淚與實際是沒有關係的
……」[3]。無論是「空談」或是「智力遊戲」，之所以是空
所以是戲，則意味著去歷史化、去現實化，從而是去政治化
的。這是 1960 年代在台灣的思想與文藝園地上，除了有反
共文學之外，還有美式現代主義、歐式存在主義的環境條
件。這裡有一個關於思想管制的潛規則：只要某某思潮或學
派是空談，就可以發進口證和許賣證。就此而言，這篇小說

3　　同註 2，頁 247。

的核心措意之一就是對這個特殊的買辦主義的批判。與「讀書界」的君子淑女是否有買辦自覺無關,客觀而言,他們是體制所特許的思想與文化買辦。

　　因此作為進口商的知識分子和所代理進口的知識貨物之間的關係其實是比較複雜的。他們既是在一種「特許狀」之下經營他們的買辦活動,那麼他們對這個「特許」其實是必需得要有一種自我設限(或閹割)的尖銳自覺。引入存在主義的,要謹慎地把裡頭左翼的、反體制的那一塊兒給切割掉;談邏輯實證論的,當然也要謹慎地選擇性使用那「普遍主義分析」的鋒利。當知識或思想是存在於這樣的一種圈圍之下時,那麼知識與思想是不可能舒展、紮根、成長與結果。這從開始就注定了是一個不孕的知識「活動」,因為所謂的知識或思想無法和真實的環境與問題產生關係。因此,知識生產就被知識展演所取代了。這裡或那裡,他們強迫症似地展現出一種由於是表演的所以是誇張的傲慢,但他們的骨髓裡卻無疑地感受到一種揮之不去的屈辱、不安、痛苦,以及沒有出路。這些被去政治化的無意識深層感覺,矛盾地又恰恰好可以藉由「存在主義」的台詞抒發之。從而,這些進口思潮有一個真實的、綜合的作用:被使用者拿來遊戲空談,以及為那個因只能在特許之場空談而委屈而受傷的自我,提供抒發、辯護與安慰。

　　就拿這個老莫來說吧,他哪裡是什麼真誠的存在主義者?「存在主義」不過提供了他一些話語,讓他能撫平他自

己小小的創傷，或是順遂他自己小小的私慾。例如，他反對
基督教那一派的存在主義，根本原因是那長年讓他寄寓的姨
媽反對他和姨表妹的戀情，而這個失戀的痛，就讓老莫「從
此發現了基督教的偽善」了（2：127）。而這個幾乎具有範
式轉移重大作用的世紀失戀，對莫氏思想的形成可謂一箭雙
雕，不但為他的「反神的存在主義」，還為他的「羅素的性
解放論」提供了「深刻基礎」，因為他如今得以把愛除魅
了，把性食色性也了，從而達到將性與人倫關係反身自省完
全脫勾之境。這裡並不是說陳映真反對知識與個人身體經驗
之間可以有某種關連，而只能說他關心的是這種關連究竟是
朝一種開展的、成長的方向行進，還是反之。對胖子老莫而
言，他似乎只是用知識來辯護他自己的既存慾望而已，而在
這個辯護中，無論是知識或是知識者，都無法獲得成長。因
此，老莫和唐倩「公開同居」的事，就被「羅素的試婚說的
性的解放論者」所熱烈頌揚。而這些支持者其實又哪裡是對
羅素的試婚論或是沙特─德・波娃的「伴侶婚姻」的思想意
義有興趣呢？作者不無鄙視、不乏刻薄地以如下的文字描述
這些擁護者：他們──是「在逛窰子的時候能免於一種猥瑣
感的性解放論者」（2：125）。

　　不堪的例子還有。老莫明明不想要為「老莫他們倆」的
偉大的試婚的偉大結晶，也就是唐倩肚子裡的孩子，負責，
但他卻對著母性萌發的唐倩把他的灰暗私心用偉大的高調唱
出來：

「我喜歡和你有一個孩子，小倩，」他柔情似水地
說：「可是，小倩，孩子將破壞我們在試婚思想上偉
大的榜樣⋯⋯。」（2：131）

這算是哪門子的「人道主義的存在主義」！老莫根本無
能於「為他自己作主」，反而是以「思想」掩蓋自己的懦
弱，以他人的熱切眼光代替自己的孤獨選擇，——這，不恰
恰是進到「他者的地獄」中了嗎？「存在主義」於老莫，不
過是一場長期的演出，一種不自覺的行動藝術，照著一種庸
俗化的腳本，演給這個讀書界小眾看的——他何曾「自己作
主」過了？這裡展現了一種根本無法統整起來的斷裂人生狀
態。他嘴巴上說「痛苦」啊、「不安」啊、「拒絕」啊、
「無意義」啊，存心和現代性價值過不去，吶喊並擺出一副
決樊而出的姿態，於是大詩人里爾克的「空無的世界」的荒
原景象，就成為了他的最愛。茲照抄老莫與唐倩他倆最愛的
段落如下：

　　——他的目光穿透過鐵欄

　　　　變得如此倦怠，什麼也看不見。

　　　　好像前面是一千根的鐵欄

　　　　鐵欄背後的世界是空無一片。（2：126）

但問題是，老莫搔首苦吟里爾克的空乏的、倦怠的詩

句，卻也並不妨礙老莫深深遺憾於台北存在主義教主行頭之
不足：「至今還弄不到一枝像樣的板菸斗」（2：126）。老
莫留心於自己的教主扮相之餘，也不忘妝扮他的「美麗的使
徒」。他「從《生活》雜誌的圖片上，介紹一種新的標示知
識分子的制服給唐倩」（2：125）。這些「存在主義者」們
在前台短暫地表演了一種深深的「委棄」感之餘，退回到生
活後台之時，也倒是能有滋有味地活在這些積極的、世俗
的、消費的趣味中。那真可是隨心所欲出入於拒絕與服從之
間呢！

　　於是，老莫的「人道主義的存在主義」不得不只是一種
風格，一種被允許玩也玩得起的個人風格。而，他們的信
念，也不得不是一種表演，在表演中，偷偷地對自己芒弱
的、矛盾的、自欺的小小心靈作自我馬殺鷄。人前，老莫能
表演出一種「彷彿為這充塞人寰的諸般的苦難所熬練的困惱
底風貌」（2：128）──這看來夠愛人了罷，但恰恰在他的
親密關係中，他卻是無能於愛的。

> 當他在床第之間的時候，他是一個沉默的美食主義
> 者。他的那種熱狂的沉默，不久就使唐倩駭怕起來
> 了。他的饕餮的樣子，使伊覺得：性之對於胖子老
> 莫，似乎是一件完全孤立的東西。他是出奇地熱烈
> 的，但卻使伊一點也感覺不出人的親愛。（2：128）

　　我們窺探到了老莫這個「存在主義者」在「台前」與「台後」的巨大差異。台前，他演出一種「自我」，充滿了對人類的痛苦的大愛，台後，在最私密的領域中，他是個「沉默的美食主義者」，床第上，老莫對唐倩有性無愛更且無言，使得唐倩覺得「自己彷彿是一隻被一頭猛獅精心剝食著的小羚羊」（2：128）。老莫的性充滿了焦慮與恐怖的氣息，好像是一場殺伐一輪血戰，好像是要透過「痛苦與不安」來獲得性的高潮一樣。反映於性事上的老莫的內在，其實和他白日的崇高而悲憫的話語大相逕庭。聰明的唐倩當然也看到了這個「男人——特別是這些知識分子——所不能短少的偽善」（2：128）。偽善？或許罷，但我懷疑還有一層不是「偽善」所能解釋的。

　　「人道主義的存在主義者」老莫，其實是嗜血的！作為殺伐的性，讓他對痛苦、不安和最後的死亡，產生了一種虛擬的臨界感，透過這個黑暗的感覺，他得以反過來推論他自己的生命與存在。因此，莫氏存在主義的最底層構成要素其實是戰爭、殺戮與暴力。唯有如此我們才能理解為何老莫的床頭會擺著一本剪貼簿，裡頭都是《生活雜誌》、《新聞週刊》和《時代週刊》的越戰圖片。老莫對唐倩說，這些圖片最能幫助他，畜養一種「偉大的不安和痛苦之感」（2：129）。老莫竟需要以血養氣，這讓我想起章回小說中妖道以血淋淋的人心或「紫河車」煉劍的故事。

　　「存在主義」在台灣 1960 年代的接受史，而非作為一

個哲學體系，的一種隱密的、深層的、乏人認知的政治性，透過陳映真的文學從而水落石出了——它被老莫等嚴格意義的「幫閒」，拿來支撐一個其實還輪不到要他們支撐的世界，一個在全球冷戰之後所形成的以美國為主導的、反共的「自由世界」。老莫們把自己抽離於任何具體的歷史的脈絡，想像自己是那豎起風衣領，在「殘忍的四月裡」，在打烊的酒館門口，孤獨地、高貴地咀嚼繁華中的荒涼的第一世界知識分子。這樣的「存在主義」，對台灣 60 年代的如老莫般的存在主義青年而言，提供了一種安全的從而不必付任何代價的虛擬「反抗姿態」。他們談何反抗呢？西方的 60年代憤青還是要對西方社會與文化「大拒絕」，而胖子老莫反而是唯有透過對現代化情境以及國民黨政權的雙前提的肯定，才能畜養他們的「不安和痛苦」。話這麼說好了，胖子老莫要如何在「鐵幕」中孤單地、自戀地畜養你的「不安和痛苦」呢？因此，老莫們其實還是衷心感謝國民黨、感謝美國，給了他們一張平靜的書桌和一張激動的床，讓他們得以培養他們的「偉大的痛苦感」，而且還能得到一種不俗的、不馴的、知性的魅力與虛榮。老莫透過痛苦的作態而感覺到自己的高貴的快樂。

這解釋了「存在主義」何以是當局能在高處頷首對之微笑的一種「思潮」。陳映真暗示了根本的原因，不僅在於它無害，而更在於它有益，——有益於反共、親美。「存在主義者老莫」的自我認同的主軸完全是亦步亦趨地跟隨著國民

黨及其上國——美國。老莫如何理解越戰？他完全是從美國
訊息、美國圖像、美國觀點、美國價值來理解越戰，而自動
地站在一種虛擬的、無比安穩的敵我位置上，翻著《時代雜
誌》、《生活週刊》的插圖，鄙夷地譴責越共：「看看這些
卑賤的死亡罷！」、「看看這些愚昧的暴行罷！」。也難
怪，這般的「存在主義」和美式現代化理論竟是可以聯姻
的。為了反共大義，老莫把他的知識偶像羅素（應也包括沙
特）竟給滅了：

> 胖子老莫堅持：美國所使用的，決不是什麼毒氣彈，
> 就如羅素所說的。那只是一種用來腐蝕樹葉和荒草的
> 藥物，使那些討厭的黑衫小怪物沒有藏身的地方；至
> 於那些黑衫小怪物們，決不是像羅素說的什麼「世界
> 上最英勇的人民」，而是進步、現代化、民主和自由
> 的反動；是亞洲人的恥辱；是落後地區向前發展的時
> 候，因適應不良而產生的病變！（2：130）

因此，這個「喜劇」裡最滑稽的景象之一就是：胖子老
莫是個「變裝者」，他明明是個現代化論者，卻穿著存在主
義戲服，誦著存在主義台詞。

二、羅大頭的人生與書本

如果說胖子老莫表演著一種無所指，從而非關政治的

「人道主義的存在主義」的信念，從而獲得一種以情緒感染人的「快樂」，那麼羅大頭則是更換表演劇目，插上邏輯實證論品牌，叫賣一種同樣無所指，從而也是無關政治的「懷疑」，從而獲得「一種詭辯的詰難所獲得的快樂」。這個表演性質的、無的放矢的懷疑主義，其實只是「一種虛榮，一種姿勢」（2：136），甚至，它只是一種世故圓通的「懷疑主義」，只懷疑那些允許被懷疑的，而不懷疑那些不能被懷疑的。這樣的一種懷疑主義，由於其基本無害無險，而又由於它能提供知識菁英一種以智逼人的傲慢，的確一下子取代了以情動人的存在主義，而成為了讀書界的新寵。

出身於江西地主家庭的羅大頭，依其自述，曾「有過一個幸福而富裕的家，他是這個家庭的快樂的獨生子」，但這一切被共產黨毀了：「母親懸樑，父親被逼死在一個暴民的大會裡」。家破人亡之後，他「一個人流浪，奮鬥，到了今天」（2：138）。哭著鼻子，他對唐倩說：

> 「比起來，他們搞存在主義的那一個懂得什麼不安，
> 什麼痛苦！但我已經嚐夠了。我發誓不再『介入』。
> 所以我找到新實證主義底福音。讓暴民和煽動家去吆
> 喝罷！我是什麼也不相信了。我憎恨獨裁，憎恨奸細，
> 憎恨群眾，憎恨各式各樣的煽動！然而純粹理智的邏
> 輯形式和法則底世界，卻給了我自由。而這自由之中，
> 你，小倩呵，是不可缺少的一部份！」（2：138）

　　細讀這個自白，有些地方讓人有些困惑，好比，羅大頭說他「發誓不再『介入』」，那是否意味他曾經「介入」過？又，他說他「是什麼也不相信了」，那是否意味他曾經相信過什麼而又幻滅了？又，他說他「憎恨獨裁、憎恨奸細，憎恨群眾，憎恨各式各樣的煽動」，那是否意味他的憎恨其實也包括了國民黨政權呢？把這幾個困惑同時擺在一起，而又要找到一個融貫的解釋的話，那似乎只有一個可能。那就是羅大頭少年時期曾經有過改革的、淑世的、救國的信念，而且是同情「社會主義」的，但是因為江西蘇維埃的土改運動搗毀了他的地主家庭，使得他因身家之恨一夕之間對共產革命從認同轉到敵對。但是，以他對共產黨的幻滅，甚至以及他對國民黨的人身依附，也無法讓他對專制獨裁的國民黨產生真切的認同，因為要是有這個認同來安身立命，他又何嘗需要把那個邏輯實證論當作遁世之所呢？對於國共鬥爭，乃至對於中國，他是沒有任何寄望了。而知識（在此，邏輯實證論）給了他這樣的「幻滅」的人兒，一個平靜的港，或，一個堅硬的殼，讓他只要待在這個邏輯與形式所撐開的洞裡乾坤。

　　但話又說回來了，是誰允許他在這個邏輯實證論的洞裡逍遙？說到最後那當然是國民黨政權了。因此，聰明如羅大頭，應該不至於不自知他的自由的不自由；他應是心眼兒明澈地知曉，在這個水晶般毫無雜質的邏輯實證論廣寒世界之上，還凌駕著一個配備寶劍與煉爐的「太上老君」。不妨這

麼說吧，在不關痛癢的問題上，他們是自由的，但若稍涉紅
線，則剎時雷鳴電閃。這個自由，如同胖子老莫的自由，再
度，是特許的，是要付出代價的。「羅大頭們」不但對特許
之下的自由不糊塗，更且知道在關鍵場合上對關鍵問題上是
要表態的。因此，某夜，羅大頭偕唐倩小姐參加一個政治研
究所的活動，並發表演說。理則的、冷靜的他，也不妨做了
一個情緒高昂的結論：

> 「……他們說什麼『反對新老殖民主義』；什麼
> 『反對走資本主義路線的反動派』；什麼『中國人民
> 支援一切英雄的民族民主運動的各族革命人民』；什
> 麼『為祖國社會主義建設團結一致』。」
>
> 「這些只不過是煽動家的話，是感情衝動的、功
> 利主義的語言。它也許足以發動一大群無知的暴民，
> 卻絲毫沒有真理底價值。」
>
> 「真理，各位！為了真理的緣故！」
>
> 「而真理，是沒有國家、民族和黨派底界線
> 的！」（2：139）

很清楚，羅大頭必須得在一般的反共與特定的文革上表
態。以老莫和羅大頭而言，雖然他們在國民黨的統治下，看
來似乎多一些思想或學術的自由，但老莫若想當一個激進地
一致的「人道主義的存在主義者」，並不可得，而老羅若想

當一個激進地一致的邏輯實證論者，也不可得。拿羅大頭來
說罷，他能把上引的這一套分析拿來用在國民黨的反共復
國、復興中華的口號上嗎？羅大頭能說它們只是「感情衝動
的、功利主義的語言」，從而「合當取消」嗎？

　　這個羅大頭所不敢仰首以見的獨裁權威，以及他冷暖自
知的仰人鼻息，以及他心知肚明的弱勢無能，構成了羅大頭
的羞恥的、難以言說的深刻焦慮與恐懼。國民黨像一個殘暴
的繼父，讓兒子在提心吊膽中依附著他。這麼說來，60 年代
的國民黨雖然不搞整風不搞運動，給「讀書界」留下了幾張
貌似平靜的書桌，但書桌前的人兒可是很難平靜下來的，因
為對這些男性知識分子而言，那是一種自覺的但又無告的壓
抑與扭曲經驗，一種在有權者（以男性形象出之）之下的奴
才的屈辱，以及小公獸在面對獸王時的去勢威脅。因此，羅
大頭癡心想要從邏輯實證論這樣的「玄學的魔術裡找尋逃遁
的處所」，畢竟是無法成功的，因為他前門或白日所嚴厲拒
斥的，從後門或夜裡又悄悄地回來了，而且纏繞地更凶猛。
於是，羅大頭生病了。眾多他所無法透過邏輯實證論「勾
消」的焦慮，「依然頑固地化裝成他的感情生活裡的事件，
尋其出路」（2：140）。

　　陳映真敏銳地注意到，在壓抑的政治環境下的男性知識
分子在兩性關係及性上的扭曲病態──他們甚至無法不把親
密關係也當成「一種鬥爭」（2：143）。而在男性知識分子
把兩性關係視為鬥爭時，男性的下場是悲慘的，因為他們無

時不在一種驚疑的狀態中，看到女性對手「一如大地一般地包容一切、穩定而自在的氣質」（2：142）。她們有時可以毫無心機地像個小女孩般的天真，好比，唐倩小姐竟向羅大頭以小女生說到班上的一個好笑的男生般的無邪，述說她的前男友胖子老莫。在這種鬥爭情境中，對性能力的焦慮無盡升高，因為要不斷地、徒勞地證明自己的雄性，而沒有一扇讓他一勞永逸地解脫的方便門。「無窮的焦慮、敗北感和去勢的恐懼」一直在啃噬著他們的內心，而女性反倒是「完全地自由的」（2：144）。這個在男性之為男性的自我質疑上，羅大頭沒有過關，發狂，自殺死了。

透過莫與羅，小說家讓我們體會、知曉了 1960 年代台灣的歷史的一個陰暗側面：在父權的、陽剛的、橫暴的類法西斯體制之下，知識分子的普遍焦慮，以及特別作為其日常身心反映的性焦慮。而當我們看著台灣的 60 年代男性知識分子的這個狀態時，是否難免也會聯想到，中國大陸 60 年代的男性知識分子是否也有性焦慮？如有，性質和海峽這邊的知識分子是否不同？又，蘇聯的經驗如何？納粹法西斯之下的經驗又如何？第三世界反殖民的民族主義知識分子的經驗又是如何？又，在一個大眾消費社會中的男性知識分子的狀態又是如何？會這樣發問，是因為這些都是二十世紀的政治運動或社會體制的重要展現，而透過它們在這一面向上的差異，或許可以讓我們對男性知識分子的性進行政治化。更具體而言，可以如此提問：男性知識分子在性（以及兩性關

係）上，得以開展一種愉悅的、互信的、開展的、培力的關係的前提情境為何[4]？

在陳映真的多篇早期小說裡，我們看到了小說家對性與兩性關係的政治化思考，特別是針對左翼男性青年。在現在討論的這篇小說裡，陳映真把性這個問題擺進了政權與男性中年知識分子的關係之間，而對這個複雜叢結進行他的審視。發作於老莫與羅大頭的高度性焦慮與類似去勢的恐怖感，當然對很多「性學專家」而言，或許可以歸因於「男性」（相對於「女性」）這個終極的、範疇性的理由。羅大頭對發生在自己身心上的性無能恐懼感的自我理解，就恰恰是如此：

> 男性底一般，是務必不斷去證明他自己的性別的那種動物；他必須在床第中證實自己。而且不幸的是：這證明只能支持證實過的事實罷了。換句話說：他必須在永久不斷的證實中，換來無窮的焦慮、敗北感和去勢的恐懼。而這去勢的恐怖症，又回過頭來侵蝕著他的信心。然而，當男性背負著這麼大的悲劇性底災難的時候，女性卻完全地自由的。女性之對於女性，是一種根本無須證明的、自明的事實。倘若伊獲得了，

---

4 這是在異性戀的前提上說的。但同樣的提問對於同性戀也是成立的。在不同的運動、政權或是社會形構下，男性知識分子同志所感受到的壓力與焦慮，也是一個可以比較提問的對象。

固然足以證明伊之為女性；而倘若未曾獲得，也根本
不足以說明伊底失敗。（2：143-144）

但從羅大頭的邏輯實證論腦袋所想出來的這個「放之四海而皆準」的理論，似乎並不是這篇小說的理解極限——因為陳映真並不是從「男性底一般」去考察這個問題，而是把男性知識分子的性與兩性，置放於國民黨政權、國共內戰、兩岸分斷，以及全球冷戰體制的關係結構之間了。在那個年代裡書寫，陳映真可理解地並沒有把國民黨拘提出來受詰被審，但作者肯定期望於用心思考的讀者會對羅大頭的自我理解，進行這樣的追問：你何以需要那麼證實自己？你的自我遭受了什麼危機？到底，是誰否定了你了？床第上的「證實」之所以特別重要，恰恰是因為其他的自我「證實」都已挫敗，於是必須仰賴在他而言僅剩的一種「征服」中，獲得一種最後的、生物層次的自我「證實」。也就是說，那些屬於社會性的政治性的自我「證實」和雄性在性上的自我「證實」，在無意識的層次上被聯繫了起來。

在這篇被視為陳映真最「嘲弄、諷刺和批判」的小說裡，對不同的主人公，陳映真所下的辛辣度還是有所不同的。不需要特別細心，我們就能感覺到陳映真真正盡情挖苦諷刺的對象，其實只有胖子老莫這位爺——這個二流演員，這個虛無者、濫情者、虛榮者，與嗜血者。陳映真其實是忍住自己的同情與同理心，強迫自己對胖子老莫不施同情，好

盡情揮灑諷刺與嘲弄。而方法則是對主人公去除歷史化，我
們除了知道他少孤之外，並不知道他的流亡的、外省的身家
背景。但是，在對羅大頭的態度上，陳映真讓自己的建立在
歷史的同情感展露出來，從而在揶揄之旁，也同時交織了不
少同情線索，橫豎構成了令人讀來五味雜陳的敘事經緯。羅
大頭這個人的悲劇，展現了中國現代史的一個側影。他因為
共產革命失去了他的快樂的童年與他的雙親。隻身來台，他
必須依附於這個反共的政權，儘管那並非他的良心之所能
安，因此他逃避到「玄學的魔術裡」。但這種逃避卻又是一
種表面的、形式的，因為他一定不安於、憤怒於他對權力的
被動依附，甚至某種唱和。這種類似「去勢恐懼」的痛苦與
不安，因為無法找到有效的清除消解，只能淤積於無意識
中，最後爆發於親密關係中。這是羅大頭的悲劇，而其源頭
則是他自覺他的虛偽、他的不一致、他的屈辱，以及他的沒
有出路。而所有這些對胖子老莫都不曾構成問題，因為他一
直用他的「人道主義的存在主義」作為他所有問題的辯護，
甚至對他日益嚴重的性無能感，他也用「每次想到那個子宮
裡曾是殺嬰的屠場，一個真誠的人道主義者，是不會有性慾
的」（2：132）這樣的語言自我安慰。老莫連一個真誠的頹
廢者都做不到。這是為何老莫的下場是一個頹唐的苟活的
「沒落」，而羅大頭則是發狂而後自殺。證諸陳映真小說裡
對因無法克服精神危機而自殺之人的一貫「敬意」，羅非
莫，明矣。

　　因此，陳映真在質疑羅大頭的學術與政治的同時，也對他傾注了深刻的同情，特別是對他那「內在的不可遏止的風暴」的同情。而且，不論政治立場，陳映真應該也是能同情甚至尊重，這種因身處中國近現代歷史的風暴，而選擇，而苦悶的知識分子的複雜心路歷程吧。因此，在某種意義上而言，羅大頭應是這樣的「五四知識分子」的最後一人吧。之後，當台灣進入 1970 年代，整個人文社會思想與學術界，被美國的現代化意識形態所包抄席捲，連這樣的一種有著「內在風暴」的知識分子圈（或「小小的讀書界」）也不復存在了。而那是「喬志·H.D.周」進場的年代了。於是，早在 1967 年，陳映真就以一種寂寞先知的複雜心情，宣告了一個苦悶的、沉重的、喧囂的、虛無的 60 年代的終結，但所迎接的新的時代卻將更為虛無，雖然輕飄且寂靜。在「嘲弄、諷刺與批判」中，我們仍能捕捉一種細微的傷逝、惆悵、前路茫茫，乃至物傷其類的心情。這是一般的諷刺小說所難以達到的文學的境界。

　　小說最後交代了自唐倩之出矣繁華落盡的台北讀書界景況：

　　　　事實上，在胖子老莫沒落了，以及羅大頭的悲劇性的死亡以後，這小小的讀書界，也就寥落得不堪，乏善可陳了。這其間自然間或也不是沒有幾個人曾企圖仿效莫、羅二公，故作猖狂之言，也終於因為連他們的

才情都沒有的緣故，便一直沒弄出什麼新名堂，鼓動
出什麼新風氣來。而且最近正傳說他們竟霉氣得被一
些人指斥為奸細，為萬惡不赦的共產黨，其零落頹廢
的慘苦之境，實在是很可以想見的了。（2：156）

三、喬志‧H.D.周的「意識形態」與「現實」

莫、羅者，沒落也；不管是存在主義或是邏輯實證論這
些舊大陸把戲，終歸得讓位給以美國帝國霸權為後盾的「現
代化理論」來獨領風騷。這是陳映真在入獄之前就預見的知
識海嘯，而的確在 70 年代席捲了整個台灣的人文社會科學
界，於今勢猶未戢，只是常以不同之名（好比，新自由主
義）出之而已。透過小說，陳映真指出了這些知識風潮在台
灣的相繼遞嬗，並不意味任何實質的社會改變或歷史新意，
反而都展現了一種核心的精神與思想的虛無、無主——不論
是存在主義、邏輯實證論、或是現代化意識形態。因此，讀
書界雖然不斷地潮來潮去，翻來覆去地上演新把戲，但究其
實，人們的虛無的精神狀態並不曾改變。這是陳映真對台灣
60 年代知識狀態的洞察。

當唐倩開始和「一個十分體面的留美的青年紳士」出入
之時，她再度成為了一面「照妖鏡」。這回，這個小小的讀
書界全體現形了。「他們」本來對唐倩小姐是十分之崇拜且
欽羨的，這個說她是「一杯由玫瑰花釀成的火酒」，那個說

她是「使男性得以完成的女性」。美言猶存餘響，惡訾繽紛
而落，說她

> 墮落一至於成為一個「下賤的拜金主義者」、一個
> 「民族意識薄弱」的「洋迷」，而且一嘆再嘆地說：
> 唐倩終於「原來也只不過是一個惡俗的女人」罷了。
> （2：145）

　　不難理解這樣的「公憤」，其實是靠嫉妒為乾柴而燃燒
的。不難看到，「他們」之間也閃過了〈最後的夏日〉裡裴
海東先生的身影。「他們」骨子裡誰不崇美？而若有機會，
也都想留洋。「他們」誰不想當「體面的留美的年輕紳
士」？而恰恰是因為留不成、當不成，那只有退而把委屈的
「不能」說成激昂的「是不為也」，來安慰那受挫的自我。
指責唐倩是「一個『民族意識薄弱』的『洋迷』」，可笑復
可悲的事實是他們自己正是躲在櫃子裡的「洋迷」。對那位
「體面的留美的年輕紳士」，他們應是充滿了自卑的私慕
——「有為者亦若是」，但對唐倩，這位他們所心儀的女
性，竟然率爾作出了這樣的選擇，「拋棄」了他們，這讓他
們感覺到尖銳的傷與恨。在現代世界中，這種男性心情其實
屢見不鮮。受到強權、戰爭或是優勢他族所挫折的男性，常
常給自己建構了某種狹小的民族主義硬殼，神經緊繃地獵殺
「通敵者」（尤其是女性），透過對後者的高調道德譴責，

來伸張「大義」並確認自我。

這個體面紳士名喚「喬志・H.D.周」。他把唐倩腦袋瓜裡長年以來鐫刻的美利堅形象一股腦兒全召喚出來了，他這兒像古柏，那兒像龐德，是文明、性感、先進、富裕、優雅、陽光，與睿智……在舉手投足之中的具體展現——而凡此皆為胖子老莫或是羅大頭等人所極度稀缺的。這些曩昔使伊為之顛倒的窮才子們，如今在唐倩小姐的回憶中，只看到那讓她為之「疲倦不堪」的「空虛的知性、激越的語言、紊亂而無規律的秩序、貧困而不安的生活以及索漠的性」（2：147）。

小說裡，陳映真以一種少有的手法，經營出一種類似舞台劇的場景。我們讀者於是看到，就當「小小的讀書界」的人們在舞台暗處一角吱吱喳喳議論不停時，唐倩以一種法租界名女人般的作派，輕盈地走到舞台中間，說：「喬，你向他們解釋罷！」，於是聚光燈轉而照在一個新出場的漂亮年輕紳士身上，他「用左手把西裝的第二個鈕釦解開了又扣上，扣上了又解開」，然後，面對觀眾我們，紳士地、優雅地、和煦地說：

> 「美國的生活方式，不幸一直是落後地區的人們所嫉妒的對象。」[……]「我們也該知道：這種開明而自由的生活方式，只要充分的容忍，再假以時日，是一定能在世界的各個地方實現的。」（2：146）

喬志周曾是一個學工程的留學生，畢了業，找到了事，
這會兒回到台灣出差，順便找對象。他也是個美國生活方式
的推銷員，成功地向本來就一直打算要買的唐倩，達成了他
的推銷工作。這個推銷，基本上不靠話語，而事實上喬志周
可說是一個言語無味生活平板的人，一點也比不上話語表情
動作都有高度感染力的老莫或羅大頭，尤其是前者。但「有
所本」的喬志周，無為而無不為地擄獲了唐倩小姐的芳心。

> 伊坐在舒適的車子裡，望著他滿有某種信心的側臉，
> 覺得彷彿有一種生活上十分實在的東西打擊了伊。唐
> 倩需要一種使伊覺得舒適和安全的東西，就好像此刻
> 伊坐在車子裡的那種感覺。外面是囂鬧，是歡樂，是
> 黑夜，而伊享受著它們，在這樣一個舒適又安全的車
> 子裡。而車子流動著，彷彿一艘船。（2：147）

車子像一艘船的比喻在別處又出現了一次（2：148）。
在市燈閃爍的夜裡，坐在車子裡的唐小姐，在傾聽著喬志周
談說大洋彼岸的美國之時，竟然心旌搖動，於真幻之間，產
生了一種以此車為舟楫而將浮海遠行的興奮。

這位華名周宏達的喬志周，以一種過來人的姿態，向不
曾出過國的唐倩對比說明中國的落後與美國的進步，而其間
的差距則是無望的遙遠。車子裡，他「筆直地望著前路」對
唐倩說，「就只工業技術一層，中國跟美國比起來，簡直是

絕望的」（2：148）。此刻，素來敏慧的、曾經周旋於風雲知識分子的，而且一時也改不了她那種「以各種方式去把男人驅向困境為樂」的習性的唐倩小姐，就以一種良善、天真，且稍帶關切的小情狀問喬志：「在那邊，做一個中國人，一定是一種負擔，是不是？」（2：148）。唐倩的棉棉的話裡所藏著的針是：「既然兩個國家天差地別，那你又是從中國出去的，不會被人家歧視嗎？」吞下了唐小姐溫柔遞過來的蒼蠅，喬志周只能誠實地說：「Well，不能說沒有差別的罷」。但是，他緊接著則是展開反擊，立即壓下那剛冒出一點點苗頭的真實感覺，說：「可是除了這一點，那邊的每一件事都叫你舒服：那種自由的生活，是不曾去過的人所沒法想像的」（2：148）。這是唐倩小姐早就期待的答案，這個對話只是一個儀式，答得好不好，唐倩都要定喬志周了。喬志周掉在愛裡頭了。愛讓喬志周啟動了他的最宏大的敘事——「現代化理論」，高度暗示地慫恿唐倩作她人生中最重要的決定——和他一起去美國。喬志周說：

> 一個人應該為自己選擇一個安適的位置。到一個最使你安逸的地方，找一個最能滿足你的生活方式。這是做一個人的基本權利。國籍或民族，其實並不重要。我們該學會做一個世界的公民。（2：149）

這話說得雖遠不如羅大頭或是老莫，既乏知性又欠感

性，但是，連書袋都不用掉，連修辭都不必重鹹，是否反而就是優勢話語的傲然的徵候呢？短短的幾句話就涵蓋了現代化意識形態的基本要素：原子化個人、攫取性個人、個體選擇、社會流動、市場機制、進步原則、權利概念，以及世界公民。但這個「世界公民」其實當然只是美國公民的美稱而已。這和〈最後的夏日〉裡李玉英小姐要去美國當「快樂的寄生蟹」，其實並無差別，只是李小姐對當寄生蟹比較坦然，而喬志周則需要意識形態話語來遮掩他（作為一個第三世界男性在美國）的某種內在焦慮與傷害。

喬志周是一個散發著美式儀態的光鮮英挺、斯文從容的青年，這是他的身，而他的心，似乎也深深認同美國所代表的所有現代價值。照理說，他的身與心既然都找到了一個安身立命之所在，那麼他這個人應該是內外一致豁達通透篤定怡然的了？但究其實，大謬不然，他的內在世界其實是頗扭曲的，有很多黑暗的坑坑窪窪是他所意識不到，或他強制自己不去意識的。好比，他在唐倩的逼問下，不得不承認「在那邊，做一個中國人，是一種負擔」。雖然他緊接著說「除了這一點，那邊的每一件事都叫你舒服」，但畢竟我們知道了，「這一點」還是非常讓人受傷的。而「世界公民」這樣的大概念似乎也無法撫平一種淺淺的但總是在那兒的屈辱感，一種總是要證明你自己其實並不差的必要感，以及一種經常被有意無意提醒的你是外人之感，──雖然，你不斷提醒你自己，這是一個偉大的、開放的、多元的、融合的國

度，千萬別把自己當外人喲。

　　喬志周此番回國的目的之一，就是要物色一個「溫順賢淑的女人做妻子」，然後聯袂回美國。這不得不讓我們提出一個問題：既然美國的「每一件事都叫你舒服」，那為何你不和一個美國女子結婚，使自己更進一步融入那個偉大的國度呢？顯然，這一件事也包括在「這一點」之中，也就是「做一個中國人，是一種負擔」。比起今日，美國在 1960 年代更是一個種族歧視的社會，來自一個貧窮的、落後的第三世界台灣留學生，就算在當地找到了工作，住進了當地的低中產階級白人社區，他仍然要面對種族社會根深蒂固最難撼動的關卡之一，即是對所謂的弱勢種族的男性的性控制閥門。司派克・李（Spike Lee）的黑人電影敘事，很多都在討論這個種族主義與性的問題。在 1960 年代美國這樣的一個種族主義的社會中，有一種關於種族、性別與性的「社會規範」：黑人男性和白人女性的性愛交往是極特殊的，甚至是禁忌的，然而反過來，白人男性和黑人女性的交往則是合乎規範的。美國的黑白種族關係當然有奴隸社會的殘留從而展現得較極端，但這個種族主義與性的模式其實是有比較普遍的適用的。美國不說，反過來看今天的台灣，種族與性的「規範」，是和美國有令人驚訝的相似所在。自從所謂外勞進入台灣之後，在台灣社會空間中，我們比較不難看到台灣男性和「外勞妹」在一起，但反之，則絕少看到外勞男性和台灣女性在一起。這是我為何說這個規範具有比較普遍意涵

的一個經驗基礎。

這話似乎扯遠了，但事實上並沒有。當讀到喬志周對唐倩說他和一個名叫 Anne Kerckoff 的「雪白的皮膚，金黃色的頭髮」丹麥少女的飄忽且空洞的「韻事」的那一段時，我的直覺是，這其實是喬志周的一個虛構，是他在一個種族歧視的環境中，被一種自卑感以及一種「無能和去勢的恐懼感」，所誘發出來的阿Q式精神勝利法。而「雪白的皮膚，金黃色的頭髮」，這樣的「白雪公主」，其實是他夢寐以求但不敢希冀的性／愛對象的種族特徵。而「北歐」又是一種台灣人所能想像的最純粹的最核心的歐洲意象，浪漫、夢幻、城堡、古典……。這讓我聯想起〈一綠色之候鳥〉裡，一心想要出國但又欲望受挫的主人公，為那隻綠鳥所置辦的，就是一只「很北歐風的籠子」（2：6）。唐倩也聰慧得宜地配合著喬志周的意漬，附和地說「我曾聽說北歐的女人最漂亮」。但在之後的對話中，我們發現這個「韻事」其實只是一種常見於青春期男生的雄性吹牛老梗。因此，無論他對 Anne Kerckhoff 的具體描述，或他倆之間的關係描述，總是那麼的支支吾吾，說不成段，欠缺真實細節。這有些像是〈淒慘的無言的嘴〉裡那個快要出院的青年男性精神病患，在一個似乎性事上更成熟的男子逼問之下，「慌了起來，便隨便亂編了一個我自己都不滿意的戀愛故事」（2：212）。簡而言之，「Anne Kerckoff」這個「虛構」象徵了喬志周這麼一個現代化世界公民在第一世界的最真實的、及於身體的

挫敗，而他要回台灣找一個「溫順賢淑的女人做妻子」，就是想要為他的「失之桑隅」找到他的「收之東隅」。

陳映真技巧地藉由第三世界男性在第一世界所受到的性挫折，曲緻幽微地把喬志周這個在美華人男性，在一個他認為「除了這一點，那邊的每一件事都叫你舒服」的社會的真實經驗展現出來。而展現在兩性或是性上的歧視與壓力，其實又只是整個不平等結構（包括了種族、國族、階級與性別）中的一個結點而已。喬志周在美國的人生，是一個高度壓力、單調與異化的人生，必須時時刻刻步步為營，努力工作，努力償還貸款，把人生當作一個無法停下來的輪子往前滾。於是，他唯有將自己平面化、手段化、淺薄化、去歷史化、機器人化，把自己深埋在現代化意識形態與科技理性中，在一種科技人、工程人的凡事規劃、注意細節、控制慾望、按圖施工的固定節奏中，過他的新大陸人生。

應該是這樣的一個背景下，唐倩再度檢測出那外表光鮮舉止從容的西化紳士喬志周靈魂深處的焦躁不安。一如既往，這個檢測是在床笫之上完成的。唐倩

> 覺得自己被一隻技術性的手和銳利觀察的眼，做著某種操作或試驗。……[這使她]覺到一種屈辱和憤怒所錯綜的羞恥感。然而，不久唐倩也就發現了：知識分子的性生活裡的那種令人恐怖和焦躁不安的非人化的性質，無不是由於深在他們的心靈中的某一種無能和

　　去勢的懼怖感所產生的。胖子老莫是這樣；羅大頭是
　　這樣；而喬志‧H.D.周更是這樣。（2：155）

　　好一個「更是這樣」！這不就正是指出了，如果知識分
子感覺到在一個東方專制主義體制下有一種「無能和去勢的
懼怖感」的話，那麼你不直面這個感覺，而僅以逃避為去
路，那麼美利堅新大陸的那個帝國主義的、資本主義的、種
族主義的體制，又何嘗能讓你──一個第三世界男性知識分
子，昂首闊步挺胸為人呢？可能反而更糟吧！
　　喬志周的結局又是個悲劇。回美國沒多久，他就被曾經
一度「溫順賢淑」的新婚妻子唐倩給拋棄了，她「嫁給一個
在一家巨大的軍火公司主持高級研究機構的物理學博士」
（2：156）。喬志周顯然真的只是一條船，待上了新大陸的
岸就被告別了。而唐倩呢，她可算是真正體現了──何止體
現，簡直是青出於藍──喬志周的現代化意識形態教誨，茲
重錄：「一個人應該為自己選擇一個安適的位置。到一個最
使你安逸的地方，找一個最能滿足你的生活方式。這是做一
個人的基本權利。國籍或民族，其實並不重要。我們該學會
做一個世界的公民」（2：149）。唐倩小姐總算是如魚得水
了，聽說她「在那個新天地裡的生活，實在是快樂得超過了
伊的想像」（2：156）。
　　要怎麼理解唐倩「快樂得超過了伊的想像」呢？唐倩的
「快樂」其實是其來有自的。之前，唐倩，作為一個第三世

界威權秩序下的女性知識分子，雖然並無理由豁免於黨國的
普遍性脅制，但奇特的是，她就是沒有莫羅等人的「病
態」；無論飲食、男女或議論，一切都顯得她「用著伊底女
性的方式」、「自在而當然」、「安逸」（「雖說淺薄」）
地「信仰著他[羅大頭]所給伊的一切（2：141）。而之後去
了新大陸，雖說她也沒有理由豁免於種族的或文明的歧視，
但她也的的確確沒有喬志周的焦慮與不安，甚而「快樂得超
過伊的想像」。

　　難以說這裡完全沒有一點點諷意，因為無論如何，陳映
真是不會同意唐倩在美國的快樂，是一種沒有問題的快樂。
但是，就算是唐倩在新大陸所得到的快樂是作者所質疑甚至
鄙夷的，但作者也無法否認那是一種快樂，因為對照於喬志
周從他的性生活中所展現出來的深層的「不快樂」，由「某
一種無能和去勢的懼怖感所產生的」那種「令人恐怖和焦躁
不安的非人化的性質」（2：155），唐倩小姐可是一點也沒
有呢。為什麼？從小說文本所能提供的理路，我們只能得到
一個政治不正確地令人為之驚怵的解釋：因為唐倩是女的。

　　之前，我們看到，莫羅二公，在思想上、知識上，與行
動上被國民黨去勢，無法證實自己是一個真正的自主的、有
行為能力的、能產生實效的思考者，而這樣一種作為暗喻的
閹割，竟真地爬上了他們夜晚的床，讓他們在床第上真地感
到「一種無能和去勢的懼怖感」。於是，白日的無能與黑夜
的無能相互暗示相互加強泥沙俱下。這是莫羅二位爺的悲

劇。但兔脫黨國柵欄、橫度大洋，踏上新大陸這一「喬志周路徑」，不幸並非解脫之道，而常是另一悲劇的開始。喬志周在表面的光鮮之後，得辛酸地、無法與外人道地，努力地在上國之人面前「證實」來自下國的他，其實，並不劣等，但這個證實不是一次有效的，而是一種薛西弗斯式的日以繼夜的證實。這樣一種異化的人生是他在床笫上所展現的一種「非人化的性質」的真實基礎。

是在這個暗夜性愛與白日政治交叉纏繞的脈絡下，我們得以理解陳映真的一種很有趣的感覺思路。這裡有一種對於「女性」的一種非常複雜的態度，有一種男性劣等感與悲劇感。對 60 年代的青年反叛者陳映真而言，女性是不會將那些屈辱（或是「證實」）和性的「成敗」勾連在一塊兒，因為女性在床笫中根本就沒有男性所焦慮的那種「成敗」的問題——陳映真很強調這點，他說：「性之對於女性，是一種根本無需證明的、自明的事實」（2：144）。

這樣，我們就比較能理解為何陳映真在論及羅大頭的自殺時，說了一句有關兩性對照的意味深長的話：「當男性背負著這麼大的悲劇性底災難的時候，女性卻完全地自由的」（2：144）。陳映真對他所創造出來的「唐倩」的心情感受到底是如何呢？如果我們只把唐倩當作一張試紙、一面照妖鏡，反應或反映出眾多男性知識分子的本色本相來，那這個問題當然就不重要了。但陳映真顯然不只是把唐倩當作敘事的一個媒介或是一個工具，陳映真對唐倩是有強烈而又複雜

的感覺的。一方面，小說作者不止一次地提到唐倩的屬於女性的那種「善良」或「本性良善」。而對如此善良敏惠的唐倩竟然有「以各種方式去把男人驅向困境為樂」的癖性，作者也能有一種傳記式的同情理解，畢竟，那是因為失去父愛的不幸童年的一種報復或代價。對唐倩在墮胎之後，所展現的一種「強韌的悲苦，和大地一般的母性底沉默」（2：132），陳映真也以一種虔敬甚至近乎「懼怖」心情來描述。但另一方面，我依稀感覺，60 年代的陳映真對年輕女性（知識分子）的感受，可能也包括了一種難以言說但又揮之不去的「負面感覺」，其中包含了不理解與不信任與難以同志共謀的一種心情感受。他「不理解」，為什麼當男性知識分子（莫、羅、甚至包括他自己？）在「背負著這麼大的悲劇性底災難的時候，女性卻是完全自由的」。對這個「唐倩的自由」（或是「唐倩的喜劇」），陳映真揉雜了驚詫、懷疑，與——或可說是一種鄙夷的心情罷。對自身的志向與承擔，陳映真並不曾一往直前地托大，他是經常能找到一種方式回過頭來反思與質疑的，但他對這個志向與承擔總是也有一種堅持與惕勵的心情，而在這個心情中，對那自由自在不愁苦不上心，簡而言之，缺少悲劇特質的女性，作者的「悲劇」心情應是有一種怨恨：妳為何能那麼自在舒緩乃至快樂呢？如果我們讀出陳映真的這層意思，那麼我們或許可以為本文一開始的論點：「唐倩是一面鏡子，照見了一群男性知識分子的悲劇」，加上它銅幣的另一面：「莫羅與周又何嘗

不是幾面鏡子，反照出唐倩的自由的喜劇」。

也許是在這樣的一種心情下，作者在指出唐倩「快樂得超過了伊的想像」之後，就轉而以如下的憤懣怨恨結束了這篇小說：

> 事實上，在胖子老莫沒落了，以及羅大頭的悲劇性的死亡以後，這小小的讀書界，也就寥落得不堪，乏善可陳了。這期間自然間或也不是沒有幾個人曾企圖仿效莫、羅二公。故作狷狂之言，也終於因為連他們的才情都沒有的緣故，便一直沒弄出什麼新名堂，鼓動出什麼新風氣來。而且最近正傳說他們竟霉氣得被一些人指斥為奸細，為萬惡不赦的共產黨，其零落廢頹的慘苦之境，實在是很可以想見的了。（2：156）

這麼說來，相對於「喜劇的唐倩」，陳映真對莫羅二公，竟然還有一絲兔死狐悲、物傷其類的心情呢！畢竟在太平洋的這一邊，作者與他的人物都無時不得頂著低壓的、蕭煞的慘白天空，而最後一句讀來幾如讖語。

四、現代化理論與知識分子

相對於前期小說的憂悒孤獨，〈唐倩的喜劇〉這篇應是陳映真短暫的「嘲弄、諷刺和批判」時期的頂峰之作，給讀者的感覺是幾乎是「豁出去了」。於是我們看到，透過莫羅

二公，陳映真憤怒地嘲弄了台灣當時的知識界的缺乏主體性，缺乏思想，乃至不學無術，充其量只能算是「讀書界」。就只會讀洋書，一合上書就到咖啡屋磕牙鬥嘴炫學爭風。這如何談到思想、研究與知識的自主？但這其實只是顯性的文本，好像陳映真指責的對象就是這些可憐蟲。深入閱讀，我們知道隱藏在文本之下的是「何以致之？」的提問。而這必然要指向那參與到反共親美全球冷戰大佈局的國民黨政權。是這個政權，及其對思想、言論的箝制，以及各式各樣的監視、禁忌與「文字獄」，使得知識分子動輒得咎。那麼，何若躲入空談清談？反正「國」輪不到我來誤，不要誤己就好了。這是陳映真筆下 1960 年代的學術與思想的一般狀況。

1960 年代留學東瀛的著名經濟史學者劉進慶就曾反省他能夠寫出《台灣戰後經濟分析》這本著作的客觀原因就在於他能夠離開高壓統治的台灣，到一個「較佳的研究環境留學」[5]，至少，那裡沒有立即的明顯的禁忌。

但是，劉進慶先生也指出，政治不自由並不是學術與思想發展的唯一障礙，另一個也許更根本的障礙是後進國的學者自己也接受了某種掩蓋現實的理論與知識方法，例如在經濟學這個學門中，後進國的經濟研究結果一般來說都較貧乏，而重要原因就在於學者們毫無批判地就接受了先進國所傳來的，並不適合解釋後進國經濟與社會狀況的「現代化理

5　劉進慶（1994）〈序言〉《台灣戰後經濟分析》。頁 2。

論」。我認為,在〈唐倩的喜劇〉這篇小說裡,陳映真看到
了和劉進慶同樣的現象。國民黨固然打壓學術自由,但學者
們自己也是不爭氣的,在反共親美的大氛圍之下,接受了現
代化意識形態,其實才更是關鍵。我們看到,眾多如喬志周
者,到了一個「較佳的研究環境留學」,也並無法讓他們得
到知識與思想的自主。揆諸 1960 年代以降,國民黨政權與
教育對美國的依附,以及一群群的學子爭相赴美留學,以及
一群群學成歸國的留美學人在 1970 年代的台灣廣泛推廣「現
代化理論」,而形成了至今超越藍綠的最高文化共識。對
「現代化意識形態」及其所支配的社會與人文學術思想在台
灣的霸權性勝利,〈唐倩的喜劇〉是一個準確而不幸的預言。

他底一向那樣堅固、那樣強大的世界，
竟已這般無助地令人有著想要嘔吐的感覺，而搖搖欲墜了。

某一個日午
——黨國與理想主義的「宮刑」

　　〈某一個日午〉的情節是在 1960 年代中期（應是）台
北的某一個盛夏午後，在一個國民黨黨政高層「房處長」的
闃寂如墳的寓所裡展開的。酷暑中，剛坐著官車回到家便馬
上栽進他幽暗書房裡的老房處長，寂寞地抽著板菸，仍然在
老來喪子的嗒然之中；他的才二十五歲的兒子房恭行兩個月
前毫無徵兆地仰藥自殺了。由於一心仕途從而對兒子的成長
不曾稍加聞問的房處長，對兒子的死，在表層的傷痛之下其
實更是大惑不解，甚至，與其說是憐兒，不若說更多的是憐
己罷——他如何能這樣一個字不留便離我而去！於是他向他
的老僕「老喜」索問他兒子自殺之前的生活狀況，特別是他
人生最後半年為何會突然蓄起鬚來這一檔事。老喜其實也不
明白，支吾以對。就在這老主僕二人之間的散慢而拘禮的對
談中，郵差按鈴送來了一封兒子生前寫給他的厚厚的信，解
釋了他何以了結生命——兒子經由偷讀父親密藏的青年時期
「書籍、雜誌、剪輯和筆記」，對父親青年時期的那個時代
的理想主義的鼓聲起了深切的仰慕與憧憬，但對照於今日，

從而益發感覺人生之苟且墮落並毫無出路。這封信是兒子託
他的「女友」，也就是房公館的前「下女」彩蓮寄來的。兒
子對她說，憑這封信可以讓她從他老子那兒拿到一筆錢。已
經懷著遺腹子的彩蓮正巧就在這個日午時刻登上門來，哭訴
了她不得不打胎的緣由，她要五千。房處長正面也不看一
眼，嫌惡地對老喜說：「給她一萬，叫她以後不要再來」。
但就在此時，原先自卑窘迫的彩蓮卻又陡然心眼兒明白似
地，無比堅定地站起來，說她不要錢了，她要孩子。她安寧
地走出了門，留下了癱坐在柔軟沙發上的愕然的房處長。他
似是遭到了一個能將他這好幾十年來所沙聚的權錢大廈為之
瞬間坍塌的霹靂打擊。

　　初讀這篇小說，我們很快就會把它和〈我的弟弟康
雄〉、〈鄉村的教師〉、〈故鄉〉、〈淒慘的無言的嘴〉、
〈獵人之死〉，以及〈兀自照耀著的太陽〉等篇小說聯繫起
來，因為它們都是在述說一個有理想的左翼青年（或，左傾
的人道主義者），是如何因面臨理想的絕路或價值的崩塌，
而自殺或瘋狂。的確，若僅就此一母題而言，〈某一個日
午〉的確是屬於這個家族無誤，但是，問題出在，這篇小
說，不像其他篇小說，並不是以這個自殺的年輕人房恭行為
主人公，而是以他的父親——房處長——為主人公；房恭行
在小說沒開始時就已經自殺了，我們對他所知甚少，除了他
的那一封信，而就算是那一封信也和〈我的弟弟康雄〉裡康
雄姊展讀她亡弟的「三本日記」大大不同，因為信裡頭所展

現的並不是他自己，而是他父親的側影。

比較起先前的〈我的弟弟康雄〉系列的「寓言—懺悔錄」性質的書寫，這篇小說的不一樣在於，它已不再是以回到作者的內在為首要指向，而是以開始面對外在對象進行批判作為首要指向。換句話說，它所說的已不再是什麼左翼男性青年理想幻滅的故事，老實說，我們根本不知道房恭行是一個什麼樣的青年？他何以會在 1960 年代的思想與文化狀況下，對 1920 年代的革命理想主義有那麼強烈的觸電感？小說如果說的是房恭行本人的故事的話，那將是一個失敗，因為他的自殺太突兀、太沒有鋪墊。其實，小說僅是以房恭行的自殺為一個方便引子，以及一個死生對照，訴說一個由他父親所象徵的一個長期的腐敗歷程，而那不得不是整個中國國民黨的腐敗歷程。就這點而言，〈某一個日午〉明顯和同時期（1966 67）的〈最後的夏日〉、〈唐倩的喜劇〉與〈六月裡的玫瑰花〉分享了一種批判的現實主義特色。但是和那幾篇鋒芒外露火力十足的批判書寫不同的是，〈某一個日午〉（以及就此而言，〈永恆的大地〉以及〈纍纍〉），必需比較隱諱曲折，因為所批判的對象就是國民黨本身，而非國民黨政權的周邊或共構——在 1966 年，要大張旗鼓地批判國民黨的墮落是要掉人頭的。因此，〈某一個日午〉和同時期的〈第一件差事〉雖形近——兩者說的都是因國共內戰而來台的外省青年，因失去前路而自殺的故事，但神遠，後者是對冷戰與兩岸分斷架構對流亡主體所造成的無法治癒

無法救贖的傷害的同情理解，而前者則是對國民黨政權腐敗墮落喪失理想的批判。〈第一件差事〉的主人公是那位自殺時三十四歲的男子胡心保，而〈某一個日午〉的主人公並不是自殺者房恭行而是白髮人房處長。

在這三篇小說（〈某一個日午〉、〈纍纍〉，與〈與永恆的大地〉）當中，最強烈地體現出那種對國民黨的憤懣瀕臨決堤但又必需強自克制的書寫，當然就是〈永恆的大地〉了，它以一種看似光怪陸離瘋言狂語的形式包裹了對國民黨的沸騰批判。回顧這三篇，我們知道它們是陳映真批判現實主義時期小說創作中的一個特別小群體。我是如此理解，而我猜想陳映真當初也是如此理解，它們是陳映真僅有的三篇寫就但選擇留中不發的小說。

因為要指控的是這個黨的墮落歷程，因此作家就必需讓房恭行有一個祖父般歲數的父親，好讓故事能夠細說從頭。因此，房處長的年齡不只是他的年齡，而是國民黨的歷史。小說只說房恭行自殺時二十五歲，並沒說出房父的年紀，但我們有三條線索：一、房恭行從他父親的私人書房的祕密一角的上了鎖的大木箱中所竊讀的是「四、五十年前的書籍、雜誌、剪輯和筆記」（3：60）；二、那一故紙堆中有一張包括他父親在內的「一群大約二十七、八歲的青年們」的「發黃的照片」；以及三、這篇小說成稿於 1966 年。根據它們，又可以推知兩件事實：一、這些讓房恭行開眼的書籍資料如果是「四、五十年前」的話，那麼它們就是在 1916

到 1926 這十年間被青年房處長所閱讀眉批的對象物；二、
如果閱讀眉批者在 1916-1926 這段期間是二十七、八歲的青
年的話，那麼這位青年的出生年應該不脫 1888 到 1899 年這
約莫十年之期。因此，小說中喪子的房處長應是七十歲上下
的老人，如果說，中國國民黨的黨史起算於 1894 年在檀香
山成立的興中會的話，那麼老處長約略與中國國民黨同壽。

那麼，這個「考據」有什麼意義呢？意義很大。「四、
五十年前」，如果指的是 1916 到 1926 的話，那正好是中國
國民黨、中國，乃至世界的一個大革命大變動的年代。首
先，1917 年俄國十月革命代表了馬克思主義的社會主義革命
首次取得了一種巨大的現實意義，對於中國，以及所有第三
世界的、殖民地的進步知識分子，產生了重大鼓舞作用。其
次，1919 年的五四新文化運動更是在全中國的範圍內產生了
一種激進的革命思潮，並鼓舞了一世代的青年對於一種公道
的、解放的未來理想世界而奮鬥。這兩個重大事件不但促成
了中國共產黨在 1921 年的成立，也同時刺激了中國國民黨
在 1924 年初進行了以聯俄、容共、與扶植農工為「三大政
策」的「改組」。這在中國國民黨的黨史中是一個劃時代的
重要改革事件[1]。

總的來說，這時期的中國國民黨不可避免地浸潤在一個

1　王奇生（2010）《黨員、黨權與黨爭：1924-1949 年中國國民黨
的組織型態》。頁 4。

世界大革命與五四運動所帶來的大時代氛圍中，因此也必然
有一種民主的、革新的、社會解放的向上氣息。在蔣介石
1927 年四月十二日「清黨」（大陸方面謂之「四一二反革命
政變」）之前三年之間，相較於四方軍閥，廣州是全中國最
具有革命理想氣息之所在，一時之間，大批的知識青年的人
生目標竟是「南下」，奔赴廣州加入國民黨或加入黃埔軍校
投入國民革命的洪流之中，而廣州市一時竟有「黨市」之稱
[2]。而自從五四運動前後以來一直到整個 1920 年代，全中國
無論南北，知識青年或學生群體有一個顯著特徵，就是紛紛
雜雜地認同於各種「主義」，尤其是各種「社會主義」，或
至少，藉助這些新潮主義來自我表達。對很多青年而言，三
民主義和社會主義、馬克思主義、共產主義是不衝突的，甚
至是話語上可以相互替代的[3]。表面上說，這當然可以說是
那時的「新青年」的政治信仰的「模糊性與龐雜性」。但如
果從另一個角度看，其實也反映了青年學生的一種雖然朦
朧、混亂，甚至膚淺，但也必然是在一種於今而言甚為稀有
的語言與心志狀態之中——即思考、論述與追求未來國家民
族甚至人類全體的大方向。他們的政治化與理論化或許容易
被批評為「幼稚」或「粗糙」，但的確是有一種大的承擔與
抱負。曾經，國民黨員有這樣一種形象：

2　同前註，頁 40；44。
3　同前註，頁 34。

> 一個穿中山裝的雄赳赳的青年，不可向遍地直率並且
> 激烈，鐵面無私地糾彈這個，打倒那個，苦口婆心地
> 這裡演說，那裡致辭，席不暇暖地上午開會，下午游
> 行，拿的薪水總是只夠糊口，交游的人總是面有菜
> 色，居住的屋子總是只看見標語看不見牆壁，他們的
> 行踪總是馬策刀環游移不定。[4]

　　不用誤會，這不是對共產黨員的描述，而是對 1920 年
代中後期的國民黨員的描述。這可能是國民黨最有理想、最
有朝氣的一段歲月裡的一則黨員側寫罷。他們穿中山裝（或
列寧裝），蓄著列寧式的鬍子，桌上擺著《三民主義》或是
《共產黨宣言》，用孫文或是馬克思或是列寧的語言來表
達、交流與辯論……。

　　而這就正是房處長的青春──一段被之後的「清黨」所
企圖暴力否定並壓抑掉的青春記憶。但一個捲入狂飆時代的
青春時期的自我，應該是很難這樣就完全消失的，因為那是
自我的某種深層基礎，是當事人可以暫時遺忘但卻無法抹滅
無法取消的對象物。理想主義青春期因此是房處長丟不掉但
又撿不起來的這樣一種矛盾物，因此他唯有冒著一定的風
險，也要把他青年時期的記憶殘跡以一隻大木箱收存起來束
之高閣並固之扃鐍，那麼，唉，和太監總要把蠶室之餘以錦

4　同前註，頁31。

盒收藏畢生有些類似罷——這個木箱中藏有他「一直秘藏在裡頭的四、五十年前的書籍、雜誌、剪輯和筆記」以及一張「發黃的照片」：

> 那是一群大約二十七、八歲的青年們圍坐一張長桌的照片。桌子上滿是書籍和文件；青年泰半都蓄著長髮，養著鬍鬚。年輕時候的房先生端坐在右首的第二。（3：61）

房處長在讀了兒子的遺書後，才知道兒子走上死路，竟是因為接觸到了被他自己所遺忘的那段自己。而房恭行在死前半年之間所蓄起的，恰恰就是如此的一縷肖父之鬚。他對他父親的青年期，或是那個時代的某種理想主義，產生了強烈的認同，從而以那個理想的、實踐的、信仰的年代，來對照今日的腐敗、無能與黑暗。房恭行的遺書有這麼一段話：

> 讀完了它們，我才認識了：我的生活和我二十幾年的生涯，都不過是那種你們那時代所惡罵的腐臭的蟲豸。我極嚮往著您們年少時所宣告的新人類的誕生以及他們的世界。然而長年以來，正是您這一時曾極言著人的最高底進化的，卻鑄造了這種使我和我這一代人萎縮成為一具腐屍的境遇和生活；並且在日復一日的摧殘中，使我們被閹割成為無能的宦官。（3：60）

　　「宦官」！這就是陳映真為何要將死者取名為「恭行」
的緣故了，恭行者，宮刑也。從而，「鬍子」有了一種微妙
的雙重意涵，既是一種對父親、對一個理想主義年代的認
同，也是一種對實踐與改造的渴望。「蓄鬚」因此可悲地是
房恭行拒絕認同自己現狀的唯一反抗實踐。這個實踐只對他
自己有「意義」：我非恭行，我非宮刑之刑餘——看哪，我
的鬍子還兀自地生長著呢！我反抗父親，我認同那遙遠的有
理想、有行動的，但「早已死去了」的「祖父」（「那時代
的您」）……。當然，這一小把鬍子是注定無法承擔那麼重
的意義的，而只能是一個將亡者對自身的殘酷的、犬儒的反
諷；它不是理想主義的一個形象延伸，而是反挫。在房處長
的傷逝之思中，我們看到了房恭行的死臉。房處長

> 想著仰臥在棺木中的兒子的臉上，在下顎密密地聚生
> 著深黑的微卷的鬍子，配著那一張因為無血氣而格外
> 顯得馴順的臉，構成某一種荒謬的，犬儒不堪的表
> 情。（3：53）

　　不馴的鬍子與馴順的臉。這是房恭行入殮時的面容，但
又何嘗不是他死前那半年的面容的真實寫照呢？房處長想
起，「兒子死前的最近，每當他忙碌地在汽車裡出入家門之
際，總看見兒子的青蒼的削瘦的臉，在遠遠地注視著他」
（3：51）。而房處長也想起那「忽然蓄起顎鬚的兒子的

臉」（3：52）。死前半年的房恭行蓄著鬚遠遠地盯著他父親看的那種心情是多麼的複雜與矛盾啊，他深刻地認同他父親青年時期的那種以開創「新天新地」（3：62）自任的人生狀態，但同時愕然地、羞愧地、不解地看著這樣一個父親的墮落與退化。

　　「房處長」這個父，暗喻的就是國民黨。在小說中，我們看到約略三個歷程。首先是房處長 1920 年代的青年時期，熱血、批判、行動、閱讀、思辨、向上，要當「新天新地的創造者」，那時候的房處長的身旁是青年同志，桌子上擺著的是書籍和文件。然後，就是約莫 1946 年，國共內戰之時，中年的房處長（那時的頭銜是書記官）的形象就是老喜眼中的「深夜裡擦拭手槍的手勢」（3：52）。從書籍到手槍，這個轉變是巨大的，象徵了國民黨從思想與意識形態領域裡潰敗下來，只剩下了赤裸的武力了。在思想與意識形態戰場上敗下陣的國民黨，也只能益發依賴武力與情治來維繫它的政權了。因此房處長，我猜，不是一般的文官或科技官僚，而應該是「警備總部」的軍法處長。陳映真的小說經常以情治系統作為國民黨政權的一核心代表，〈某一個日午〉是其中一篇，而且可能是第一篇，其他還有〈第一件差事〉（1967）的儲亦龍，〈夜霧〉（2000）的丁士魁，以及〈忠孝公園〉（2001）的馬正濤。陳映真用這個「房」姓，很有可能就是要表達國民黨政權的「防」共、「防」諜、保「防」，以及如老妖般地對自身權勢與利益的「防」衛——

因為除此之外他一無所有。「房」（「防」）這個字勾勒出國民黨從一種理想的、開展的、革命的、廓然為公的政治力量，轉變為一種墮落的、閉鎖的、反動的黨政圈。

因此，房恭行所象徵的其實是被國民黨所精神閹割的青年知識分子。這一個暴虐的、陰闇的但又脆弱且怕失去既有權勢的父，讓我們想起〈永恆的大地〉裡閣樓上的那個老頭子。不同的是，那篇小說裡的子對父是基本上認同的，只因他還要繼承父的權勢位置。房恭行則是拒絕認同拒絕承襲的子，他想要反抗他的父，但這是一個擔著「去勢」危險的行動。房恭行在老父的威勢下，暗自找到了「青春的祖父」作為他認同的對象，以及，藉以對抗與批判其父的基礎。這個「祖父」，當然就是房處長已經逝去四、五十年的二十幾歲的青春時代，後來，房恭行在給父親的亡命書中的確寫下了：「我確知，那時代的您，早已死去了」（3：62）。房處長「反串」兩個角色是這篇小說的核心佈局：受五四運動所粹鍊的國民黨熱血青年房某，以及國民黨情治高層的老房處長，他有一顆「大大地枯乾了的心」，他鎮日活在「大大地包裹著的黑闇」（3：57）。

的確，「枯乾」與「黑闇」是房處長的尖銳寫照。他這大半生裡，除了那短暫而光輝的青年時期外，幾乎都是在和「敵人」以及「同志」的殘忍鬥爭中趟過來的。他生命中的愛早已枯竭，對他人，即便是對他兒子，也缺乏關念。對於自己的這個狀態，房處長並非完全喪失感受力。念及這逝去

的二十年，也就是恭行四歲以來，他似乎也展露了他一息尚存的「夜氣」：

> 「這些年來我忙著些什麼！」房先生幽幽地說[⋯⋯]
> （3：53）

但即便此時，他也幾乎是古井無波「聲音和表情都像四壁的字畫一般平板」（3：53）。這真是「近死之心」了！陳映真在處理房處長這個角色時，有一個情感上的掙扎，一方面他企圖將這篇小說設法抽離個體的國民黨官員的經驗，而拉高到國民黨的歷史敘述與評價層次，但在另一方面，他又難免不被他所創造出的真實的人所牽扯，感受到他們的枯乾、麻木與無奈，而對他們又投注了一種同情。在陳映真的文學中，這是一道很突出也很一致的人道感，對象無論多黑闇，從來也不曾沒有微光一閃，無論多殘忍，也從來沒有全然麻木。在和老喜有一搭沒一搭的對話中，門鈴響起，在老喜去應門的那一小會兒，

> 房先生收起菸斗，把絲絹方方正正地疊成方塊。他的心慘愁得不堪了。他感覺到從未有過的大孤獨在他枯乾的心裡結著又細又密的網，使他徒然地掙扎不開來。他恍然的感到，他的大半的生涯裡，一直便是這樣的獨孤的呵。他想著妻，妻卻只留給他一個無眉目

的空臉，留給他彷彿一座古剎也似的沉靜；他想著來
這裡以後前後的若干女人，然而她們留給他的卻只剩
留幾種模糊的口音和不同牌子的香水氣味罷了。他想
著老喜，卻想不出除了「房處長，房處長」以外的什
麼。他想起兒子，這個與他共度二十五年歲月的兒
子，如今除了他踽踽地走出大門的姿態，以及遠遠地
注視著車子裡的自己的那種犬儒式的神情，其餘的便
只剩得一片蒼蒼的空茫了。（3：57-58）

對國民黨這個政權以及這個政權所支撐導引的文化與人
生，作者深惡之。但對於構成這個政權的具體的人，哪怕是
赫赫有權者如房處長者，作者在理解了他們的個人傳記以及
那些傳記之後的大歷史之餘，也不免寄予他們深刻的同情。
他們內在的孤獨、無情與虛空——孰令致之？他們難道不也
是那崎嶇坎坷的中國近現代史裡，隨風而轉隨水而流的蓬與
萍嗎？

陳映真一方面對房處長這個個體寄予同情，但另一方
面，當他把這位有權有勢的房處長作為國民黨的人格化時，
他看到的是無可逆轉的腐敗與傾頹。國民黨越來越沒有生命
力、越來越和大地與人民脫離，跟著它的只有一班家臣附庸
（「老喜」），連他的下一代也都要離他而去。因此，我們
理解到，「某一個日午」這個小說題稱，這麼地強調「日
午」，其實恰恰是要說出一個隱蔽的事實：不管這個初夏的

太陽是多麼的「兇張」、「昂然」（3：59），它畢竟是無可扭轉地要西沉了。讓這個權勢大廈坍塌的正是象徵著真正的生命、大地與「不盡的天明和日出」（3：62）的年輕女子彩蓮，那位房處長不屑一顧的房公館的前下女，「一個矯健而惡俗的年輕女子」。房恭行對他的父親是如此描述彩蓮的：

> 「……她是個凡俗的女子。（倘若用您年少時的語言，她原是一個新天新地的創造者。）是她引誘了我。我不想求您收容她，因為那是您所不能夠的罷。我確知，那時代的您，早已死去了。然而我要告訴您的，是她在所有的凡俗中，卻有強壯、有逼人卻又執著的跳躍著的生命，也便因此有彷彿不盡的天明和日出。這一切都是我忽然覺得稀少的。我因此實在地對她有著怵然的迷戀。」（3：62）

這樣的一個「彩蓮」當然馬上讓我們聯想起來〈永恆的大地〉的女主人公，那位無名的「伊」──「永恆的大地！它滋生，它強韌、它靜謐」（3：50）。她們兩位在各方面都非常類似：質樸但又俗艷，懦弱但卻又堅強，似乎有像大地一般不竭的生命力和育養力，而且的確──她們都是本省下階層的女性，而且，她們都還懷著身孕。但她們兩位的意義承載則是非常不同，而且是饒富意義的。

在〈永恆的大地〉裡，作為人民的象徵那個「伊」，面對著兩代國民黨政權（「爹」和「兒子」）的壓迫與需索，最後走向了民粹主義式的反叛——和「打故鄉來的小伙子」懷了孩子——「這孩子並不是你的」（3：49），並在和「兒子」虛與委蛇的過程中，暗自期許了自己的一個民粹主義與本土主義的未來——「我的囝仔將在滿地的陽光裡長大」（3：50）。但與這個屬於自己血緣的陽光未來的寄願的同時，卻同時陷落在一個「像廢井那麼陰暗」的復仇心網中——「伊深知這一片無垠的柔軟的土地必要埋掉他」（3：50）。但在〈某一個日午〉裡，「彩蓮」所懷的身孕卻是一個外省權貴第二代房恭行的，而且她最後所做的一個堅定的抉擇是她要留下這個種，要把他生下來。這要如何理解呢？

我認為這是理解這篇小說的另一關鍵所在，尤其是當我們對照著〈永恆的大地〉閱讀時。這篇小說的基調當然是灰暗的：一個像在墳垛中的老人，陰暗、枯槁、空茫、無愛、無情，以及一個青年人一不留神，被理想主義的火焰點燃了，理解了自身的蕪穢，卻又因找不到任何真實的出路而自戕。但是，在這一團死火中，卻又依稀蘊藏著一股真正的生機，它不是朝向簡單民粹主義安慰的反動迴遁，而是一種昂揚的、跳脫簡單族群或種性分類窠臼的向上追求，超越了知識、身份與階級限制的結合。縱然這個結合的確無法展現於當世，但也不妨求之於未來。這個未來就是陳映真讓彩蓮留下的這個孩子，讓她說「我想，錢，就不要了。我要這孩

264 / 橙紅的早星 — 隨著陳映真重訪台灣 1960 年代

子，拿掉他，多可憐」。這個刀下所留下的孩子表達了陳映真的艱辛的樂觀。五四乃至 1920 年代大革命時期的一種闊步昂然、一種夢想追求的火種畢竟是沒有死滅罷，它從「祖父」（青年房處長）隔代遺傳給房恭行，恭行雖殞，但彩蓮與恭行之子將出生、將茁壯、將繼續……。總之，故事尚未結束，歷史尚未終結。

因此，小說的結局是彩蓮在拒絕了房處長的「打發」之後，在「初夏在四時許的日午中遊蕩著」的時刻離開房公館，使得房處長幾乎徹底崩潰：

> 他看到自己來臺之後在黨政圈中營建起來的世界；他
> 底一向那樣堅固、那樣強大的世界，竟已這般無助地
> 令人有著想要嘔吐的感覺，而搖搖欲墜了。（3：63）

這個幾乎是摧毀性的打擊，也要分兩個層次理解。從比較表面文本的層次，房處長的嘔吐與崩潰感是因為一個「下女」否定了他的權力感。房處長的「智慧」是用錢可以收買一切，用權可以鎮壓一切，但一個弱女子、俗女子也能頑廉懦立，無言地、溫和地、清淡地否定了房處長建立在權與錢這兩大支柱的王國。但如果我們從另一個層次想，把這篇小說理解為一個批判國民黨墮落的寓言的話，那麼房處長，也就是國民黨，所真正感覺到的巨大打擊是它所遺忘、所鎮壓的理想主義，竟然堅定地再度向它展現自身。從而，它意識

到它終將無法面對並戰勝那不絕的、隔代遺傳的、立足在地的「彷彿不盡的天明和日出」的反抗。這個反抗結合了廣義「五四」與廣義「鄉土」（而非「本土」）——如果可以如此簡化地說。是在這一點上，這篇小說和〈永恆的大地〉形成了一個意味深長的對照。

如果〈永恆的大地〉包含了一個陳映真對國民黨政權接班人的外省中青代的辛辣嘲弄與批判，指出了他們的病態的不安全感、病態的嗜權、對在地的歧視、對故鄉的虛無，以及對「老頭子」神主牌的陽奉陰違……那麼〈某一個日午〉似乎是包含了一種隱匿的呼喚，它要那依附於國民黨權勢的外省青年面對自己的寄生、無能與墮落，要他們不要認同他們的父，如果要認同，要認同的也是他們的祖，並在與在地民眾的結合實踐中，為未來的希望灑下種子。但這樣的一種寓意，一種期待，畢竟是小說家自己的一種私密意念，在那個 1960 年代，可說是沒有任何現實性，因此，房恭行仍然是沒有前途的，只有一死。房恭行的死和〈兀自照耀著的太陽〉裡少女小淳的死，因此有非常相似的意義，都是主人公在一個特殊的啟蒙經驗之後，認識到自身所從來的身家罪孽，特別是父親這一輩的墮落與虛無，而陡然失去了繼續活下去的意志。任何讀者都能以今天的時空背景，輕易批評：死難道是唯一的出路嗎？難道他或她不能反抗嗎？……以房恭行為例，他既然都已經聯繫上了「祖父」的理想主義，都已經看清了他父親（即，國民黨政權）的日薄西山墮落無

望，都已經切身體會了且相信了「人民」的質樸、強韌與生命力，為何還得不到希望的救贖呢？

除了讓房恭行變成〈我的弟弟康雄〉裡的康雄姊，或是〈家〉裡的「我」，狡詐地自我欺騙，把妥協想像為就義，把墮落想像為犧牲，進入到體制社會，那麼陳映真就只有讓房恭行死，他別無選擇。這幾乎是白色恐怖政權下的政治激進理想主義者的邏輯唯一可能，他們雖看到了無盡的人民的大地的生機，但他們也認識到自身的屬於時代的病，因為自身是時代的一部份，如果時代病入膏肓，那自己也是病入膏肓了——如〈麵攤〉裡那個看到「橙紅橙紅的早星」的病童一般，希望是在那裡，但橙紅的、遙遠的希望趕不上鮮紅的肺結核吐血；又如〈獵人之死〉裡執拗的、病弱的獵人阿都尼斯一般，在確信有生之年聽不到「號聲」、看不到「鷹揚」之下，唯有一願，就是「唯願我不是虫豸」，於是阿都尼斯「滑進湖心裡去了」（2：49）。難道要這樣孤單屠弱的麵攤孩子、獵人阿都尼斯、少女小淳，或是房恭行登高一呼，呼群保義嗎？陳映真的小說是虛構，而虛構是要在現實之上超越現實，不可能離開現實去超越它。在 1960 年代，那個如鐵的基本現實是被冷戰結構所確立所保證的親美反共大架構下的白色恐怖與威權統治。理想主義追尋的敘事如果不和死亡相連，那就可悲地注定脫離了「真實」。可悲，雖然不到絕望。於是我想起〈一綠色之候鳥〉裡最後季公所說的話：

「不要像我，也不要像他母親罷。一切的詛咒都由我
們來受。加倍的詛咒，加倍的死都無不可。然而他卻
要不同。他要有新新的，活躍的生命！」（2：26）

剪下的樹枝
分斷體制下的外省人

制服是新挺挺的，可惜帽子卻是舊的。

第一件差事
——分斷體制下的悲劇與「喜劇」

　　「差事劇場」將要公演他們的 2009 年度大戲《另一件差事》。「差事」的朋友鍾喬寄來他的文宣，說明了這個新劇和陳映真 1967 年的著名小說〈第一件差事〉之間的關連，也回憶了他十九歲初讀這篇小說時的感動。鍾喬說，現在這個新劇是要「謙虛而不退縮地」在「當代文藝思想界的老靈魂」陳映真面前，思考他留給當代人的課題。他還說，這個新劇並非是〈第一件差事〉的改編，而是讓小說裡的主角從小說裡走出來，活了過來，面對二十一世紀的時代與社會，面對全球化時代的「游移」與「定著」……且還要「回來找作者，詢問為何要被判定為自殺？」。在那篇原始小說裡，主人公胡心保一開始就自殺了，「留下了羅生門的懸案」——鍾喬這麼說著。

　　正好，這陣子也一直在讀陳映真，我於是懷著好奇把〈第一件差事〉又讀了一遍。的確，胡心保為何非自殺不可，的確難解。這個難以排解的困惑造成了讀者的一種壓力。我自己讀的時候，就不免擔心我是否也得和那位簽領了

這個自殺案作為「第一件差事」的菜鳥警察杜先生一般，得領受那身經世變、國變、家變的「過來人」（如儲亦龍）的不屑與嫌惡的眼神，以及「你不曉得的，同志」這般的高姿態「寬恕似地」言語。

好在，仔細讀，也還是能讀出一些以前沒有的體會，於是就寫了下面的心得，拿來和所有對陳映真思想有感覺興趣的朋友一塊兒切磋琢磨。於是，這篇也算得上是我關於陳映真的思考與寫作的「第一件差事」罷。現在要出書了，我有點猶豫要不要把這篇無論是書寫格式或是論點開展各方面皆不太類於其他篇的「初作」[1] 給放進來，但最後決定還是要的，青澀也是一個過程嘛，何況其中並非沒有一點點發現。常有人說，〈唐倩的喜劇〉是陳映真唯一的一篇諷刺小說，但我讀這篇小說的結論是，至少有一篇半，這半篇就是現在我們正在讀的〈第一件差事〉。

這篇小說說的是一個一般視為事業有成、家庭美滿的三十四歲中年男子胡心保，漂到一個鄉下小旅館自殺的故事。但故事不是從主人公胡心保的觀點說的，而是從一個剛從警校畢業年方二十五的杜警官，對此案的調查而展開敘述的。從包括了旅館少東劉瑞昌、附近小學的四十二歲體育老師外省人儲亦龍、以及胡的情人在外商公司工作的林碧珍小姐，

---

[1]　順便一提，收在本書裡的這些「篇解」最晚完成的是〈蘋果樹〉解，與本篇的寫作相隔三年多。對照這兩篇，差異並不算小，但我敝帚自珍，都喜歡。

這幾位見證者或關係人口中，杜警官（以及讀者我們）拼湊出胡心保這個人的大概身世與依稀面貌。小說裡，這位杜警官把關於胡心保為何棄世的理解權力（或責任）讓渡了給讀者我們，而他自己則信心滿滿地寫了一篇洋洋灑灑不知所云的「結案報告」了。

這篇小說因而可說是無論在經驗、意識與人格，各方面都不類，而且是一生一死的兩個小人物，因緣際會湊合在一起的故事，因為杜警官和胡心保完全不在同一個維度上，完全沒有一個共振的基礎。讀這篇小說，有一種兩個完全不同的世界被荒謬地黏貼在一塊兒的感覺。這是杜警官的「第一件差事」，但他對這個差事的對象毫無理解所必需的歷史、文化與感情基礎，反倒是有一種隔世的疏離與不解。但是，這個因隔膜而來的強烈荒謬感，卻又不是什麼「族群」、「省籍」、「城鄉」，甚或「階級」等概念，所可以輕易解釋的。一種由大歷史所造成的無感、失語，一種雞同鴨講的現象，既好笑又可悲，氾流整篇小說。

胡心保的故事，是一個時代的悲劇。杜警官的故事，則是一個時代的諷刺劇，或可說是一種「喜劇」——好像〈唐倩的喜劇〉的那種。我們先悲後喜好了。

一、如何保住這顆心？

胡心保，人如其名——如何保住這顆心，一顆赤子之心？自殺前的他，整個人就呈現著這個大問號，而答案不幸

是否定的。他是一個生長在中國大陸北方的地主家庭後生，十七八歲就離開家，一路歷盡劫難、死離生別，輾轉到了台灣，一無所有，然後讀書、考試、成家、事業。但在他死前，在他信步溜達所至的小學球場上，他和四十二歲的小學體育老師北方人儲亦龍說：「我於今也小有地位，也結了婚，也養了個女兒。然而又怎樣呢？」他感受到了一種失卻前路、不再有目標，也不再有人生意義的困境；他感到心死之大哀，但卻又不甘於麻木苟且於心死身存。人說，好死不如賴活。這是哭喪著臉的旅館少東劉瑞昌的人生態度，也許也是絕大多數人的態度或實際，但卻無法是胡心保的態度。對他而言，人一定要有一個對自己說得過去的方向與目標感，才算活著。沒有，叫賴活，而賴活，不如好死。「人為什麼能一天天過，卻明明不知道活著幹嘛？」——這是胡心保的「天問」。

內戰時期，他離家，荊棘豺狼橫屍遍地，走遍半個大陸，輾轉漂泊到了台灣，進而「拼命地讀書」、「拼命地參加考試」，這些都算是方向的暫代罷，在那當兒、在那形勢下，也容不得他的心弦有別的撥轉。但現在富裕了、順當了、生活慣性開始運行了，這個方向與意義問題，就像一個鼓脹著氣的橡皮水球般，非得向著他冒出水面來不可。

好幾次，胡心保和儲亦龍倆都說：「想起過往的事，真叫人開心」。初聞，頗不解。但進而尋思，胡的那個開心，和儲的開心應有不同。儲是在緬懷過去的特權與享樂，而胡

的「開心」則是因為那些過往的事，都曾是一個爭鬥的、奮力的、緊張的，從而是百分百活著的少年十五二十時，所刻骨銘心經歷的。在那當兒，人生的意義是自明的，就是要「救（己之）亡圖（己之）存」。只要意義與方向明確，縱然是凍餒險惡，縱然是國破家亡，也是比（如今的）溫飽康健家庭美滿但人生失去方向，要強。

胡心保是一條漢子，兩道濃眉、胸膛寬闊、身材高大。但這條八尺大漢卻楞是走投無路！陳映真還真能安排人物造型，讓我們同悲這個失路之人，讓我們無端地聯想起魏晉的阮籍、《水滸》的林沖、〈滕王閣記〉的王勃、莎士比亞的哈姆雷特……。這個漢子，應該也是個敏感、善良、溫和，練達而毫不油滑，從俗且潔身自好，有所不取同時有所追求的一個人。何以得知？大概是從眾人都觀察到的他那骨子裡羞澀的氣質得知的罷；連杜警官都不由自主地一再浮想著那「看來彷彿有些羞澀的樣子」的死者的臉。但這樣一個羞澀、羞怯的「大男生」，卻又是個那麼對自己誠實到苛刻、決絕的人。他對人生的大問題，一定得弄清楚一個答案，不能含糊，不能得過且過，更不可自我欺矇。三十四歲的他，看來卻還在一種不撤的青春期困惑中：人活著到底是為了什麼？因此，他一旦知道了自己的答案，即便是否定的答案——「找不到路走了」，他也有一種朝聞夕死的釋然和篤定，因為他不過只是要按照他自己思索出的答案，來決定他自己的人生，而已。因此，這個沒有一般尋短者那種不安與

掙扎的胡心保先生，才會讓旅館少東劉瑞昌那麼地納悶，他不止一次地供道，「那人笑得好叫人放心」，即便那人正說著「找不到路了」。

這個底色極為純潔，且志在保其赤子之心的胡心保，最後自殺了。這難道真是個性決定命運嗎？這可以是一部份解釋，畢竟這樣的人格特質使他的最終選擇更為合情合理。而且，他的稟賦是能幫助說明何以是他，而非處境類似的他人，作了這個終極選擇。但我並不認為這是根本的原因，因為一來，以個性作為命運的解釋本身是個套套邏輯：他為何尋死？因為他就是個尋死之人。二來，陳映真的小說總是架構在一個特定的時代背景中，並面對特定的時代問題的。

二、儲亦龍等人的證詞

胡心保的死，對杜警官而言，是個羅生門。他無法從他的三個報導者的敘述中，獲得一個理解的感受，從而只能對著他的最後一位查訪對象，那位年輕的、時髦的、大學畢業的、有顯赫家世的，對他的不著邊際的蠢問題常常「以微紅的頭髮徐徐地搖著伊的否定的意思」的林碧珍小姐，在心底下作了一個結論：「一個厭世者。就是這樣。」然後，他把加了牛奶的咖啡一飲而盡，然後告辭，以一種大有為的姿態，寫他的結案報告去了。杜警官充分展現了戰後新生代的某種失去歷史的淺薄以及一種愚蠢的機伶。

杜警官始終在他的「第一件差事」的狀況外，但是對認

真的讀者而言，很多蛛絲馬跡應能讓我們整理出一個對胡心保死因的更深入理解。小說裡的三個報導者（劉瑞昌、儲亦龍與林碧珍），儘管背景迥異，但他們的報導都不約而同地往一個核心逼近：那就是無法斬斷、揮之不去的過去。

胡心保向旅館少東劉瑞昌不經心地抱怨著臭蟲。我印象中，台灣好像少有臭蟲，而此物似乎華北多有。對胡心保而言，臭蟲是強韌的、驅逐不掉的皮膚記憶；身上只要一癢，就會想到臭蟲。臭蟲如此，夫人亦同。胡心保總是管他名叫許香的妻子叫抱月。這是怎麼回事呢？只有胡心保的女友林碧珍能告訴我們：

> 小時候，曾喜歡著一個年紀相彷彿的，家裡的廚娘的女兒，他說：那小女娃真漂亮。他緬懷地笑起來。彷彿記得人家都叫伊『抱月兒』，也不曉得該怎麼寫，就按著聲音，似乎是這個『抱月』罷。他說。他因為面貌的酷似而娶了現在的妻子。（2：205）

身邊的人與物是如此地與過去糾纏！側身以望，四海茫茫，而撕裂心肝者，正是那無所不在的過去之影與魁。胡生從旅館窗外看出去，看到了一座拱橋，於是，他就想起那年逃難時，某個夜裡、某處所在的某座拱橋。這座拱橋狀似無辜，卻又威迫地，讓胡心保陡然浮現了死亡與別離的慘澹記憶，以及「你是繼續在這兒，還是到那兒呢？」的尖聲黑暗

提問。原本溝通的橋卻變成了阻斷的斯芬克斯。胡心保和劉
瑞昌說，他記得的那一座，太像眼前的這一座了。

> 只是沒有兩頭點燈，也這樣地弓著橋背，像貓一樣。
> [……]那時我才十八歲[……]大夥兒連日連夜橫走了三
> 個省份。[……]我於是在星光下看見一座橋，像它那
> 樣弓著橋背；那時有個十四歲的小男孩一路跟著我，
> 我對他說咱到橋下睡，夜裡也少些露水；他說好。但
> 他兩腳一輭，就癱在地上；我拉拉他，才知道他死
> 了。[……]當天大家全睡了，只有我一個人終夜沒
> 睡，我一直看那座橋的影子，它只是靜靜地弓著。
> （2：175）

不能說胡心保是看到這座橋而萌生了死意——他可是攜
著毒藥瓶前來投宿的。象徵主義文評家也許會嚴肅地說：這
座拱橋加上貓象徵了死亡記憶，正弓著背召喚著主人翁哩。
但這樣的象徵主義解釋似乎稍嫌單薄且悖理。「橋」如果象
徵著什麼，那不通常是「通」嗎？是讓人們回家、讓朋友自
遠方來、讓救援來到，是親密、是溝通、是支持嗎？因此，
這篇小說裡所強調的橋的意象，如果說真地象徵了什麼，那
所象徵的可能更是個悖論。一個比較穩妥的理解步驟是，不
要把橋的意義單一化，而是把臭蟲、夫人與拱橋，現實地一
併觀之，把他們看做是一個巨大的離散痛苦的眾多物質、身

體與社會性參照。那麼，「橋」，在這篇小說中，就不只單純地象徵了死亡記憶，而是更矛盾、更痛苦地，表現了主體所複雜感受到那種本應是溝通的卻成為阻斷的，本應是活路的卻是死路的，那種希望一再遭背棄的苦悶。擺進歷史脈絡，具體的所指是：本應是一個民族，本應是一個國家，本應是一個家，本應是通著的……而現在卻斷成兩半了。

1949 年中國的分斷確立，兩岸頓時隔絕、敵對，且矛盾地共構一個分斷體制。在此體制之下，在那離鄉且永不得歸的十八年歲月中，身心一如浮萍轉蓬的胡心保，所無法克服的最真實最及身的痛苦就是：

　　儘管妻兒的笑語盈耳，我的心卻肅靜得很，只聽見過
　去的人和事物，在裡邊兒嘩嘩地流著。（2：189）

上述資料是儲亦龍所報導的。儲亦龍：教師，四十二歲，大陸地主家庭出身，前安全保防人員，在他手下活埋過「不下於六百七百」的共產黨。他曾從大陸帶出個兒子，很上進，但數年前死於車禍。儲亦龍自謂完全能理解胡心保這樣的失路之心，但他作出和胡心保完全不同的選擇。他說，他曾為他兒子努力活過，兒子是他此生最後的責任，兒子一死，他就什麼都不想了，過去也不想，未來也不想。只要

　　三餐有的吃，睡有個舖兒，我便不再指望什麼了。我

是怎麼也不凌虐自己的。像他那樣。（2：188）

儲亦龍年少荒唐、半生流離、血手一雙、中年喪子，路走絕之後，決定只要當一隻蟲豸，就算是終生身「處一籠」也無所謂。而胡心保則不甘心，他潔身自好，仍辛苦地護衛著那顆心，不肯放棄一種為了什麼目標而真正活著（而非賴活）的感覺。就算是那國共內戰——像任何戰爭一樣——是那麼的殘忍艱苦危殆，但人生在那時猶是有所追求、有所方向地活著。現在，在日趨鞏固的分斷體制下，沒有戰亂流離；在開始發達的資本主義消費社會體制下，沒有飢荒匱乏。但就在此時，他面臨了從來沒有的精神危機，他發現他護衛那顆心的力量已經耗竭了，他要潰敗了——但他無論如何又不能接受潰敗後就過著蠅營狗苟的蟲豸一生。

為什麼他覺得越來越難以保心呢？因為故鄉、兒時，所有過去的記憶，無時無刻地不在他的心頭結絲營巢，漸漸地要封住他的心，而他卻莫可奈何。他不是「不愛台灣」，他也曾真誠希望，他也曾努力試過，在這個土地上過生活、愛人與愛己，但他深深覺得他已不幸地無能為於此，因為他已經受到了國共內戰以及（更重要的）這個分斷體制的永久性傷害了。他是一截被鋸斷的樹枝，自己都快乾枯了，如何能發出愛的新芽？他努力地當一個好丈夫、好爸爸，但他漸漸發覺他失去愛的心理力量了，就如同垂死的父親失去愛的行動力量一般。他努力地當一個好情人，特別是當他知道他的

愛對於一個青春期受了父親的傷害、從而卻又亟需父愛的年輕女孩的意義時。他「出軌」，但他並不是世俗的廉價的逃離糟糠尋求慰藉的那種男子，而是他企圖經由慰藉他人，從而找到存在意義與救贖自己的機會。他是仍然愛著他妻子的男人，與愛著他小孩的父親。那種愛，連情婦都為之嫉妒。但是不論是對他的妻子、他的小孩、或對他的情人，他都自覺他的希望與愛的力量的枯竭，他再也不能以她們為由苟活了。他對暱稱 birdie 的林碧珍說：「我們只不過在欺騙著自己罷了。」

因此，我們也不必上綱上限地，猜測胡心保是個安那琪或是個兔脫的左派，或是他的死是為了對他的階級位置的救贖。這些，他可以是，他可以不是，但都無關，關鍵在於一個主體要達到任何理想目標的生命狀態都已經枯槁隳頹了。何以致之？民族之分斷，兩岸之分斷。在分斷體制下，一個力圖真實活著的胡心保，卻成為了一個死胡同標誌。

這個被分斷體制所重重斲傷，得到一種類似心理漸凍人病狀的胡心保，無能保心了，無能於愛了，無能於一切了。只有一死，而這個死則似乎是老早就被時代所註定了；改變不了的了。他的自殺，只不過是取得一個主體的尊嚴（的樣子）罷了。他的這種漸凍或漸枯的狀態，是他主訴的。根據儲亦龍，

他[胡心保]跟我說，倘若人能夠像一棵樹那樣，

就好了。我說，怎麼呢？樹從發芽的時候便長在泥土
裡，往下扎根，往上抽芽。它就當然而然地長著了。
有誰會比一棵樹快樂呢？

[……]

然而我們呢？他說：我們就像被剪除的樹枝，躺
在地上。或者由於體內的水份未乾，或者因為露水的
緣故，也許還會若無其事地怒張著枝葉罷。然而北風
一吹，太陽一照，終於都要枯萎的。他說的。（2：
191）

三、胡心保與分斷體制

因此，這篇小說有一個悲涼的但也可說是清醒的歷史意
識：人是受他所生存於其中的各種不是他所選擇的歷史與結
構條件，所深刻制約的。換句話說，你不是想當什麼樣的
人，就一定可以當什麼樣的人。這是布萊希特的名劇《四川
好人》，也是陳映真〈第一件差事〉的基本後設。對胡心保
而言，儘管他只是要保衛他的一顆赤子之心，那也是難如上
青天。民族的分裂、中華民國與中華人民共和國的政權對峙
之下，你這根斷枝如何能夠企求成長成蔭？沒有源頭活水的
樹哪能是生命之樹！

1960 年代，當「反攻大陸」的神話泡沫還在光彩閃動一
時，胡心保是刺穿了這顆泡沫的頭一人。如果有這樣的情
境，他一定也會這樣地告訴國民黨——「我們只不過在欺騙

著自己罷了。」他得到了刺穿的真理，但他也要付出刺穿的代價。他冰水澆身般地明白了他與他的過去的永隔，以及他與他的青春年少的自我割斷的後果──那將讓血不止流，直到生命枯竭。恰如莎劇《威尼斯商人》裡那位智慧的法官所看到的：生命是有機一體的，無法任意切割。

1985 年，曾真正為這個「刺穿」而付出自由代價的陳映真，創辦了《人間雜誌》，朗朗地揭櫫了「因為我們相信，我們希望，我們愛……」的宣言。回想那 1980 年代雜沓的足音、喧囂、亢奮與喘息，如今似乎也只有這句話還立在那兒──僅因為它真誠。1990 年代以後，大家任誰也無能說出這樣的話了，會膽怯會害羞。而這篇又是十八年前於彼時的小說，則是陳映真為那些如「被剪除的樹枝」般的，曾介求過但卻又自知無能再相信、希望與愛的人，放聲一哭的寫作。這篇小說以及約略同時期的其他幾篇小說（例如〈文書〉、〈一綠色之候鳥〉、〈纍纍〉……），是當代中國文學中對「分斷體制」的最早，也或許是最強烈的控訴。

本省人陳映真，以其曠大的胸懷，要求大家一起對世變國難家變下的外省流離者要有同情、要有理解。這是在 1990 年代後半葉，政治人物提出族群「大和解」的三十年前，就已經提出的呼籲。但陳映真的大和解要比政客的大和解多了一道區域與歷史的寶貴縱深，從而多了對於人的理解與悲憫，也多了對超克這個悲劇的一種路徑思索。這篇小說既然直接地指出了分斷體制對於主體的巨大的、潛藏的傷害，那

它也等於間接地要求我等思考如何超克分斷體制。我認為這
是閱讀與演繹〈第一件差事〉的最現實的也同時是最不去政
治化的方式之一。

關於那橫跨兩岸的分斷體制的討論，和關於統獨的狹隘
政治討論，兩者有關但不同。討論分斷體制，是為了直面兩
岸人民在這個體制下所受到的扭曲與痛苦，以及進步力量在
這個體制下所受到的結構限制。關於這個重要概念的討論，
《台灣社會研究季刊》七十四期有幾篇專論，可供參考，在
此不贅。現在要做的是討論一下這篇小說與今天的分斷體制
之間的關連。

分斷體制是有世代差異的。昔日，胡心保承受了早期分
斷體制在他那個時代所降給他的痛苦：「關山難越，誰悲失
路之人？」如今，兩岸的分斷體制雖早因 1980 年代末肇始
的兩岸互通，而讓「關山難越」已成明日黃花；近年來，大
陸台商及其家人甚至達百萬之譜……。那麼，這意味著胡心
保的故事所彰顯的分斷體制的意義，已經消失了嗎？當然不
是，二十一世紀的台灣島嶼上的我們，不論是所謂的族群或
國籍屬性如何，也都承受了當今的分斷體制所加諸於我們身
上的特定時代烙印，而承受了結構性的扭曲與痛苦，例如藍
綠惡鬥、認同的黨派化、政治正確凌駕公共討論，以及對
「陸配」、「外配」、「外勞」的結構性歧視……。我們只
能說，我們有我們這個時代所要求於我們的政治實踐，因為
我們有我們的難題，以及也許，我們的思想資源──假如我

們知道如何批判地繼承的話。隨著區域與全球範圍的人員、物資與訊息的流動加速，那種胡心保式的被國族政治硬是斷根截斷的恐懼是暫不再有了，但是，新的國族政治截斷歷史意識所造成的不自覺傷害，卻是從來沒有的巨大。無法與過去和解造成了人們的身心困頓甚至扭曲：既無法安頓當下人生，也欠缺未來的想像。這是我們所遭遇的最嚴重的難題，絲毫不遜於胡心保的難題。

或許，我們應該要讓 1967 年生與死的胡心保安息罷。我們應該要有理解他的痛苦的能力，謙卑地接受他的最無奈也最釋然的決定。胡心保的意義在於他的認真，認真於面對他的存在。胡心保若再生，他應是來質問我們：「你們認真了嗎？」

四、杜警官的喜劇

繼「胡心保的悲劇」後，接著來談談「杜警官的喜劇」罷。

杜警官其人，不知其名字，年方二十五，警校剛畢業，本省人。又由於他坐火車上台北約談林碧珍時，想到要見的是一個與他同齡且大學畢了業的女子，而重又感到了沒考上大學的悲哀，於是少時的風景浮現：「故鄉的太陽又大又毒，但屋後的芒果樹下卻有一股颼颼不絕的風，自己便整天在那兒哇啦哇啦地背誦英語單字」（2：194）……那麼，他可能還是個刻苦上進的農家子弟哩。相對於胡心保的更與何

人說的身心失所、半生流離,這位杜警官應該是一個未經世故的、單純的、純潔的,甚至有理想、有朝氣的年輕人罷。如果胡心保是一截「剪除的樹枝」,那麼杜警官不該是一棵向著陽光的青壯之樹,身心安頓地只有向上嗎?如果胡心保三十四歲仍不撤其赤子青春之心,那麼杜警官不該本就是青春昂揚嗎?

但是,這個看起來青春的杜警官的整個心,卻已久染於這個世故圓通的、察顏觀色的、媚上欺下的、高度地位自覺、爾虞我詐的體制大醬缸,而幾已不可自拔。杜警官以其青春之體魄,卻早喪其赤子之心。因此,杜警官告別了床上的新婚妻子,出門辦案時,所穿戴的行頭,是這樣被陳映真所描寫的:「制服是挺新的,可惜帽子卻是舊的」(2:161)。

我讀過這篇小說好幾次,但每次都只把注意力對在胡心保身上,只注意眾人怎麼談他,而忽略了這篇小說幾乎同樣重要的另一個主人公杜警官。但畢竟,這篇小說的名字還不是什麼「航海人之死」或是「剪斷的樹枝」之類的,而是「第一件差事」,而別忘了,這正是杜警官的「第一件差事」。那麼,我的閱讀何以會忽視杜,把他只看做是個串場呢?我琢磨著。我想過,原因可能是因為胡心保和杜警官一死一生,一個有戲劇張力,一個平淡索然,因此我們對後者以稀鬆平常視之,以龍套視之。但是,我也進而想,不正因為他不是好漢豪傑或巨奸大惡,而是這個體制所需要、所培

養的一般人（而所謂一般人、正常人，不就是，抱歉，像你
我讀者一樣的人嗎？），因此我們才不會注意到這個看似正
常的對象——只緣身在此山中。因此，陳映真關於這個「正
常人」的敘述描寫，就從我們讀者的注意力中溜走了。讓我
們仔細地把杜警官給找回來，還給他領銜主演的公道罷。

首先，這個杜警官，一個案子還沒辦過，但那付官架子
的聲口卻是油得很、跩得很。旅館少東來報案時，因為過度
驚恐，沒敲門就闖進杜警官夫婦的臥室。少東連聲對不起對
不起，杜警官則是這麼不忘自己是何許人地說：「你這是幹
什麼，啊？」這個一定是拉長的二聲「啊」字，可說神韻無
窮，完全官腔官調。杜警官從旅館勘驗屍首出來，圍觀的群
眾中「一個膽子比較大的農人」問

> 「杜先生，出了什麼事？」
> 「什麼事？命案啦。」我說。
> 「命案呀，」農人說：「什麼命案子？」
> 「少囉嗦。不怕他跟你回家去？」
> 農夫連忙在地上吐口水。他說：
> 「跟我回家去？去他的，去他的！」
> 人們嘩嘩地笑起來，為我讓出一條路。[……]我
> 對他們說：
> 「回家去吧，沒什麼熱鬧的，都回家去！」（2：
> 164-165）

聽聽這個口氣，看看這個架子！但當他碰到上級，可就不同了，不是連聲説「我要努力學習」、「我一定盡力，一定盡力」，就是詔媚地重複上級的廢話，説這個自殺「一定有什麼原因」。杜警官心跳怦怦、畢恭畢敬的樣子説多驢就有多驢：

> 上級伸出手握住我的。我感覺到他的溫柔的握力，心裡十分地受了感動。上級坐上他們的紅色吉普車，在蒼茫的暮色中開走了。上級在車上揚揚手，我在佳賓旅社的走廊下立正敬禮。（2：164）

然而，真能更生動、更具體地説明那帶著深度愚蠢表面機伶的杜警官人格狀態的，還是他的敬菸、點菸的微積分，或「菸的政治學」。不妨以喜劇的心情看看這幅陳映真創作中較少見的浮世繪，分佈整篇小説，共十三段。

1.上級來理解案情時。「上級唧了一支菸，我趕忙給點上火」。
2.答上級詢問是否為第一件差事時，「遞給上級一支菸。上級説不要了。我把菸遞給法醫，他説謝謝。我為他點上火」。
3.詢問旅館少東時，「劉瑞昌掏出一支香菸給我，又為我點火」。
4.劉瑞昌奮力地報導著，還自己表揚自己會「察顏觀

色」。但就在此刻，「我真想抽支菸。劉瑞昌這個
傻瓜蛋還説他會察顏觀色。我笑了起來」。

5.「我開始佯做在口袋裡摸菸的樣子。但是劉瑞昌卻自
顧自説著」。杜警官表現出乏力的樣子。這個劉瑞
昌終於看到了「我摸口袋找菸抽的樣子。他遞給我
一支菸，又為我點上火」。

6.劉瑞昌「為自己點了一支菸，他的手指好猥瑣地發抖
著」。

7.換到訪談杜警官口中「安全方面的老先進」儲亦龍
了。「我敬他香菸，他替我倒茶」。

8.談話中，「他為我篩上茶。我又敬他一支菸」。

9.「火奴魯魯」洋喫茶店中。林碧珍進來了，「我們差
不多在同時坐了下來……伊從手提包裡取出一包深
藍色的香菸，唧在伊的梭形的唇上。我為伊點上
火」。

10.林碧珍問杜：「抽菸？」杜警官：「剛剛丟掉」。

11.「伊又重新點上伊的一根又長又白的香菸，猛烈地吸
著……」

12.我迅速地摸出我的香菸，點了火。原是恐怕伊會堅持
我抽伊的香菸的。然而伊卻似乎沒有那樣的意思」。

13.『我又開始點上我的香菸。「試試這個。」伊説，把
伊的深藍色的菸盒擺在我的跟前來。「一樣的。」
我説。』

老天！這是多麼無聊的複雜，或多麼複雜的無聊，一切只為了拍馬屁、對地位不如己者保持優勢、和可以平等的人保持平等，以及面對各種優勢威脅時捍衛脆弱的自尊心……。杜警官，年紀輕輕，就深陷於這樣的一種微小的自我肯認、微小的利益爭奪、微小的受傷與滿足的遊戲中，而不可自拔。沉湎在這樣的一種蟲豸般的敏銳與追尋的他，如何還能培養同情並理解他人與這個世界的能力？如果我們問，杜警官從他的這份「第一件差事」裡，到底學到了什麼？那麼答案則是他從林碧珍小姐那兒偷偷地學到了這麼一個體面把戲：那和咖啡一起上來的小杯牛奶，不是拿來喝的，是加到咖啡裡頭的。這是令人發噱兼心疼的「杜警官的喜劇」。

這能怪杜警官嗎？他這麼年輕，他出身純樸的農家，他也許曾經有過青春的悸動、矇懂的理想……他是怎麼搞的？我想，陳映真在這裡談的不是一個個案，而是一個世代的進入到體制的青年狀態。杜警官他們在戰前出生，在戰後分斷體制下受教育，對中國大陸具足敵意，對歷史滿是隔膜。在白色恐怖與情治密網的黨國體制下，人們擔心動輒得咎，養成了「莫談國事」的習慣，以及作政治八股的能力；對食色身家以外的事務，不好關心、無從關心、無能關心。這樣的一代，於是，就只能在生活境遇的提升、在官能的滿足、在升遷發達的競爭上，擺進了全副心力，而這即是陳映真所一再批判的「蟲豸」般的人生。

這樣的一個「菁英」份子，隨著年歲的增長、世故的磨

練、慾望的升高與精緻，以及夜氣的耗竭，能不終底於成為壓迫體制的一部分，進而堅強的捍衛者，進而貪腐的領導者？這是體制所模塑出來的主體，體制執子之手，與汝俱腐。他脆弱、他獲利、他殘忍，他枯竭；他完全仰賴體制供需他的精神與物質，他完全失去了他自己的一方活水。果如此，我們不得不問：斷枝誠然可悲，樹又如何？

我們必須說，不論是胡心保或是杜警官，都是分斷體制下的受害者，是那個如今我們的歷史意識只記得「出口導向」的那個特定時代下的主體狀況的兩個切片。化驗者陳映真對我們的教育是：不回到中國的分裂、兩岸的對峙，這個根本性的歷史與社會框架，我們對歷史中的主體的理解就會有嚴重缺憾。

1966-67 年，海峽對岸正澎湃地進行著文化大革命。那是個某一種理想主義飆揚的時期，像原爆般，將它的熱力一波波地往全世界輻送。雖然是在分斷與隔絕的情況下，中國大陸的這番大變化，也無可置疑地構成了對國民黨政權的意識形態挑戰：「那你們國民黨對傳統文化的立場呢？」於是，海峽那邊的文革啟動了這邊的文化運動。國民黨當局在 1966 年下，就醞釀著中華文化復興運動，而次年則正式開展這個運動，並由蔣介石擔任這個「中華文化復興運動總會」的首任會長，台灣與海外同步發行。

應是在這個大時代的情境下罷，杜警官寫出了那個不知所云但卻處處符合領導需要的意識形態八股文（茲不錄，有

興趣的讀者請參考 2：209-210 頁）。報告寫畢，夜已深了，杜警官懷著偉大的先聖先賢的情操，打算共邀尚在熟睡中「穿著褻衣的睡態，是十分撩人的」妻子，一起敦參這個由「先賢聖哲所界定的、有別於天下國家之公愛的人類至情真道」……。

五、我的私回憶

1966-67 年，我正讀小學三年級，那時的級任老師是一個山東人，瘦大高個，每天穿深色西裝打領帶。那時台灣經濟好像開始有點熱起來，他在學校大門口買了地，蓋了樓，常常要我們自習，他自己則去工地監工。這位老師後來也平步青雲，當了教導，當了小校長，當了大校長……。但我對他印象最深的一件事，不是他買房監工，而是在一個燠熱的午後，學童們午睡醒來，在下午第一節課的昏沉中，他如往常地穿著西裝、打著領帶，也如經常地，喝得酒氣逼人紅光滿面兩眼發直地，進入教室，走上講台。小朋友安靜了，他劈頭就嚴肅地開問：「你們知道人活著是為了什麼嗎？人生的意義是什麼嗎？」。小朋友被這個突如其來的神秘問題搞得頗為興奮，吱吱喳喳，這裡李大頭一個答案，那裡丁屁仙一個說法。沒一會兒，醺醺然的老師把大家喊卡，他要宣布標準答案了。他慢條斯理地在黑板上一個字一個字由上而下地寫：

生活的目的在增進人類全體之生活

生命的意義在創造宇宙繼起之生命

一個字一個字跟著唸的小朋友們，在老師抄完黑板回過頭時，剎時間，都被這段頌唸起來很不一樣的文字，也都被那昇華到另一種醺醺然的我們的老師，的一種為我們難以理解的但從來沒有經歷過的偉大感所征服，以一種三年級學童所不該有的成熟的樣子，安靜了下來。連那一兩個向來頑劣的同學，也識相地為之低眉肅穆起來——儘管老師還賣著關子，尚未開閘把作者的大名給放出來呢。

六、後記

十多年來，「差事劇團」一直認真地耕耘於民眾的且另類的、批判的且實驗的小劇場，介入台灣社會的多重現實。他們在陳映真創作五十週年的時刻，推出了《另一件差事》這齣新戲，是很讓人興奮期待的。我想我也和很多朋友一樣，期待著這齣戲能引領出更深入、更長久的對陳映真思想與文學的探索與反思。當然，也更期望陳映真先生早日硬朗起來，繼續向著這個他所熱愛的人間書寫。

那些纍纍然的男性的標誌，卻都依舊很憤立著。

纍纍
——被遺忘的愛欲生死

一、分斷下的斷不了

　　1960-70 年代的台灣，有幾部好萊塢片子以「違反善良風俗」之類的理由被當局禁了，其中有一部叫做《午夜牛郎》（Midnight Cowboy）。電影說的是一個從美國南方鄉下跑到紐約來闖蕩的牛仔，遭受重重打擊的故事。這個鄉巴佬青年在經歷了對大都會天際線的短暫的目眩神迷之後，就開始遭遇大都會的異己與野蠻，一再受到挫辱。窮困潦倒之際，做了「牛郎」，但挫敗更為巨大。最後，這個「午夜牛郎」攙扶著一個貧病之交，坐上大巴士逃離冰窖般的都市，結伴南行尋求陽光。由強・渥特所飾演的「午夜牛郎」，樂觀、憨直、強韌，但也有血淚交淌的男兒傷心處。尤其讓我印象深刻的一幕，是當他在進行那被生活所迫的、經常令他屈辱的、沒有一絲感情含量的「性工作」時，他故鄉情人在纏綿情愛中深情低喚他名字的景象，就會倏然地、幽忽地從他記憶深處浮跳出來。這大概是午夜牛郎最催折心肝的時刻

罷。這裡有一個今與昔、假與真、異己與親密、都會與家
鄉，甚至死與生的鴻溝分斷。這個幾近是強迫性的情愛回
憶，儘管賁張著生命、流溢著親密，不但無法安慰牛郎，反
而殘酷地向主人公提示他今天的疏離與荒漠。對「午夜牛
郎」而言，今日，雖生猶死。

　　讀陳映真發表於 1972 年（但實際上「約為 1966 年之
作」），以 1960 年代的外省底層軍人為對象的小說〈纍
纍〉，就每每讓我聯想起《午夜牛郎》裡那個同是天涯淪落
人的牛仔的死生愛欲，特別是當小說裡寫到，那看起來輕佻
寡情、嗜說葷腥的錢通訊官，在獨白般地憶及那參商不見生
死未卜的二表姊與當時年少的他的一段情慾糾纏時：

> 「……那時伊只是說，大弟，大弟！但卻一恁我死死
> 地抱著……」（3：71）

　　把這個二表姊的「段子」當作錢某的眾多猥談之一聽耍
的其他軍官，起先「尚有人猥瑣地笑起來，但後來都沉默
了」。這是因為聽者立即察覺到這個「善於猥談」的錢，在
說著這一段話的時候，「眉宇之際浮現著一種很是遼遠的疼
苦」（3：71）。

　　〈纍纍〉描寫的是 1960 年代初的一個暮夏八月的上午，
在台灣鄉間的某個僻靜的小軍營裡，三個行伍出身的低階青
年軍官的蕪雜生活片段、他們的浮躁悸動，以及他們交織今

昔的傷痛憶往。我們知道，1960 年代初陳映真入伍服役，在部隊裡，他首度接觸到衆多原先大陸農村出身的外省低階官士兵。他同情，乃至共感，他們在對日抗戰、踵至而來的內戰，以及之後漫長的兩岸分斷中，被這個大時代所撥弄的轉蓬人生；家破人亡、生離死別、流離無告、舉目無親。青年陳映真鼻酸地凝視著在這些如草離了土、枝離了樹般的荒涼的肉體，以及掛在這些身軀上的枯槁、扭曲甚至變態的──但又完全可以理解值得同情──道德與精神狀態。

二、活在死上頭

這三個軍官「都是走出了三十若干年的行伍軍官」（3：67）。這麼算來，當初他們被國民黨軍隊以槍抵著，坑、矇、拐、騙給拉伕入伍，加入國共內戰之時，也不過是十六七歲的農村小伙子。

> 魯排長蕘然想起了那一年在上海的一張募兵招貼，上面說：「……結訓後一律中尉任用。」如果真的是那樣，如果十數年前結訓時自己便是個中尉，到現在早已搞上星星了。（3：69）

懵懵懂懂地來到台灣，卻還不知從此就和「之前」陰陽兩斷；明明是此世的親人愛侶，卻一下子變成了永訣的前世。將「互相紮根的」生命與生命，硬是斬斷的後果，是一

種永遠難以從一種宛如隔世的恍惚與不真實感中康復的慢性痛苦。魯排長總是「又想起了他的妻」──那個年長他四五歲，對還是少年的新婚的他，有著如姊如母如妻的深情眷顧，對他的少年的決堤的需索有著「古風的從順中的倉惶和痛苦的表情」（3：72）的女子。新婚不到一個月，他就「因戰火和少年的不更事」離開了故鄉。到今天，魯排長雖然連「那個女子」的名字都記不得了，但

> 漂泊半生，這個苦苦記不起來名字的女子，卻成了唯一愛過他的女性，那麼倉惶而痛苦地愛過他。從來再也沒有一隻女人的手曾那麼悲楚而馴順地探進他的寂寞的男子的心了。（3：72）

雖然已是步入青春的尾巴，但無論如何還是有著年輕緊實的軀體的小軍官們，常常處在一種恍惚的、逆光的、不安的生命狀態中。在一種逆光的不真實感中，他們的身體渴求著異性，但對異性的渴求又哪裡只是性慾而已，後頭其實更是一種對撫慰的渴求。性慾的命令與回憶的驅使更相作主，讓「魯排長總是拂不去那種荒蕪的心悸的感覺」（3：69）。

陳映真想要捕捉的是兩岸分斷下，底層外省官士兵「活著」的真實狀態。他們的言語總是往下流，流到猥談褻語；他們沒有志向、沒有未來，甚至沒有什麼主義領袖責任榮譽之類。這些體面的正經話語還是留給那一心往上攀的人──

好比「胖子連長」——好好使罷。「胖子連長」想必拿著一種做派,不願加入他們的猥談,更不可能和他們結夥嫖妓,只因他有前程——「為升上一個梅花的事,奔跑了將近半年」。因為有這個「前程」寄託,胖子連長和他們不是一類人,他靠一頭栽入體制的升遷遊戲,壓抑並轉化性慾的躁動,以及回憶的浮起。陳映真應該無意歧視胖人,但「胖子」的確傳達了一種安定滑膩之感。發福的連長應已屆中年,對於體制已經有了因年資、權力與利益而來的認同感。發福的身體意味著對生的、性的悸動,以及對分離的創傷波動,已趨平靜和緩,甚至麻木。那個曾經不安定的起伏,已隨著日益安定的生活與可期待的未來,拉成了一條平滑的直線。這種肉體與心靈的如脂如韋,和那正在一種性的節日歡愉中攬鏡剃鬚的錢通訊官的「壯年的男體」——「每一線輪廓每一塊肉板都發散著某一種力量。他們都一樣地強壯,一樣地像剛剛充過電的蓄電池那樣的不安定」(3:67-68),形成一種意味深長的對照。

他們活得像「蟲豸」,沒事打個百分牌戲,賭注則是次日關餉同去嫖妓的花費。沒錯,他們在這種與故鄉、與親人切斷,在異鄉中一吋吋衰老,但卻沒有前途沒有意義的人生中,唯一能抓住的就是性的感受,在那須臾中,性事讓他們忘卻生命的荒蕪,並聊勝於無地感覺到他們竟還被某一雙手、某一個人身所接受、被需要——雖然不辨真假,但足以讓他們知道他們還「活著」。他們唯有把自己降低到一種動

物性的存在，才能把生命活下去。他們甚至有些怔怔然地陶醉在野狗交配的大自然歡愉中。在一種逆光的、超現實的「一幕生之喜劇」中，「聽得見一種生命的緊張和情熱的聲音，使得人、獸、陽光和草木都湊合為一了」（3：69）。這樣一種動物性的「活著」，也是難得的罷，因為不管怎説還是活著，畢竟，又有什麼比活著還重要呢？魯排長在部隊澡堂中尖鋭地感受到這樣的一種「活著」的況味：

> 忽然間，魯排長對於滿澡堂裸露的男體感到一種不可思議的稀奇。他從來沒有注意到這種毫無顧忌的裸露的意義。不論是年輕的充員兵，年壯的甚至於近乎衰老的老兵，不論是碩大的北方人或者嶙嶙的瘦子，都活生生地蠕動著，甚至因為在澡室裡都顯出孩提戲水時那樣的單純的歡悅。這種歡悅是令人酸鼻的，然而也令人讚美，因為他們都活著，我也活著，魯排長想。而對於這些人，活著的證據，莫大於他們那纍纍然的男性的象徵、感覺和存在。（3：74-75）

這其實和陳映真在小説創作中經常似有似無地顯現的一種「女性可畏，男性可憐」的信念有關。男性對是否活著向來是焦慮的，而用以證明的也常是性，那可笑復可憫的「纍纍」。但是，隱藏在這個荒誕的、没有意義可追尋的「生之喜劇」之後，卻是一種深層的、拂之不去的悲哀，因為他們

欲成為草木畜類而不可得，因為他們，幸或不幸，有記憶。他們老是不由自主地陷入回憶，憶起相處不到一個月的多情愁苦的新婚妻子，憶起慌亂哀憐任他求愛的二表姊，憶起扶著幼童的他站上木柵遠眺「一線淡青色的，不安定的起伏」的山脈的那個於今只是「一個暗花棉襖的初初發育的身影」的姊姊（3：66）。幸，是因為，如此，他們的「活著」就不僅僅如草木野狗般了，他們記得他們曾愛過也被愛過。不幸，而且是深刻的不幸，是因為這些永遠地只是記憶罷了。他們和這一切，都如葉離了樹、花離了土般地永別了。他們的生命只是一種在無盡的黑上頭的「漂浮」、「漂流」、「浮沉」（3：73）；前頭是黑的，後頭也是黑的，黑得像午夜的台灣海峽一般。他們在一片寂滅上活著，活在死上頭。

這種完全缺乏真實感的「活著」，應該曾是很多很多底層外省官士兵的一種真實人生狀態罷。但我想也應該同時是所有底層的、流離的男性——不分省籍——的共同經驗罷。這些飄零如轉蓬的底層官士兵，於是常常白日顛倒、神遊故里，或竟是親親如晤。雜揉今昔的結果就是老會產生一種似曾相識的恍惚感，好比，在這個暮夏八月天的一大早，魯排長就覺得，而且是許多日以來都如此覺得，兵營的操場及其清晨的霧靄，「竟很像那已然極其朦朧了的北中國的故鄉」（3：65）。到了日頭近中時，魯排長「注視著那散落著兵士的草地，很稀奇地又復覺得它何以能給他一種熟悉的感覺」（3：73）。

302 / 橙紅的早星 — 隨著陳映真重訪台灣 1960 年代

　　這個前世今生之間的草蛇灰線，終於在幾個軍官於午睡時分坐上吉普車，出營尋歡的路上，得到了印契。魯排長憶起了「中部中國的某一個曠地」，那是在「兵亂的大濁流中」，在一個仍然帶著春寒，但陽光已然耀眼的暮春時節中，在山區跋涉數日之後，所驀然驚遇的「一小片圓圓的曠地」，其上死屍橫陳。這並不稀奇——在那個年代。稀奇的是，這些死屍都裸露著。更稀奇的是：

> 那些腐朽的死屍，那些纍纍然的男性的標誌，卻都依
> 舊很憤立著。（3：75）

　　這當然不是「事實」，死屍的那個不會勃起，或憤立。這僅僅只能說是魯排長不辨今昔、覺夢不分的「回憶」。但是，與其說是回憶，還不如說是一種因巨大創痛而生的超現實幻想。但問題是，魯排長為什麼會如此「破解」了那長期縈繞於他的對營區操場風景的某種前世今生的似曾相識感？1960 年代初台灣的國民黨軍營的風景，和 1940 年代末華中的某一曠地上憤立著陽具的腐屍能有何關，竟能讓魯排長「正確地想起了和兵營的操場相關的風景」（3：75）？

　　我的回答是：如果說，這些底層外省官士兵在這個島嶼上、在這個政權下的「活著」，是活在死上頭、活在一片曠寂上頭，那麼要直指這個巨大悲劇以及提問「孰令致之」的文學書寫，又有什麼方式能比創造出一群死屍，屍身上插著

一根根憤怒的陽具的意象，來得更驚悚地「合理」呢？這不是那 1960 年代初千千萬萬離鄉無告的底層外省官士兵的真實生存狀態的超現實寫照嗎？這幅超現實圖畫所指出的一個現實是：除了陽具的憤立，他們的人生幾乎已經全倒下來了。

當然也不是不可以這麼說，那個「憤立」也不妨偶而是指向國民黨──「我日你祖宗八代！」。但我要說，那個憤立，其實更是一種對於異性慰藉的執拗的、可憐見的需索。吉普車上，暮春的風拂著面的魯排長，於是把自己從這個荒山死屍的浮想抽離開來，一躍而至故鄉的山──那「小姊姊的山」，那留在故鄉的女人的回憶。這麼想著，魯排長突然寂寞起來，把菸丟到車外，「滿滿地感覺到需要被安慰的情緒」。於是他有些開心起來：「活著總是好的」（3：76）。於是他們一行人在一種節日的漂浮中、在一種性的興奮中、在「穢下的笑聲中」，駛向他們瞬間歡樂的目的地。

三、關於娼妓或性產業

魯排長等三名軍官嫖妓去了。「噁心的男人！」──某些都會中產衛道者在看完這篇小說之後，也許會皺著眉頭丟下這麼一句話。「男人」，當然；「噁心」？也許罷──如果我們只是遠看到他們的青壯身影、他們的嫖妓行止、側聽到他們的穢下言語，就把他們想當然爾地視為有錢有權有閒的男性嫖客，而噁心之。衛道者在對他們擲石之餘，也許也會優雅地「為他們」提出一個出路：爾等應成立家庭，以解

決爾等之需。這個建議，雖然好像符合他們自己階級的道德立場，但聽者當不免頓生「何不食肉糜？」之感。此外，衛道者曉曉地把他們私心所拒斥的左翼商品拜物教概念「拿來」批判「性交易」，其實恰恰是建立在歷史被抽空的主體（抽象的「人」）的前提上。但如果我們願意對這些流離的底層外省官士兵有些主體的理解的話，那麼他們的買來的性，就遠遠不是用「將性商品化」、「不尊重女性」，或是「男性的淫亂」這些便宜的指責，所可以輕易定性的。這些底層民眾在永遠地失去所愛與慰藉的世界裡，也只有飛蛾般地奔赴這短暫、虛空的，令人鼻酸的慰藉。理解了他們的背景與他們的主體狀態，我們就會知道他們對「性」的需求，不是「出自純粹邪淫的需要」（1：75）——如陳映真在早期的另一篇小說〈死者〉所檢討的，而是銘刻著大時代大悲劇的印記的。他們作為內戰／冷戰雙重結構下的落葉轉蓬，對女體的需求，骨子裡是一種對活著的證實，以及對慰藉的如孩提般的渴望；「娼妓」是在一個沒有人真正需要他們、愛他們的世界中的一雙暫時的溫暖臂膀。誠然，這種慰藉有其片刻性與交易性，但這又哪待乎不需要這種證實與慰藉的衛道者來提醒呢？其實，人們更應該追問與理解的是，這種悲劇的情色是建立在一種什麼樣的悲劇的主體之上，而這個主體又是鑲嵌在一個什麼樣的大歷史之中。

但話必須說回來，陳映真也並沒有因此而歌頌性產業，因為在小說的結尾，在興奮的路上，軍官們之間傳講著一個

「關於近來的雛妓們的年齡越來越小的事」的笑話，而且笑聲很是穢下（3：76）。這個突兀的交代，表現了陳映真對於性產業的兩難，一方面他絕不會如中產衛道者那般的偽善冷酷嗜血，但另一方面他也無法敞開地歌頌性產業，因為對他而言，性工作原則上預設了一個不義的階級社會。陳映真在小說〈上班族的一日〉（1978）裡，藉由某學者對電影《單車失竊記》的評論，指出一個道理：「窮人為了生存，就必須相互偷竊」（3：198）。因此，他大概也會認為，絕大多數的性工作者是在一種苦難的人壓迫苦難的人的世界中工作。娼妓的苦難不被理解，就像是這些嫖客軍人的苦難不被理解一般，反而還要被後者拿來襯墊他們的苦難。我想起陳映真的另一篇小說〈淒慘的無言的嘴〉裡的那被一刀刀捅死，每一個傷口都是一張說不出話來的嘴的雛妓屍身。

對這個如電影《午夜牛郎》般的「午日牛郎」的飄零底層民眾，我們有理解的道德義務。對於他們在兩岸分斷下卻又斷不了的身體回憶，以及他們對慰藉的悲劇尋求，我們不應只是站在一個簡單的道德制高點上俯瞰，遑論鄙視，反而是要在一個更長的歷史中思考一個問題：孰令致之？

四、抵抗「遺忘的歷史」

〈纍纍〉發表之後二十年，像魯排長、錢通訊官這般的底層外省官士兵雖然鬢毛已衰，但仍鄉音未改地在台灣各個角落的底層活著，孤獨地拾荒孤獨地門房孤獨地煙酒，被富

裕的、寡情的台灣社會謔稱「老芋仔」。1980 年代末 1990 年代初港台之間的航班還經常看到他們的落寞的身影、怔忡的面容，以及和整個文明機場格格不入的裝扮行囊。再注意看，他們勞動者的手臂上，有著極粗劣的外科手術所留下的一團紅黑新肉──那是剜磨掉臂上「殺朱拔毛」之類的刺青的遺跡。小說發表三十年後的今日，他們已幾乎凋零殆盡，就算是在石牌榮總也難得聽到他們粗粗咧咧大聲嚷嚷的異客鄉音了。那是真正的絕響。他們行將被本來就什麼也不想記得的台灣社會更為徹底地遺忘。

或許，還是有人會偶而記得他們的罷。有人會閒聊憶往時想起當年服役時部隊的老芋仔「米蟲」。有人會童騃地、肉麻地記得他們是「寶島某村」的「伯伯」（音「悲悲」）們。有人會考古地記得那個轟動一時的「李師科案」的主角（包括李師科與王迎先）就是「老芋仔」。當然，還有更多人會稍帶不屑地記得他們是「國民黨的死忠」、「國民黨的投票部隊」，以及「不認同台灣的老芋仔」。

但這些「記得」，其實都是建立在一個巨大扭曲或偏見上。人們常常拿外省權貴或都會外省軍公教的體面大衣，遮蓋住外省低階官士兵的佝僂身影，僅僅因為他們都是 1949 年左右來台的「外省人」。這裡有一個明顯的階級盲與城鄉盲，在這種盲目下，人們常把國民黨當成個大蓋子，把外省低階官士兵和上等外省人一併扣住，好像「他們」是一體的，都是「共犯結構」的部分。而這樣做，恰恰是讓李師科

與李煥比翼，讓王迎先與王昇齊飛。把殉葬者當成體制的一部份，這，不荒唐嗎？應該要有一個「階級」的分判，分別理解兩個歷史群體：那進入到這個黨國體制從而與黨國利害榮辱緊緊地綁在一起的國民黨中上層外省軍公教（例如小說裡的「胖子連長」），以及那些從來被黨國欺騙綁架、為歷史遺忘、為機場的紳士淑女禮貌地視而不見的「老芋仔們」。

前些日子，也有高級文化人以稍稍不同於上述方式「記得」他們，記得那個大潰敗大流亡年代中的面目與聲音。是的，這些流亡者是「失敗者」，他們如此記得，但如此記得的女士先生，卻是要挺起胸腔表彰自己是失敗者的「光榮的後代」——因為，1949年被共黨擊潰的大逃亡一代在台灣所建立的政權，在後來的歷史中據說是更合乎「現代化」的文明準則，以及更是繼承著優秀的中國傳統……云云。論者狀似怡然地「讓歷史說話」，但其實是慪著氣地、刺蝟般地為自己的政治與認同進行辯護。但我要和你們說，你們的自我辯護其實大可不必把如〈纍纍〉裡的主人公們的那群底層外省官士兵也招納進來。你們的榮與辱、國民黨（或中華民國）的榮與辱、「現代化」的榮與辱，和他們是無關的。

今天，我們讀〈纍纍〉，應該可以得到這麼一種理解：這個「憤立」的「纍纍」，是青年陳映真對底層外省官士兵的生命狀態的最深切的同情，以及對國民黨政權最嚴厲的控訴、譴責與抗議。這篇小說不是孤例。在1966-67年之際，陳映真寫了包括了〈最後的夏日〉、〈唐倩的喜劇〉、〈第

一件差事〉、〈六月裡的玫瑰花〉、〈永恆的大地〉、〈某一個日午〉以及〈纍纍〉等多篇小說。根據作者自稱,這些小說脫落了過去的「感傷主義和悲觀主義色彩」,「增添了嘲弄、諷刺和批判的顏色」[1]。值得注意的是,在這些小說中,有三篇是當時沒有發表,而是入獄之後由友人代發的,它們是〈永恆的大地〉、〈某一個日午〉與〈纍纍〉。我認為,這三篇小說有一共同特點:都指向國民黨,對它作了不得不形式隱晦但內容異常嚴厲的批判。〈永恆的大地〉指出了國民黨統治階級的虛妄、膽怯與買辦特質;〈某一個日午〉指出國民黨完全拋棄了它五四時期曾有的理想,為青年所唾棄是理所當然;而〈纍纍〉則是繼〈將軍族〉之後,討論了一兩百萬之眾的底層外省官士兵的離散生涯,並挑戰禁忌地直接指向現役軍人。

直到上個世紀末,已經步入老境的陳映真,對於這些底層外省官士兵的身世,仍然是揪著心地關心著。小說〈歸鄉〉就寫了一個賣早點的老兵老朱撫著胸口對著台籍國民黨老兵楊斌說著當年的痛:

> 「[……]民國四十五年以後,我們才知道『一年準備、二年反攻、三年掃蕩……』全是騙人的,」老朱說,「就那年,天天夜裡蒙著被頭哭。許多人,一

---

1 陳映真(1993)〈後街〉。頁 59。

下子白了頭。」[……]

「那年以後，逢年過節，我們老兵就想家，部隊
裡加菜，勸酒，老兵哭，罵娘……」老朱說，「有些
人因罵娘、發牢騷，抓去坐政治牢。一坐就是七年十
年。」（6：45-46）

這個當年的痛當然還是今天的痛——假如能痛的身體還
在的話！——因為這個痛並沒有被真正地面對過，遑論好好
論述過。老兵的痛無處可告，他們沒有「二二八」，也沒有
「白色恐怖」這些名義來稱謂他們的痛。有一陣子，正義的
學者紛紛地談「轉型正義」，但有人曾經一念飄過腦際，想
到這些老兵也是任何「轉型正義」的思考也必須面對的嗎？

我們文明的、可敬的「台灣人」、「中華民國人」，不
分藍綠，在「老芋仔」還年輕時，對他們的苦痛無從理解，
在部隊裡隨人叫他們「米蟲」，在他們老時，則管他們作
「老芋仔」。不少學者研究他們或拍他們的紀錄片，目的只
是要解釋他們何以這麼難以被「融合」、何以如此反台獨，
於是就方便地指出他們有「大中國情結」，或是他們有蔣介
石「圖騰崇拜」，或峰迴路轉地證明他們「見山又是山」的
最終認同還是「台灣」，等等。只有極少數人，如陳映真，
從兵燹的、喪亂的大時代中，看到這些無告之民的踉蹌之影
與離亂之悲，並為這些荒蕪的生命一掬同情之淚。陳映真為
已經永遠逝去的那個 1960 年代的底層外省官士兵的青春，

做了一個偉大的補白。沒有陳映真這篇小說,作為苦難中國現當代史一章的這些人,他們的青春、他們的夢魘、他們的失落、他們的荒縱,與他們的空無,將永遠從這個人世間消失,好像一群隕石消失在宇宙的無邊黑暗中一般。

在當代台灣,「老芋仔」是一種只存留在我們的偏見下的「怪物」。何以說的這麼不雅馴?那是因為在我們沒有歷史感的心靈圖像中,「老芋仔」從來就沒有年輕過。鄧麗君的形象從來就沒有老過,那是合理的,但「老芋仔」沒有年輕過就怪異了。但在我們的形象編造中,這些 1949 年左右來台的底層外省官士兵,打從他們一到台灣,似乎就一直是 1970-80 年代以後的老樣。而他們的「挺國民黨(候選人)」與「不認同台灣」……幾乎就是他們的精神全貌。在這個意義下,我理解到陳映真的〈纍纍〉其實是從來沒有人書寫過的「老芋仔前傳」。這是一篇救贖性寫作,所救贖的不只是文人或史家的歷史書寫的遺忘,更是我們當代台灣這塊土地上所有人的遺忘。

能不說,「還好,有陳映真,為這些人留下一個側影,為不久之前的當代歷史留下一個見證」嗎?當然,也許會有嚴肅的學者問:陳映真先生的這篇以小說為形式的救贖性寫作,又有什麼學術與思想的意義呢?如果我有資格回答的話,首先,我要這麼說,一如魯迅,陳映真至少是「路見不平,揮了兩拳」吧!其次,它至少讓我們看到作為歷史殉葬者的底層外省官士兵的一個精神面貌吧!再其次,它至少也

讓我們知道那個「光榮的失敗」，其實，也並不見得那麼光
榮罷！

衍義

給 Dad ♡
♡
祝～
平平安安

2010. 1. 10 趙恬

陳映真・台北記憶與隨想

> 「其實，不是我不說。整個世界，全變了。說那些過
> 去的事，有誰聽，有幾個人聽得懂哩？」（5：110）
> ——陳映真〈趙南棟〉（1987）

在台北東區 J 醫院的病榻上，老政治犯趙慶雲先生對他
的大兒子商人趙爾平如此說。時為 1984 年 8 月 31 日。對這
樣的一種無法說清到底是強制性的還是志願性的失語，在場
的葉春美女士是能痛感接心的。聽「老趙」這麼說，她幾乎
逐字地回想起他說過的這麼一句話：

> 「一九五〇年離開的台北，和一九七五年回來的台
> 北，是兩個完全不同的台北。」（5：110）

約莫六年前，也就是 1978 年，當她不負故人之託，終
於尋得老趙時，在趙家客廳裡，那時還頗硬朗的老趙和她談
及出獄後人事全非、時空暈眩的苦惱。趙慶雲老人的苦惱，

葉女士旁白如下：

他被捕時任教的 C 中學，也完全改變了面貌。校地擴
充了。日據時代留下來的，學校的木頭建築，拆得一
棟也不剩，全蓋了水泥大樓。整個臺北市，他還能一
眼認得的，就只剩那紅磚蓋起來的，永遠的總統府，
和一九四七年他方才來臺灣就趕上的，「二二八」事
變的次日那清冷的早上，他一個人穿過的新公園。他
還記得，七五年回家以後，長子爾平用車子載著他繞
過新公園時，他特地要兒子把車停在公園正門對面。
他看著那也不曾改變容顏的，園內的博物館建築，耳
邊卻響起了一九四七年臺北騷動的鼓聲……（5：
110-111）

　　她是能切膚地理解歷史和地理之間的獰惡共謀的；空間
的重構無聲無息地重寫了歷史。她自己也是在 1975 那一年
從那掛著「椰子樹的長影」的恐怖浪漫主義太平洋熱帶小島
歸來的。當她回到她石碇「老家」時，老家與她卻見面不相
識。少女時代的春美曾經懷著一顆忐忑的心，趨步寄信給她
後來被槍決的「慎哲大哥」的木造老郵局，早已消失了，變
成了一排排的洋灰房屋。每次，當她

　　走過那往時明明有過一座日本式木造郵局的小街，[她]

　　總會覺得像是被誰惡戲地欺瞞了似地，感到怏然。在
　　她不在的二十五個寒暑中，叫整個石碇山村改了樣，
　　像是一個邪惡的魔術師，把人們生命所繫的一條路、
　　一片樹、一整條小街仔頭完全改變了面貌，卻在人面
　　前裝出一副毫不在乎、若無其事的樣子。（5：117）

　　2011 年 6 月 16 日，我坐在往上海的直航班機上，窗外
碧海青天，窗內台商滿座——我們都是「趙爾平」。我蕪亂
地翻著已經被我讀過 N 回的一本陳映真小說集。這次去上海
開會，我要報告的就是陳映真的思想與文學。翻到趙慶雲與
葉春美這一段，思緒一下子從九公里高的束海上空掉頭奔回
記憶裡老台北的新公園、博物館與總統府。在空服員過度禮
貌的「咖啡，要喝點咖啡嗎？」的詢問聲中，我想起了博物
館。1967 年，母親在春節之前，帶我去永和看望她以前永和
國小的一個同事，傍晚，母子倆坐五號公車返回台北，下車
的地點就是在博物館附近，母親牽著我的手，通過了站著羅
馬宮殿式石柱的 L 銀行。在那個冷冷的冬天晚上，一向很節
省的母親花了五塊錢為我買了一隻軟塑膠烏龜，黑巧克力色
的，有一個拉環，一拉，它就能爬一陣子，由快，而慢，而
停。母親很是孤獨，假日，她常帶著我離開那有一個旗人婆
婆會欺負她的家，而她的娘家則是在那遙遠的冰封的北國。
我想起了新公園，想起了，唉，酸梅湯——能不嗎？但我也
想起了讀 C 中時，某一個週六中午，穿著制服背著書包的

我，在新公園的一條橫椅上懶散地坐著時，一個應是外省公
教人員，像我父親一般年齡的中年人，堆著那時候的大人所
少有的滿臉笑意與注視眼神，陡然坐下來和我搭訕時，被我
霎時築起的防衛性姿態所擠兌到的表情，混雜著失望、悲
傷，與某種不甘⋯⋯。從 70 年代新公園往前快轉，我想起
了那才不過是幾年前，但卻似已淹久得發黃的紅衫軍群衆、
傾盆的大雨、鋼刃的拒馬、黑壓壓的烏雲、黑壓壓的警察，
以及——那後頭「永遠的總統府」。

　　於是，陳映真的小說就成為了一個演繹私的記憶與想像
的楔子。如果記憶是「私的歷史」——陳先生曾這麼說過，
那麼這個私應也無處不著於公罷，儘管，記憶常常會跟它自
己耍心眼，儘管，想像也未必真如它自以為地有翅膀。又如
果，陳映真的小說是「經」，那麼，我的隨筆就可以是
「傳」，甚或「釋辭」。傳可以是解經，但又不必本乎經，
那自是「古已有之」。春王正月，中山北路，誰曰不宜。

一、中山北路 1967

　　　　門開了。像地窖一般幽暗的酒吧，便在一霎時間
　　掠過一片白色的日光。一個又瘦又高的黑人走了進
　　來。[⋯⋯]
　　　　「嗨，甜姊姊。」他鍾情地說。
　　　　「我叫艾密麗·黃。」伊說：「弟兄們都叫我艾
　　密。」[⋯⋯]

▲趙家（1950 年代中）

▲作者與母親（約作者大學畢業時）

▲趙氏家族 1950 年代中於牯嶺街

地窖裡都是便裝的和軍裝的美國兵士。

低低的天花板裝潢得像沙發一般，而一盞盞微弱
的燈嵌在上面，彷彿一朵朵疲倦的月亮。（3：1-3）

　　　　　——陳映真〈六月裡的玫瑰花〉（1967）

　　從各條曲折蜿蜒的小路上匯聚而至中山橋的各種大車小
車，倚著圓山丘陵的一點高度，在下橋之刻，都因視野大開
而釋放出一種縱恣感。這麼一點兒因空間之「勢」而來的快
意，既曾讓公共汽車上進城的幼童，萌發出一股包括了新公
園酸梅湯冰淇淋在內，但又不全然的朦朧悸動，也應曾聊慰
了那從官邸前往總統府路中，故國三千里抑鬱不得展的蔣氏
兩代領導人罷。在中山北路的上游某處，大約是今天北安路
頭美僑俱樂部那一塊兒，在後來的一個 70 年代末、80 年代
初的夏日午後，有一個青年目睹了坐在后座、搖下車窗，側
首蕪看冥想的蔣經國，「愁容滿臉哪！」。

　　也大約是那幾年，那個青年在黑白電視上，看到了蔣經
國以濃得化不開的浙江口音的普通話，很費勁但也很真誠地
說，大雨後，當他的車隊經過中山北路，因為車速快，常會
把水「濺」（發音似是 zen）到路旁候車亭等公車的民眾，
當是時，他心底就有一種「很對不起老百姓」的感覺。在電
視上，胖胖的老先生還以他的兩掌朝下往兩側平平一展，白
鶴亮翅般地表達出那些被 zen 出去的雨水。

　　很多年之後，當人們知道了蔣經國曾經的紅色來歷之

後，人們才或多或少願意相信當初他說這些話時所可能有的真心，一種很痛苦的真心，一種自言自語，一種和青年的自己的不可能的和解的和解。像我們每一個人一樣，他也需要有一根線繩，哪怕絲絲縷縷已近抽盡，但還是得把他這一生給象徵地串起來：「人類解放」、「社會主義」、「反對帝國主義」、「民族解放」、「救亡圖存」……。

　　下了中山橋，過了動物園與兒童樂園這兩個純真高點，就下到了「真正的」中山北路了。中山北路是此時台北洋氣最盛的地方，從美軍顧問團、美軍福利站、克里斯多福教堂、F麵包店、晴光市場、C書店，到美國大使官邸……洋味綿延。1967，越戰方殷，路上到處是老美軍人，有軍裝畢挺頭戴船形帽臉帶紳士微笑的軍官，也有平頭牛仔褲木木然不憂亦不喜的大兵，有白人、也有黑人，但以幼童之眼親之，他們都是旗杆兒似地又細又高，一個瘦小孩兒若坐在他們肩膀上，肯定就會隨風飄揚了。但這個兒童印象對大人而言肯定不靠譜，難不成美國為了帝國形象，連矮的、胖的都不准出國打仗，或是雖讓打仗卻又不讓休假，或是雖讓休假卻又不讓上中山北路，或是雖讓上中山北路卻又只准夜半放風！幼童印象中的街上美國大兵就像是白色或黑色的「長腳蜘蛛」，那逼仄的大紅色裕隆計程車哪塞得下？每次看他們費勁地把剩下的腳搬進車裡，就覺得好玩。早就變聲，滿臉青春痘，身高已一七幾的「朱八」，就告訴這些一百四十幾發育不良的班上小鬼：「這些老美都是來台灣打炮的，他們

一上計程車，什麼都不用說，就和司機指一指他的雞巴，司機二話不說就載他們到北投了。」聽得大夥兒目瞪口呆。

雖然前些年才大搞「中華文化復興運動」，但越戰來了怎麼辦呢，還是得戮力於美天子共主，有錢出錢有力出力。台灣沒錢，只好出力了，特別是出婦女之力。越戰之前，婦女早就為台灣出大力了，將青春投入裝配線，「工業報國」了。中山北路農安街F麵包店的對過就是T公司，在它的房頂上就以木架搭了一個「工業報國」巨型楷書看板，向過路的層峰獻媚邀寵，但估計它的L老闆應該沒有擅自代表女工獻媚的意思，四個字後頭迎風而立的應該只是他自己。但越戰來了，「工業報國」不夠了，還要以身報國，性產業於是因戰爭而春筍之。這時的中山北路二、三段的巷子裡或是民族東路、民權東路、林森北路、雙城街、德惠街、農安街一帶，都是洋名字酒吧，夏莉、美琪、曼哈坦、蒙他納……。酒吧小姐晝伏夜出，出而又伏，只因這些酒吧很多都是在地下，或至少「像地窖一般幽暗」。但偶而，她們也是要晝出的，因為要當伴遊。在 1967-68 年的中山北路，你是會常常看到紅唇綠眼衣著經濟的年輕酒吧小姐，扯著喉嚨喊著誇張的洋涇濱。但我們聽來總是覺得新奇有勁，至少怎麼聽也比英文老師的英語好聽。她們小鳥依人在兩頭開外的老美大兵腰間，鶯聲燕語地、大搖大擺地通過那華北剿匪總部風或是北平綏靖公署風，且高懸忠貞二字的中山北路憲兵隊部前。男男女女膚色儘管迥異、關係明顯交易，但卻不太讓人有色

情感，因為畢竟他們都是青春的。青春萬歲。那是一種因人類的愚蠢與殘忍而產生的邂逅，而他們只是這個世界史的邂逅的無可奈何劇中人而已。相對於此，中山北路一段巷弄內的日本觀光客與本地女子之間的關係就無可救藥地浸潤在一種帶著霉味的情慾之中，魚貫而行的日本買春隊伍在雨季的三條通裡走進熱海，躺在箱根。這個情景更且因為行事者的沉默與節制，更顯變態與色情。中山北路一段日本區的本地女子，一般而言，略近中年形影滄桑笑容苦澀。青春易逝。

這是中山北路1967，一種中國國民黨式的虛無、開放、振作與頹廢的奇妙混合。十二年之後，1979 年 12 月 17 日中美斷交，當夜，兩個眷村小伙子沒頭沒腦晡行而至中山北路，路上不見一個洋人，走到圓山的美軍俱樂部，只見門口聚集了一票暴民，我的同胞，操著粗獷的閩南話三字經，勇敢地打砸那一向敢看而不敢近，只有美國人與高級華人能進出的租界式洋樓。幾個老美，說來也奇這回倒是有胖子有矮子了，慌慌張張地、因理虧還是力虧什麼的，不敢太過憤怒地、純粹表示自衛地，在破碎的玻璃門內拘謹地反擊。警察好像沒來，又好像來了也不管事。一個漂亮外省馬子流著兩行清淚對這兩個她並不認識的眷村小伙子説：「我好感動喔，從來沒有看到我們中國人像今天這麼團結過！」

翌日夜裡，一個外商公司的本省人經理劉福金在日記裡記下了當天中午他坐在外省人經理陳家齊的車，往東區的一家「歐洲風的西餐廳」赴宴時的途中見聞：

　　在中山北路二段，我們看見一列學生在遊行，前
頭一個巨幅的紅條，用白紙剪了幾個大字，貼在條幅
上：

　　「中國一定強！」

　　「要是幾天前，這五個字，一定叫我流淚。」

　　陳家齊沉思地，低聲說。

　　學生們捧著獻金箱，高喊口號，揮舞著青天白日
滿地紅旗。

　　我們的車子在行列邊不能不放慢了速度。

　　「Irrational nationalism!」陳家齊忽然獨語似地
說：「盲目的民族主義！」

　　「Peter Drucker!」我脫口而出。（4：251）

　　　　　　　　　　——陳映真〈萬商帝君〉（1982）

二、來來香格里拉 1983

　　一九五一年，他到台北上初中。每天早晨走出台北火
車站的剪票口，常常會碰到一輛軍用大卡車在站前停
住。車上跳下來兩個憲兵，在車站的柱子上貼上大張
告示。告示上首先是一排人名[……]，正文總有這樣
的一段：「……加入朱毛匪幫……驗明正身，發交憲
兵第四團，明典正法。」

　　而就在成功中學的隔壁，台灣省警備總部看守所就在

青島東路上。[⋯⋯]從看守所高高的圍牆下走過，他總不能自禁地抬頭望一望被木質遮欄攔住約莫五分之三的、闃暗的窗口，忖想著是什麼樣的人，在那暗黑中度著什麼樣的歲歲年年。[1]

——陳映真〈後街——陳映真的創作歷程〉（1993）

　　相隔二十年，他對學長走過的這條路是熟悉的，因為他也得從成功走到台北車站搭車回家。1970 年代，成功中學到大直是有一條 44 路公車，上學的時候沒問題，但回家的時候就太擠了，擠到他常常得把腳擺在司機換檔旁的一個覆著塑料皮的隆起之處，要不然腳無處可擺。估計那玩意兒裡頭是引擎之類的，因為很燙，那個熱度會透過橡皮鞋底傳到腳心，再加上和其他乘客前胸貼後背，後背貼前胸，吭哧吭哧一路下來，把乘客搞得歪頭斜眼，而司機呢，自是以客為卑，以斥責代替感化，開一路罵一路。要到圓山站賓主才能鬆口氣，乘客此時整個上身已濕透是正常的，這時，找個位子坐下來，讓基隆河的涼風吹上片刻，人間一大快意。

　　但此時要説的並不是公車 44 路，而是中山南路、青島東路——那條陳映真和他異代同行之路。但他努力地回想來回想去，有一點兒印象的似乎只剩下台大醫院的那堵黑圍牆，雨天或是晴天，似乎總是濕漉漉的，他看過那麼多堵

1　陳映真（1993）〈後街：陳映真的創作歷程〉。頁 52；53。

牆，沒有一堵這麼樸素堅毅，割開裡頭的青暝幽靜與外頭的車馬喧囂。他總是很敬重它的，作為一個儀式，他總要在經過它時輕輕摸它一下。圍牆裡頭有一根大煙囪，也讓他不可能忘記，因為不知哪個渾小子，說那個煙囪常常冒出的白煙，是骨灰之煙。對這一點，他從不想考證，雖然他依稀記得青林之中隱過白幡。

　　他想過，也許他和學長的步行之路並沒有重疊很多。從台北車站到青島東路是相同的，但青島東路只有一小段，一到中山南路他便右轉，再左拐濟南路經長老教會、商品檢驗局、開南商工到成功。而學長呢，他應該是青島東路過中山南路，直捅林森南路，右拐到成功。職是之故，他對青島東路上有那麼個一個看守所，完全沒有印象。但沒準那個建築早在 70 年代來臨之前就拆了。

　　因此，陳映真所說的這個「警備總部看守所」到底在哪裡，就成了他多年之後對學長的文學產生了研究興趣之後，所經常冒出來的疑問。為此，在 2010 年的一個秋鬥遊行中，當遊行隊伍到了中山南路青島東路交叉口時，他抓住機會問了也在遊行隊伍中的空間專家老秋，老秋馬上撥電話給另一個專家，但不得要領。於是他乾脆脫離了隊伍，聽著宣傳車的高分貝嘶喊漸漸遠去，走到了青島東路。他問了一個某最高民意單位的一個有把年紀的駐警，心想這應是白頭宮女了吧，但白頭卻認為他很白目：「警備總部看守所？從來沒有聽過，你有沒有搞錯！」

　　走到青島東路底，在一個便利店前，一個老者坐在人行道上，好像一個坐在河岸上的老漁翁，便利店開門關門的丁咚丁咚又好像是樹林裡白頭翁的無盡吱喳。這老人是老青島東路，他這麼想。「請問，您是住在附近的嗎？」「是啊，住這裡有好幾十年嘍！」老人用李登輝式的普通話回答。「那您知道早期青島東路這附近有一個警備總部看守所嗎？」「知道，就是今天的來來大飯店那裡，我的一個親戚就在那裡關過，都是關政治、思想犯的啦！」老人扭著身子回過頭和他這麼說，搖著扇子的他看來竟很文氣，保養得也不差，生活應屬優裕。

　　啊，是來來飯店啊！那個 1980 年代台北最新最火的飯店。1983 年夏天，他和大眼睛法拉頭的 YY 就在那個飯店喝過好幾回咖啡，YY 最喜歡吃那個夏天的季節特調——冰淇淋鮮芒果盤。飯店那時的全名叫「來來香格里拉大飯店」。香格里拉是一個夢幻的、東方主義烏托邦，但就在那個「烏托邦」聳立之前的幾十個寒暑之間，同樣的這塊地面上有過多少殘酷的審問與刑求，多少暴力多少冤屈，多少牆內黑髮人的鬱鬱與多少牆外白髮人的吞聲？比起台大醫院的那堵牆，這個看守所的牆才真正是「陰陽割昏曉」呐。

　　YY 與他同病相憐：同學皆留洋。不同病相憐的是：YY 還有個醫科男友在當兵。這使 YY 的在台成為一種規劃，而於他則只是無奈。但無論如何，他倆青春作伴，暫且在這個來來香格里拉全球化空間中，虛無地度過那個漫長的、空調

▲三個眷村小伙子（約 1974）

▲大學時期，右為作者姊姊

▲三個 C 中小伙（作者高三前後）

的、隔音玻璃落地窗下的靜靜暑期。神雖王，不善也。

三、古亭區 1978

> 雨刷啦刷啦地下著。眷屬區的午後本來便頗安靜，而
> 況又下著雨。我正預備著斯蒂文生的一篇關於遠足的
> 文章，覺得不耐得很。[……]現在對出國絕了望，便
> 索性結了婚，也在這個大學擔任英散文的教席。我於
> 是才認真的明白了我一直對英文是從來沒有過什麼真
> 實的興味的。（2：1）
>
> ——陳映真〈一綠色之候鳥〉（1964）

> 那一陣子，存在主義就像一陣熱風似地流行在這個首
> 善的都城中的年輕的讀書界，正如當時的一種新的舞
> 步流行在夜總會一般。老莫一邊講，一邊從一大堆據
> 說都是存在主義各家著作的原文書中，找到一本印有
> 沙特照像的，任聽眾去傳觀。唐倩便因而得了第一次
> 瞻仰了這位大師的風貌。（2：122）
>
> ——陳映真〈唐倩的喜劇〉（1967）

如果說，中山北路是全台北洋氣最盛最露的地方，處處
可見洋人，那麼，古亭區，特別是羅斯福路台大那一塊兒，
則可說是洋氣最收最陰的地方，見不太到什麼洋人洋物，但
卻洋到骨髓洋到虛脫，如幽靈船般地在無形處吸人。這當然

是長大以後的一種感覺——特別是在 1970 年代末與 80 年代初。而你很小很小的時候當然也不可能有這種感覺。你那時感受到的是另一種鬼氣。聽你説，你出生時，家住在牯嶺街89 巷的一個日式榻榻米木頭房子——而那是早先你父親與你叔公，透過一個無論長相或説話都和一般中國人沒兩樣的一個中國姓名是「李文藻」的日本浪人與雙面間諜的中介，向一個要歸國的日本植物學教授買的。在你還不記事的年紀中，能讓你終身忘不掉的一個圖像，就是夏天傍晚時分，母親抱著你，來到了一個十字路口，都是賣西瓜的，而每一個攤車上頭都點著鬼氣森森的紅燈，照得被殺開的西瓜們血光漫漫紅意暈暈。

在中山北路，你感受不到一種要離開此鄉此土的壓力，畢竟連遠方的洋人（西洋的與東洋的）都被這個講求孔孟道統的政權以一種特別纏綿的方式給「懷柔」了。這説得有些損。但事實上，中山北路雖洋，並不妨礙各行各業的本地人生活在一種牢靠的現實中。反觀羅斯福路新生南路的那個拔角，整個美利堅合衆國的「摩登」力量，以一種無形但巨大的力量磁吸著過往青年，覺中，或夢中，台大的，或非台大的。來了台大，去了美國，幾年後，丟回故鄉的僅僅是中央日報上的一個方塊小啟：「我倆已於 XX 年，於 XX 州的 XX 教堂結婚……」。因此，那個年代的「童謠」有「來來來，來台大，去去去，去美國」。羅斯福路新生南路口是一座惆悵之城，永遠在奏一種驪歌，青春寂静張望嗜死，像是默片

裡的旋轉木馬，那麼多人在說話在嬉笑，但你聽不到聲音。如果有聲音，那大概是 Jim Morrison and the Doors 的 Light My Fire 吧——喧鬧中的死寂、輕快中的荒蕪。「你這是有病！」「當然，我說的只是我自己的病態時空感，對好比——鳳城燒臘一臉油漬一身汗水的師傅，而言，新生南路就是新生南路，哪來那麼多毛病！」

你說你在和平東路師大附近的一個街角認識了一個美國女孩 Mary B.，來台灣學中文的。邪不邪門，以後你到美國唸書的所在就是她的家鄉！Mary B. 一頭偏金的棕髮，藍眼睛，還帶著一個病弱的弟弟和她一起。他老是生病，他一生病，姊姊就和你說：「很抱歉，我必需要忙一些事情了。」她有一個男朋友，常從以色列寄信給她。請問，他是以色列人嗎？「不，他是一個美國人，但是他想要成為以色列人」——Mary B. 用一種老外的捲舌音與奇怪的四聲緩緩地吐出這些個字。這當然是你當時所不能理解的一大串事情之一。你聽著舊金山風的搖滾樂問著李鴻章式的問題，好比，「您府上哪兒？」。這翻成英文，可以是「你來自哪一州？」，也可以是「您祖上哪兒人？」於是，他們就會說，Well，有點複雜，我的祖父是愛爾蘭人，我的祖母是德國裔……。有一次，一個俄國猶太裔的小伙子，小個子，紐約人，戴著黑框眼鏡，以一種伍迪・艾倫式的直白，告訴你台灣有多麼不民主，多麼的糟糕。你氣急敗壞地說事情應該也不會這麼糟……。他抬起頭來，看了你一眼，說：「你在你的國家，又

怎會知道真相呢？」

　　你的教育讓你無知，因此你對一切盡情袒露你無知的那一方也只有投降的份兒。這似乎是繞不過的路。而陳映真似乎就少走了這段路——或，這段路他走的更崎嶇也不一定，總之，他很早就想到自己的思想的身世的問題。而你，而我，而我們……。

　　洋人的世界，是一個奇怪的引誘與拒斥，讓你既想加入，但總是同時又想退出。搖滾樂你自己聽著很著調，但和他們一起聽就彆扭，好像本來一直以為是自己的，但突然發現是借來的。大方一如 Mary B.，也是會表現出她才是這個音樂的主人。她會半醉地隨著披頭〈All You Need is Love〉的擬軍樂，像個小錫兵一樣敬著軍禮踏著高步縱情唱和。Mary B. 高興的時候，臉上金金的眉毛和金金的汗毛，全都因微微的汗水而閃亮起來，愉快而且專注地對你說：「You are so cute!」。但即便是在那時候，你一點兒也不喜歡這個稱讚；她把她自己太當成大姊了。大姊說：我很喜歡你們中國的愛情，很有意思。

　　「什麼，愛情？」

　　「對！」

　　「一本古老的書。」

　　「古老的書？」

　　「你，不知道？我，拿給你看。」

　　於是，Mary B. 拿出了一本封面印著美國中餐館書法的

英文書——《I-Ching 易經》。多年後，你對於這個事件終於有一個說法：Mary B.是 60 年代的遺腹仔，對西方不滿，千里迢迢來到東方，但東方也不過是他們對自己的不滿的投射而已。最好——全台灣全東方都在讀易經彈西塔修秘宗。

但那些年，你畢竟深深地絕望於「中國的那一套」了，聖人就別說了，莊子老子袁枚李白誰都幫不上你的忙，你於是讀卡謬、卡夫卡、杜斯妥也夫斯基。你並不認識而且還大你一代的Ｃ先生，竟和你有一個相同的知識轉折：從莊子到存在主義——雖然我深深知道，你不過是尋章摘句望文生義瞎讀一氣。你告訴過我，你心裡是有那麼一點「存在主義？古已有之！」的心情的。後來你終於出國，你唸的是西方人的反西方的社會理論——你西方人自己問題大得很呢！

1978 年 12 月中，Ｃ 大畢業班同學正在畢旅途上，老師站起來肅且戚地說了什麼，大家泫然欲泣，老師則是泣不成聲，原來，「中美斷交」的消息傳過去了。這是去的同學回來告訴你的，你又告訴我。你說，你那一陣子都去台大那一塊兒，去看大字報，你說，台灣人和外省人的心結重得超乎想像，有一篇大字報竟然說出了「非我族類，其心必異」這樣的話，雖然你沒法說清到底作者指的是外省人，本省人，還是外國人？但你的心情我十分清楚。我那時不相信，那不是還有二Ｃ聯袂競選嗎？一個本省人一個外省人結合得不是很好嗎？我那時還很喜歡其中那位Ｃ先生用古文調調寫的告國民黨書之類的文字。但我哪知道，那一年的 12 月 16 日，

一個跨國公司的經理劉福金在他的日記裡，就記下了當時反對運動中已存在的人民分裂：

> 晚上八點多老簡打電話到房間來。他說[……]黨外助
> 選團在臺南市體育館那一場，聽眾把整個體育場擠滿
> 了不說，場外四周的街路，全被群眾塞住了。[……]
> 他還告訴我 C 小姐競選活動近日中也日有起色，形勢
> 越來越好。果不出所料，她和聯合搭檔競選的 C 先
> 生，已經貌合神離。「你說的對，整個黨外私下都不
> 贊成這個聯合。」老簡說。老簡在 C 小姐競選總部幫
> 忙。他問我要不要乾脆公開決裂。我不贊成。自然的
> 分開要好得多。（5：236-237）
>
> ——陳映真〈萬商帝君〉（1982）

如果「你的記憶還算數」的話，當代／台灣味的 C 小姐與五四／中國風的 C 先生，就曾在那幾天的某一夜裡，在那個虛無的、寂靜的羅斯福路與新生南路口沸騰地演講。之後，這樣的結合果然也「自然的分開」，成為了絕響。多年之後，我們才知道，這個分開不是「自然的」，而是這整個「分斷體制」所造成的。之後，C 先生的選擇竟像是要現身說法這個分斷似的，離開了島嶼，去了大陸。

四、西門町 1959

據説，這一年的夏天特別長。烈日下的城市，因為無精打采而顯出一抹不得不的正經。但只要夜幕才一低垂（借用那些年裡「中廣」的一個傍晚節目的台詞，主持人姓丁，節目一開頭就是「夜幕低垂了……」），西天才剛吊出一顆「橙紅橙紅的早星」，西門町就從長長的晝寢中起身了，來不及似地，急切地對著鏡子撲上香粉、描起眼線、塗上唇膏，而後點起菸來歡歡然勾欄而立，迎接來自四面八方的人客，有來看電影的，有來下館子的，也有就是來人看人的。

那一年的台北就已經有「非正式經濟」了。陳映真的第一篇小説就可説是關於台北市的「非正式經濟」，篇名叫做〈麵攤〉，背景就是西門町。這篇小説又是關於理想與肉慾的，理想很單薄很無力，肉慾很飽滿很堅挺。

話説 1959 年的夏夜，有一個像是遊魂般的年輕人，剛從牯嶺街的舊書攤搞到了一兩本左翼禁書，信步而至西門町。那時候

> 沿著通衢的街燈，早已亮著長長的兩排興奮的燈光。
> 首善之區的西門町，換上了另一個裝束，在神秘的夜空下，逐漸的蠕動起來。（1：3）
>
> ——陳映真〈麵攤〉（1959）

本來也許是要來接近「民衆」的，但卻不由自主地接近

了一個麵攤，麵攤的女主人叫做金蓮，有著「優美的長長的頸項」，而且有著一股迷人的不安與企求，領口的扣子無意識地時而解開時而扣上。這個青年沒法把他的眼睛從她身上移走。目睹著似這般的流動攤販時刻會遭驅離的悲哀，他想幫她，或老實說，其實是想藉幫她而親近她。他簡直分不清他這個人到底是被男女情慾還是被公道理想所指使著。他掙扎著，他幻想著，甚至幻想自己是一個公道的警察。呀！這個警察竟然還有一雙「困頓而深情的眼睛」，還想入非非他和金蓮在一個眾人都不知道怎麼消失的幾分鐘的神秘時光呢。他不知道他自己是誰，他是向上還是向下？但他很清楚他不是什麼，他不是這個沒心肝的消費人流的一份子——至少他是這麼想的。他所看到的消費人流是這樣的：

> 他們從人潮的行列裡歇了下來，寫寫意意地享受了一番，又匆匆地投入那不知從哪裡來也不知往哪裡去的人羣裡。（1：3）

沒心肝的人潮對那被驅趕如喪家之犬的攤車也是毫無所動，他們也許被逃難的攤車一時截斷，但

> 人潮也就真像切不斷的流水一般，瞬即又恢復了他們潺潺的規律。（1：4）

　　數不清多少次，我和我的眷村死黨，好比幾滴小水珠，匯入了這條水網密佈的西門町人河。這條人河四季不枯，過農曆年時更是豐水期，那時除了人多之外，還有一種特別風景，在電影街、獅子林那一塊兒，總是有虔誠的基督徒拿著大白幡，上頭寫著「末日將近」、「趕緊悔改」這一類標語，站在那兒「他媽的觸我們霉頭」（蔡頭老是叼著菸皺著眉頭這麼説）。武昌街的 Jukebox，萬年的甜不辣，以及特別是獅子林的電動，都是我們常去的地方。我們没目的地逛，走著走著人少了，我們就會回頭，重新進入河道，分不清自己是鯽魚還是水滴。在年少的頭殼裡，我們大概是覺得，西門町從古已來都是這樣罷。西門町除了夜極深時也要睡覺，其他時間都是熱著鬧著。我們哪知道我們在獅子林遊藝場裡扭著身子睿帝，專注地打方塊，驅使著無屬的小精靈在歡快的電子音樂中吃完一排又一排點心時，我們那兩隻腳所站的地方正是罪惡的東本願寺。

五、東本願寺 1968

　　1997 年 6 月 22 日，《中國時報》的〈人間副刊〉正進行著「台北記憶專輯」。那一天的專輯有兩篇文章，一篇是署名王小棣的〈玩耍篇〉，另一篇則是陳映真的〈一個「私的歷史」之記錄和隨想〉。王小棣的台北是當時已經開始的「社區總體營造」下的標準記憶書寫，懷舊、蒐奇、自戀。如此的城市記憶，現今更是台北書寫的主流，不，主流應更

是以吃喝為先。「吃喝玩耍」：哪裡哪裡有垂涎三尺的牛肉
麵與台灣小吃，哪裡哪裡有別緻的冰品甜點，哪裡哪裡老闆
娘風姿綽約，哪裡哪裡曲徑通幽鄉愁盎然，哪裡哪裡文明知
禮好客，哪裡哪裡非得帶陸客見識見識⋯⋯。

　　而陳映真那篇關於台北的空間回憶，則是和主流回憶永
不搭調。陳先生為這個主題書寫了東本願寺。有關東本願寺
的部份全文照引，並權設一標題：

東本願寺

　　我時常想，倘若人死而有知，那種陰陽睽隔，不
相企及的絕望和孤寂，一定與一個完全失去自由的人
的感受相若吧。當特務把你押上轎車後座，左右都坐
著兩個彪形大漢，車子在紅塵市集中走過，一切看來
與平常無異。但你卻知道你和車外的市街已是絕然相
隔的兩個世界了。從六張犁被送往東本願寺（今台北
市西門町獅子林）收押，也是同樣的感覺。

　　日本的佛教東本願寺一派，在日本的侵略擴張的
歷史中，曾經扮演過為侵略政權服務，在殖民地宣傳
屈從日本天皇國家的教義。到了戰爭末期，台北的東
本願寺就成了日本憲兵隊的拘留偵訊機構。光復後，
國民黨也延[沿]用為門衛森嚴的特務機關。對於當時
的台北市民，這幾乎是人盡皆知的。記得曾經路過

時，我曾偷偷對著東本願寺的高牆吐口水，卻怎麼也沒想到有一天自己被神不知鬼不覺地押在裡頭。

我的押房靠近西門町鬧區，每天入夜，我在一個人的押房裡，聽著牆外夜市的嘈雜的市聲，深更方息。街上閃爍生姿的霓虹燈打在押房骯髒的灰牆上明滅著。[……]

早在一九六八年，我就結束了我在台北的六〇年代。當我要離開東本願寺時，工人開始拆除我們所囚居的日本式押房。那是以成人的拳頭粗的方形木材欄杆隔起來的囚房。由於年月久遠，木質被多少絕望的囚人摩掌得發出烏亮光澤。囚人逐房被移送出去，工人在人去的囚房中撬取鐵釘，拆除牢固的木柵欄，發出震耳欲聾的聲音。我成了最後一批離開東本願寺看守所的政治犯，生動地感受到戰後冷戰和內戰構造下的「國家」暴力，和戰前日帝殖民權力的暴力間相承相繼的歷史祕密。[2]

——陳映真〈一個「私的歷史」

之記錄和隨想〉（1997）

六、東區 2000

從 1959 年的〈麵攤〉到 2000 年的〈夜霧〉，四十餘年

2　陳映真（1997）〈一個私的歷史之記錄和隨想〉。

間，作者雖已從青年步入老年，鬧區也早已從西門町流淌到
東區，但對鬧市人流的感受竟是無改的。盲目的人群之流，
幾乎以一種野草般的堅韌固執，以一種潮汐般的機械規律，
生存著、蠕動著，就算偶而被切斷，也會「瞬即又恢復了他
們潺潺的規律」。人流裡的每一個人都不能說是沒心沒肺，
但一導入大流，也就只剩下眼耳口鼻身了。〈夜霧〉裡有一
段著名的絕望呼喊，說的是一個曾被小說主人公，一個悔恨
交加精神瀕臨崩潰的前國民黨特務，所陷害的男子張明，在
一家台北最大的日資百貨公司的電扶梯的這端，望著那被他
所巧遇但卻轉眼跟丟的前特務，消失於電扶梯那端的人群中
時，向所有在場者發出的絕望呼喊。主人公「我」

> 彷彿覺得張明在聲嘶力竭地向整個城市叫喊。而整個
> 城市卻報之以深淵似的沉默、冰冷的默然、難堪的竊
> 笑，報之以如常的嫁娶宴樂，報之以嗜慾和麻木……
> （6：118）

——陳映真〈夜霧〉（2000）

你總是認為，這是從作者那時已經耗弱的心室裡呼號出
來的。而你總是更偏執地認為，這是忠孝東路四段的 S 百
貨。〈夜霧〉這篇小說完成於 2000 年政黨輪替之後，陳映
真肯定也身歷了那麻辣無比高潮疊起的大選過程。他訝異於
人們無狀的麻木與興奮，而變天的結果卻又總是什麼都不

變，或是變本加厲。於是，這篇小說的結局是前調查局高官，相較於主人公——那位調查局小卒子，毫無困難地就向新政權效忠，繼續提供那無論什麼時代都需要的專業：反共與安全。而主人公則是以自殺免脫了良心的追捕。陳映真的小說把 S 百貨前的興奮與麻木和台灣的一種政治狀況深刻地聯繫了起來。

從 1978 年的黨外運動到 2000 年的政黨輪替，從 1959年的西門町到 1968 年的東本願寺，再到 2000 年的東區，在繁華與自由中，陳映真看到了一種深層的不變。變的都是前台的戲法，而後台呢，則都還是那些並不臨時的演員——陳映真始終關注的是這個台北城的後街民眾。1959 年的攤車在夜深時，「格登格登格登」地

> 逐漸走出了這個空曠的都城，一拐、一彎地從睡滿巨
> 廈的大路走向瑟縮著矮房的陋巷裡。（1：11）

1982 年，在東區華盛頓大樓的跨國公司受盡委屈、滿腹辛酸無與人說的林德旺，也在一個午後，在小天使般善良的Rita 的「嘀答嘀答嘀答」的打字聲中

> 恍惚地走出電梯，走出那巍巍的華盛頓大樓。他失神
> 也似的、緩慢地走著。走過整棟華盛頓大樓的走廊，
> 而後走上一條長長的紅磚人行道。他跟四個人靜靜地

等著對街亮起綠燈，踩著斑馬線走到對街。[……]就
這樣，他竟走完了長長的一截延吉街。他看見一條拖
著骯髒的錬子的，被人遺棄或者自己走失了的，形容
悲哀而又邋遢的某一種外國狗，匆匆地竄向仁愛路右
邊。他憂愁地想了想，便舉步走出延吉街，向著八德
路的左首走去。他機械地走到通往他賃居的那條小街
的公車站牌，荒蕪地想著方才那隻滿臉長著骯髒的鬍
鬚的外國狗。——那樣子滿臉滿嘴的毛，連眼睛都蓋
住了，怎麼認路，怎麼走路？他想著。他覺得所有的
路，他全不認得了……（5：176-177）

——陳映真〈萬商帝君〉（1982）

　　林德旺的住處是延平區的「圓環的寧夏路口」的一個陰
暗的四樓的出租隔間。這是 1982 年。但應也大約是 1959 年
那輛攤車在深夜無人時的所歸吧。又，這應該也和 1961 年
一個有著藝術家神經質特徵的大學生林武治，當他背著一把
吉他與包裹著畫具的簡單行囊，坐著一輛三輪車，所進到的
那個貧民區，也相去不遠吧。林武治的車進到那條窮巷時，
光景如下：

在屋簷底下曝日的鱗峋的大老頭，伸著瘦瘦的頸子望
著它；髒兮兮的小子們停下遊耍，把凍得紅通通的手
掩在身後盯著它；讓嬰兒吮著枯乾的奶的病黃黃的小

母親，張著一個幽洞似的虛空的嘴瞧著它；正在修理
著一個攤車的黑小伙兒也停下捶釘，用一對隱藏著許
多危險的眼睛瞅著它。這個冬日的破爛巷子，在它的
寂靜中，本有它的熙攘的，但都在這個片刻裡全部安
靜下來了。（1：136）

——陳映真〈蘋果樹〉（1961）

對於這般的都市景象，你只有一個親身經歷。小時候陪
母親去克難街看她的一個遠房親戚 J 表哥與他的朋友 W 太
太。眷村就不算是富裕的了，但幼童的你頭一次目擊了什麼
叫貧窮，什麼叫家徒四壁。他們兩個還算小康的外省人住在
那兒幹嘛呢？原來是在半祕密地傳播一貫道——這是你後來
才知道的。作為一個眷村外省人，你和那善良但自閉的基督
徒 Rita 小姐一般，對鐵路那一邊的台北，也就是西城和北
城，一概（不，也許除了西門町）陌生，而生活在那裡的不
是老市區的本省人，就是從鄉下來到城市的遊子。這個陌生
使得你直到多年後，在台北漫無目的地開車時，還總是只能
在城市的東邊與南邊繞來繞去，好像 68 年巴黎的布爾喬亞
青年革命者一般，睥睨一切成法但竟敵不過空間魔法師，向
外衝撞遊行的隊伍，不久後總是繞回到他們所慣熟的拉丁區。

七、上海 2011

但即便到了一個陌生地方，空間的魔法師還是會尾隨而

來。2011 年 7 月中，摩登的、嶄新的、世界的上海，就老是
在中年遊子眼中透著老台北味兒。仙樂斯、百樂門、大世
界、新世界、國際、鴻祥、采芝齋、伍中行、老正興……這
些名兒這裡跳出那裡伏著。於是我在上海 2011 卻又同時在
台北 1967。清早，當我與一長溜的上班族從大世界往人民廣
場方向行進，在一個立交行人橋上，我看到了睡在路旁公園
長凳上的四個中年流浪漢（或是「外來人口」）。這本不是
什麼特殊的景觀，之前，我就在人民廣場的一個地鐵出口看
到幾個睡在那兒的人被城管叫醒，看到他們睡眼惺忪地，以
一種讓人鼻酸的老成，在故作威嚴的城管面前，慢條斯理地
收起鋪蓋扣上襯衫扣子……。但沉睡者之一的睡姿觸動了
我。在狹窄的長凳上，唯有他趴著睡，而他的沒穿鞋襪的兩
個腳掌則是交叉著。他像我的小女兒一樣，在俯著沉睡時也
會不時交叉著兩個腳掌。我感到深深的無助，我因為我的小
女兒，而覺得這個中年沉睡者也是個小孩，想到在老遠的地
方他也有家，想到他小時候他的父母也曾看過他這樣睡過，
他的交叉的、面朝上的腳掌……。我想起了失路的林德旺，
想起了在京臥病的陳映真，想起了這次來滬所參加的這個關
於東亞、關於第三世界的「批判學術會議」，想起了自己與
「後街」的幾乎無可救藥的絕緣與濫情，認識到自己的非第
三世界性，想到了白先勇，想到了金大班……。

東北紀行

一、東北與我

當我坐下來開始動筆寫下我上個月中旬的東北紀行時，我的思緒不由自主地翩飛到我的母親、我的父祖輩。當初，我的外祖父杜連友就是從河北滄州五官屯「跑關東」到哈爾濱創業去的。前幾天，聽我八十六歲的老母親說，當初還沒有火車，姥爺是靠一雙腿走過去的。後來，姥爺創業有成，在哈爾濱延爽街開了瓜果鮮貨舖子與糖果加工廠「裕盛福」。母親說她小時，就常看到倉庫裡堆著從台灣運來的一簍簍的生綠生綠的香蕉。小時候，我們小孩子饞水果吃，特別是那種艷紅艷紅的美國五爪蘋果。母親既憐憫我們，但又耐不住炫耀：「我小時候，那各種各樣的南北水果可是吃得壓歪了嘴，光是蘋果就有國光的、紅玉的……」。姥爺直到創業成功之時，也就是 1920 年代末，這才把家人從河北接過去。母親是三歲到的哈爾濱，整個童年和少女時代是在那個她至今仍然難以忘懷的「國際性大都市」度過的。對她，

哈爾濱是一幅永遠掛在那兒的一道風景、一個座標,更是一
種標準。母親用哈爾濱的日子衡量她婚後隨著我父親一家老
小「逃難」到台灣的種種鬱悶艱辛,特別是來自她婆婆,也
就是我奶奶,的女人對女人的欺負。我奶奶是旗人,河北滄
縣城裡有名的「花園子劉家」的。我奶奶和我爺爺,也隨著
我父親在 1949 年來到了台灣。祖母老是想方設法貶低(用
家鄉土話是「糟賤」)我母親,於是連帶地貶低她的家族,
以及她的家族的哈爾濱背景。她老是對幼童的我說:「你母
親家是鄉下人,是窮出去的」。但我那時哪知道祖母的先祖
恰恰是來自她自己口中的那個「窮出去」的目的地。對這些
不避諱當著我母親面寒慘她的話,母親則是對我間接地提出

▲作者母親於 1930 年代「滿洲國」的哈爾濱

她的反擊，說滄縣是個土旮旯，最高的建築不過是洋人開的一間二層樓的醫院。母親常常驕傲地和我說，民國五十七年（1968年），她任教的小學內湖國小才裝上第一台電話，同事們新奇得很，群觀之，議論之。母親說：「那時候，我心底兒話了，小時候哈爾濱咱櫃上就有」。

和那時的本省同學，甚或都是外省的眷村同學比較起來，這是我的童年生活的一道比較特別的風景。我常懵懂地處在祖母和母親兩個女人的戰爭中，處在旗人和漢人之間的微妙文化緊張中，一邊是華北旗人老太太的「老例兒」，另一邊是哈爾濱漢人資本家女兒的「現代化」。幼年的我其實是對這兩邊都有些同情的。對河北、東北與蒙古，說不上嚮往，但總依稀覺得我除了台灣，除了我的小學，還有兩、三片陌生的天地和我遙遙相關。我還沒說，我祖父是蒙旗，遊手好閒了一輩子，壓力再大，總能自得其樂，我童年的很多快樂是從他那兒來的，好比釣魚、做風箏、養狗。當然，還有些耍處是他在台灣所無法傳遞的，好比鬥蛐蛐、撒老鷹……。我爺爺是拳術好手，少林、形意、八卦、刀螂都會。小時候沒跟他學個一招半式，反而眷村的一幫渾小子屁巔屁巔地跟著師父長師父短的，是我最遺憾的。要不然這會兒也不會讓此行的領隊靳大成先生太極獨步，在大夥兒舟車困乏之際，仍能引吭高歌，氣衝牛斗，千杯，近醉。

我幼時的這些過往，以後得空再說。借上面這段「楔子」，我想要說的是：儘管我覺得東北（乃至於蒙古）和我

遙遙相關——我的母親曾在那片土地上過了將近二十年的好
日子,我祖母的滿人老家就在那裡——但長久以來,在兩岸
對立與隔絕下,我對那一塊兒地面其實也就只有一抹地圖的
印象,而且還是中華民國版的東北九省地圖。欸,也許多一
些吧,好比,我背過,教科書上的「東北三寶,人參貂皮烏
拉草」,又好比,我記得,70 年代初轟動一時的電視連續劇
《長白山上》裡的皮氈帽裝束以及它的主題曲……等等。因
此,這回由中國社會科學院文學所「亞洲文化論壇」所籌辦
的「東北學術考察」之旅對我的最大意義,其實就是讓我對
「東北」有了一種實感,儘管多年前的一個夏天我陪同父母

◀圖中抱二孩童者即前文之武術好手

親去了哈爾濱幾天。去年底，靳大成先生邀我參加時，我本來是不敢答應的，怕冷，哪有在這個最寒冷的冬天還奔赴那個最寒冷的地方的道理呢！但現在我反而認為，東北，尤其是我們這回去的北大荒，如果不是冬天去，是否會少了一點意思呢？那有點兒像是在旱季時節參訪亞瑪遜雨林一樣的少了點意思。大成兄在接近雪鄉之時，時而擔憂時而興奮，他那深怕雪不夠大雪不夠深的心情，現在想來，還真是可愛，有點像是一個頑童向一夥半信半疑的小子們秀他的祕密基地的那種怕砸鍋的心情，那裡頭有一種「求好」，他希望此行

▼東北雪景

對所有人都能產生最強烈最鮮活的身體感受。為了讓我這個
南方來的產生強烈感受，大成還要求我在茫茫無極的興凱湖
上和他暫且脫掉羽絨服，「體驗體驗」。翌日，在雙峰林場
的那個小饅頭山的那段午後行走，雖然沒有「蒐集」到任何
「田野資料」，但那個腳踏進深深的白白的雪裡的身體感
覺，卻必是未來無論怎麼也都磨滅不掉的。透過這個經驗，
我可以聯繫上無數的楊子榮、無數的座山雕，還有我母親童
年的眼睛與皮膚，還有「老山林內打獵忙」（《長白山上》
歌詞）的我的滿族人先祖的生活。若我想要認識他們、理會
他們，那我能隔著一方水土、一層溫度感，與一種皮膚感
嗎？因此，2011 年的 2 月 15 日，雖然大部分的時間花在從
牡丹江到雪鄉，再從雪鄉回到海林的路程往返上，但卻是值
得的。我相信，知識思想不單是透過狹義的學習得來的，而
更是透過感受得來的，而感受又經常需要一陣發酵和醞釀的
過程。這次東北行應是一小包酵母──我這樣期許著。

　　我訝異於這樣的一個轉變：我的身世其實是和遙遠的東
北有著及膝的糾葛，這應該是很清楚的，但這個糾葛卻直到
這次旅行才帶著聲響氣味與疲憊踏入我的意識之中。

二、朝鮮族印象

　　這次東北參訪，接觸的比較多的是中國朝鮮族民眾與官
員。他們都熱情，都能唱，都能喝──這方面很像台灣的原
住民朋友。但是，不像台灣原住民，我難以說他們的生命底

色是明亮歡樂的，有一種熱帶的直接明瞭。朝鮮族朋友的歌
聲好像總是要把很深底的某種情感給抖露起來給昂揚起來，
但隨即又陡然沉落在一種低迴的奈何的谷底。此行，我們這
一團之中的卞英花就是一位著名的朝鮮族歌唱藝術家，她的
歌聲多次感動了所有有幸親聆的主或客。歌為心聲，中國朝
鮮族雖然在國籍上，甚或政治認同上是中國人，但畢竟真實
地展現了一個民族關係與權力關係極為複雜的區域的歷史所
加諸於他們心靈上的特殊痕跡。涵蓋了日、韓、俄與東北的
遼闊東北亞，在這三、四百年來，就有滿清、日本與俄羅
斯，這些權力板塊在這塊地面上的崛起、伸展與擠壓，還不
提在更長期的歷史中不斷有其他強勢民族例如漢族與蒙古的
起落進出。朝鮮人的歷史就是在這樣的一種擠兌與壓迫不斷
的環境下的屈服與鬥爭的歷史。這次和朝鮮族朋友相處，聽
他們的情緒，想他們的歌聲，讓我反求到，找對於近年來韓
國人的那種極力要把自己民族的氣球吹大，好比孔子是韓國
人、端午節是他們的節日，豆腐是他們的發明……的那種不
悅感，其實是因缺乏理解而來的小器。他們那樣說那樣感覺
是有原因的，我們可以不同意，但不可以不理解。而且理解
的方式是應該把他們的心情放在一個和我們糾葛萬端斷骨連
筋的東北亞歷史地理中。那樣的話，我們也許會有另一種不
同的心情聽他們的那些「大話」。或許，我們自己的「大
話」也不少哩！

　　作為一個少數民族，中國朝鮮族的未來情況是讓人擔心

的。我們第一天去密山,當地的朝鮮族農民菁英在報導著他們綠色水稻種植合作社的傲人績效時,也沒有掩蓋一個事實:年輕人外流嚴重,特別是到韓國打工的最多,因此村子裡留下來幹活的率多是中老年人。這在其他朝鮮族村子裡也得到了印證,留在村子裡的年輕人已經是少之又少了,有時竟會讓人有一種「老人村」的感覺。2 月 16-17 日的江西村之行,就特別讓我如此感覺。17 日那天早上,我們參訪了一個老人聚會所,並在那兒用的早餐,那裡的五穀米蒸的飯是我吃過的最香的五穀米飯。聚會所的老人在大炕上分男女兩邊坐著,大多穿著傳統的朝鮮民族服裝,少數沒這樣穿的,也都穿得很正式很體面。屋裡頭有各種標語或記事牌,都是朝鮮文字,我只認得「2011 年 2 月」的「年」與「月」這兩個漢字。外頭白雪皚皚,老人們在蒸汽薰騰且相當整潔的屋子裡大聲笑鬧爭執。他們也玩象棋,棋子大得像個柿餅,而且規則不同,砲可以空跳,卒子不過河也可以橫走,馬腿絆著照跳……。他們似乎要求更多的自由,而且全神貫注。他們下得凶猛快速,以棋擊盤,大聲喊叫,先聲奪人——不知者還以為他們有爭執呢!有這個聚會所,朝鮮族的老人應是很快樂。但我不知道這是因為朝鮮族有這個文化傳統呢,還是說,這是因應村子裡年輕人都離開了而建立的一種互助方式呢?

　　印象中,老人裡頭,女性總是笑逐顏開地,她們的表情不是堆出來的,而是湧出來的。有那麼多的善意、溫暖與平

和，但同時卻又好像是不自覺地或祕密地在愉快地承擔這個
世界的一切壓力，在幫助他人時完成了自我。那裡頭有一種
一切做來皆不費勁，就算費勁也不誇示的平民的、母親的偉
大。相對於老太太這一塊兒，老先生那一塊兒就有些青蒼、
拘謹、嚴肅、壓抑。是不是人老了，各民族都是這樣？還是
說，這是少數民族的共同狀態：成年後的男性總是抑鬱的，
而女性雖然承擔了日常生活但總是歡快的。我想起我的朋友
鄭鴻生所記錄的他閩南人家族的歷史，指出他父輩的台灣男
性總是抑鬱、軟弱、不大氣（他用的詞是「大範」），而女
性則常是平和而堅強。如果台灣福佬男性的這種人格狀態可
以用日本殖民與國府統治來解釋的話，那麼朝鮮族男性和女
性的這麼強烈的對比是否有類似的歷史軌跡呢？

▼朝鮮族舊屋

　　在那天老人聚會所的早餐中，我被隨行的地方官員介紹為「台灣來的」的時候，竟然在女性這一邊響起了一片掌聲。我不好意思報以微笑時，看到了從她們那裡漾出了一波波的善意的、應許的笑。這讓我受寵若驚，因為她們只對我施以如此的厚愛。後來，有一個朋友對我說他也注意到這一景象，並說這些老人滄桑歷盡炎涼見慣，連當地的官員都可以視若常人而稍無溜鬚之態，但對我如此熱烈，可謂出之真情。但我實在不知為何，是因為「台灣」激起了他們的一種特殊的感情嗎？但為何老先生們又看不出類似的反應呢？本團有一位朋友打趣說，這是因為我長得討喜之類的，才會讓她們這麼高興地歡迎你——「沒看到歡迎你的都是女性嗎？」。對這個說法，我在心情上是願意接受的，但理智上覺得並非如此。

　　倉重拓先生是我們一行人之中唯一的一位日本人，他很隨和，酒量也佳。我觀察到，有些朝鮮族朋友在一開始時對他是有些許冷淡，雖然還談不上敵意，但也許畢竟倉重拓是個小伙子，而且又是客，除了少數一二特殊狀態下，只要過了一會兒的喝酒交往，一般而言對他也是包容友善的，甚至，酒過三巡之後，朝鮮族朋友還會和他用簡單的日語交流，而這個交流常常激起了一些奇異的興奮。這在台灣的老一輩本省人裡也是常見的，雖然比較而言，台灣人對日本人少了一層敵意的複雜。看來，從東南亞到東北亞，前殖民地裡的民眾感情的諸多複雜層面中，存有很多說不清道不明的

坑坑窪窪。

中國朝鮮族的「民族認同」肯定是比較複雜的。我最驚異的一個發現是，不止一個朝鮮族的官員表示過，根據他們的家譜，他們二、三十代前是從山東移民到朝鮮的，然後前幾代又從朝鮮移民到東北。如果我們把這樣的一種史實當作其實是很晚近才形成的民族國家歷史觀的軟化劑的話，那麼從一個區域史的眼睛放鬆地看，那麼即便有人說孔老夫子是朝鮮人，其實也沒有多大關係——大大可以把它當作一種企圖還原本來高度複雜但後來被簡單化的區域歷史的矯枉必須過正就行了。我們的很多的定見，其實是現代民族國家這個體制及其意識形態所加諸給我們的，一旦回到歷史，很難是那麼清楚的；朝鮮族沒法一刀切，就像漢族也無法一刀切是一樣的。

社會主義的大格局退潮後，這些朝鮮族中國人，將有可能是現代民族主義的另一受害者。因為本來不成問題的「認同」，卻隱隱地、慢慢地成為他們的最幽暗但也最具「存在感」的問題：「我是誰？」。這麼多的朝鮮族年輕人往韓國跑，難道只是經濟因素？中國共產黨的朝鮮族幹部要把子女送到韓國念大學，難道是因為韓國的大學辦得好？我感受到朝鮮族的「認同」，似乎還有一個南北朝鮮的維度。我就聽到一個官員酒後說，如果政府要派他到朝鮮去蒐集情報，他不幹——這太強人所難了，但是要派去韓國幹同樣的事，他願意。我必須坦白我對這樣的心情感到震撼。一個老官員，

會當著大家無顧忌地暢言「人情是當今最重要的生產要素」,以及「在中國,你若是沒有朋友,你還能做什麼事?」。但在提到他與朝鮮的關係時,眉宇之間卻有一種「很是遼遠的疼苦」(借用陳映真的一篇小說〈纍纍〉的文字)。對他而言,世上有一些東西,畢竟還是不能當作「生產力」的。我本來對他是很有意見的,但看到他在一切嬉笑怒罵裝瘋賣傻之外,竟然還為自己捍衛著那麼一方小小暗室——那或許就是一個人的「根本」吧,也不由得有些歉然有些難過。嘲笑顯然比理解容易得多。

這個認同關係,肯定又因中國現在富起來了而更複雜。一個朝鮮族的朋友就說,以前去韓國這個也貴,那個也貴,什麼都不敢買,現在,咱去那兒,愛買什麼買什麼。物質條件的改變,的確是衝撞著這個區域民眾的主體狀態。台灣人現在到大陸,好像是這位朝鮮族朋友去韓國的經驗的倒反,以前是「愛買什麼買什麼」,現在則是「這個也貴,那個也貴」。如果中國大陸繼續向前發展,而牡丹江區域的生活越來越富裕,年輕人的工作與發展機會越來越多,那是否會減少年輕人的跨國外流,進而選擇在鄰近大都市發展?從這次旅行所拜訪的一位年輕朝鮮族企業家所經營的公司來看,中國政府方面的確是有扶植少數民族企業的各種優惠政策,但效果有多大,或這個公司的代表性如何,就不知道了。這個公司除了政府的政策支持外,另一個重要利基是它能利用它的民族與地緣關係,成為韓國與中國企業與市場的一個接

樺。但我也注意到了，這個公司最大的事業其實還是房地產，而且是結合了台商在最精華的江沿兒地帶蓋豪華住宅樓。因此，該公司的政府所支持的高科技產業，到底是企業轉型的真正方向，還是企業的一種正當性策略，在短暫的行程裡，的確難以得知。大陸的城鄉二元制度，其實也在支持這樣的一種房地產炒作。當地的一個官員說，很多買樓的是富起來的鄉民，他們透過購買城市高價住宅以取得城市戶口，而這正是大陸很多城市不動產開發的重要動力所在。

　　這位年輕的朝鮮族企業家值得稍加記錄，或許可以作為中國新興的布爾喬亞階級的一頁速寫。作為晚宴的主人，他因事遲到，到的時候，連聲道歉，態度非常謙恭端敬。稍事喘息，他就為大家說了他家族從朝鮮移民到東北的歷史。當他講到他已逝的母親對他的期望與要求，以及他母親為了兒子所做的犧牲時，的確是相當感人的。他母親應該是一個很堅毅的女性，在她臨終前，兒子問他韓國老家的地址，老人家竟然拒絕相告，說，當初老家的闊兄弟們不把咱們這一支當骨肉，任我們背井離鄉而去，現在你一事無成回去找他們和他們攀親戚，豈不自取其辱。不要想老家了，兒子，你得靠自己站起來！……。這一段故事，企業家講起來很是真誠，感動四座。企業家還贈送給我們他所創作的一本關於金日成在東北的小說。他母親當年是跟過金日成搞過革命的，但他在席間所講的母親故事卻和這個小說的革命內容無關，多是環繞在創業發家上頭。企業家一講完故事，好像是做完

了一種儀式，就入俗地開始勸大家喝酒了，敬酒、罰酒、熱笑、冷臉，非要人就範於他的酒權之下，一時之間換了個人，從一個溫暖的、虔敬的、憶母的孝子，變成了一個冷熱無常、驕氣逼人的霸子。大陸的官，在賓客前其實是不霸的，他們有一種官場的禮儀與套話的約制，但這位企業家卻似乎失去了所有的制約——尤其是在座沒有一個是奈何了他的官。我因為拒絕乾杯，他就馬上垮下了臉，嚴若冰霜。而這時，我旁邊的一個政府官員，竟然緊張地和我頻頻示意，手肘推我，耳朵咬我，幾乎是請求我看在他的面子上，小聲地說「您就把這杯喝了吧！」。於是我喝了，企業家當場和風麗日顏色初霽——「這就對啦！」。我當時心裡想的是，這個家族企業是一個什麼樣的社會組織？是一個什麼樣的組織撐起了這樣的一種領導者的人格狀態？這個企業家為何連當地的官員都如此讓懼他？又是一個什麼樣的官商關係使得這個官階並不低的地方官員，在一個官本位的社會中，如此體認到對方的權威？我想這或許和房地產業的政經架構有關。但這只是我的猜想，算不得數。真正要對這個地方政治生態的課題有知識興趣，或對大陸的新興布爾喬亞階級的人格與精神狀態有知識好奇，必須要「下馬觀花」。

三、滿族村印象

我平日其實是很喜歡吃韓國菜的，但朝鮮族的菜吃久了，說實在我的腸胃也夠嗆的了。這是我的嬌氣，需要自我

批評。這裡的菜其實和我在別的地方（包括韓國）所吃的韓菜已經不太一樣了，畢竟已經結合了一方水土，有些粗糲、有些偏鹹，肉又特別多，而且其中常會有狗肉。我家養了兩隻狗，我不能吃狗肉，回去無法向牠二位交代，這讓我吃的更是有些不安。或許部分是由於「吃」的原因，當我們到了滿族村，我竟然有了一種回鄉的感覺，這不單是因為滿族人不吃狗肉，更是因為我們所叨擾的當地滿族居停主人為我們端上的碟碟盤盤，竟有很多道是小時候我奶奶常做的，好比紅燒肉豆腐泡、黃瓜炒蛋、肉凍子、粉條豬肉燉大白菜，還有我多少年沒見過的西紅柿灑白糖……而他們自己釀的白酒，味道就和金門陳年高粱酒一般地悅我口。

寧安的滿族村給我的感覺首先是人多，各種年齡層，老、中、青、幼都有，青年人是稍稍少些，但小孩兒特別多，健康‧快樂‧庋實，男孩兒女孩兒，臉上都凍得兩團紅。這個感覺是有前提的，前此，在朝鮮族的村社中，觸目所見幾乎都是中老年人。難道，滿族村的人口外流比較不嚴重？還是說，那天是祭祀的節日又是元宵，人都出現了？的確，後來到了下午，我們也看到了人們踩著結凍的牡丹江，在北大荒較早出現的落日餘暉中，三五成群地在蕭索的江面上步行回到對岸村子。

我們趕上了滿族薩滿祭典。我們這一行人被邀請上了炕的一邊，而他們自己人上炕的另一邊。程玉梅告訴我，這是對我們的禮遇，把我們當長輩，因為我們的炕是朝南的，面

陽。祭祀就在兩張炕的中間過道上進行，祭禮還沒開始，門
口就已經擠滿了觀看的人群。我不知道這個祭祀活動是從何
年開始的，但顯然祭祀的禮儀還是有些夾生，整體氛圍少了
些參與者內在心情的某種真實感，從而也少了感染力。但其
中有一位老先生，在口中唸唸有詞、搖著臀鈴，邁著固定步
伐繞圈兒時，倒是頗入神的。這種薩滿的祭祀，其實台灣也
有些類似的（台灣的民俗宗教是否是薩滿的一支，需要考
證）展現，但台灣的神秘成分要高很多，好比那在天人之際
的乩童，就一定會在某一時刻忘情起乩，瘋魔一陣。但這兒
沒有。這是否是社會主義傳統所致，我不知道。因為空間逼
仄，祭祀者伸展不開，旁觀者也感受到一種動彈不得的壓
力，給人一種祠堂的禮法拘束，而沒有巫祝的歡樂舒展。滿
族的文化本來是否是一個載歌載舞的文化，我誠然不知，但

▲滿族祭典

比起我所知道的台灣原住民祭典的歡快舒展，這個文化活動的不能與民同樂，可能是它結構上最大的缺憾，勢將影響它的延續發展。最後，殺豬獻祀的「活動高潮」，更是讓人坐立不安。對面的炕上，一個八九歲的小姊姊，就像慈母一樣摟著她四五歲的弟弟，並摀著他的眼。我們幾個「參訪者」其實一般來說並不算矯情，但也都背向了那個哀哀無告聲嘶力竭的豬。我們這一行人裡研究佛教的蒙古族凱朝，此刻端坐在另一角落為那隻豬持咒。不久前，那條白色的豬剛被縛著手腳抬進來的時候，它長長的白色睫毛下的恐懼的、無助的、低垂的黑藍色眼神，正好橫在我眼前。

　　但儘管如此，我卻也迷上了那個祭祀者以滿語哼吟的調子，重複而單調，但竟出奇的有一種似曾相識感與安慰感。在外頭，我和賀照田開玩笑說，咱滿人現在成了你們漢人文

▲作者與賀照田

化觀光的對象啦。賀照田說，你這回又認同滿族了，我待會兒要告訴凱朝。

四、東北、台灣與東亞歷史

這回認識凱朝也是一個機緣。台灣早期族群分類很簡單，不是本省人就是外省人，加上我父系祖先入關得早，早就漢化了，所以我向來只有一種「外省人」的身份（主觀或客觀的）——雖然我「知道」我的祖父是蒙古人、祖母是旗人。凱朝兄第一次見到我，聽到我和他這樣的一種「攀關係」說法時，就乾脆把我其他的「認同」橫刀一切，說：「你祖父是蒙古人，那你父親是你祖父的兒子，那就是蒙古人，如果他是蒙古人，你是你父親的兒子，你就是蒙古人。」我對這個說法，沒有也沒法表示反對，沒有一種由衷的高興，但也沒有一種真正的不舒服。我真正的反應是一種貪心——我何不能又是蒙古族，又是滿族，又是漢族呢？

貼靠上這一個混雜的認同，並不是想要沾上什麼後殖民雜交混血之類的政治正確，而是隱約地想要透過這樣一種情感的多維關連，找到一種認識與思考東北亞的心情動力。如果說，日本人或韓國人重新認識東亞、東北亞，是有他們自己的情感與問題軸心，那麼中國人，要認識東北亞，也必須要找到自我的情感與問題的支點，並以他者為參照為對話。不論這個「自我」是多麼的柔軟易捏，但總是要有一個「自我」。有一個「自我」的視角，才能和「他者」的視角產生

一種互動與互學的關係，那麼關於這個區域的思想與學術才能有真實的成長。以遼、金、元、渤海國、朝鮮、新羅、寧古塔、遼東、東三省、東九省、俄羅斯、日本、滿洲國、「林海雪原」……這些對我來說很多都還是少有內容填充的地理或歷史名詞，其實一定是一個複雜的歷史叢結的各個節點。我們也許得透過對這些史與地的內在關係的重新感受與掌握，才能為這個靳大成所謂的「東域學」注入學術與思想的生機。但豈止是上述範疇而已，「無窮的遠方、無數的人們，都與我有關」（魯迅語）。同行的波蘭學者楊爽就指出了沙俄時期在東北的東清鐵路建設，其實就有大量的波蘭工程師參與其間，而光是哈爾濱，在 1907 年就曾有總數高達 7000 的波蘭僑民……。我相信，這個「東域學」應該有潛力平衡目前關於東亞區域的知識偏重於海洋的那一面，而比較忽略歐亞大陸這一面的傾斜。對我而言，如果知識上要前進東北，並非是要做東北的區域研究，而是要將東北作為海洋東北亞與內陸北亞／中亞進行知識連接的一個場域與一個契機。這對於我們重新圖繪「在亞洲的中國」應是重要的。就此而言，研究作為東北亞的一個軸心的中國東北，其知識胃納可以也應該延展到蒙古、新疆，乃至西藏，這整個周邊。這是我極為粗淺的一種感覺。我閱讀很少，但印象上，陳寅恪與當代的張承志與汪暉，似乎都曾沿著類似的線索思考過。

　　東北亞和東南亞也不能就說是「兩個」區域。也是在此

行中，我才突然浮起了關於陳映真先生小說創作的一些新的
理解線索。他似乎早就感受到這兩塊地面在近現代中國歷史
中的一種深刻內在關連。在他所有的小說裡，只有兩篇小說
在它們的敘述結構上具體地環繞在中國大陸的空間地理之
上，分別是〈歸鄉〉（1999）與〈忠孝公園〉（2001）。特
別是〈忠孝公園〉這一中篇，透過一個來自東北的外省老人
和一個本省老人在南台灣的某一個小鎮中的邂逅，分別回述
了兩段表面疏遠但內在相關的現代史。東北老人的履歷是偽
滿官員、日本鷹犬、國民黨「先遣」、為中共戴罪立功、逃
亡來台進入保密局，在 2000 年大選變天後，因幻滅悔罪懼

▼日本侵略戰爭的遺跡，731 舊址

怕而自殺，而台灣老人則是一個被日本當局徵到南洋當軍伕的普通佃農，由於想要得到來自日本政府對他們「天皇赤子」的戰爭賠償，而被黨外政客所動員，而被出賣。小說裡，他們沒有主觀交集的邂逅則是藉由一個媒介：日本話。很清楚地，陳映真透過這篇創作，把台灣置放於從東北亞到東南亞這一整個區域歷史的輻輳，讓台灣人在區域的大歷史中認清自己的認同困局的歷史線索。

最後，似乎可以稍微談一談這次雪鄉行與台灣的關係。行前，我讀了指定讀物《林海雪原》。這本小說，以及根據它改編的電影，以及以英雄楊子榮為主角，描述他如何智擒慣匪「座山雕」的改良京劇《智取威虎山》，更是幾乎所有我同輩的大陸朋友都近於熟爛的故事。相對於土匪「座山雕」的猥瑣陰險，英雄楊子榮的高大光亮，曾是億萬民眾的景仰對象。但我要到這次旅行之前，才知道有這一串形象與故事。我上網查了查，才知道這個故事之後還被改編成電視劇。

我問過好幾個和我年齡相近的台灣朋友，結果是沒人知道《林海雪原》，遑論楊某、座某。我所在的大學圖書館也沒這本書，託朋友從南港中研院圖書館幫我借出來，看上去也是長年投閒置散才有的氣色，書底的註記卡上我是頭一筆。小說是相當好看，至少直到智取威虎山為止，之後就稍微有點《三國》到了姜維的感覺——無浪可驚無花可賞，雖則兩段歷史一長一消。也是同行的朋友忘了是誰告訴了我，

我才知道楊子榮在智擒座山雕之後不久就犧牲了，但小說竟
然終始秘不發喪。

　2 月 16 日早上，我們一行人到了海林市的楊子榮紀念
館。這個紀念館無論是空間格局、陳列方式與資料內容都相
當齊整，值得看，特別是它能讓我們穿透小說，領受到一個
真實的底層人物在他英雄光環之後的身家悲涼歷史荒誕。導
覽者是一個年輕的美麗的女孩兒，很專業也很敬業，她一定
也做了很多功課，才能回答我們團裡這些知識分子五花八門
的問題。倉重拓努力地用他其實已經很好的普通話問了一個
問題，但導覽女孩兒恰巧沒能聽懂。那個問題是什麼，我也
忘了，但我記得她那禮貌地、帶著少女的困惑，環顧大家尋
求翻譯協助的眼神，是迷人的。我覺得大陸很多的狀態在默
默地改變，其中當然包括人的狀態。這回坐火車出遊，我就
覺得秩序很好，而且是一種「有社會主義特色」的好，大家
有一種相互的尊重，但又沒有資本主義「先進」空間中的那
種空間私有感，以及人與人之間的強制性肢體距離感。我還
記得頭一天我們坐進硬臥，一個上鋪的女郎「硬是」好像該
當應份地坐在「我們的」下鋪，吃起肯德基，但大家也都不
以為怪，也都能包容這樣的一個破壞物權觀念的侵入者。在
一個有中國味兒的「人情的」空間中，我們此行的第一個學
術討論恰恰就是從「人情」這個問題展開，從它，看歷史、
社會、政治與學問。

　對《林海雪原》，我在路上和朋友們分享了兩個閱讀感

覺。第一、讀了這本小說，比較能知道為何國民黨兵敗如山倒，在之後的「三大戰役」中幾乎全軍覆沒。我不曾在任何歷史文獻、文學創作或是親身聽聞之中，感受過國民黨在國共內戰中有過類似於《林海雪原》中的那種理想主義、浪漫主義與英雄主義——那整個動能是爆發的、姿勢是起跳的、眼神是決然的，生命是為他人的。在中國近代史中，特別是從五四以來，人們為了找尋國家民族的生存方向，為了理想而獻身的那個時代，或許才有資格叫做「大江大海」。不是嗎？但是，我也隨即想到，這樣的一種理想主義與浪漫主義的精髓如何能夠維繫的困局——馬上的英姿是美的，但下了馬還老是撐著這種英姿，不也太怪異、太折騰了？但我們真的只能在柴米油鹽的日常生活與高蹈的理想主義之間擇一嗎？今天，以「革命樣版」來俏皮「林海雪原」或「楊子

▼林海雪原

榮」是容易的，但思想的艱鉅責任不正是要求我們重新思索，在「歷史終結」的年代中，如何從過往的理想主義軌跡中汲取教訓、尋得力量嗎？我們不該把嬰兒連同洗澡水一起潑掉，同時委地而嘆：沒有別的路。

旅行往往是充滿驚訝的，回顧起來常常更是。2 月 16 日上午我們參觀了「楊子榮紀念館」之後，下一個參觀對象則是附近的「報恩寺」，一個龐大簇新、霞光萬道的寺廟建築群，2003 年左右才落成開光的。賀照田說，東北這一塊兒其實比較是沒有佛教傳統的，但突然之間卻蓋上了這麼巍峨的大廟，讓人驚訝、感慨。同行的大陸朋友多人也表達了類似的好奇與感慨。我大概能理解他們的感慨。這一路不論是火車上還是公路上，其實我們看過好幾個新新的大廟矗立路

▼結冰的牡丹江與落日

▲興凱湖上

旁。我認為這是一個「社會學的祕密」，究竟是什麼歷史的、文化的、政治的、經濟的因素，造成了這個奇觀？宗教的興起和指導意識形態的萎疲之間必然有密切的關係。我說那個早上的旅程「充滿驚訝」，其實指的還不是「報恩寺」本身，而是那種把「楊子榮紀念館」和「報恩寺」一前一後擺在一起的高度寓言式的「安排」。

其二，「林海雪原」是一部環繞著「土改」這個核心事件的國共鬥爭史。國民黨到了台灣以後，以國家力量為後盾，實施土改，壓抑了地主利益，得罪了地主階級，而這也是之後台獨力量在海外興起的重要歷史背景之一。不論其形式是壓抑或是爆發，「土改」一定是一個充滿暴力的過程。《林海雪原》的故事背景就是共軍的一個小隊深入深山老林殲滅國民黨所支持的地方反動武力，而這個反動武力的最重

要任務就是阻礙共產黨的農民革命進程，而其核心任務就是破壞土改。因為是服務於這個歷史，小說的寫作是建立在真假善惡美醜的鮮明對立上。但如果我們拉長歷史視野，那麼也不得不把「座山雕」（或「崔旅長」），看做是這兩三百年來，中國人面臨近世危機，對傳統地主與仕紳階級在適應現代過程中的位置的不同看法之間的鬥爭的一個小波紋。如果這麼看，那這篇小說的不得不可惜之處，恰恰在於它無法把「座山雕」這個小人物後頭的歷史來龍去脈給勾勒出來，而只能讓它以「匪」的簡單形象出現，被擒，被糟蹋。

　　50 年代一直到 80 年代初，國民黨的政治語言中，一直管對岸的政權為「匪」或「共匪」。我們這一代雖然不一定這麼想，但也聽慣了，以致於在讀《林海雪原》時，聽到青年英雄少劍波要出師「剿匪」時，腦袋還不由得不「發軸」一下，因為，在國民黨正統的敘事裡，少劍波、楊子榮正是「匪」，正是被「兵」（即「中央軍」）所剿的對象。誰是兵？誰是匪？的確是一個不像乍看之下那麼清楚的問題。郭沫若的〈甲申三百年祭〉一文，給李自成翻案，說他不是「流寇」不是「匪」，而明朝的官兵才是形兵實匪，所以他說李自成的軍隊是「剿兵安民」。在台灣，大家聽到李自成，無意識地都會把他和張獻忠等而觀之，視為「流寇」，但在大陸的歷史教育中肯定不是如此。那麼，如何理解這個歷史編纂的分歧呢？如果只是簡單地擎起相對主義大旗，以為「勝王敗寇」就能解決一切問題，我其實是懷疑的。就如

同我剛才所指出的，在二戰結束後，共產黨在全中國範圍中
的確體現了一種能帶領向上的力量，一種能夠鼓舞人們（包
括大多數的學生與知識分子）的文化與政治正當性，而國民
黨政權則是在快速耗損它靠領導抗戰所積蓄的正當性。這裡
有一種正當性的較勁，而國民黨顯然是居於劣勢。同行的黃
紀蘇在車上就提供了一兩個掌故，他說他曾看過一個真實文
獻，是抗戰中日本軍方發下來作為甄別「共匪」的參考資
料，說如果俘虜裡頭有那些比較沒尊卑與階級意識（好比給
他菸他就大咧咧伸手的），或是長的樣子有些正氣坦然的，
就可能是共軍分子。黃紀蘇又說，根據熊向輝的回憶錄，胡
宗南的部下向胡告密說熊可能是共黨潛伏分子，理由是這個
人「不賭、不嫖、不貪，有志氣，一定是共產黨」。這些聽
來讓人哭笑不得的「史料」的確有趣，也應該是反映某種真
實的。但我要說的是：即便如此，共產黨並不曾壟斷所有的
正當性。如果是這樣，那麼我們似乎不應該把國民黨及其所
代表的某種世界觀或方向，當作完全的對反、完全的黑、完
全的醜。我想起陳映真在他的小說〈歸鄉〉裡，就有些讓人
意外地交代了遼瀋戰役裡的一個場景——國軍六十二軍的塔
山之役。一個倖存的外省老兵老朱如此回憶：

> 「來台灣以後，老聽人私底下說，國軍和匪軍對
> 仗，士氣崩潰，兵敗如山倒，只有投降的份[……]我
> 聽了，也懶得爭辯。國民黨都把整個大陸丟了，還有

什麼話說?」

　　但是,六十二軍打塔山就不能把國軍說得那麼孬
種。[……]以整營、整團的兵力,硬是由連、營、團
長帶頭,冒著共軍密集猛烈的砲火,向前衝鋒。[……]
就打塔山這一仗,說國軍怯戰,摧枯拉朽,不公平。」
　　(6:32-33)

　　還需要說,「匪」或是「幫」,是沒法這樣子作戰的
嗎?陳映真雖然在思想上與感情上認同中國社會主義革命,
並無愛於那關了他七年的國民黨,但我認為陳映真在上世紀
末,如非更早,就已經開始為自己培養了一種新的看待國共
內戰的歷史態度,為國共各自對抗分立的意識形態史觀找出
一條超越的路徑;而首先必須要超越一種簡單的兵匪二分。
我認為陳映真看到了一種在歷史中論斷善惡美醜必須要有分
寸感的倫理學意義。一個負責的歷史敘事不應把國共內戰時
期的國民黨政權視作「匪」,就像國民黨也不應把那時的共
黨視為「匪」是一樣的。回到楊子榮紀念館,在我對那個館
以及導覽小姐的讚美之外,我的建議是:不妨為現在只是一
個負面符號的「座山雕」,回復一點點人性與歷史性。
　　在此行頭一天往牡丹江的硬臥上,大成告訴大家他最近
讀了李敖批評龍應台《大江大海》的新書《大江大海騙了
你》。大成的語氣難掩興奮,似乎是李敖好好地給他出了一
口氣。我在離台赴京前,在大直美麗華的誠品也翻過李敖的

▲作者母親常提及的「道外」地區街景。
▼長發街、大水晶街一帶，即「道外」。

▲只剩牆上的門牌留人遐思。

▼空間像個惡戲的魔術師，滄海桑田。

這本新書。我的感覺是：這本書是必要的，且唯有李敖能寫。我刻意讓自己沒讀過幾乎是人手一本的《大江大海》，因我猜想（或許有誤），《大江大海》大概就是延續她一貫的姿態：國民黨的中華民國因接近西方而是文明，共產黨與中華人民共和國則是歷史的孽種，一條哪裡都到不了的歷史曲折，最後還是得回到「文明」的從頭。但龍女士的史觀是個省事的史觀，因為它從來不需面對一個問題：國民黨何以失去大陸？而迴避這個問題其實是國民黨來台之後一貫的姿態——高或是低。在這篇紀行文字的開始，我曾提到過 1970 年代初風靡台灣的黨營中國電視公司的電視連續劇《長白山上》。它的主題曲更是風行一時，照抄如下：

> 長白山上的好兒郎，
> 吃苦耐勞不怕冰霜，
> 伐木採參墾大荒，呀嘛
> 老山林內打獵忙，呀嘛哼嗨呦，哼嗨呦。
>
> 長白山的東鄰藏猛虎，
> 長白山的北邊兒有惡狼，
> 風吹草低馳戰馬，
> 萬眾一齊槍上膛，
> 掃除妖孽重建家邦，
> 掃除妖孽重建家邦。

　　這部電視劇的情節其實就是國民黨版的民國近代史縮影。本來安和樂利的「長白山上」，雖然面對東邊的日本與北方的俄國的侵略，但最終還是能精誠團結打敗日寇，想說終於可以從此過上好日子了，但奈何禍起蕭牆，自家出現了「妖孽」……。這部冷戰時期的國民黨通俗連續劇的糟粕歷史想像，其實還可能仍是龍女士至今寶玉懷之的歷史想像。對龍女士的原地踏步，和李敖一樣，我也想要批評，但東北行無意間給了我另一個視角，讓我得以也能這樣看：龍應台的史觀其實也未嘗不是對岸史觀的反動呢！《大江大海》與《林海雪原》必須要合而觀之。到目前為止，兩岸似乎還結構性地缺少一種超越黨派視角看待共同歷史的一種素養與襟懷。

　　《林海雪原》畢竟是一個特定時代的小說，它反映了一個時代的氛圍，盡了一個時代的角色，不需苛評。但時至今日，我們是否該有另一種看待歷史的方式，如若不然，我們將永遠在「林海雪原」與「大江大海」的意識形態與簡單美學中擺盪。「林海雪原」面對的是政治，「大江大海」面對的是市場，在政治與市場之間，我們要為歷史找到呼吸的空氣。如果是這樣，那麼，超越《大江大海》與超越《林海雪原》恐怕是同一回事吧！其共勉之。

兩岸與第三世界*
——陳映真的歷史視野

在這篇短文裡，我想透過我近來閱讀陳映真的一些心得感想，對我所理解的陳映真先生（以下敬稱免）的兩岸與第三世界的歷史視野，進行一些初步討論。我認為，陳映真這方面的歷史視野與實踐經驗，無論對當今中國大陸或台灣當地，乃至東亞區域的知識界的自我認識以及相互理解，都具有相當重要的意義。也是因為這個緣故，文章的後半部討論了韓國學者白永瑞對陳映真相關思維的整理與批評，以及我對這個批評的回應與反思。由於這篇文章只是以我的一些無論如何夠不上全面的對陳映真相關討論的閱讀的筆記為底，所做的一些初步分析，甚至只能說是隨想，因此它不是一個較全面的對陳映真的兩岸與第三世界觀的研究；對這個議

*　本文的部分內容曾以〈陳映真（讓我產生的）的提問與困惑〉為題，口頭發表於「東亞批判刊物研討會」（上海大學，2011 年 6 月 18 日）。本文最近也曾發表於「兩岸和平發展論壇」所主辦的「台灣文學的兩岸視野」研討會（台大集思會議中心，2012 年 4 月 28 日）。謝謝講評人陳昭瑛教授對本文的評論。此外，也謝謝于治中與鄭鴻生兩位先生閱讀初稿的批評意見。

題，陳光興已經有相當豐富的討論，特別是關於第三世界[1]。
如眾所知，兩岸（以及第三世界）的問題是陳映真困惑與思
索的一核心對象，在陳映真的長期思考寫作中，具有高度的
歷史複雜性，因此，目前的這篇關於陳映真在這一議題上的
短文，也一定反映了我個人理解的限制，以及我個人看法的
主觀性。這是必需在文章前頭作一交代的。

一

　　我常常和我的學生說，陳映真的小說其實是一部**台灣的
當代史**，這既是因為小說家並不是面壁虛構他的小說情節與
人物，也是因為小說家並不是利用小說來抒發他一私的憤懣
或焦慮。陳映真的小說總是小說家作為一個思想者和歷史與
現實的深刻糾纏的展現。如果這個命題成立，而我當然確信
成立，那麼，接著的問題就是，思想者陳映真是否有其理解
「台灣歷史」的特定方式，或換句話說：他的「台灣史觀
點」的特點為何？我認為陳映真的「台灣史觀點」可以極簡
地表述如下：**台灣的歷史（尤其是近當代史）是中國歷史的
一有機部分，但同時，或因此，也是一獨特部分。**

　　這個表述的前半部是陳映真的基本立場，後半部則是他
的重要補充。無可諱言，陳映真的這個「基本立場」，是讓

1　陳光興（2009）〈陳映真的第三世界：狂人／瘋子／精神病篇〉；
　　以及，陳光興（2011）〈陳映真的第三世界：50 年代左翼分子的
　　昨日今生〉。

他自 1990 年代（如非更早）以來，被批評惡訾、指桑罵槐，乃至刻意遺忘的最根底原因。隨著台灣的民粹本土化運動在 1990 年代初的快速展開，以及作為結果的一種與「中國」相對甚至敵對的「台灣人」以及「台灣認同」形成，使陳映真所代表、所象徵的這個「基本立場」被高度汙名化，從而使整個台灣社會從中研院的歷史研究到小學生的歷史記憶，都籠罩在主流的、政治正確的歷史觀語境之下。這使得很多知識分子，意識地甚或無意識地用情感、信念與價值綁架了客觀理解歷史的知識能力，而所謂客觀，意思是進入到主體自身的歷史構成的能力。當然，這樣一種歷史觀——一種去歷史化的歷史觀，是其來有自的，至少很重要的一部分是來自原先對國民黨的斷裂的、遮掩的、不誠的、傲慢的大中國歷史觀的反動。但是，反動如果只能是任由歷史的命運讓它擺盪到另一極端，那也終究只是另一個反動而已。用一種合乎時代氛圍的情感、信念與價值取代歷史，猶如用它們置換現實，那將如憤怒之盲人騎憤怒之瞎馬，必然無法成事，且必然以悲劇終。用情感或意志切斷那深度聯繫並重要構成今日現實的歷史條縷，並不表示歷史就一定如人所願地消失或不作用。經常，它在故意背對它的人們的背後作用；暗箭難防。

主流知識界（包括了台獨，也包括獨台的「中華民國派」）的知識狀態固然有嚴重的去歷史化危機，那麼統派的與非統非獨的（或曰「批判的」）知識分子的狀況是否就一定比較好呢？未必。因為他們也可能以不同的形式展現實質

相類的「去歷史化」。統派知識分子因為不是主流,在方法上較難一概而論,但如果說他們之間有人把「台灣歷史是中國歷史的一有機部分」這個他們與陳映真(這位公認最大口徑的「統派知識分子」)一樣堅守的基本立場,突出地甚或僅僅地理解為一個「情感、信念與價值」狀態,那可能應該也是有的吧。而若是要論及向來標榜「不統不獨」、「全球思考在地行動」的批判知識分子,情況是否會比較不同呢?邏輯上應該是的,但也僅僅如此。批判知識分子,就定義或理想而言,是不被,或至少努力不被,任何既存的、主流的意識形態╱文化霸權╱知識觀念所包裹脅持,而企圖對它們的偏利性、遮蓋性與扭曲性提出批判的。但在台灣的批判知識圈,以我所長期參與的「台社」(台灣社會研究季刊社)而言,我們雖然在「情感、信念與價值」層次上經常不是台灣民族主義的支持者,甚至在姿態上是它的長期批判者,但這個批判,卻在某種意義上而言,並不夠徹底,竟或在一個根本的或後設的地基上,是它所批判的對象的某種忠誠支持者。這個「忠誠」來自於歷史視野與空間格局的共享,也就是說,雖然我們反對保守的、民粹的、親美的、反中的台灣民族主義,但是我們在認識論與方法論層次上也是「台獨╱獨台派」,因為我們的提問與回答總是在一個自覺足然、適然的「民族國家」的尺度內操作,排除了近、現與當代中國在內的歷史相對縱深以及區域多層空間尺度。這樣的一種「方法論台獨」,勢必無能反思及於自身知識狀況的歷史制

約性,體認到自身知識狀況的形成因素至少包括了中國文明
與思想在清中葉以來的衰退、辛亥革命、五四運動、中國共
產革命運動、中日戰爭、國共內戰、乃至冷戰架構、兩岸分
斷、與美國現代化知識與學術的全球霸權⋯⋯的各種亮色或
暗色條縷的共織性。對於這個主要是歷史視野的狹隘與斷
裂,我曾主張批判學術至少要在「方法論中國人」的知識立
場上,重新歷史地審視台灣今日狀況的由來,真誠面對歷
史,以期超克分斷體制下的無本的、殘弱的知識狀況[2]。

因此,「台灣歷史是中國歷史的一有機部分」這個基本
立場,應該從一種長期汙名的、一種近乎制約反應的本能拒
斥下解放出來。而解放的第一步就是將自身的知識狀況客體
化,學習進入歷史的「客觀」能力,如此才能重新認識自身
狀況的真實形成。這是我所體會到的陳映真的歷史觀中的某
種客觀的、超越黨派的認識立場,而它經常最清楚鮮明地展
現在陳映真的文學,尤其是他最近期的中篇小說,例如〈歸
鄉〉(1999)與〈忠孝公園〉(2001)。在這兩篇小說裡,
陳映真不僅超越了當下的藍綠對立、當下的統獨情緒,甚至
超越了國共兩黨的歷史敘事框架,而從一個更長、更寬的歷
史之河中,冷靜而悲憫地凝視人間直面當下[3]。這條河,就

2　趙剛(2009)〈以「方法論中國人」超克分斷體制〉。頁 141-
　　218。
3　最近,陳映真先生的長年摯友尉天驄先生回憶陳映真的創作生
　　涯,指出陳映真在 1960 年代中期,大約是《文學季刊》時期,

是陳映真向來的基本立場「台灣歷史是中國歷史的一有機部分」。而中國歷史當然是區域以及人類歷史的一有機部分，自不待言。

然而，這個基本立場，雖然非常重要，尚不足以充分表達陳映真對兩岸的歷史觀點，還得加上「台灣的歷史的獨特部分」這一補語。對陳映真而言，「獨特性」的強調與任何分離主義傾向毫無關連，反而是作為中國歷史的有機構成的必然言下之意。唯其獨特，才有一種真正地參與到整個中國，成為其有機部份的可能。我認為這可能是陳映真和很多中國大陸的學者的一個重大差異所在，後者是否只欲見其同，不欲見其異？對陳映真而言，這個獨特性的核心基礎，

有了一個巨大的轉變，從「文學的陳映真一變成為政治的陳映真。從此以後，他的文學便一變而成為他的政治工具……在他的寫作、認知上，已經有某種力量在控制著他……把莫斯科和延安想成自己生命中的耶路撒冷。」尉天聰先生甚至認為陳映真此後一生執迷途其未改，強枉為直，甚至敷粉獨裁、歌頌暴力（見尉天聰（2011）〈理想主義者的蘋果樹〉《回首我們的時代》。頁246）。對於一位曾經在陳映真蒙受白色恐怖生命陷入危機之際伸出勇敢的、友情的、道義的高貴援手的尉天聰先生，何以在友人長期臥病無法回應澄清之際，發出情緒如此尖銳、語言如此決絕的政治論定，其個人情緒乃至意見作為一個特定的傳記、歷史與交往的反映，或許值得好奇、需要理解，但此一意見如果是作為文學史的知識論斷，那麼，揆諸陳映真歷來文學創作中沛然的理解之心、悲憫之情，與困惑矛盾之意，體現在那哪怕是眾人皆謂高度政治性的〈鈴璫花〉系列，以及，好比，更近期的〈歸鄉〉、〈夜霧〉與〈忠孝公園〉，則是斷然無法成立的。

就是台灣在 1895 年被祖國割讓給日本，從而經歷了長達半
世紀的殖民地經驗[4]。相對於中國大陸從未真正成為任何帝
國的殖民地過，台灣曾是殖民地的歷史就比較特殊；如果中
國大陸曾自認為或被認為屬於「第三世界」，那麼台灣則應
屬於「前殖民地第三世界」。大陸的第三世界觀的形成，固
然有豐富的反帝國主義、反封建主義的思想與實踐基礎，從
而和亞非拉第三世界國家有高度重疊之處，但大陸的歷史主
流經驗，除了在論及「租界」式準殖民地經驗或「偽滿洲
國」的傀儡政權經驗外，在反抗作為一生活世界的構造的殖
民政權這一面向上幾乎是不存在的。陳映真應該是早就看到
了這一點差異，1977 年陳映真為文評論葉石濤的〈台灣鄉土
文學史導論〉時，就從文學史的角度，提出了第三世界、台
灣以及中國大陸之間的關係。他說：

4　當然，「台灣的歷史的獨特部分」不只是半世紀的殖民地經驗，
　　還包括了戰後中華民國體制的移入。這個體制在統獨爭議下很不
　　好擺定位置，尤其是在民進黨的台灣民粹主義之下，這整個體制
　　被等同於國民黨的專制獨裁，一無是處。但這顯然也是一種去歷
　　史化的歷史觀，無法從中國近現代歷史的背景（包括危機、條件
　　與努力），來較客觀地評量國民黨政權的歷史意義，特別是在相
　　對低度暴力的土地改革，以及相對具有平等效應的經濟發展，這
　　兩個面向上。關於這方面的討論請參考瞿宛文的一系列相關討
　　論，特別是最近的論文，瞿宛文（2011）〈民主化與經濟發展：
　　台灣發展型國家的不成功轉型〉。頁 243-288。由於本文是以陳
　　映真的文學為討論範圍，因此暫把「獨特性」的討論限定在殖民
　　這一面向。

　　放眼望去，在十九世紀資本帝國主義所侵凌的各弱小
民族的土地上，一切抵抗的文學，莫不帶有各別民族
的特點，而且由於反映了這些農業的殖民地之社會現
實條件，也莫不以農村中的經濟底、人底問題，作為
關切和抵抗的焦點。「台灣」「鄉土文學」的個性，
便在全亞洲、全中南美洲和全非洲殖民地文學的個性
中消失，而在全中國近代反帝、反封建的個性中，統
一在中國近代文學之中，成為它光輝的，不可切割的
一環。[5]

　　對陳映真而言，「台灣」「鄉土文學」有兩個參照，一
個是第三世界，一個是中國。因為台灣的新文學是在一個確
鑿的殖民地社會條件下形成的，因此它的殖民地文學的反抗
特性，擺在第三世界中則比比皆是，一般而言並無甚特殊之
處。但若擺在它的不可切割的中國歷史脈絡下來看的話，台
灣的新文學則為「全中國近代反帝、反封建的個性」增添了
特殊的光芒——由於其面對具體的、日常的殖民統治的文學
反抗實踐。

　　即使在討論這個「獨特性」時，我們也不可忘記這個獨
特性的前提是「台灣歷史是中國歷史的一有機部分」。這裡
有一個非常明確的中國的，而且是一個中國的，認識歷史的

5　陳映真（1977b）〈「鄉土文學」的盲點〉。頁 3-4。

立足點。因為中國在近現代的荏弱，台灣被帝國主義的日本從其祖國切割而去，而殖民時期的台灣新文學所表現的正是對這個暴力所加諸其上的帝國主義與殖民主義的反抗。正是因為這個反抗是整個中國近現代歷史的一個悲劇部分，因之而生的文學也必然是中國近現代文學的一發光部分。早在1977年，陳映真就能讀出葉石濤文學史書寫中的分離主義意涵，恰恰是因為葉石濤企圖把殖民經驗去脈絡化、去歷史化地申論為台灣鄉土文學的「台灣立場」，而以此與「中國」作出差異與區隔。陳映真是最早看到這樣的文學批評，在所謂的「台灣人意識」或「文化的民族主義」的打造中，所扮演的推波角色。

在以後的歷史發展，我們看到了，不僅是中國大陸的知識分子並沒有認真看待這一段「反抗時代」的「台灣經驗」，就連台灣的知識分子也對這個歷史經驗選擇忽視。事實上，台灣的主流歷史意識從來就不曾和「台灣屬於前殖民地第三世界」這樣一個想法或視野產生任何關係。這當然有歷史的原因。台灣的主流意識從不認真面對它的前殖民地歷史，原因至少有二，其一，1950年以來，台灣在全球冷戰架構下，緊隨美國，將自己作為反共的「自由世界」忠實成員。這如何可能培養出一個相對於雙極權力的自主性？國民黨政權在冷戰時期所遵循的親美反共，以及美國在東亞所執行的圍堵政策，特別是其中和日本的盟友關係，必然結構性地要求國民黨政權壓制台灣抵抗日本殖民歷史的批判傳統，

反而，竟至於大量啟用殖民時期的親日、附日的大家仕紳[6]。其二，作為「少數的」、「外來的」統治者，國民黨政權對日本在台的殖民歷史高度禁忌，它企圖透過中華民國國族打造，以國族主義的統合，高調迴避這個可能產生差異與批判意識的歷史問題。這讓那據稱是以反對國民黨為主要鋒向的台獨意識，其實竟也承襲了國民黨的某種歷史意識，也缺乏關於殖民地歷史經驗如何形塑了今日台灣社會文化與精神狀態的客觀理解能力。而如果真有相關討論，那些討論也常是高度工具性與策略性，從而不免是高度扭曲的，無法對「日本殖民」的歷程有一種客觀檢討的態度，只能因為要反國民黨、反中，就把鐘擺擺到另一個極端：日本殖民政權是現代的、法治的，是高度文明的，甚至是台灣戰後經濟發展的主要（若非唯一）背景因素。這後頭有一個二元對照，日本是一切台灣現代文明的源頭，而中國則是一切落後的淵藪。這個敘事常透過一個廣為流傳的「水龍頭寓言」而深刻展現。上岸的國民黨大兵以為任何時候任何地方只要往牆上插上一顆水龍頭，就會有自來水源源流出。人們在嘲弄中，將代表「文明的」日本，對立於「落後的」中國，但也在嘲弄中，壓抑地遺忘了殖民地的苦悶與傷痕[7]。

6　同前引文，頁 77-78。尉天驄回憶楊逵的部分裡就指出了這一點：戰後的國民黨政權是在冷戰的地緣政治思考下，打壓了楊逵、賴和、林少貓這樣的殖民地人民的反抗傳統。

7　鄭鴻生（2006）〈水龍頭的普世象徵──國民黨是如何失去「現

　　因此，壓制對殖民主義的批判，以及選擇背對殖民地歷史，並不表示它不存在，反而讓它以一種扭曲的、奇怪的面貌，更沒有阻礙地流動、發展，並形成一種暗中支配的勢力。一直自認代表「民主」與「進步」的民進黨，及其前身的主流黨外運動，其前提（或代價）之一就是這段歷史不曾也不能被認真反省。因此，在歷史意識上所造成的真實效果，竟也是類似它所反對的國民黨的對歷史的迴避，常將歷史敘事的開啟點設定在二戰之後，而民進黨則特別設在 1947 年的二二八事變。但豈止是右翼的台獨民粹主義如此理解或使用歷史，如前所言，台灣社會裡的左翼批判知識圈，例如「台灣社會研究季刊社」，也是長期處在這個被歷史斷流的主流歷史意識之中。2004 年《台灣社會研究季刊》十五週年會議的基調論文，就是如此結構歷史[8]。

　　是在這樣的一種因為特定的歷史編纂而形成的歷史失憶——忘掉了自己的祖輩是中國人，忘掉了殖民壓迫的血史——的地景上，我們看到了陳映真文學的特殊意義。從 1960 年的小說〈鄉村的教師〉，到最晚近的一篇小說〈忠孝公園〉，四十年間，陳映真不斷地大聲指出台灣社會的「前殖民地第三世界」的內傷與傷痕，但顯然，這些聲音大都落到了聾子的耳朵。半世紀來，陳映真的「天問」之一應是：為

代」光環的？〉。頁 71-90。
8　　參考《台灣社會研究》編委會（2004）〈邁向公共化，超克後威權：民主左派的論述初構〉。

何台灣社會有那麼嚴重的「前殖民地第三世界」的鬱鬱內傷
與瘢瘢外傷，卻一直沒有找到面對它的契機，遑論經由直面
那段歷史粹煉出一種可謂之「前殖民地第三世界」的觀點？
我認為特別是他的中篇小說〈忠孝公園〉，就是這樣一種思
考與觀點的結晶。這篇小說不只是為台灣人寫的也是為大陸
人寫的，因為他應該也會認為，中國大陸的知識界對這樣的
一種世界觀並不應該是感到完全外在與陌生的，而是可以有
一種內在理解基礎的──如果偽滿統治下的東北人民的複雜
經驗能夠被梳理反思的話。事實上，這篇小說所說的就是馬
正濤（一個前偽滿官員前國民黨特務）和林標（一位台籍日
本兵），這兩個在同一片區域歷史天空下運命交織但卻看來
身世迥異形同陌路的兩個老人的故事。

那麼，這個被陳映真早就提出的「前殖民地第三世界」
觀點，對中國大陸的知識狀況，是否有任何意義呢？我認為
是有的。特別是萬隆會議以來的三、四十年間，一直把自身
在觀念上置放於「第三世界」的中國大陸知識主流，其實有
一個比較特殊的第三世界身份，因為它基本上沒有被殖民
過。因此，台灣的長達半世紀的「殖民地經驗」，對中國大
陸的知識界的意義或許就在於藉由「殖民」作為一個中介所
得到的對台灣人民與社會的理解，作為方法，進而建立一種
比較貼近大多數第三世界社會的歷史處境與文化狀況的「前
殖民地第三世界」觀點。也就是說，將這個「台灣經驗」內
在於中國的當代思想的起始感覺中，庶幾可以建立一種比較

堅實、比較內在的第三世界觀點——可以更內在地理解韓國、越南、沖繩、印度，乃至非洲大陸[9]。中國大陸在近幾年的崛起中，在其周邊所造成的疑慮與敵意，雖說和西方所進行的戰略佈局與利益動員有關，但反求諸己，中國大陸對周邊「前殖民地第三世界」缺乏同情的理解，也是原因之一罷。非洲太遠就先不說了，就拿鄰近的越南來說吧，我認為離開它近百多年來的殖民經驗，以及長期在一個大國邊緣的精神處境這兩點，是無法真正理解它的，於是只能陷入一種對方是背信棄義的惱怒中。但現實上，這幾十年來，特別是90年代後，大陸知識界的主要關心，在更乏道德意識的「追英趕美」的熱症之下，已經不包括第三世界了，從而台灣作為中國歷史的一有機部分的這一特點，對其知識狀況的參照作用，也就更難以被關注了，因為熱症之下是不會停下來檢查自己的知識狀況的。另外，大陸曾經那麼受人矚目的第三世界觀，在過去二十多年間的快速退潮，除了和「改革開放」有關，以及對文革的全面否定姿態外，又是否和它當初的基本體質有關呢？它是否曾更專注於反美、反蘇，而不是「第三世界人民的團結」？它是否更是建立於一種隱藏的大國意識而非弱小者之間的平等意識呢？——這些，很有可能

9　同理，「港澳經驗」也應有類似的方法意義，雖然它更不在我的討論能力之內。但似乎比較明顯的一點是，中國大陸的知識界對港澳（特別是香港），似乎還更缺乏一種理解的意願與耐心。這和它們已「回歸」是否有關呢？

也是陳映真的困惑。

　　但話又說回來，連台灣自身的批判知識界對這個「前殖民地」的歷史經驗，也不曾戒除意識形態藥物濫用，面對它開展出深刻的反省與討論，那不是更根本、更難堪的一個奇妙事實嗎？

　　以上是就海峽兩岸的知識界而言，如何藉將台灣的歷史（尤其是近當代史）不只是看成中國歷史的一有機部分，同時也看成是一獨特部分（即，「前殖民地第三世界」），開啟重新理解世界和自身關係的契機而言。但是，對海峽兩岸的知識界共同去把握一種「前殖民地第三世界觀點」的最重要意義，可能還不是外在的，而是內在的。我們都知道，戰後台灣社會因為不曾真正面對「前殖民地」歷史，使得「中國（人）認同」在島嶼上陷入了不確定狀態。陳映真 1960 年〈鄉村的教師〉的主角吳錦翔，他認同他是中國人、他抗日、他認同中國社會主義革命，但他最大的困難並不是如何成為左翼，而是*如何*成為「中國人」，因為他出生於 1920 年的台灣，並成長於皇民化的高潮時期……。這個「中國人」的意義與內涵，對他不確定、不自明，充滿想像，而那固然是他不安與痛苦的來源，但同時也是一種更深刻的反省（到底什麼才是「中國人」？）的契機。今天中國大陸的知識界，有左翼有右翼，辯論爭執都在「左」或「右」，但從沒有提問：如何當一個中國（人）的左翼或右翼？這是因為，不知是好或壞，「中國（人）」是自明的。也許將來的

台灣作為「前殖民地的第三世界」的視角，能夠幫助在大陸的中國知識分子能重新思考「中國」。要將中國認同抽刀斷水固然是虛無的、去歷史的自毀之舉，但將「中國」視為百分百完全自明，也未必一定是好事。「中國」需要在一種對其有「溫情與敬意」[10] 的心情下，將之問題化。

二

今天的海峽兩岸，不約而同地見不太到「第三世界視野」的亮窗。對從來就自外於第三世界、凡事以美國為凡是的台灣，由於向來困缺此視野，固無足論，但在有著第三世界思想與政治深厚淵源的今日中國大陸，情形也不是特別不一樣，學術思想以及文學藝術的參照似乎也只剩下了美歐，則令人好奇。是在這個脈絡下，很多問題的討論會被立即地、自動地，甚至可說是強制地，歸置於「世界」與「中國」的對立，而「世界」經常就是西方。文學的爭論就是一個例子。前幾年，德國漢學家顧彬的《二十世紀中國文學史》能激起一些反響，不就因為它指責中國的 20 世紀文學有太強烈的「對中國的執迷」，而沒有進入到「普遍性」的現代世界文學嗎 [11]？反駁者義憤填膺地說，顧彬是西方中心

10　出自錢穆語：「所謂對其本國已往歷史略有所知者，尤必附隨一種對其本國已往歷史之溫情與敬意」。見錢穆（1996）《國史大綱》。第 1 頁。

11　王家新（2010）〈「對中國的執迷」與「世界文學」的視野〉。第 175-184 頁。

論者云云。也許是，但反駁者不曾電閃腦際的一念是：那位顧彬和他們自己不都一樣是在一種「世界與中國」的對立框架中思考評價？而反駁者們在這一「彼是對偶」之下，其表面的帶著恨意的冷峻對立，實則又很有可能是欲拒還迎的情色糾纏。因此，「對中國的執迷」竟常出乎意料地易於轉化成對它的唯一參照——「世界」（即，西方）的執迷。從文革到後文革，似乎說明了「所是」與「所非」之間的一些戲劇性轉換。因此，藉由對文學場域的爭論的觀察，我們或許可以得到一個至少是邏輯性的啟發，那就是「第三世界」的確是可以作為一種方法，超越簡化的二元對立：東方對西方、儒家對基督教、特殊對普遍、社會主義對資本主義，或「國際主義」對民族主義。

這大概是為何陳映真會在 1980 年代下半對韓國產生關切興趣的原因之一吧。他應是越來越感受到一種尋找類似的被壓迫被歧視經驗，進而從中學習到同是受侮辱與損害之人的反抗精神力量的必要。1970 年代末 80 年代初的「華盛頓大樓」系列小說，雖難以說只是在當代台灣與西方的對立架構中思考，其中是有一股綿長的、陳映真的第三世界思考感受（想想他 1967 年的〈六月裡的玫瑰花〉），但一種立足於區域的「前殖民地第三世界」視野的確還未成形。陳映真北求「韓國經驗」，或許是要以它作為基礎重新出發，作為自我理解的一支新參照吧。儘管這樣一種「韓國經驗」，因為很多原因，並沒有在陳映真之後的文學歷程中開花結果，

但我相信，他的求索的形跡，對不管是當代的台灣或是中國大陸知識界的知識狀況的反省，都是有意義的。

這大約也就是韓國學者白永瑞教授（以下敬稱免）所指出的，陳映真思想中的「民族主義與第三世界的重疊」。2009年，在新竹的交通大學有一場規模相當大的「陳映真文學與思想研討會」，會中的一個重要主題就是陳映真的第三世界思想，而白永瑞教授發表的一篇重要論文就是針對這一議題而作的。白永瑞雖然說這篇論文只是他的一篇「讀書箚記性質的文章」，但的確提出了很多重要論點，例如，指出了台灣和韓國，在強權下的歷史與地緣類似性與應有的相互參照性；又例如，透過另一位韓國學者白樂晴，他指出了民族文學、第三世界文學以及世界文學之間的關連性乃至一體性，以及前兩者對於重新思考世界史的「先進性」意義……12。

但讓我最感興趣，同時也最感困惑的，是白永瑞對陳映真的「民族主義與第三世界的重疊」的批判性申論。白永瑞的批評，表達得相當委婉、迂迴、簡約，因此需要一些舒展還原才能有效開展討論。以下，我試著先重現白永瑞對陳映真的批評，接著再討論這個批評的意義。

白永瑞的書寫策略是透過比較陳映真與白樂晴，換句話說，是透過白樂晴的思想為鋪墊，指出陳映真的問題所在。

12　白永瑞（2011）〈陳映真思想中民族主義與第三世界的重疊〉。頁 557-566。

根據白永瑞，白樂晴和陳映真在某一點上是共同的，即都具
有「重疊民族主義和第三世界論」的特點[13]。在說明白樂晴
的這個特點時，白永瑞指出白樂晴「將民族文學、第三世界
文學及世界文學做了連結並將之視為一個整體，尤其希望通
過民族文學，乃至第三世界的先進性來重新思考世界史。」
[14] 為了說明白樂晴的民族文學的最終的世界主義傾向，白永
瑞較長段落地引了白樂晴的第三世界觀的一些要點，其中有
這樣的文字：

> 以民眾立場為根據的第三世界論就本質而言雖然是將
> 世界視為一個整體，但也賦予後開發國家與被壓迫民
> 族的解放運動和民族主義的自我主張絕對的價值。但
> 同時也認為各國家民族的獨立和自主並不是最終目
> 標，而是全世界民眾合為一個整體的一個過程，這是
> 最明顯不過的了。[15]

　　在理論層次上，這個第三世界論是非常合理的、正確
的，而且也涵化了眾多第三世界論者的一種和馬克思主義
「重疊」的深層感情狀態。白永瑞也認為陳映真的思想是有
這一面貌性格，和白樂晴並無不同，但是，白永瑞認為陳映

13　同註 12，頁 563。
14　同註 12，頁 562-563。
15　同註 12，頁 562。

真的第三世界思想在某一個環節上出了問題，那即是太依賴
『「具體的感性經驗」來認識第三世界的，而中國正是重要
的媒介。』由此，白永瑞很肯定地指出：「這是兩人的不同
之處」[16]。在這裡，白永瑞對陳映真的比較完整的潛在批評
可以是：陳映真可能是由於欠缺對第三世界的一種「理論」
觀點，因此，就比較容易被他的「具體的感性經驗」所制
約，從而不必要地把台灣和第三世界和全世界的這個三維架
構加上一「中國媒介」。果如此，這是一個大膽的或勇敢的
區域間的介入。作為一個在區域中的韓國學者，白永瑞應該
是會意識到這樣的一種「論述介入」的政治與知識風險，因
此，他借用一位「韓國青年學者」宋承錫的研究，用該學者
的話，不甚特別背書地指出了陳映真看待「台灣問題」的空
間與歷史視角，雖然是有超越兩岸關係而有全球地緣政治
（包括了冷戰）視野的優點，但是這樣一種視野的缺點恰恰
也在於「忽視了台灣這一實體的存在以及以此為基礎的台灣
意識，因此也很難獲得現實性。」[17] 我對這句被白永瑞所引
用的話的理解是：由於強調「冷戰—國家分裂架構」的歷史
解釋優先性，陳映真在思考邏輯上只能把台灣視為一個被決
定的對象。

　　白永瑞雖然沒有為宋承錫所謂的「忽視」背書，認為是

16　同註 12，頁 563。
17　同註 12，頁 563-564。

否真地忽視「還有深入討論的必要」，但我認為白永瑞的這個具有學術品質的謹慎並不全面，因為他對於論證結果的謹慎保留，並沒有同樣施及於論證前提。而這或許是由於宋承錫和白永瑞共享了同一個論證前提：台灣是一個事實上的「實體」，以及存在著建立於此一基礎上的「台灣意識」。但是，關鍵恰恰是在這個看似當然的不當然上。而因為這個前提是陳映真的歷史觀所堅決拒斥的，因此並不存在「忽視」與否的問題。如我們先前所指出的，陳映真看待兩岸關係的出發點向來是台灣的歷史（尤其是近當代史）是中國歷史的一有機部分，雖然可以同時是一獨特部分。這裡有一個主從先後的次序，是大堅持之所繫與大鬥爭之所在——這是一塊高度爭議、高度鬥爭的水域。而白永瑞（以及宋承錫），卻在小心翼翼的乃至意欲同情的理解過程中，由於某種前提的想當然爾，不自覺地瞬間跨上了他們所要理解的對象的對反位置。思想史的「內在性」，於是快速板塊滑移至批判理論的「外在性」。

　　白永瑞順著這個前提所能允許的邏輯流向，指出了陳映真對「台灣文學和台灣現實」的「悲觀」的問題所在，而證據則是陳映真曾指出「台灣文學一般總是缺乏歷史性、文化性及哲學性」[18]。但這明顯是一個去脈絡化的文本徵用。陳映真的原文是在「台灣文學」這四字之前加上一個重要的時

18　同註 12，頁 564。

間限定——「三十年來的」[19]。由於陳映真的這篇文字作於
1984 年，他所批評的對象事實上是戰後 1950 年代以來的
「向西方『現代』文學模仿的時期」的「台灣文學」，而非
「台灣文學一般」。事實上，在同一篇文章，陳映真指出了
受五四運動所高度衝擊的「台灣文學」（或「在台灣的現代
中國文學」），從賴和以來的光輝傳統，在作為反帝、反殖
民的文化啟蒙運動的一支，和廣大的第三世界的現當代文學
聲氣與共。對缺乏「歷史性、文化性及哲學性」的、玩弄形
式的、綺麗自珍的「台灣文學」有悲意，但那不是本體論或
目的論的「悲觀」，我似乎更在這個悲意中感到一股矛盾而
起的自我振奮與期許，而那是在一個歷史大河之中的一分子
的悲涼、振奮與期許，所謂「大雅久不作，吾衰竟誰陳！」。

　　由於白永瑞認為陳映真全面否定了台灣文學或台灣現實
的「進步性」，從而和白樂晴所主張的具有民族、第三世
界，與世界，這三段架構的第三世界論有很大的不同。對白
永瑞而言，似乎可以這麼說：因為陳映真自我瓦解了「台灣
視角」，他的第三世界觀就只剩下了中國與第三世界這兩個
尺度。又由於「1980 年代以後第三世界論在中國也失去了魅
力」[20]，那麼，於白永瑞很難啟口但事實上又似乎不得不然
的是：陳映真的「民族主義與第三世界的重疊」也變成南柯

19　陳映真（1983）〈中國文學和第三世界文學之比較〉。頁 436-
437。
20　同註 12，頁 566，註 21。

一夢，沒有台灣、沒有東亞、沒有第三世界、也必定沒有「全世界的終極關懷」，只剩下了「中國」這一統派立場。這個批評，如果所指的是當今大陸的某種主流知識狀況，是有意義的、可以成立的，但問題是陳映真與大陸主流思想界之間並不存在這樣一個同一性。不幸地，這是白永瑞對陳映真的批評的邏輯上的必然總結，雖然我願意相信這未必符合白永瑞對陳映真的複雜感情狀態。白永瑞的論文的最後一句話是如此說的：「此時正是我們……開創世界層次的民衆世界之第三世界的真正性的時候。陳映真的精神資產和實踐經驗時刻提醒我們不要忘了這一目標。」[21] 白永瑞的意思是否是：「我們」要把握住陳映真早期的「精神資產」，而要以他的「實踐經驗」為戒呢？

三

這牽涉到的是一個很困難的問題，即區域批判知識分子的批判的分際。我自己其實並沒有什麼答案或洞見，我向來其實是「很宅的」（用光興批評我的話），和東亞區域的批判知識分子的接觸很有限。因此我其實是沒有什麼發言權的，只是碰巧這幾年正在讀陳映真，也因此讀到了白永瑞的這篇論文，才因此感受到問題的存在。而特別又是由於我在陳光興辦的一些討論會場合，也見過白永瑞教授數次，對他

21　同註 12，頁 566。

的印象其實一直是很好的，他給人的印象總是很溫和、很謙沖，且是少數能通中、日、韓三國語言，具有高度第三世界批判意識，積極促進區域批判知識界對話的優異學者與思想者。我認為他所開出的「東亞視角」，無論對於日本、中國大陸，或是台灣的知識分子而言，都很具有參照與反思意義。但恰恰是這位熟悉於在區域發言而且經常抱有善意與耐心的白永瑞，對陳映真的理解發生了一個嚴重的錯位。他幾乎是以陳映真整個生命與思想歷程所戰鬥所拒斥所無論如何不能接受的一種「獨派觀點」，作為分析與評判陳映真思想意義的基礎。也就是說，白永瑞在「我們在台灣的在地人」的非常內在、非常緊張的兩岸或統獨問題上，因為要抒發他的觀點，而「不小心」已經站上邊了。

我相信，白永瑞應該是沒有在區域中「別人家」的「家務事」中站邊表態的必要[22]。他之所以畢竟如此做了，我猜想，可能是和韓國批判知識分子的一種「韓國視角」有關吧。這樣說不是批評，區域中有這個或那個的不同的「民族視角」是很「自然的」，產生於各自所存在的不同的且相對的區域空間與歷史位置，以及從而形成的涉及認同與評價的差異情感與評價狀態。具體而言，是否由於日本殖民、美國

22　暫借「家」這個暗喻，自覺不甚完全妥當，但也模糊覺得這也可能是一個更深入思考區域問題（好比區域中的「公與私」問題，以及批判實踐的主要指向是自我還是他者……）的一個契機，因此也就用了。

介入、東亞冷戰秩序的確立……這些共同脈絡與經歷，韓國知識分子對「台灣」有了一種「物傷其類」的感受？從而，雖未必延伸而為對台灣的確實的理解實踐[23]，但很有可能因此產生一種因為「同類」而衍生的某種認識上的平移。這一點，在白永瑞的論文中其實是很清楚地表達出來了。在論文一開始，白永瑞就指出他是「立足於兩種觀點來闡明陳映真的思想」。但有趣的是，這兩種觀點都是和台灣脫離作為歷史中國的一部份有關。「兩種觀點」：其一，台灣與韓國有「相互連動」的關係，先後被日帝及美帝編入他們強權所建立的區域秩序；其二，台灣與韓國「在東亞冷戰秩序確立過程中經歷了內戰，最後並形成分斷狀態。」[24] 白永瑞接著說，「最能體現筆者所強調的這兩種觀點的例子就是陳映真的思想」。在表面上，白永瑞說的是對的，因為陳映真的思想內容的確反映了上述的歷史過程與相關概念，但是，白永瑞的錯誤是他不曾進入到（至少就他這篇論文而言）他寫作與批評對象的歷史內在，從而無法掌握陳映真論述心志的方向始終是在挑戰、反轉與治療，這兩個歷史悲劇對台灣人作為中國人的認同扭曲與創傷。這是陳映真一切文學、歷史與思想的血的動力。

我們可以理解某種「韓國視角」中的第三世界進步性，

23　這一點，白永瑞指出韓國對於台灣的知識理解興趣似乎還比不上台灣對韓國的。同上引，頁 559。

24　同註 12，頁 557-558。

因為它（就如陳映真在 1980 年代就看到的）有一股屬於被壓迫被歧視的弱小民族／國家，在抵抗新舊殖民強權過程中所散發的光輝。韓半島的分裂、民族的對立，與相互的仇視，陳映真是有真切的痛感的。而我想，陳映真追求民族統一的願望，也許更應該為「韓國視角」所體會吧。但揆諸白永瑞（以及白永瑞所引宋承錫）之文，似乎又看不到這樣的一種同理心。是什麼原因呢？是否，韓半島的民族分斷有外人所不能簡單理解的某種複雜性？是否，「一統的中國」對周邊國家的知識分子有其特殊的，和中國本位不同的，歷史感覺呢？是否，「中國的崛起」使韓國的批判知識分子對「中國」感受到一種美日之外的新壓力，從而對這個區域中的地緣政治有了一個特定的「韓國視角」，「希望」台灣更加地變成一個具有「台灣意識」的「實體」？這些，我誠然不知。但我的確知道，白永瑞所指出的那兩個「觀點」，雖有其「客觀」部分，但也可能是一種特定視角（即「韓國視角」）下的觀看，因為同樣的「歷史事實」，如果視角稍微調整的話，那是可以內涵一種對近現代衰弱的、被侵略的中國以及飽受流離與蹂躪的中國人民的「歷史負債感」的。二戰結束之前，日本帝國主義左手牽著殖民地台灣，右手牽著殖民地韓國，但不是面向太平洋之東，而是面向東海之西。同樣，二戰後不久直到現在，美國帝國主義，站在日本與沖繩，左手牽著台灣，右手牽著韓國，也是西向而立的。最近，從來不曾離開的美國又要「重返東亞」，請問韓國的、

日本的、沖繩的、台灣的、菲律賓的、越南的知識分子，將
如何看待這個地緣新勢？一直以來中國大陸說它「不稱
霸」，區域裡的批判知識分子率多不信，我自己知識分子懷
疑成性，也難以輕信，但是，對於「已經稱霸的」俯首貼
耳，一起「圍堵」「還沒稱霸的」，這在道理上有些說不過
去，在作法上有點勢利眼。中國的「霸權行徑」，如有，是
要區域中的批判知識分子站在區域的道義與歷史對之批判，
而非跟隨美國的、西方的視角對之譴責。這個觀點是陳映真
在 2005 年在他的〈對我而言的「第三世界」〉一文中所闡
發的 [25]。而我相信白永瑞教授，作為我所敬佩的第三世界觀
點的支持者與促進者，一定也是能同意的。

　　白永瑞在這篇關於陳映真的論文中的最後部分，曲致且
簡約地對拙作〈以「方法論中國人」超克分斷體制〉一文提
出了批評。他說：『「東亞」這一媒介絕不是面對「兩岸關
係這一特殊而具體的問題」時的「一種逃避的遁辭」。』[26]
白永瑞透過對另一韓國學者白池雲的論點的援引，批評了單
引號內對我的引述部分，因為我文章說了「東亞論述」可以
是一種逃避的遁辭。白池雲說：『在「將中國（人）問題
化」的過程中，如果沒有第三世界或東亞等媒介的介入，終
究難以擺脫中國—台灣的二元論。』[27] 其實，不論是白永瑞

25　陳映真（2005）〈對我而言的「第三世界」〉。
26　同註 12，頁 565。
27　同註 12，頁 565。

或是白池雲的論點，我都能理解，作為抽象原則而言也都能
同意。但是，當原則碰到現實時，好比白永瑞對陳映真思想
進行了介入性批判時，這個「媒介的介入」又有可能在當
下，不見得為思考者所意識得到，變成了一種立場，而無法
躲避地和「統」或「獨」有了對號效應，從而，反而弔詭地
成為了統獨二元論的另一個「境外」深化機制。因此，區域
的批判知識分子的對話是在一個高度混濁、危機重重的水域
中，需要更複雜的或更突破的認識論方法論上的反思去克服
困難。「區域媒介的介入」如果沒有一種連我也不知是什麼
以及如何陳述的複雜的提煉，那麼「介入」反而常常會讓原
本複雜的、深刻的歷史糾結，又被區域裡的成員的各自「民
族」視角所簡單化。其實，《台灣社會研究季刊》的一些朋
友，包括陳光興、鄭鴻生、瞿宛文，在那一次「超克分斷體
制」的寫作中，正是受益於韓國學者白樂晴的相關討論回看
自身，而希望從中獲得一些如何「擺脫中國—台灣的二元
論」泥淖的靈感。我們做的成績如何是一回事，但初心的確
是想要在被統獨昏攪的台灣社會，提出一些開始面對「中
國」的知識契機——至少先將中國知識對象化，而非妖魔
化。這在本土勢力已經獲得霸權的年代中是一個高度困難的
嘗試。是在那個真實的脈絡下我因此說，要面對中國，使中
國首先成為我們的知識的、理解的（而非逕行臧否）的對
象，這步路必需得走，而在決心邁出這一步之前，不論是再
好聽的、再政治正確的話語（包括東亞、亞洲、性別、原住

民、環保……）都不足以作為逃避這個知識任務的遁辭。但這在白永瑞的閱讀中，就立即被「翻譯」為對「東亞」的否定，而原因可能是由於對「中國」的情結……。

批判何其難！對話何其難！尤其在我們所身處的區域之間更難對話更難批判，因為話語文字後頭充滿了包裹在各自歷史與地緣視角的「觀點」，而不論是好或壞，上世紀八〇年代末之後，左翼傳統的普遍性話語又已經失去了以往的溝通與媒介作用。因此，區域知識分子的「真正對話」其實要比和遙遠的第一世界的「對話」要困難得多。但那個不困難是假的，因為相互是在說對方能立即懂得的固定套語，而那只是歷史終結時代的話語遊戲，造就出一大票西方能感興趣或能接受的東方學者。相對而言，區域間對話的困難是真的，但反而還可能有開創歷史的潛力。因此，本文與其說是對白永瑞批評陳映真的「反批評」，不如說是共同摸索如何面對自身的限制與機遇，開啟真正的區域對話共同體的可能。但這所要求的一個重要前提是：大家要對所有成員（至少是「有意義他者」）的歷史與文化感覺進行深入的感受理解。我自己這方面就很怠惰，遠遠不及白永瑞的工作成績。但拋開具體個人不說吧，這是一個長期的工程，要數代人的繼續努力——但現實又是如此之急迫。

最後，回到陳映真。不管同意不同意陳映真歷史觀點（我自己是同意的），在同意或不同意之前，或許都需要先理解它的內在思想與感情結構，理解陳映真為何堅持「台灣

歷史是中國歷史的一有機構成」。這是陳映真思想的磐石。在一個思想缺少磐石，不必有磐石，但卻在無意識上接受了別人的磐石的今日，我們是否尤其需要對這個磐石有一種必要的尊重。有信仰的尊重，才會有知識的理解。

在文章最後，不妨再度回到那一段為白永瑞所注意、所引述的陳映真文字：

> 「台灣」「鄉土文學」的個性，便在全亞洲、全中南美洲和全非洲殖民地文學的個性中消失，而在全中國近代反帝、反封建的個性中，統一在中國近代文學之中，成為它光輝的，不可切割的一環。[28]

它的其真正意思，我認為，必需得透過「磐石」才能掌握。它並非如白永瑞透過白樂晴為媒介所理解的：在陳映真的歷史視野中，「台灣—中國—第三世界成為一種重疊性的結構，而這種重疊性在白樂晴的認識中也有類似的表現」。陳映真應該是要堅決反對這個重疊性的，倒不是反對和第三世界的「重疊」，而是前「二」者的「重疊」。對陳映真而言，台灣和中國是一，而不是二，何來重疊之有？「台灣」的特殊性，以作為長久中國歷史的一有機構成而展現，而非作為一分離的實體而展現。反而，白永瑞的這個三層架構，卻令人驚詫地想到：它和之前陳水扁執政時期的分離史觀工

28　同註 5。

程師——歷史「國師」杜正勝，關於架構台灣歷史教科書的「同心圓」（台灣、中國、世界）主張，似乎反而更是相近。雖然無論如何，我不認為杜正勝有任何的第三世界觀，也雖然無論如何，我相信白永瑞在杜正勝與陳映真之間，無疑地和後者是站在一起的……。

不妨再度指出：區域間的對話是困難的。表面上看來，展現在白永瑞與陳映真的「對話」中的困難，雖然形式上可以是一個極簡單的數字問題：兩岸是一，還是二？但在這「一」與「二」之間所高度張力拉扯、掙扎、壓抑，但卻又經常缺乏適切言語表達的，似乎是很多非常複雜的因素，其中至少包括了區域間的歷史情仇恩怨、當代地緣政治權力叢結的制約、對自身民族國家在區域與世界的位置自覺與抱負，以及和那與包括「民族主義」、「現代文明」等西方支配話語的批判性距離。在今天，似乎沒有人能完全豁免於自身已高度浸潤於第一世界的、現代的語言的這一事實，也沒有人能完全「超克」自身民族國家視角以及對自身民族國家的某種歷史與情感連帶，也沒有人不帶著期望解決自身的困惑來到區域的對話……。我們無論怎麼，也不該苛求或奢求於那些已經走在前頭尋求對話的朋友或前輩，包括白永瑞，當然更包括陳映真。但是，讓對話的困難而非「成績」能夠展現出來，或許是長遠的路途的頭一步吧。「容易」反而是一個巨大的迷幻陷阱。果如此，那麼我們或許應該要對這對話所浮現的困難有些高興才是。

跋：重新認識一個完整的生命

鄭鴻生

一

　　第一次讀到陳映真的作品是在 1968 年春天。那時我正
就讀台南一中高二，因緣際會參加了幾個學長組織的小讀書
會，讀到的第一個文本正是陳映真早期出名的短篇小說〈我
的弟弟康雄〉。我不明所以地被這篇小說深深觸動了，有如
讀到魯迅小說時的反應，於是設法找到他寫過的東西來讀。
從登在《筆匯》與《現代文學》，到登在《文學季刊》的，
無不讀過，沉浸在他娓娓道來的幽微動人的世界裡。

　　在那個小讀書會，學長要我們不只把他當作小說來讀，
而且要讀出背後所蘊含的時代意義。那時我們不僅讀陳映真
的小說，也聽 Joan Baez、Bob Dylan 等美國民歌手的抗議歌
曲，汲取美國民權與反戰運動的養分，而陳映真作品中極為
濃厚的社會意識也在我們之間傳播。那年五月他與一群朋友
被情治單位逮捕入獄，我們並不知情。後來我在《青春之歌》
一書裡如此描述我們那時讀陳映真小說時的共鳴：

　　陳映真所鋪陳出來的，不僅觸及當時知識青年的敏感心靈，還從生命層面去呈現主流社會的偽善及其精神上的欺罔。在他的諸多創作如〈最後的夏日〉與〈兀自照耀著的太陽〉裡，陳映真的銳劍揮向了在壓迫體制下苟活，甚至有著某種程度共謀的有產者家庭，揭示了他們在壓迫體制下精神的墮落，像本省醫生們。這些深刻的描繪強烈打動著本省子弟的心靈，對我們這些出生南部的，更是引發了萬丈共鳴。

　　然而陳映真並沒有耽溺在這種「蒼白、憂悒」的境地裡，他的小說不論是他自己所分割的 1965 年之前或之後的時期，都傳達給讀者一種對卑微弱勢者深刻的人道關懷。不論是對〈淒慘的無言的嘴〉裡逃亡的雛妓、〈將軍族〉裡的兩位卑微卻莊嚴的男女主角、還是對〈六月裡的玫瑰花〉裡的黑人軍曹與台灣吧女，甚至〈最後的夏日〉裡那個失戀扭曲的外省教師裴海東，從陳映真筆下流出的總是充滿著悲憫的關照，而且這種「哀矜勿喜」的關懷是普世的，超越族群的，既不分黑白，也不分本省人外省人。

　　我們當時並不清楚陳映真因何入獄，對他在 1968 年進行實踐的內容也一無所知。然而陳映真的小說，以及更廣義地說，同一時代的黃春明、王禎和、七等生以及後來被圍剿的「鄉土文學」，他們共同呈現出一種對卑微弱勢者普世的人道關懷，共同傳達出一種

十分激進的訊息。對當時的知識青年而言這是對主流
觀點的質疑與批判，對中產階級偽善價值的憎惡，對
各種壓迫的不妥協，對理想的認真與執著，並且超越
自我本位去認識人間真相的一種激進觀點。這種激進
觀點透過陳映真入獄前的一篇評論，闡述理想主義之
倫理條件的〈最牢固的磐石〉，表現得極為雄辯，而
一直影響著初上大學的我們。[1]

我們這些人是二次戰後嬰兒潮世代，人格與認識的成長
主要在一九六○年代，並未直接領受到一九五○年代白色恐
怖的肅殺，反而在六○年代台灣的文藝思想復興大潮中汲取
豐富養分。那時台灣從嚴厲肅殺的禁制中逐漸鬆綁，出現了
創作與出版的榮景。不僅冒出許多新的出版社，大量出版新
書與叢刊；不少大陸遷台的老出版社也開始大批翻印他們
二、三十年代大陸時期的老書，涵蓋了當時的各種思潮與論
戰。這種景況有如一場思想的盛宴，帶給當時台灣的青少年
巨大的啟蒙。但是這些補課與重演卻都必須限制在當時親美
反共的思想框架之內，就是說我們當時是讀不到左翼陣營參
加這些論辯的圖書文字的，我們學習到的只能是五四豐富意
義中的有限面向。

---

1   請參考鄭鴻生（2001）《青春之歌：追憶 1970 年代台灣左翼青
     年的一段如火年華》。

　　在 60 年代「消失了左眼」的氛圍中，陳映真的小說與評論是個異數。他的小說雖不碰及體制，不碰及高層次的政治經濟學概念，也沒有大聲控訴，悲情萬狀，或者令人熱血沸騰，然而卻有一股莫名的力量深深打動了讀者。

二

　　1969 年夏秋之交，我在上大學前的大專暑訓時聽到了陳映真入獄及殷海光去世的消息，結訓之後帶著落寞又憧憬的心情北上台大註冊。

　　在台大我很快的加入了大學論壇社，認識了高我一屆的錢永祥與黃道琳，他們也都深被陳映真作品所感動過。這種與陳映真的關係不是今天所謂的「粉絲」能夠形容，我們的感覺是，陳是我們生命上的同行者、先行者。但是在哪一條道路上同行先行？我們並不那麼清楚，只覺得比起六十年代吶喊的自由主義者，他對我們而言更為親密。在《青春之歌》一書裡我如此描述那時的情懷：

> 　　陳映真的小說與論述對我們有著深遠的影響。從〈我的弟弟康雄〉開始，他筆下「市鎮小知識分子」蒼白而缺乏行動能力的自我形象，與屠格涅夫筆下的羅亭相互映照，一直在我們這些知識青年的敏感心靈裡隱隱作痛，難以擺脫。這種陳映真式的內省，與殷海光、李敖等人對外在的壓迫體制所進行的旗幟鮮明的

攻擊極為不同。在他們個人主義與自由主義的猛烈攻擊下，當時那種壓迫體制的精神聖殿在知識青年的心中已然崩毀，然而在現實上，那個體制的牢不可破卻又令人萬分沮喪。知識青年由於行動上的受限轉而自我批判的這種傾向，曾經強烈地呈現在保釣運動之前的台大校園刊物上。對於心中有所覺悟，但現實上卻幾乎無能的知識青年而言，陳映真的小說確實十分迷人。

大學論壇社在 1971 年春天捲進了保釣運動，在接著的兩年學潮中，陳映真的作品就一直是我們的精神支柱。他在 1968 年入獄前以許南村為名寫的〈最牢固的磐石〉與〈知識人的偏執〉兩篇文章，更是我們屢屢引為對知識分子介入與行動的召喚。

在 1972 年底台大校園的「民族主義論戰」中，我還節錄〈最牢固的磐石〉一文，重題為〈理想主義的磐石〉，以喃春之名登在我所編輯的校園刊物來回應對手，並將其中一段話以黑體字印出：

因此除非有人能證明今天世界上國與國、民族與民族間利用與玩弄的關係已不復存在，或認為提出及批評這種泛在罪惡已是過時的思想，那麼民族主義的理想不但不曾過時得老掉大牙，而且具有無限生動的現實

意義。

我們幾個人那時受到保釣運動的影響，開始有著粗淺的左翼啟蒙。雖然陳映真那時身繫囹圄，未能對保釣運動與論戰發言，但我們相信他一定會與我們站在一起。這種親密感與連帶關係是很微妙的，不是從他明言的文字裡得來，而是在他作品的字裡行間建立起這種默契。因此我在《青春之歌》裡如此回憶這段關係：

> 但是與此同時又有著另外一個歷史動力在重尋生機。台灣從反抗日本殖民統治的運動中發展出來的第三世界左翼傳統，雖然在 1950 年代慘遭當局腰斬，到了 1960 年代卻有了復甦的可能，這一條線索藕斷絲連表現在陳映真的小說與評論上。雖然陳映真一夥人的奮鬥在民國 57 年被當局迅速壓制，然而火種已經散播開來，只等待歷史的契機來再度點燃。

可以說保釣運動就是這個歷史的契機，它將我們推上台灣左翼傳承的連接點上。然而，以我們粗淺的左翼認識與歷史知識，並未能理解到陳映真入獄之前在這兩方面所達到的高度。我們那時並未能將他的小說與左派實踐聯繫起來，只能冠之以「人道精神」。

三

　　歷經了兩年多的保釣運動、台大學潮以及衍生的哲學系事件，然後畢業入伍當兵。1974年春天我在受訓單位結業前抽籤下部隊，竟然抽到分發綠島指揮部的籤。我在抽籤之前原本對分發的去處抱持著不以為意、順其自然的態度，如今這個籤卻令我焦慮不已。我心裡想起幾個政治犯的名字，包括陳映真。我並不確知他們關在哪裡，這次去有可能管到他們嗎？萬一真管到他們，面對面時我如何表白？幫得上什麼忙？我如此鑽牛角尖，左思右想，難以成眠。

　　來到綠島指揮部報到後，我沒發現他們關在我們單位。若有可能，就只有在隔鄰的國防部感訓監獄了。它與指揮部僅一牆之隔，像個大型水泥碉堡，倚靠在山邊，有如一隻盤據在山腳的大怪蟲，就像荒島土產的八卦蟹，於是有了「八卦樓」的綽號。我每每於晚飯後沿著海岸散步，仰望那座銅牆鐵壁似的八卦樓，總是想起陳映真等幾個政治犯，心情甚為落寞。

　　接著我被指派到綠島機場當特檢官。當時這個機場是由管訓隊員在海邊空地拉著大石輪碾軋出來的土石跑道，只能供台東飛來的小飛機起降，設備極為簡陋，機場業務由特檢官一手包辦。沒想到就在這裡確知了陳映真就是關在八卦樓裡。我在回憶綠島歲月的《荒島遺事》一書裡如此描述當時情景：

　　初冬的一個陰雨綿綿、朔風野大的日子，從本島飛來的這次班機顫顫巍巍地降落。從飛機上下來了立即引起我注意的兩位女士，荒島無由的狂風吹亂她們的髮絲，揚起她們的風衣裙角，她們卻還保持著高雅的姿態。

　　在核對身份的過程中，那位年紀較大、長得較高的女士的姓名，從她的身份證上猛然跳了出來，讓我心中怦然一動。啊！原來他真的關在八卦樓裡！

　　每次我經過八卦樓總會遙遙瞻仰，心裡默唸著那幾位我熟知的人物，雖然不知道他們是否就關在裡面。而今天，從這位高雅女士的名姓與年紀來看，就知道必然是他的姊姊，而他——陳映真的確就關在裡頭，我心頭頓時慌亂起來。

　　這是我第一次碰上陳映真的親人來探望，頓時又讓我思緒洶湧，投向那八卦樓。我努力按捺著，不在她們面前露出心中的波動。她們也毫無察覺，搭了部計程車朝八卦樓去了。我看著她高雅的背影，心中禁不住地哀傷起來。……

　　不久之後，我再次見到了他的家人，這次來的是父子兩人。身材高大的父親頭髮雖已花白，卻仍保持著英挺的容顏與自若的神態。年輕兒子的姓名則是讓我能將他們與他聯繫在一起的線索。他的這位弟弟年紀也不比我大太多，卻有著歷經滄桑的神情。

　　　　從這位老者雍容自在的神情，我似乎可以看出，
他對發生在兒子身上的這一切，必然有著了然於心的
胸懷。我想到在獄中的他應該也是抱著求仁得仁，夫
復何怨的心情吧！被這位老者的雍容大度所感染，我
不禁也釋然了許多。……見過他們父子之後接連幾
天，我滿懷欣慰，想起八卦樓裡的他時，不再那麼悲
戚。經過八卦樓時，我想到的就不只是他，而且還有
他們這麼一家人了。

　　那時我並不知道他要被關到什麼時候。那年春天我被調
回本島當巡迴教官，其間老蔣總統去世，因而有些政治犯得
到特赦減刑。我後來才知道他也獲得減刑，就在那年夏天出
獄。他應該是搭小飛機回台灣的，只是我已不再是綠島機場
特檢官，沒能在機場送他了。

　　1975 年八月中，我在綠島退伍回台。在綠島最後的日
子，我到處閒逛，屢屢仰望八卦樓和那總是緊閉的大鐵門，
心裡還想著裡頭的陳映真等人——我不知道他已得到特赦出
獄了。月底我就飛往美國留學，一路想著這一年多來，與他
同處荒島，仰望同樣星空，聽著同樣潮聲，卻又無緣相見的
日子。

四

　　陳映真在 1968 年入獄之前的作品是如此迷人，很多像

我這樣的文藝青年不管後來是否認同他所堅持的那條道路，都被深深打到心坎裡，成了終生印記。他感動到的讀者遠遠超過服膺他的世界觀、認同他的政治立場的。

陳映真在 1975 年夏天出獄之後有了一個新的開始，面對的是島內外的一個全新局面。而我在同一年退伍之後隨即出國留學，不久就轉學電腦，走上網路專業之路，結束了我的文藝青年時代。然而在隨後三十多年的時光，青年陳映真還一直是我心中一個謎樣的人物，一方面是出色的小說家，另一方面又是偉大的實踐者。

陳光興在 2009 年組織了一個「陳映真：思想與文學」學術會議，我發表〈陳映真與台灣的六十年代〉一文，還試圖解開這個謎。然而就在同一個會議上，趙剛發表了那兩年深入研讀陳映真小說的第一篇成果〈青年陳映真：對性、宗教與左翼的反思〉，此後並陸續發表他研讀陳映真各篇小說的心得，竟讓青年陳映真不再是謎題：原來從 1959 年的第一篇小說〈麵攤〉開始就隱含著強烈的左翼信息，只是因為時代條件而沒能明白說出。陳映真成長於台灣左翼正被摧殘殆盡的 1950 年代，正是由於他的際遇與奮鬥而能夠維繫這個藕斷絲連的傳承，然而當時也只能用小說的形式隱諱說出。

趙剛幾年來對陳映真小說的研究道出了陳映真早期小說的基本奧秘：他的小說與他的左翼思想不是兩件事，兩類活動，而是在那肅殺壓抑的年代，他早熟的左翼認識只能靠小說的掩飾來展現鋪陳。甚至台灣老左派的被摧殘的歷史也在

其中透露一二，如〈祖父和傘〉。正如施淑老師在同一會上發表的〈盜火者陳映真〉所用的隱喻：陳映真在那時是「唯一逃出來報信的人」。可以說，寫小說就是他在當時條件下的左翼實踐。

趙剛苦心孤詣的挖掘也讓我們知道，陳映真的小說不僅一開始就帶著左翼的信息，還幾乎在每一篇裡都潛藏著他作為一個早熟而孤獨的左翼青年，以及他自稱的「市鎮小知識分子」，如何與各種慾望、狂想、信念等力量，肉身搏鬥的生命歷程。趙剛年輕時必也曾走過青年陳映真的同一條荊棘崎嶇之路，才能對他的小說如此洞徹。這部分對我而言真是心有戚戚焉，相信對其他曾經是左翼青年的也是如此。

陳映真是孤獨的異數，1950年代對左翼的嚴厲肅清，竟然留下一顆種子在這麼一位青澀少年心裡頭，當時大概只有患難之交的少年朋友吳耀忠能與他分享這份孤寂。在50年代末到60年代初這段時期，他只能偷偷將這些壓抑的感情與認識，藉由他富有才華的文筆透露與宣洩，雖然當時可能沒幾個人能讀出。

將陳映真的小說與實踐二分看待，向來是主要的議論框架。如今趙剛已將這二分之牆破解，指出文學從來就是陳映真生命志業的武器，讓陳映真一生的活動回復為一個完整的生命志業。這是他為我們能進一步瞭解陳映真的最大貢獻。趙剛在2011年出版了他研究陳映真豐碩成果的第一本書《求索：陳映真的文學之路》，如今繼續將他對陳映真早期小說

的研究集結為《橙紅的早星》，讓陳映真的親密讀者，不管是道上同志還是文學粉絲，能夠重新認識這一完整生命。而我除了表示感激之外，還趁此機會借花獻佛，一吐我文藝青年時期的陳映真情謎。

是為跋。

後記

　　這本書是我在 2009 至 2012 年間陸續寫作及修改的一些文章的集結。它們大多不能算是正式論文，而我也大多不曾以正式論文的設想去寫作它們。嚴格說來，它們是我的閱讀心得的一再整理的結果。對陳映真文學的理解是在重複的閱讀與書寫的過程中碰撞出來的；不靠這個笨方法是難以講明白陳映真文學裡的潛德幽光——至少就我而言是如此的。關於這個「方法」的反省，我已經在我之前的《求索‧陳映真的文學之路》的〈自序〉裡交代過了，於茲不贅。

　　本書分為兩個部分，前一部分「篇解」，是我對陳映真先生 1960 年代的早期小說以單篇為對象的探討。環繞在宗教與左翼男性主體、黨國與知識分子，以及外省人與分斷體制，這幾個主題上，此處一共收集了 10 篇。很明顯，並不完整，而原因有二，其一，有些篇已經收在《求索》裡了，這裡自然就不再重複。有興趣的讀者可以在附錄的「陳映真創作簡表及篇解參照」中找到我的相關評論索引。其二，則是因為我對某些篇小說的把握還不到位，或一直缺乏感覺

（例如，〈將軍族〉、〈那麼衰老的眼淚〉……）。因為理解不是可以強取的，為了防止無限期延宕，那就只好先把這些既存篇章集結出書了。這樣說，當然不意味選在這裡的文章就都是多成熟或是多有見地，事實上，每次我再讀陳映真小說，都會有新的感觸體悟。這一簡單事實，既讓我謙遜反省自知不足，又讓我「小子何敢讓焉」（司馬遷語），從而有了這本集子的出版。

陳映真文學的核心特色在於它是在文學、思想與歷史的介面之間的書寫。在本書的〈代序〉裡，我已試著申明此義。收在這本書裡的十篇關於陳映真 1960 年代創作的「篇解」，當然也就企圖在陳映真的文學中看到作者陳映真是如何面對、思考，並證言他所身處的那個時代。以一隻台灣文學界與思想界裡極其稀有的「左眼」，陳映真敏銳地、深入地掀開了台灣 1960 年代的諸多折層。我們沉著地慢慢地讀著他那時期的小說，其實正是跟隨著他的腳步訪尋那幾乎已經被我們遺忘或扭曲的年代。

本書的第二部分「衍義」，寫作得比較晚，都是在 2011 年起筆的。它們是我閱讀陳映真的小說（不限於早期）的一些感觸與所思的跨越發展，例如我以陳映真文學為契機，挖掘並整理我自己的台北回憶，以及我的東北參訪經驗。另外，我也以陳映真的文學與思想為基礎，反思兩岸與第三世界的問題。時空難分，但本書的第一部份比較多的還是歷史的興趣，希望藉此勾勒出台灣 1960 年代的一些時代眉目。

相較起來，第二部分則是朝一種比較是具有空間特質的回憶與反思開展。

　　這是我有關陳映真文學與思想的第二本書。要感謝的對象很多，包括了一向支持我的家人，以及很多識與不識的朋友對我的第一本書的批評或鼓勵，他們讓我覺得接著出這樣的第二本或許還是一件值得做的事。要再次感謝陳光興，沒有他的 2009 年研討會邀稿，這整個關於陳映真文學的研讀與寫作是開始不起來的。也希望他的陳映真大作能早日完成。感謝呂正惠教授為本書寫的〈序〉，以及鄭鴻生先生所寫的〈跋〉，它們除了為本書益色增華之外，也一定會讓不少讀者對如何接近與理解陳映真文學與思想，提供重要支援。本書的不同單篇，在不同的形成階段，也有不少朋友、師長，或修過我在東海大學開的陳映真課的同學，曾助我以回應、批評、訊息、勘誤，或啟發性想法，在此也一併表達感謝，他們是：陳良哲、張立本、胡清雅、姜亞築、莊昕恬、戴盛柏、鍾有良、林淳華、施嵩淵、范綱塏、王譽叡、徐瑋瑩、王墨林、藍博洲、施善繼、鍾喬、楊索、江立峽、楊弋樞、李娜、靳大成、汪暉、黎湘萍、程凱、江湄、張志強、孫歌、賀照田、薛毅、朱雙一、江弱水、陳光興、鄭鴻生、瞿宛文、施淑、呂正惠、于治中、丘延亮、黃崇憲、陳妙姿……。這本書的一些單元曾在兩岸的一些刊物上發表過，在此也一併誌記並感謝，它們包括了：《台灣社會研究季刊》（台北）、《華文文學》（汕頭）、《淡江中文學報》

（新北）、《思想》（台北）、《印刻》（台北）、《天涯》（海南）、《讀書》（北京）、《兩岸犇報》（台北），與《人間思想》（台北）。至於〈加略人猶大的故事〉、〈唐倩的喜劇〉與〈某一個日午〉等三篇小說的「篇解」，則是首次正式發表。

要感謝呂正惠對於我這本書要在「人間」出版的堅持。他說，這樣才能表達出我對陳映真先生的敬意。我想他是對的，而我之前的猶疑是錯的。但同時，「台社叢刊」的瞿宛文也明確提醒我這本書固也應是「台社叢刊」之一。在呂正惠與瞿宛文二位的共和大度下，這本書循成例，由「人間」與「台社」共同出版。感謝美編黃瑪琍一貫優異的美編工作。感謝本書執編張立本與「人間」出版社蔡鈺淩，在校對、編輯與出版繁碎工作上的辛苦。張立本的創意與堅持也是讓我印象深刻，從而本書的某些篇章就配搭了一些老照片。而我也是為了向立本交差，在翻找為數甚少的老照片時，看到我和我姊姊的合照，才驚覺最早帶我進入陳映真還有其他小說家的文學世界的竟是我的姊姊。謝謝趙恬為「陳映真爺爺的小說」所作的插畫。最後，要特別感謝不久前辭世的李文吉先生的家屬所提供的這張作為本書封面照的作品。也感謝「夏潮」的許育嘉會長協助聯繫及處理相片事宜。張立本和我原先的設想是請文吉兄大量提供他的相關攝影作品配合書本文字使它成為一本圖文書，文吉兄也積極地回應了這一合作邀請，但就在翌日傳來了讓人難以置信的噩

耗。如今死生兩隔，我們謹以這張封面攝影表達我們對文吉
兄的懷念。

　　一本書的出版，總是在心虛赧然之旁糾集了無數的感
激、敬重，與想念。願在北京養病的陳先生早日康復。繼續
前行。

　　　　　　　　　　　　　　　　　趙剛記於台中大度山
　　　　　　　　　　　　　　　　　2013 年驚蟄後三日

附錄：陳映真創作簡表及篇解參照

小說創作	年表資訊	篇解參照
	1937 年，陳映真於竹南出生。	
麵攤	原載（1959）《筆匯》1 卷 5 期。署名：陳善。	見本書同名章
我的弟弟康雄	原載（1960）《筆匯》1 卷 9 期。署名：然而。	見《求索》第 48-55 頁
家	原載（1960）《筆匯》1 卷 11 期。	見《求索》第 264-269 頁
鄉村的教師	原載（1960）《筆匯》2 卷 1 期。署名：許南村。	見《求索》第 229-264 頁
故鄉	原載（1960）《筆匯》2 卷 2 期。署名：陳君木。	見《求索》第 224-229 頁
死者	原載（1960）《筆匯》2 卷 3 期。署名：沈俊夫。	見《求索》第 269-289 頁
祖父和傘	原載（1960）《筆匯》2 卷 5 期。署名：林炳培。	見《求索》第 76-82 頁
貓牠們的祖母	原載（1961）《筆匯》2 卷 6 期。署名：陳秋彬。	
那麼衰老的眼淚	原載（1961）《筆匯》2 卷 7 期。	

小說創作	年表資訊	篇解參照
加略人猶大的故事	原載（1961）《筆匯》2 卷 9 期。署名許南村。	見本書同名章
蘋果樹	原載（1961）《筆匯》2 卷 11、12 期合刊本。署名：陳根旺。	見本書同名章
文書	原載（1963）《現代文學》18 期。	
哦！蘇珊娜	原載（1963）《好望角》（香港）半月刊。	見《求索》第 70-75 頁
將軍族	原載（1964）《現代文學》19 期。	
淒慘的無言的嘴	原載（1964）《現代文學》21 期。	見本書同名章
一綠色之候鳥	原載（1964）《現代文學》22 期。	見本書同名章
獵人之死	原載（1965）《現代文學》23 期。	見《求索》第 55-65 頁
兀自照耀著的太陽	原載（1965）《現代文學》25 期。	見本書同名章
最後的夏日	原載（1966）《文學季刊》1 期。	
	1968 年，陳映真入獄。	
永恆的大地	原載（1970）《文學季刊》10 期。署名：秋彬。（約 1966 年作，友人代為發表）。	見《求索》第 83-97 頁
縈縈	原載（1972）《四季》（香港）不定期刊物。（約 1966 年作，友人代為發表）。	見本書同名章
某一個日午	原載（1973）《文季》1 期。署名：史濟民。（約 1966 年作，友人代為發表）。	見本書同名章

小說創作	年表資訊	篇解參照
唐倩的喜劇	原載（1967）《文學季刊》2 期。	見本書同名章
第一件差事	原載（1967）《文學季刊》3 期。	見本書同名章
六月裡的玫瑰花	原載（1967）《文學季刊》4 期。	見《求索》第 102-138 頁
	1975 年，陳映真出獄。	
賀大哥	原載（1978）《雄獅美術》85 期。	見《求索》第 304-311 頁
夜行貨車	原載（1978）《臺灣文藝》58 期。	
上班族的一日	原載（1978）《雄獅美術》91 期。	
	1979 年 10 月 3 號，陳映真第二次被警總逮捕，隔日釋回。	
雲	原載（1980）《臺灣文藝》68 期。	見《求索》第 139-216 頁
萬商帝君	原載（1982）《現代文學》復刊 19 期。	
鈴璫花	原載（1983）《文季：文學雙月刊》1 卷 1 期。	
山路	原載（1983）《文季：文學雙月刊》1 卷 3 期。	
趙南棟	原載（1987）《人間》20 期。	
歸鄉	原載（1999）《聯合報》副刊（9 月 22 日至 10 月 8 日）。	
夜霧	原載（2000）《聯合報》副刊（年 11 月 25 日至 12 月 5 日）。	
忠孝公園	原載（2001）《聯合文學》201 期。	

（製表：編者）

參考文獻

王奇生（2010）《黨員、黨權與黨爭：1924-1949 年中國國民黨的組織型態》。北京：華文出版社（修訂增補本）。

王家新（2010）〈「對中國的執迷」與「世界文學」的視野〉。收於《雪的款待》。北京：北京大學出版社。頁 175-184。

白永瑞（2011）〈陳映真思想中民族主義與第三世界的重疊〉。收於陳光興、蘇淑芬編（2011）《陳映真思想與文學（下）》。台北：台社。頁 557-566。

台灣社會研究季刊社編委會（2004）〈邁向公共化，超克後威權：民主左派的論述初構〉。收於《臺灣社會研究季刊》，2004 年 3 月，第 53 期。頁 1-27。

呂正惠（1988）《小說與社會》。台北：聯經。

林麗雲（2012）《尋畫：吳耀忠的畫作、朋友與左翼精神》。台北：印刻。

姚一葦（1987）〈姚序〉，原載《陳映真作品集 1-15（人間出版社）》。收於（2001）《我的弟弟康雄：陳映真小說集 1》，台北：洪範。序文頁 3-12。

陳光興（2010）〈陳映真的第三世界〉。收於《台灣社會研究季刊》，2010 年 6 月，第 78 期。頁 215-268。

——（2011）〈陳映真的第三世界：50 年代左翼分子的昨日今生〉。收於《台灣社會研究季刊》，2011 年 9 月，第 84 期。頁 137-241。

陳映真（許南村）（1975）〈試論陳映真〉。收於（1975）《第一件

差事》。台北：遠景。頁 17-30。

—（1976）〈鞭子與提燈〉，原載《知識人的偏執》。收於（2004）《父親：陳映真散文集 1》。台北：洪範。頁 5-14。

—（石家駒）（1977a）〈文學來自社會反映社會〉，原載《仙人掌》，第 5 期。收於（1988）《中國結：陳映真作品集 11》。台北：人間。頁 9-23。

—（1977b）〈「鄉土文學」的盲點〉，原載《臺灣文藝》，革新 2 期。收於（1988）《中國結：陳映真作品集 11》。台北：人間。頁 1-7。

—（1984）〈中國文學和第三世界文學之比較〉，原載《文季：文學雙月刊》，第 1 卷，第 5 期。收於《陳映真文選》（薛毅編）。北京：三聯。頁 431-447。

—（1985）〈因為我們相信，我們希望，我們愛⋯⋯〉，原載《人間雜誌》，創刊號。收於（2004）《父親：陳映真散文集 1》。台北：洪範。頁 35-38。

—（1987）〈鳶山——哭至友吳耀忠〉，原載《雄獅美術》，第 192 期。收於（2004）《父親：陳映真散文集 1》。台北：洪範。頁 39-43。

—（1993）〈後街：陳映真的創作歷程〉，原載《中國時報》（人間副刊），1993 年 12 月 19-23 日。收於（2004）《父親：陳映真散文集 1》。台北：洪範。頁 51-69。

—（1994）〈當紅星在七古林山區沉落〉。載於《聯合文學》，1994 年 1 月，第 111 期。

—（1997）〈一個私的歷史之記錄和隨想〉。載於《中國時報》（人間副刊），1997 年 6 月 19-20 日。

—（2000）〈父親〉，原載《中國時報》（人間副刊），2000 年 1 月 20-23 日。收於（2004）《父親：陳映真散文集 1》。台北：洪範。頁 133-151。

—（2001）《我的弟弟康雄：陳映真小說集 1》。台北：洪範。

—（2001）《唐倩的喜劇：陳映真小說集 2》。台北：洪範。

—（2001）《上班族的一日：陳映真小說集 3》。台北：洪範。

——（2001）《萬商帝君：陳映真小説集4》。台北：洪範。

——（2001）《鈴鐺花：陳映真小説集5》。台北：洪範。

——（2001）《忠孝公園：陳映真小説集6》。台北：洪範。

——（2004a）〈我的文學創作與思想〉，原載《上海文學》，第315期。收於《陳映真文選》（薛毅編）。北京：三聯。頁33-54。

——（2004b）《父親：陳映真散文集1》。台北：洪範。

尉天驄（2011）〈理想主義者的蘋果樹〉。收於尉天驄（2011）《回首我們的時代》，台北：印刻。頁217- 255。

劉進慶（1994）〈序言〉。收於《台灣戰後經濟分析》（2012年修訂版）。台北：人間出版社。

趙剛（2009）〈以「方法論中國人」超克分斷體制〉。收於《台灣社會研究季刊》，2009年6月，第74期。頁141-218。

——（2011）《求索：陳映真的文學之路》。台北：台社／聯經。

鄭鴻生（2001）《青春之歌：追憶1970年代台灣左翼青年的一段如火年華》。臺北：聯經。

鄭鴻生（2006）〈水龍頭的普世象徵——國民黨是如何失去「現代」光環的？〉。收於《百年離亂：兩岸斷裂歷史中的一些摸索》。台北：台社。頁71-90。

魯迅（1927）〈希望〉《野草》。收於《魯迅全集》（1981），第二卷。北京：人民文學出版社。

——（1936）〈「題未定」草之六〉《且介亭雜文二集》。收於《魯迅全集》（1996），第六卷。人民文學出版社，北京。

錢穆（1996）《國史大綱》（修定第三版）。北京：商務印書館。

錢理群（2008）《我的回顧與反思》。台北：行人。

瞿宛文（2011）〈民主化與經濟發展：台灣發展型國家的不成功轉型〉。收於《台灣社會研究季刊》，2011年9月，第84期。頁243-288。

Erving Goffman (1961). *Asylums: Essays on the Social Situation of Mental Patients and Other Inmates*. New York: Anchor Books.

Georg Simmel (1995). *Conflict and the Web of Group-Affiliations*. New York: the Free Press. esp. pp. 140-143.

台灣社會研究論壇

台灣社會研究 季刊

Taiwan: A Radical Quarterly in Social Studies

發 行 人：周　渝

社　　　長：王增勇

總 編 輯：甯應斌

執行編輯：李柏萱

助理編輯：廖瑞華

編輯委員：丸川哲史、王瑾、王增勇、白永瑞、汪暉、邢幼田、柯思仁、
　　　　　徐進鈺、孫歌、許寶強、夏曉鵑、夏鑄九、馮建三、甯應斌、
　　　　　趙剛、瞿宛文、Chris Berry、Gail Hershatter（依姓氏筆劃序）

顧　　　問：丁乃非、于治中、丘延亮、朱偉誠、呂正惠、何春蕤、李尚仁、
　　　　　林津如、陳光興、陳信行、賀照田、黃麗玲、廖元豪、錢永祥、
　　　　　鄭村棋、鄭鴻生、魏玓（依姓氏筆劃序）

榮譽顧問：王杏慶、王振寰、成露茜、李永熾、李朝津、李榮武、江士林、
　　　　　吳乃德、吳聰敏、林俊義、高承恕、徐正光、陳忠信、陳溢茂、
　　　　　梁其姿、許達然、蔡建仁、張復、傅大為、鄭欽仁（依姓氏筆劃序）

國際顧問：溝口雄三、蔡明發、濱下武志、Perry Anderson、Arif Dirlik

網　　　址：http://web.bp.ntu.edu.tw/WebUsers/taishe/

電　　　郵：taishe.editor@gmail.com

國家圖書館出版品預行編目資料

橙紅的早星：隨著陳映真重訪台灣 1960 年代 /

趙剛著. -- 初版. -- 臺北市：人間, 2013. 04

440 面：15×21 公分 . --（台社論壇叢書；22）

ISBN 978-986- 6777-62-2（平裝）

1. 陳映真　2. 台灣小說　3. 文學評論

863.27　　　　　　　　　　　　　　　102007670

台社論壇叢書 22

橙紅的早星
—— 隨著陳映真重訪台灣 1960 年代

著◎趙剛

執行編輯　張立本

封面設計　黃瑪琍

圖片編輯　張立本

出版者　人間出版社

發行人　呂正惠

社長　林怡君

地址　台北市長泰街 59 巷 7 號

電話　02-2337-0566

郵撥帳號　11746473 人間出版社

排版印刷　龍虎電腦排版股份有限公司

電話　02-8221-8866

登記證　局版台業字第三六八五號

初版　2013 年 4 月

定價　新台幣 420 元